참을 수 없는 존재의 가벼움

L'insoutenable
Légèreté de
L'être

Milan
Kundera

참을 수 없는 존재의 가벼움

밀란 쿤데라 이재룡 옮김

민음사

L'INSOUTENABLE LÉGÈRETÉ DE L'ÊTRE
by Milan Kundera

Copyright © 1984, 1987, Milan Kundera
All rights reserved.

No part of this publication may be
reproduced, stored in a retrieval system, or transmitted in any form.
All adaptations of the Work for film, theatre, television and radio are
strictly prohibited.

Korean Translation Copyright © Minumsa 1999, 2009, 2011, 2015, 2018

Korean translation edition is published by arrangement with
Milan Kundera c/o The Wylie Agency (UK) Ltd.

이 책의 한국어 판 저작권은 The Wylie Agency (UK) Ltd.와 독점 계약한
(주)민음사에 있습니다.

저작권법에 의해 한국 내에서 보호 받는 저작물이므로
무단 전재와 무단 복제를 금합니다.

차례

1부　　　　**가벼움과 무거움**

참을 수 없는 존재의 가벼움

1

영원한 회귀란 신비로운 사상이고, 니체는 이것으로 많은 철학자를 곤경에 빠뜨렸다. 우리가 이미 겪었던 일이 어느 날 그대로 반복될 것이고 이 반복 또한 무한히 반복된다고 생각하면! 이 우스꽝스러운 신화가 뜻하는 것이 무엇일까?

뒤집어 생각해 보면 영원한 회귀가 주장하는 바는, 인생이란 한번 사라지면 두 번 다시 돌아오지 않기 때문에 한낱 그림자 같은 것이고, 그래서 산다는 것에는 아무런 무게도 없고 우리는 처음부터 죽은 것과 다름없어서, 삶이 아무리 잔혹하고 아름답고 혹은 찬란하다 할지라도 그 잔혹함과 아름다움과 찬란함조차도 무의미하다는 것이다. 14세기 아프리카의 두 왕국 사이에 벌어진 전쟁 와중에 30만 흑인이 이루 말할 수 없이 처참하게 죽어 갔어도 세상 면모가 바뀌지 않은 것과 마찬가지로, 인생의 잔혹함이나 아름다움 따위는 전혀 염두에 둘 필요가 없는 셈이다.

이 전쟁이 영원한 회귀를 통해 셀 수 없을 만큼 반복된다면 14세기 아프리카의 두 왕국 사이에 벌어졌던 전쟁도 뭔가 달라질 수 있을까?

그렇다. 그 전쟁은 우뚝 솟아올라 영속되는 한 덩어리로 변할 것이고 그 전쟁의 부조리는 치유될 수 없을 것이다.

프랑스 혁명이 영원히 반복되어야 한다면, 로베스피에르에 대한 프랑스 역사의 자부심도 덜할 것이다. 그런데 역사는 다시는 되풀이되지 않을 것에 대해 이야기하기 때문에 그 피투성이 세월조차도 그저 말뿐, 새털보다 가벼운 이론과 토론에 불과해서 누구에게도 겁을 주지 못한다. 역사 속에 단 한 번 등장하는 로베스피에르와, 영원히 등장을 반복하여 프랑스 사람의 머리를 자를 로베스피에르 사이에는 엄청난 차이가 있다.

그래서 영원한 회귀라는 사상은, 세상사를 우리가 아는 그대로 보지 않게 해 주는 시점을 일컫는 것이라고 해 두자. 다시 말해 세상사는, 세상사가 덧없는 것이라는 정상참작을 배제한 상태에서 우리에게 나타난다. 사실 이 정상참작 때문에 우리는 어떤 심판도 내릴 수 없다. 곧 사라지고 말 덧없는 것을 비난할 수 있을까? 석양으로 오렌지 빛을 띤 구름은 모든 것을 향수의 매력으로 빛나게 한다. 단두대조차도.

얼마 전 나는 기막힌 감정의 불꽃에 사로잡혔다. 나는 히틀러에 관한 책을 뒤적이다 사진 몇 장을 보곤 감격했다. 내 어린 시절이 떠올랐기 때문이다. 나는 어린 시절을 전쟁 통에서 보냈다. 내 가족 중 몇몇은 나치 수용소에서 죽기도 했다. 그러나 그들의 죽음이, 되돌아갈 수 없는 내 인생의 한 시절, 다시는 돌아오지 않을 그 시절을 떠올리게 해 줬던 히틀러의 사진에 비한다면 무슨 의미가 있을까?

이러한 히틀러와의 화해는 영원한 회귀란 없다는 데에 근거한 세계에 존재하는 고유하고 심각한 도덕적 변태를 보여 준다. 왜냐하면 이런 세계에서는 모든 것이 처음부터 용서되며, 따라서 모든 것이 냉소적으로 허용되기 때문이다.

2

우리 인생의 매순간이 무한히 반복되어야만 한다면, 우리는 예수 그리스도가 십자가에 못 박혔듯 영원성에 못 박힌 꼴이 될 것이다. 이런 발상은 잔혹하다. 영원한 회귀의 세상에서는 몸짓 하나하나가 견딜 수 없는 책임의 짐을 떠맡는다. 바로 그 때문에 니체는 영원 회귀의 사상은 가장 무거운 짐(das schwerste Gewicht)이라고 말했던 것이다.

영원한 회귀가 가장 무거운 짐이라면, 이를 배경으로 거느린 우리 삶은 찬란한 가벼움 속에서 그 자태를 드러낸다.

그러나 묵직함은 진정 끔찍하고, 가벼움은 아름다울까?

가장 무거운 짐이 우리를 짓누르고 허리를 휘게 만들어 땅바닥에 깔아 눕힌다. 그런데 유사 이래 모든 연애 시에서 여자는 남자 육체의 하중을 갈망했다. 따라서 무거운 짐은 동시에 가장 격렬한 생명의 완성에 대한 이미지가 되기도 한다. 짐이 무거우면 무거울수록, 우리 삶이

지상에 가까우면 가까울수록, 우리 삶은 보다 생생하고 진실해진다.

반면에 짐이 완전히 없다면 인간 존재는 공기보다 가벼워지고 어디론가 날아가 버려, 지상의 존재로부터 멀어진 인간은 겨우 반쯤만 현실적이고 그 움직임은 자유롭다 못해 무의미해지고 만다.

그렇다면 무엇을 택할까? 묵직함, 아니면 가벼움?

이것이 기원전 6세기 파르메니데스가 제기했던 문제다. 그의 말에 따르면 이 세상은 빛-어둠, 두꺼운 것-얇은 것, 뜨거운 것-찬 것, 존재-비존재와 같은 반대되는 것의 쌍으로 양분되어 있다. 그는 이 모순의 한쪽 극단은 긍정적이고 다른 쪽 극단은 부정적이라 생각했다. 이 이론은 모든 것을 긍정적인 것(선명한 것, 뜨거운 것, 가는 것, 존재하는 것)과 부정적인 것으로 나누는 극단적 이분법이 유치하게 느껴질 정도로 안이하게 보일 수도 있다. 단 이 경우는 예외다. 무엇이 긍정적인가? 묵직한 것인가 혹은 가벼운 것인가?

파르메니데스는 이렇게 답했다. 가벼운 것이 긍정적이고 무거운 것이 부정적이라고. 그의 말이 맞을까? 이것이 문제다. 오직 한 가지만은 분명하다. 모든 모순 중에서 무거운 것-가벼운 것의 모순이 가장 신비롭고 가장 미묘하다.

3

나는 수년 전부터 토마시를 생각했다. 그러나 그를 처음으로 분명하게 보게 된 것은 바로 이런 사유의 밝은 빛 덕분이었다. 안마당 건너편 건물 벽에 시선을 고정하고 아파트 창가에 서 있던 그를 나는 보았다. 그는 어찌 해야 할지 모르는 채 망연자실한 표정을 짓고 있었다.

그는 삼 주 전쯤 보헤미아의 한 작은 마을에서 테레자를 만났다. 그들은 한 시간 남짓 함께 있었다. 그녀는 그를 역까지 배웅하고 그가 열차에 오르는 순간까지 함께 기다려 줬다. 열흘 후 그녀는 프라하에 있는 그를 찾아왔다. 두 사람은 그날로 동침했다. 그날 밤 그녀는 몸이 펄펄 끓었고 독감 때문에 일주일 동안 그의 집에 주저앉았다.

그는 그녀에 대해서 거의 아무것도 알지 못하면서도 무어라 형언할 수 없는 사랑을 느꼈다. 그녀는 마치 송진으로 방수된 바구니에 넣어져 강물에 버려졌다가 그의 침대 머리맡에서 건져 올려진 아이처럼 보였다.

그녀는 그의 집에서 일주일 간 머무른 뒤 몸이 회복되자 프라하에서 200킬로미터 떨어진, 그녀가 살던 도시로 돌아갔다. 내가 토마시 삶의 열쇠를 보는 순간, 조금 전에 언급했던 그 순간이 바로 이곳에 있다. 그는 건너편 건물 벽에 시선을 고정한 채 창가에 서서 생각에 잠겨 있었다.

그녀에게 프라하로 와서 살림을 차리자고 제안해야 할까? 그는 뒷감당이 두려웠다. 지금 그녀를 자기 집에 불러들인다면 그녀는 자신의 온 생애를 그에게 바치려 들 것이다.

아니면 그녀를 포기해야만 할까? 그럴 경우 테레자는 촌구석 술집의 종업원으로 살 것이며, 그는 다시는 그녀를 만날 수 없을 것이다.

그는 그녀와 합치기를 바라는 것일까, 아닐까?

그는 건너편 벽에 시선을 고정한 채 앞마당을 멍하니 바라보며 답을 찾았다.

그의 머릿속에는 여전히, 그리고 변함없이 소파에 누운 이 여자의 모습이 떠올랐다. 그녀는 과거 그의 삶에 등장했던 어떤 여자와도 닮지 않았다. 그녀는 애인도, 부인도 아니었다. 그녀는 송진으로 방수된 바구니에서 꺼내져 그의 침대 머리맡에 내려놓인 아기였다. 그녀는 잠들어 있었다. 그는 그녀 곁에 무릎을 꿇었다. 열에 들뜬 그녀의 호흡이 가빠졌고 희미한 신음마저 들렸다. 그는 그녀의 뺨에 얼굴을 부비며 잠에 빠진 그녀에게 위로의

말을 속삭였다. 잠시 후 그녀의 호흡이 한결 고르게 변하
더니, 그녀 얼굴이 그의 뺨을 향해 무심코 다가오는 듯했
다. 그녀의 입술에서 신열의 약간 텁텁한 냄새가 느껴졌
고 그는 마치 그녀 육체의 은밀함 속에 파묻히고 싶다는
듯 그 냄새를 들이마셨다. 그 순간 그녀가 오래전부터 그
의 몸속에 있어 왔고 지금 죽어 가고 있다는 상상이 들었
다. 불현듯 그녀가 죽고 나면 자신도 살아남지 못하리란
것이 너무도 당연한 진실처럼 느껴졌다. 그는 그녀 곁에
나란히 누워 함께 죽고 싶었다. 그는 이러한 상상에 잠겨
그녀의 얼굴에 뺨을 대고 오래도록 움직이지 않았다.

지금 그는 그 순간을 떠올렸다. 그때 체험한 것이 사랑
이 아니라면 무엇이었을까?

그런데 그것이 과연 사랑이었을까? 그는 그녀 곁에서
죽고 싶었다고 확신했는데, 그 감정은 명백히 과장된 것
이었다. 겨우 두 번째 만남이었는데! 자기가 사랑의 부
적격자임을 뼈저리게 깨달은 한 남자가 스스로에게 사
랑의 희극을 연기하면서 빠져들었던 신경질적인 반응은
아니었을까? 동시에 그의 무의식은 너무도 비열한 나머
지 이 희극을 위해서 자신의 삶에 동참할 만큼 격상될 기
회라곤 거의 없는 촌구석의 불쌍한 종업원을 선택한 것
이다!

그는 마당의 더러운 벽면을 바라보면서 그것이 정신
병인지 사랑인지 분간할 수 없음을 깨달았다.

진정한 남자라면 당장 결정을 내려야만 하는 상황이

지만 그는 머뭇거리면서 자기 인생의 가장 아름다운 순간(그녀가 죽으면 자기도 따라 죽으리라 확신하고 여자 발치에 무릎을 꿇은 순간)으로부터 모든 의미를 박탈하는 자신을 책망했다.

그는 한없이 자책하다가 결국 자기가 진정으로 원하는 바가 무엇인지 모르는 것은 너무도 당연하다고 생각했다.

사람이 무엇을 희구해야만 하는가를 안다는 것은 절대 불가능하다. 왜냐하면 사람은 한 번밖에 살지 못하고 전생과 현생을 비교할 수도 없으며 현생과 비교하여 후생을 바로잡을 수도 없기 때문이다.

테레자와 함께 사는 것이 나을까, 아니면 혼자 사는 것이 나을까?

도무지 비교할 길이 없으니 어느 쪽 결정이 좋을지 확인할 길도 없다. 모든 것이 일순간, 난생 처음으로, 준비도 없이 닥친 것이다. 마치 한 번도 리허설을 하지 않고 무대에 오른 배우처럼. 그런데 인생의 첫 번째 리허설이 인생 그 자체라면 인생에는 과연 무슨 의미가 있을까? 그렇기에 삶은 항상 밑그림 같은 것이다. 그런데 '밑그림'이라는 용어도 정확하지 않은 것이, 밑그림은 항상 무엇인가에 대한 초안, 한 작품의 준비 작업인데 비해, 우리 인생이라는 밑그림은 완성작 없는 초안, 무용한 밑그림이다.

토마시는 독일 속담을 되뇌었다. einmal ist keinmal.

한 번은 중요치 않다. 한 번뿐인 것은 전혀 없었던 것과
같다. 한 번만 산다는 것은 전혀 살지 않는다는 것과 마
찬가지다.

4

그런데 어느 날, 수술 집도가 끝나고 그가 다음 수술을 기다리는 참에 간호사가 그에게 전화가 왔다고 전했다. 수화기에서 테레자 목소리가 들렸다. 그녀가 역에서 전화를 한 것이었다. 그는 뛸 듯 기뻤다. 불행히도 그날 저녁에는 선약이 있어 다음 날에나 자기 아파트로 오라고 했다. 그는 전화를 끊자마자, 당장 오라고 하지 않은 것을 자책했다. 아직 선약을 취소할 시간이 있었는데! 그들이 만날 때까지 남은 서른여섯 시간이라는 긴 시간 동안 테레자가 프라하에서 무엇을 하려는지 궁금했다. 그는 차를 타고 거리로 나가 그녀를 찾고 싶었다.

그녀는 다음 날 저녁 찾아왔다. 기다란 어깨 끈이 달린 핸드백을 메고 있었는데 지난번보다 훨씬 우아해 보였다. 손에는 두꺼운 책 한 권을 들고 있었다. 톨스토이의 『안나 카레니나』였다. 그녀는 명랑하다 못해 조금 수선스럽기까지 했는데 특별한 용건 때문에 왔다가 우연히 들렀음을 애써 강조했다. 볼일이 있어서 프라하에 왔다

는 소리인데, 아마도 (그녀의 설명이 매우 막연했다.) 새 직
장을 찾는 눈치였다.

그리고 나서 두 사람은 옷을 벗은 채 지쳐 소파에 나란
히 누웠다. 벌써 어둠이 깔렸다. 그는 그녀에게 어디에서
잘 것이냐고 물었고 차로 바래다 주고 싶다고 했다. 그녀
는 난처한 표정을 지으며 트렁크는 수화물 보관소에 맡
겼고 호텔을 찾을 거라고 대답했다.

전날까지만 해도 프라하의 아파트로 그녀를 초대하면
그녀가 인생 전체를 자기에게 헌납하지 않을까 두려워
했던 그였다. 지금 트렁크가 수화물 보관소에 있다는 말
을 듣고, 그는 그녀가 자신의 삶을 이 트렁크에 넣어 역
에 잠깐 맡겨 두었다가 자기한테 주려는 것은 아닌지 생
각했다.

그는 건물 앞에 세워 두었던 차를 타고 그녀와 함께 역
에 가서 트렁크를 찾아 (엄청나게 크고 무거웠다.) 테레자
와 트렁크를 그의 아파트에 들여놓았다.

거의 보름 가까이 망설였고 엽서 한 장 보내지 않았던
그가 어떻게 그토록 빨리 결심할 수 있었을까?

그는 스스로도 놀랐다. 그는 자기 원칙에 어긋나는 행
동을 했던 것이다. 지금으로부터 십 년 전 첫 번째 부인
과 헤어질 때 다른 사람들이 결혼기념일을 축하하듯 환
희의 분위기 속에서 이혼을 치러 냈던 그였다. 그때 그는
자신은 어떤 여자든 간에 한 여자와는 살 수 없고 오로지
독신일 경우에만 자기 자신답다는 것을 깨달았다. 그래

서 그는 한 여자가 트렁크를 들고 그의 아파트에 들어앉지 못하도록 생활을 정교하게 꾸려 나가는 데 온갖 노력을 기울였다. 때문에 그의 집엔 소파도 하나밖에 없었다. 꽤 큰 소파였지만 그는 한 이불 속에 다른 사람과 들어가면 잠들 수 없는 체질이라고 단언하면서 자정 이후에는 모든 여자를 내쫓았다. 하긴 테레자가 독감에 걸려 그의 집에 머물렀던 첫날에도 그는 그녀와 함께 자지는 않았다. 첫날밤은 큰 의자에서 보냈고 그다음 밤들에도, 야근 때 사용하는 긴 의자가 갖춰진 그의 진료실로 갔다.

하지만 이번에는 그녀 곁에서 잤다. 아침에 눈을 떴을 때 아직도 그의 손을 잡고 있는 테레자의 모습을 그는 보았다. 그들은 밤새 그렇게 손을 잡고 있었던 것일까? 그는 도저히 믿기지 않았다.

잠든 그녀는 깊은 숨을 쉬며 그의 손을 잡고 있었고 (하도 단단히 잡고 있어서 그 손아귀에서 빠져나올 수 없었다.) 엄청나게 무거운 트렁크가 침대 곁에 놓여 있었다.

그녀를 깨울까 두려워 그는 그 손아귀에서 차마 손을 빼지 못하고 그녀를 자세히 보기 위해 아주 조심스럽게 돌아누웠다. 이번에도 여전히 테레자가 송진으로 방수된 바구니에 담겨 강물에 버려진 아기라는 생각이 들었다. 아기가 담긴 바구니를 난폭한 강물에 띄워 보낼 수 있다니! 파라오의 딸이 어린 모세가 담긴 바구니를 강물에서 건져 내지 않았다면 구약성서도 없었을 테고, 그러면 우리 문명은 어찌 되었을까! 수많은 고대 신화의 도

입부에는 버려진 아기를 구하는 누군가가 있다. 폴리보스가 아기 오이디푸스를 줍지 않았다면, 소포클레스는 그의 가장 아름다운 비극도 쓰지 않았을 것을!

그 당시 토마시는 은유란 위험한 어떤 것임을 몰랐다. 은유법으로 희롱을 하면 안 된다. 사랑은 단 하나의 은유에서도 생겨날 수 있다.

5

그는 첫 번째 부인과 겨우 이 년 남짓 살면서 아들 하나를 얻었다. 이혼 소송에서 판사는 어머니가 아이를 데려가고 토마시는 월급의 3분의 1을 그들에게 주라고 판결을 내렸다. 판사는 이와 더불어 한 달에 두 번 아들을 볼 수 있을 것을 토마시에게 허락했다.

하지만 아들을 보러 갈 때마다 부인은 약속을 뒤로 미뤘다. 그들에게 푸짐한 선물을 안겼다면 필경 쉽게 만날 수도 있었을 것이다. 그는 아들에 대한 사랑의 값을 어머니 쪽에, 그것도 선불로 내야만 한다는 것을 깨달았다. 그는 나중에 어머니의 생각과는 조목조목 대립되는 그의 생각을 아들에게 주입하고자 하는 자신의 모습을 상상해 보았다. 생각만으로도 그는 벌써 피곤해졌다. 어느 일요일엔가 아들을 데리고 나가려는 마지막 순간 그녀가 그를 가로막자, 그는 죽을 때까지 다시는 아들을 보지 않으리라 결심했다.

그런데 다른 아이가 아닌 딱히 이 아이에게 그토록 집

착할 이유가 있을까? 부주의했던 하룻밤 인연 외에는 그와 아이를 이어 주는 끈은 없는 것이다. 양육비는 꼼꼼하게 챙겨 주겠지만 부성애 같은 이런저런 감정을 내세워 아버지의 권리를 위해 싸우라는 요구까지는 그에게 하지 말았으면!

물론 누구도 이런 생각을 쉽게 받아들이진 않을 것이다. 토마시의 부모까지도 그를 비난했다. 그가 아들에게 무관심하면 자기들도 그들의 아들인 토마시를 외면할 것이라고 선언했다. 그래서 부모는 며느리와 보란 듯 당당한 우호 관계를 유지하면서 주변 사람들에게 그들의 모범적 태도와 정의감을 자랑하곤 했다.

그래서 그는 단시일 내에 부인, 아들, 어머니, 아버지를 성공적으로 떼어 버릴 수 있었다. 그의 몫으로 남은 유일한 상속 재산은 여자들에 대한 두려움뿐이었다. 그는 여자를 갈망하면서도 두려워했다. 두려움과 갈망 사이에서 어떤 타협점을 찾아야만 했고 그 타협점을 그는 '에로틱한 우정'이라 불렀다. 그는 애인들에게 이렇게 못을 박았다. 두 사람 중 누구도 상대방의 인생과 자유에 대한 독점권을 내세우지 않는, 감상이 배제된 관계만이 두 사람 모두에게 행복을 줄 수 있다고.

에로틱한 우정이 결코 공격적 사랑으로 변하지 않도록 하기 위해 그는 고정 애인 하나하나를 긴 간격을 두고 만났다. 그는 이 방법이 완벽하다고 믿고 친구들에게 자랑까지 했다. "3의 법칙을 지켜야 하지. 아주 짧은 간격

을 두고 한 여자를 만날 수도 있지만 세 번 이상은 안 되
는 거야. 혹은 수년 동안 한 여자를 만날 수 있지만 적어
도 삼 주 이상의 간격을 두어야 해." 이 법칙 덕분에 토마
시는 고정 애인들과 결별하지 않으면서도 수많은 하루
살이 애인들을 동시에 만날 수 있었다. 누구나 이러한 태
도를 이해해 주진 않았다. 그의 모든 친구들 중 오로지
사비나만이 그를 잘 이해했다. 그녀는 화가였다. 그녀는
이렇게 말했다. "당신은 모든 점에서 키치와는 정반대라
서 당신을 사랑하는 거야. 키치의 왕국에서 당신은 괴물
이야. 미국 영화나 소련 영화에서 당신 같은 사람은 파렴
치한 역할밖에는 할 수 없을 거야."

토마시는 프라하에서 테레자가 일자리를 찾는 것을
도와 달라고 사비나에게 부탁했다. 에로틱한 우정의 불
문율이 명하는 바에 따라 사비나는 한번 노력해 보겠노
라 약속했고 정말로 주간지 출판사의 사진부 일자리를
찾아 줬다. 그 일은 특별한 기술을 요구하지 않았지만 테
레자를 웨이트리스에서 언론사 직원으로 격상해 줬다.
사비나는 직접 그녀를 편집국에 소개해 줬고, 토마시는
이렇게 좋은 여자 친구는 없다고 생각했다.

6

에로틱한 우정의 불문율을 지킨다는 것은 토마시가 자신의 삶에서 사랑을 배제한다는 것도 의미했다. 토마시가 이 조건을 위반했다면 그의 다른 애인들은 사비나보다 열등한 위치에 처했을 것이고 대번에 저항했을 것이다.

토마시는 테레자에게 원룸 아파트를 구해 줬고, 그녀는 그 묵직한 트렁크를 그곳으로 가져가야만 했다. 그는 그녀를 돌봐주고 곁에 두어 즐기고 싶었지만 자기 삶의 방식을 바꿔야 할 필요성은 전혀 느끼지 못했다. 그리고 그녀가 자기 아파트에서 잠을 잔다는 것이 다른 사람들에게 알려지는 것 역시 원치 않았다. 동반 수면은 사랑의 명백한 범죄다.

그는 다른 여자들과는 결코 함께 잠을 자지 않아 왔다. 그가 여자 집으로 찾아갈 경우에는 원하는 시간에 나올 수 있으니 문제가 간단했다. 그러나 여자가 올 경우에는 사정이 좀 더 미묘해진다. 그는 불면증을 앓으며 누가 곁

에 있으면 도무지 잠을 이룰 수 없기 때문에 자정 이후에
는 여자를 집으로 바래다 줘야 한다고 설명해야만 했다.
새빨간 거짓말은 아니었지만 속내 사정은 그의 설명보
다 훨씬 복잡했고 그것을 여자 친구들에게 감히 고백할
수 없었다. 그는 정사를 마친 직후 혼자 있고 싶다는 억
누를 수 없는 욕구를 느꼈던 것이다. 한밤중에 잠에서 깼
을 때 옆자리에 낯선 존재가 있다는 것이 불쾌했다. 부부
가 함께 아침에 일어난다는 것은 생각만 해도 끔찍했고,
욕실에서 자기 칫솔질 소리가 누군가의 귀에까지 전해
지는 것이 싫었으며, 두 사람만의 다정한 아침 식사가 아
쉽지도 않았다.

　그가 잠에서 깨어났을 때 테레자가 그의 손을 꼭 잡고
있는 것을 보고 그토록 기겁을 한 것도 바로 그런 이유
때문이었다! 그는 자신에게 무슨 일이 일어났는지 이해
하기 어려웠다. 지난밤을 돌이켜 생각해 보았더니 자신
이 알지 못했던 행복의 향기를 들이마셨다는 생각이 들
었다.

　그날 이후 두 사람 모두 잠까지 함께 잘 수 있다는 것
에 미리 즐거워했다. 나는 그들이 정사를 나누는 목적은
관능성이 아니라 그 뒤에 이어지는 잠에 있었노라고 말
하고 싶다. 특히 테레자는 그가 없으면 잠들지 못했다.
그녀는 혼자만 원룸에 있을 경우 (그것은 점차 하나의 구
실에 불과해졌는데) 밤새 한잠도 자지 못했지만 극도로 불
안해하다가도 토마시의 품 안에서는 언제나 차분해지곤

했다. 토마시는 그녀에게 낮은 목소리로 그녀만을 위해 꾸며 낸 옛날이야기를 해 주거나 위로의 말, 혹은 우스갯소리를 단조로운 어투로 되풀이하곤 했다. 이러한 말들은 테레자의 머릿속에서 흐릿한 영상으로 변했다가 이내 그녀를 첫 꿈으로 인도하곤 했다. 그는 그녀의 잠에 대해 절대적 권력을 행사했고, 그녀는 토마시가 원하는 순간에 잠들어 버렸다.

함께 잠을 잘 때 그녀는 첫 번째 밤처럼 그를 꼭 붙잡고 잤다. 팔목이나 손가락 하나, 혹은 발목을 단단히 쥐고 잤다. 그녀를 깨우지 않고 일어나려면 교묘한 술수를 써야만 했다. 그가 손가락(손목, 발목)을 그녀의 손아귀에서 빼내면, 그녀는 영락없이 반쯤은 깨어났다. 그녀는 잠결에도 신경을 곤두세우고 그를 감시했던 것이다. 그녀를 안심시키기 위해 그는 손목 대신에 아무거나 (둘둘 만 파자마, 슬리퍼, 책) 그녀 손에 쥐어 줬고, 그녀는 그것을 그의 육체 일부라도 되는 것처럼 힘주어 꼭 잡았다.

어느 날 그녀를 막 재우고 난 직후, 그녀가 선잠이 들기 직전이라 말대꾸 정도는 할 수 있는 때에 토마시가 "자, 이제 난 가 볼게."라고 한 적이 있었다. "어디?" 하고 그녀는 물었다. "나가야 돼."라고 그는 단호하게 말했다. "같이 갈래." 그녀는 침대에서 몸을 일으켰다. "싫어, 난 영원히 떠나는 거야." 그는 방을 나와 현관으로 갔다. 그녀는 침대에서 일어나 눈만 껌벅거리며 따라 나왔다. 알몸에 짧은 셔츠만 걸친 차림이었다. 얼굴은 표정 없이 굳

어 있었지만 행동은 단호했다. 그는 현관문을 열고 복도
(건물 내 공용 통로다.)로 나가 문을 닫았다. 그녀는 거칠
게 문을 밀치고 나와 그가 영원히 떠나려 하니 붙잡아야
만 한다는 생각으로 반쯤 자는 상태에서도 그를 쫓아왔
다. 그는 한 층을 내려와 계단참에서 그녀를 기다렸다.
그녀가 따라와 그의 손목을 잡고 침대 속, 그녀 곁으로
데려갔다.

　토마시는 생각했다. 한 여자와 정사를 나누는 것과 함
께 잔다는 것은 서로 다를 뿐 아니라 거의 상충되는 두
가지 열정이라고. 사랑은 정사를 나누고 싶다는 욕망이
아니라 (이 욕망은 수많은 여자에게 적용된다.) 동반 수면의
욕망으로 발현되는 것이다.(이 욕망은 오로지 한 여자에게
만 관련된다.)

7

한밤중 그녀는 잠결에 신음 소리를 내기 시작했다. 토마시가 흔들어 깨우자 그녀는 그의 얼굴을 보더니 증오심에 가득 찬 소리로 말했다. "가, 가란 말이야!" 그런 다음 그녀는 꿈 이야기를 했다. 두 사람은 사비나와 함께 어딘가에 있었다. 커다란 방 한가운데에는 침대가 놓여 있었는데 극장 무대 같았다. 토마시는 그녀에게 한구석에 서 있으라고 명령하더니 그녀 눈앞에서 사비나와 정사를 했다. 그것을 바라보는 그녀는 참을 수 없는 고통을 느꼈다. 영혼의 고통을 육체의 고통으로 억누르기 위해 그녀는 바늘로 손톱 밑을 찔렀다. "끔찍하게 아팠어!" 그녀는 실제로 손에 고통이 느껴지는 것처럼 주먹을 꽉 쥐었다.

그는 그녀를 껴안았다. 그녀는 (여전히 몸을 떨며) 서서히 그의 품 안에서 잠들었다.

다음 날 토마시는 그 꿈에 대해 생각하다가 문득 뭔가를 기억해 냈다. 그는 책상 서랍을 열고 사비나의 편지

참을 수 없는 존재의 가벼움

30

뭉치를 꺼냈다. 잠시 후 그는 다음과 같은 글귀를 찾아냈다. "마치 무대 위에서처럼 내 화실에서 당신과 정사를 나누고 싶어. 주위에 사람들이 있을 테지만 접근할 수는 없을 거야. 하지만 우리에게서 눈을 떼지 못하겠지."

더욱 심각한 것은 그 편지에 날짜가 적혀 있었던 것이다. 테레자가 토마시 집에 산 지도 꽤 지난 아주 최근에 쓴 편지였다.

그는 자제심을 잃었다. "내 편지를 뒤졌군!"

그녀는 부정할 생각도 하지 않고 대꾸했다. "그래. 날 내쫓지그래!"

그러나 그는 내쫓지 않았다. 그는 그녀가 사비나의 화실 벽 뒤에 숨어서 손톱 밑을 바늘로 찌르는 모습을 그녀에게서 보았다. 그는 그녀의 손가락을 잡아 쓰다듬고 입가로 가져가 마치 핏자국이 남은 듯 손가락을 핥아 주었다.

그러나 그날 이후로 모든 것이 공모하여 그를 괴롭히는 것 같았다. 과거 은밀했던 그의 애정 편력을 그녀가 거의 하루도 거르지 않고 알아냈던 것이다.

처음에 그는 전부 부인했다. 증거가 너무 명백할 때는, 그의 다처주의 삶과 테레자에 대한 사랑 사이에 어떤 모순도 없다고 강변도 해 보았다. 어떤 때는 바람피운 것을 부정했고 어떤 때는 정당화했기 때문에 앞뒤가 맞지 않는 소리였다.

어느 날 그는 여자 친구에게 전화를 걸어 약속을 정했

다. 통화가 끝나자 옆방에서 이가 맞부딪치는 것 같은 이상한 소리가 들렸다.

우연히 그녀가 아파트에 와 있었는데, 그는 까맣게 몰랐던 것이다. 그녀는 진정제 약병을 들고 벌컥벌컥 마셨는데, 손이 떨려서 유리병이 그녀의 이에 부딪히고 있었다.

그는 물에 빠진 사람을 구하려는 듯 그녀 쪽으로 몸을 날렸다. 발레리안 약병이 바닥에 떨어졌고 양탄자 위에 커다란 얼룩을 남겼다. 그녀는 몸부림을 치며 그의 품 안에서 빠져나가려 했고, 그는 그녀가 진정할 때까지 십오 분 동안 미친 사람을 조여 매는 구속복처럼 그녀를 껴안았다.

그가 처한 상황이 철저한 불평등에 근거했기에, 그는 변명의 여지가 없음을 알았다.

그녀가 사비나의 편지를 발견하기 훨씬 전에 두 사람은 친구들과 함께 카바레에 간 적이 있었다. 테레자가 새 직장을 얻은 것을 축하하러 갔던 것이다. 그녀는 스튜디오를 그만두고 잡지사의 사진기자가 되었다. 토마시는 춤추기를 좋아하지 않았기 때문에 그의 병원 동료 중 하나가 테레자와 춤을 췄다. 두 사람은 무대 위를 화려하게 미끄러져 갔고, 테레자는 그 어느 때보다도 아름다웠다. 한 치의 어긋남도 없이 순순히 파트너의 뜻에 따르는 그녀의 모습을 보고 그는 기가 막혔다. 그녀의 헌신, 토마시의 눈빛을 읽고 그의 뜻에 따르려는 그녀의 뜨거운 욕망이 딱히 토마시라는 한 남자에게 한정된 것이 아니라 그녀가 만난 어떤 남자의 요구에도 기꺼이 응할 것이라는 사실을 이 댄스 장면이 강변하는 것처럼 보였다. 테레자와 그의 젊은 직장 동료가 애인 사이라고 상상하는 것만큼 쉬운 일은 없었다. 이렇듯 너무도 쉽게 상상할 수 있다는 사실이 그에게 상처를 줬다. 테레자의 육체가 다른 어떤 수컷의 몸통과 격렬한 사랑의 자세를 취하는 모습이 완벽하게 머릿속에 그려지는 것이다. 이런 생각에 그는 불쾌해졌다. 저녁 늦은 시간에 집으로 돌아와 그는 질투심을 느꼈다고 고백했다.

이론적 가능성에서 비롯된 터무니없는 질투는 토마시가 그녀의 정절을 불가결한 전제 조건으로 간주한다는 증거였다. 하물며 진짜 존재하는 그의 애인들에게 질투심을 느끼는 그녀를 어찌 나무랄 수 있을까?

8

테레자는 토마시가 하는 말을 낮에는 곧이곧대로 믿
고 (실제 그렇게 하진 못했다.) 그때까지 그래 왔듯 명랑한
표정을 지으려고 애썼다. 그러나 낮 동안 고분고분하게
길들었던 질투심이 꿈속에서는 격렬하게 기승을 부렸
다. 그녀의 꿈은 항상 토마시가 곁에서 흔들어 깨워 줘야
만 멈추는 신음 소리로 마무리되었다.

그녀의 꿈은 변주곡의 테마나 텔레비전 연속극처럼
반복되었다. 예를 들면 그녀는 고양이가 얼굴에 뛰어올
라 피부 깊숙이 발톱을 박는 꿈을 자주 꿨다. 사실 이 꿈
은 쉽게 풀이될 수 있다. 체코 말로 고양이는 예쁜 여자
를 지칭하는 속어다. 테레자는 여자들, 모든 여자들로부
터 위협을 받는다고 느꼈다. 모든 여자는 토마시의 잠재
적 애인이었고, 그녀는 그것이 두려웠다.

이어지는 또 다른 꿈에서는 그녀가 죽음으로 내몰렸
다. 어느 날 밤 가위에 눌려 비명을 지르는 그녀를 토마
시가 깨웠더니, 그녀는 꿈 이야기를 했다. "커다란 실내

수영장이었어. 여자만 스무여 명 있었어. 모두 완전히 알몸이었고 수영장 주변을 따라 발을 맞춰 행진해야 했어. 천장에 커다란 바구니가 매달려 있었고, 그 안에 한 남자가 있더군. 챙이 큰 모자를 써서 얼굴을 가렸지만 나는 그 남자가 당신인 걸 알았어. 당신은 우리에게 명령을 내리더군. 당신은 악을 썼어. 우리는 행진하며 노래를 부르다가 무릎을 꿇어야만 했어. 한 여자가 무릎을 꿇지 못하자 당신은 권총으로 쏘았고, 그녀는 죽어 수영장에 떨어졌지. 그 순간 다른 여자들은 박장대소하고 더욱 큰 소리로 노래를 부르기 시작했어. 당신은 우리로부터 눈을 떼지 않다가 우리 중 한 여자가 틀린 동작을 하면 쏘아 죽였어. 풀장은 물결에 따라 출렁이는 시체로 가득 찼고. 나는 더 이상 힘이 없어서 다음 동작을 할 수 없었고 그래서 당신이 날 죽일 거라는 것을 알고 있었어!"

이어지는 세 번째 꿈은 죽고 난 후의 일과 관련 있었다.

그녀는 이삿짐 트럭만큼이나 큰 영구차 속에 누워 있었다. 주위에는 오로지 여자 시체들뿐이었다. 시체가 너무 많아 뒷문을 열어 놓고 다리를 밖으로 내놓아야 했다.

테레자는 악을 썼다. "이봐요! 난 죽지 않았어요! 아직도 감각이 있단 말이에요!"

"우리에게도 감각이 남아 있어."라고 다른 시체들이 빈정거렸다.

예전에 살아 있는 여자들이 자기들은 이가 썩고 난소가 병들고 주름살이 생겼으니 언젠가는 테레자도 이가 썩고 난소가 병들고 주름살이 생기는 것이 정상이라고 말하면서 킬킬 웃은 적이 있었는데, 시체들은 그 여자들과 똑같은 웃음소리를 냈다. 똑같은 웃음을 지으며 이제 너도 죽었으니 모든 것이 정상으로 돌아왔다고 설명하는 것이다.

갑자기 그녀는 오줌을 누고 싶었다. 그녀는 소리쳤다. "난 오줌을 누고 싶단 말이에요! 이게 내가 죽지 않았다는 증거예요!"

시체들은 다시금 폭소를 터뜨렸다. "오줌 누고 싶은 게 당연하지! 모든 감각이 오래도록 남아 있을 거야! 한쪽 팔을 잘라 낸 후에도 오랫동안 팔이 있는 것처럼 느끼듯 말이야. 오줌은 더 이상 없지만 우리도 여전히 오줌을 누고 싶거든."

테레자는 침대 안에서 토마시를 꼭 껴안았다. "그런데 그 여자들이 하나같이 나를 예전부터 알았다는 듯이, 내 친구라도 되는 듯이 내게 반말을 했고, 나는 그녀들과 영원히 같이 있어야만 할까 봐 두려웠어."

9

라틴어에서 파생된 모든 언어에서 동정(compassion)이라는 단어는 접두사 '콤(com-)'과 원래 '고통'을 의미하는 어간 '파시오(passio)'로 구성된다. 다른 언어, 예컨대 체코어, 폴란드어, 독일어, 스웨덴어에서 이 단어는 똑같은 뜻의 접두사와 '감정(sentiment)'이라는 단어로 구성된 명사로 번역된다.(체코어로는 sou-cit, 폴란드어로는 wspol-czucie, 독일어로는 Mit-gefühl, 스웨덴어로는 med-känsla이다.)

라틴어에서 파생된 언어에서 동정이라는 단어는 타인의 고통을 차마 차가운 심장으로 바라볼 수 없다는 것을 뜻한다. 달리 말해 고통스러워하는 이와 공감한다는 뜻이다. 거의 같은 뜻을 지닌 연민(pitié)이라는 단어는(영어로 pity, 이탈리아어로 pietà 등) 고통 받는 존재에 대한 일종의 관용을 암시한다. 한 여인에게 연민을 느낀다는 것은 그녀보다 넉넉한 처지에 있는 사람이 몸을 낮춰 그녀의 높이까지 내려간다는 것을 뜻한다.

그래서 동정이라는 단어는 일반적으로 의심쩍은 느낌을 불러일으킨다. 사랑과는 별로 관계없는 저급한 감정을 지칭하기 때문이다. 누군가를 동정 삼아 사랑한다는 것은 진정으로 사랑하는 것이 아니다.

'고통(passio)'이 아니라 '감정(sentiment)'이라는 어간으로 동정이란 단어가 형성된 언어에서 이 단어는 거의 같은 의미로 사용되지만 나쁜 감정, 혹은 저급 감정을 지칭한다고 말하긴 어렵다. 어원이 발휘하는 비밀스러운 힘에 의해 이 단어는 또 다른 후광을 받아 보다 넓은 뜻을 지니게 되었다. 동정심을 갖는다는 것(co-sentiment)은 타인의 불행을 함께 겪을 뿐 아니라 환희, 고통, 행복, 고민과 같은 다른 모든 감정도 함께 느낄 수 있다는 것을 뜻한다. 이러한 동정(soucit, wspolczucie, Mitgefühl, medkänsla의 의미로는)은 고도의 감정적 상상력, 감정적 텔레파시 기술을 지칭한다. 감정의 여러 단계 중에서 이것이 가장 최상의 감정이다.

테레자가 바늘로 손톱 밑을 찌르는 꿈을 꾼다는 것은 그녀가 토마시 모르게 그의 서랍을 뒤졌다는 것을 드러내면서 결국 자신의 본심을 표현한 것이다. 다른 여자가 이런 짓을 했다면 그 후로 그는 두 번 다시 말도 걸지 않았을 것이다. 테레자는 그를 잘 알기 때문에 "나를 내쫓아 봐!"라고 했던 것이다. 그런데 그는 그녀를 내쫓지 않았을 뿐 아니라 그녀의 손을 잡고 손끝에 키스까지 했다. 왜냐하면 그 순간 마치 테레자 손가락의 신경이 자신의

참을 수 없는 존재의 가벼움

뇌에 직접 연결된 듯 그녀가 손톱에서 느끼는 고통을 자신도 느꼈기 때문이다. 동정(co-sentiment)에 대한 악마적 능력을 갖지 못한 자라면 테레자의 행동을 매몰차게 비난했을 것이다. 타인의 사생활은 신성하며 누구도 타인의 편지를 정리한 서랍을 열어서는 안 되는 것이다. 그러나 토마시는 동정이 그의 운명(혹은 저주)이 되었기에 서랍 앞에 무릎을 꿇고 앉아 손으로 쓴 사비나의 편지에서 눈길을 떼지 못하는 사람이 바로 자기인 것처럼 느꼈다. 그는 테레자를 이해했고 그녀를 비난할 수 없었을 뿐 아니라 더욱더 사랑하게 되었다.

10

그녀의 행동은 점차 거칠어지고 일관성을 잃어 갔다. 그녀가 토마시의 바람기를 발견한 지도 이 년이 지났고 그의 바람기는 더욱더 심해졌다. 도무지 해결책이 없었다.

뭐라고! 에로틱한 우정을 끊고 살 수 없다고? 그렇다. 그것이 없으면 그의 가슴은 찢어질 것이다. 그에게는 다른 여자에 대한 탐욕을 자제할 힘이 없다. 그리고 그는 자제할 필요도 없다고 생각한다. 자신의 바람기가 테레자에겐 아무런 해도 끼치지 않는다는 것을 누구보다도 잘 아는 토마시였다. 그러니 무엇 때문에 자제하고 살 것인가? 그것은 축구 경기 관람을 포기하는 것만큼이나 어리석은 결정이라고 그는 생각했다.

그러나 외도 속에 여전히 쾌감이 있었을까? 애인 중하나를 만나러 집을 나서자마자 토마시는 그 여자에 대한 혐오감을 느꼈고 이번 만남이 마지막이라고 다짐하고는 했다. 눈앞에서 어른거리는 테레자의 모습을 떨쳐 버리기 위해 빨리 술에 취해야만 했다. 테레자를 알고부터 술의 도움 없이는 다른 여자들과 사랑을 나눌 수 없었다! 그런데 입가에서 풍기는 술 냄새야말로 테레자가 가장 쉽사리 그의 바람을 눈치채는 단서였다.

이제 그는 덫에 걸려든 것이다. 다른 여자를 만나러 가려고 문을 나서면 욕망이 사라졌고 여자들이 없는 날이면 대번에 전화를 걸어 밀회 약속을 했다. 그가 그나마 가장 편안함을 느끼는 곳이 사비나의 집이었다. 그녀는 매사에 신중하니 들킬 염려가 없다는 것을 알기 때문이었다. 그녀의 화실에는 지나간 생의 추억, 행복했던 독신 생활의 자취가 남아 있었다.

그 자신도 자기가 얼마나 변했는지 몰랐다. 그는 자기를 기다릴 테레자 때문에 늦게 귀가하는 것을 두려워할 정도였다. 어느 날엔가 사비나는 그가 정사 중에도 시계를 보며 서둘러 절정으로 가려고 애쓰는 것을 눈치챘다.

정사가 끝나자 사비나는 시큰둥하게 알몸으로 화실을 돌아다니다가 이젤에 걸린 미완성 그림 앞에서 허겁지겁 옷을 꿰어 입고 있는 토마시 쪽을 힐끗 보았다.

옷은 금세 입었지만 한쪽 발은 맨발이었다. 그는 주위를 둘러보더니 엉금엉금 기어 다니며 테이블 아래에서 뭔가를 찾았다.

사비나는 이렇게 말했다. "당신을 보고 있자니 당신이 내 그림의 영원한 테마 속에 녹아드는 중이란 느낌이 들어. 두 세계의 만남이라는 테마. 이중노출이랄까? 바람둥이 토마시의 그림자 뒤에 낭만적 사랑에 빠진 연인의 모습이 나타나거든. 혹은 그 반대일 수도 있어. 오직 테레자만을 생각하는 트리스탄의 모습에서 바람둥이의 아름다운 세계가 언뜻 엿보이기도 하고."

토마시는 사비나의 말을 한쪽 귀로 흘려들으면서 다시 일어섰다.

"뭘 찾는 거야?"

"양말 한 짝."

그녀는 그와 함께 방을 뒤졌다. 그는 다시 엉금엉금 기며 탁자 밑을 둘러보기 시작했다.

"거기엔 양말이 없어. 올 때부터 맨발이었을 거야."

토마시는 손목시계를 보며 소리쳤다. "아니, 안 신고 왔다고! 한 짝만 신고 왔을 리가 없어!"

"그럴 수도 있지. 당신은 얼마 전부터 정신 나간 사람 같았어. 항상 허둥거리고 시계를 봤잖아. 양말 한 짝을 신지 않을 법도 하지."

그는 맨발에 구두를 신을 작정을 한 것 같았다.

"밖은 추워. 스타킹 한 짝을 빌려줄게!"

그녀는 흰 최신 유행 스타킹 한 짝을 그에게 내밀었다.

그는 이것이 보복이라는 것을 잘 알았다. 정사 중에 시계를 본 것에 앙갚음을 하려고 양말을 감춘 것이다. 날씨가 이렇게 추우니 그녀 말에 따르는 수밖에 없었다. 그는 한쪽 발에는 양말, 다른 쪽 발에는 발목까지 말려 내려온 하얀색 여자 스타킹을 신고 집에 돌아갔다.

그는 출구가 없는 상황에 빠져 있었다. 애인들 눈에 그

는 테레자에 대한 사랑의 도장이 찍힌 사람으로 보였고,
반면 테레자의 눈에는 여러 애인들과 나눈 사랑 편력의
도장이 찍힌 사람으로 보였던 것이다.

11

테레자의 고통을 잠재우기 위해 그는 그녀와 결혼했고 (그들은 마침내 아파트 계약을 해지할 수 있었다. 그녀는 오래전부터 거기서 살지 않았다.) 그녀에게 작은 강아지를 사 주었다.

어미는 토마시 친구의 개로 세인트버나드 종이었다. 아비는 옆집의 울프 종이었다. 아무도 그 배에서 태어난 잡종 새끼를 원치 않았고, 그의 친구는 새끼를 모두 죽여 버려야 한다는 생각에 울적해하고 있었다.

토마시는 그 새끼들 중 하나를 골라야만 했고 그의 선택을 받지 못한 개는 죽을 거라는 것을 알았다. 사형수 넷 중에 한 명만을 사면할 수 있는 대통령이 된 기분이 들었다. 결국 몸통은 늑대를 닮고, 머리는 어미 개 세인트버나드를 닮은 암캐로 골랐다. 그는 개를 테레자에게 가져다 주었다. 그녀는 강아지를 껴안고 가슴에 비볐고, 강아지는 곧바로 그녀의 블라우스에 오줌을 쌌다.

이제는 이름을 지어 줘야 했다. 그는 듣기만 해도 테레

자의 개임을 알 수 있는 이름을 지어 주고 싶었고 그녀가
예고 없이 프라하에 찾아왔던 그날, 겨드랑이에 끼고 있
던 책이 떠올랐다. 그는 강아지를 톨스토이라고 부르자
고 했다. 테레자가 반박했다.

"여자인데 톨스토이라 부를 순 없지. 안나 카레니나라
고 부르자."

"이렇게 얼굴이 조그맣고 우습게 생긴 여자가 어디 있
어? 안나 카레니나라고 부를 순 없지. 차라리 그냥 카레
닌이라고 부르지. 내가 생각했던 것과 딱 맞아떨어지는
이름이네."

"카레닌이라 부르면 이 개의 성 의식에 혼란이 오지
않을까?"

"주인이 항상 수컷 이름으로 부르는 암캐는 레즈비언
성향을 보일 수도 있지."

더욱 이상한 일은 토마시의 예상이 적중한 것이다. 일
반적으로 암캐는 여자 주인보다는 남자 주인을 따르게
마련인데 카레닌의 경우는 반대였다. 카레닌은 테레자
를 사랑하기로 작정한 놈이었다. 토마시는 그것이 고마
웠다. 그는 강아지의 머리를 쓰다듬으며 말했다. "그래,
잘 생각했어, 카레닌. 내가 네게 기대했던 것이 바로 그
거야. 나 혼자서는 어쩔 수 없으니 네가 날 도와야 한다."

그러나 카레닌의 도움에도 그는 그녀를 행복하게 해
줄 수 없었다. 그녀는 이 사실을 소련 탱크가 전국을 점
령하고 열흘이 지난 후에 깨달았다. 1968년 8월, 국제 학

술 대회에서 만났던 취리히 병원 원장이 매일 그에게 전
화를 했다. 그는 토마시를 염려하며 취리히의 의사 자리
를 제안했다.

12

토마시가 스위스 의사의 제안을 망설임 없이 거절했던 것은 테레자 때문이었다. 그녀가 떠나고 싶지 않을 거라고 짐작했던 것이다. 더구나 소련군이 진주한 후 일주일 동안 그녀는 거의 행복과 유사한 일종의 전율 상태에 빠져 있었다. 그녀는 카메라를 들고 거리로 나섰고 외국 기자들에게 필름을 나누어 줬다. 기자들은 필름을 얻으려고 아우성을 쳤다. 어느 날 그녀는 너무 대담해져서 시위 군중에게 권총을 겨누는 한 장교의 사진을 가까이에서 찍었다. 그녀는 체포되어 소련군 본부에서 밤을 샜다. 소련군은 그녀를 총살하겠다고 위협했지만 그녀는 석방되자마자 거리로 돌아가 사진을 찍었다.

그런 까닭에 소련군이 점령한 지 열흘째 되던 날 그녀가 한 말에 토마시는 놀라지 않을 수 없었다. "그런데 왜 당신은 스위스에 가려 하지 않아?"

"왜 가야 하지?"

"여기에 있으면 저들이 당신에게 보복할 거야."

토마시는 자포자기한 표정으로 대답했다. "저들이 보복할 사람이 한둘이겠어. 하지만 당신은 외국에서 살 수 있겠어?"

"못 살 것도 없잖아?"

"이 나라를 위해 목숨까지 기꺼이 희생하려는 당신 모습을 본 후부터 과연 당신이 이 시점에 떠날 수 있을까 하고 자문해 보았어."

"둡체크가 돌아온 후부터 모든 게 변했어."라고 테레자가 말했다.

사실이었다. 국민들의 행복한 도취는 점령 후 일주일 이상 지속되지 못했다. 체코 정치인들은 잡범처럼 소련군에게 끌려갔고, 그들이 어디에 있는지는 아무도 몰랐다. 모든 사람이 그들의 안위를 걱정했고, 소련군에 대한 증오는 술기운처럼 치밀어 올랐다. 증오감에 도취된 축제였다. 보헤미아의 도시는 손으로 그린 포스터로 온통 뒤덮였다. 포스터에는 냉소적 글귀, 서시, 시구절, 브레즈네프와 그의 군대 캐리커처가 자극적으로 표현되었다. 그의 군대를 일자무식한 광대 집단이라고 조롱하는 포스터였다. 그러나 어떤 축제도 영원히 지속될 수 없다. 그동안 소련은 체코 정치인을 모스크바로 납치하여 타협 문서에 서명하도록 강요했다. 둡체크는 이 타협안을 가지고 프라하로 돌아와 라디오 방송에서 연설문을 낭독했다. 구금 생활 엿새 동안 너무도 쇠약해진 그는 가까스로 입을 열다가 말을 더듬었다. 그는 중간 중간 거의 삼십 초가량이나 말을 멈추고 호흡을 가다듬기도 했다.

그의 타협안은 모든 사람들이 두려워해 마지않던 학살과 시베리아 집단 유배 같은 최악의 상황으로부터 국가를 구해 내기는 했다. 그러나 한 가지는 분명하게 드러났다. 보헤미아는 정복자 앞에 머리를 조아려야만 했다. 알렉산드르 둡체크처럼 영원히 말을 더듬고, 횡설수설하고, 호흡을 가다듬어야만 했다. 일상적 모욕 상태로 돌입한 것이다.

테레자는 이 모든 것을 토마시에게 구구절절 설명했다. 그는 이것이 사실이기는 하지만 테레자가 프라하를 떠나고 싶어 하는 보다 근본적인 또 다른 이유가 이 진실 뒤에 은폐되어 있다는 것을 알았다. 이곳에서 그녀의 삶이 불행하다는 것이었다.

그녀는 목숨을 걸고 거리에서 소련군 사진을 찍으며 그녀 생애 가장 행복한 순간을 만끽했다. 그동안만은 연속극처럼 계속되었던 그녀의 꿈이 중단되어 그녀는 편안한 밤을 보낼 수 있었다. 탱크로 무장한 소련군이 그녀에게 평온을 가져다 준 셈이었다. 축제가 끝난 지금, 그녀는 다시 그녀의 밤이 두려워졌고 밤으로부터 도망가고 싶었다. 그녀는 스스로에게 만족하고 자신이 강하다고 느낄 수 있는 상황이 있다는 것을 발견했고 이와 유사한 상황을 다시 찾겠다는 희망에 부풀어 외국으로 떠나고 싶은 것이었다.

"사비나도 스위스로 망명했는데 그래도 괜찮아?"

"제네바가 취리히는 아니잖아. 분명히 프라하에서보단 그녀가 덜 거슬릴 거야."

자신이 사는 곳을 떠나고자 하는 자는 행복하지 않은 사람이다. 테레자의 망명 욕구를 토마시는 죄인이 유죄 선고를 받듯 받아들였다. 그는 그 선고에 따라 얼마 후 테레자, 카레닌과 함께 스위스의 가장 큰 도시에 있게 되었다.

13

그는 빈 아파트를 메울 침대 하나를 샀고 (그들에게 다른 가구를 살 여력은 없었다.) 마흔 살이 넘어 새 인생을 시작하는 사람처럼 미친 듯이 일에 몰두했다.

그는 제네바에 있는 사비나에게 몇 차례 전화를 걸었다. 그녀는 운 좋게도 소련군이 침공하기 여드레 전 개인전을 개최했고, 약소국가에 대한 동정심에 이끌린 스위스의 미술 애호가들이 그녀의 그림을 몽땅 구입해 줬다.

"소련군 덕분에 난 부자가 됐어!" 그녀는 통화 중에 웃음을 터뜨렸고 토마시를 그녀의 새 화실에 초대하면서 토마시가 알던 프라하의 화실과 크게 다르지 않다고 했다.

그는 기꺼이 그녀를 보러 가고 싶었지만 여행을 정당화하기 위해 테레자에게 둘러댈 어떤 구실도 찾지 못했다. 그래서 사비나가 취리히로 왔다. 그녀는 호텔에 머물렀다. 토마시는 일을 끝내고 그녀를 찾아가 호텔 프런트에서 전화를 하고 그녀의 방으로 올라갔다. 그녀는 문을 열었고, 팬티와 브래지어만 걸친 채 늘씬하고 아름다운 다리로 버티고 섰다. 머리 위엔 중산모자가 얹혀 있었다. 그녀는 꼼짝도 하지 않고 아무 말 없이 토마시를 오랫동안 바라보았다. 토마시 역시 묵묵히 서 있었다. 그는 자신이 무척 격한 감정에 빠져 있음을 깨달았다. 그는 그녀의 머리에서 중산모자를 벗겨 내 머리맡 테이블에 놓았다. 그들은 한마디도 하지 않고 사랑을 나눴다.

호텔을 나와 취리히의 집(테이블, 의자, 소파, 양탄자를 들여놓은 것도 오래전 일이다.)으로 돌아가면서 토마시는 달팽이가 자신의 집을 메고 다니듯 자기도 자신의 삶의 방식을 휴대하고 다닌다는 생각을 하며 행복을 느꼈다. 테레자와 사비나는 그의 삶에 있어서 두 극점, 서로 멀리 떨어져 화해가 불가능하지만 하나같이 아름다운 극점을 표상했다.

그러나 토마시가 몸 안에 맹장을 달고 다니듯 삶의 방식을 어디에나 지니고 다녔기에, 테레자는 언제나 같은 꿈을 꿨다.

그가 저녁 늦게 돌아와 테이블 위에서 편지를 발견한 것은 취리히에 온 지 육 개월 혹은 칠 개월쯤 지난 때였다. 그녀가 프라하로 돌아간다는 내용이었다. 더 이상 외국에서 살 자신이 없기에 떠난다는 것이다. 그녀는 이곳 취리히에서 자신이 토마시의 버팀목이 되어야만 한다는 것을 알뿐더러 그런 일에 역부족임도 안다고 했다. 그녀는 순진하게도 외국 생활이 자기를 바꾸리라 믿었던 것이다. 소련군 침공 기간 동안 자신이 겪었던 체험 덕분에 자기가 더 이상 소심하지 않고 이제는 어른스럽고 합리적이며 용감해졌다고 생각했는데, 자신을 과대평가했다고 했다. 그녀는 토마시에게 짐이 되었고, 그것이야말로 그녀가 원하지 않았던 것이다. 그녀는 너무 늦기 전에 결론을 맺고자 했다. 그리고 카레닌을 데리고 가니 양해해 달라고 했다.

그는 매우 강한 수면제를 먹었지만 새벽녘에야 가까스로 잠이 들었다. 다행히도 그날은 토요일이라 집에 있을 수 있었다. 그는 모든 상황을 수천 번에 걸쳐 되짚어 보았다. 보헤미아와 나머지 세계 사이의 경계는 그들이 떠나왔던 시절처럼 더 이상 열려 있지 않다. 전보도 전화도 테레자를 돌아오게 할 수 없을 것이다. 정부 당국은 그녀가 떠나도록 내버려두지 않을 것이다. 도무지 믿기지 않았지만 테레자가 떠난 것은 돌이킬 수 없었다.

14

아무것도 할 수 없다는 생각이 그를 멍한 상태에 빠뜨렸고 동시에 그를 진정시키기도 했다. 어떤 결정을 내리라고 그에게 강요하는 사람은 없었다. 건너편 건물 벽을 바라보며 자신이 그녀와 함께 살고 싶은 것일까 아닐까를 생각할 필요도 없었다. 테레자가 모든 것을 결정해 주었다.

그는 레스토랑에서 식사를 했다. 자신의 처지가 슬펐지만 식사를 하다 보니 마치 최초의 절망도 그 열기를 잃고 그저 우울함만 남은 듯 시들해졌다. 그는 그녀와 함께 보낸 지난 세월을 되돌아보았고 그들의 관계가 이보다 더 잘 끝날 수는 없다고 생각했다. 누가 꾸며낸 이야기일지라도 달리 마무리할 수는 없었을 것이다.

어느 날 테레자는 예고도 없이 그의 집에 찾아왔다. 어느 날 그녀는 같은 방식으로 떠났다. 그녀는 묵직한 트렁크를 들고 왔다. 그리고 다시 묵직한 트렁크를 들고 떠났다.

그는 음식 값을 치르고 레스토랑을 나와서 더욱더 감미로워지는 우울에 빠져 거리를 산책했다. 테레자와 함께 산 칠 년이라는 세월은 이제 과거의 일이다. 그런데 돌이켜 보니 이미 추억이 된 그 시절이 당시에 느꼈던 것보다 훨씬 아름답게 느껴졌다.

그와 테레자의 사랑은 분명 아름다웠지만 피곤하기도 했다. 항상 뭔가 숨기고, 감추고, 위장하고, 보완하고, 그녀에게 용기를 주고, 위로하고, 그녀를 사랑한다는 사실을 끊임없이 증명하고, 질투심과 고통과 꿈에서 비롯된 비난을 감수하고, 죄의식을 느끼고, 자신을 정당화하고, 용서를 구해야만 했다. 이제 피곤은 사라지고 아름다움만 남았다.

토요일 저녁이 시작되었다. 그는 처음으로 혼자 취리히 거리를 산책했고 자유의 향기를 가슴 깊이 들이마셨다. 거리 모퉁이마다 연애 가능성이 널려 있었다. 미래는 다시 하나의 신비로 되돌아갔다. 그는 오로지 독신으로만 진정한 자신의 모습으로 살 수 있으니 자신의 운명은 그런 것이라고 굳게 확신했던 삶, 독신자의 삶으로 되돌아간 것이다.

그는 테레자에게 얽매여 칠 년을 살았고, 그녀는 그의 발길 하나하나를 감시했다. 마치 그의 발목에 방울을 채워 놓은 것 같았다. 이제 그의 발걸음은 갑자기 훨씬 가벼워졌다. 거의 날아갈 듯했다. 그는 파르메니데스의 마술적 공간 속에 들어간 것이다. 그는 존재의 달콤한 가벼움을 만끽했다.

(제네바의 사비나에게 전화를 걸거나 지난 몇 달 동안 알고
지낸 취리히의 여자들 중 하나에게 연락을 취하고 싶지는 않았
을까? 아니다. 그에겐 추호도 그럴 생각이 없었다. 그는 다른
여자와 함께 있으면 테레자의 추억이 그에게 견딜 수 없는 고
통을 불러일으킬 것이라는 사실을 잘 알았다.)

15

우수 어린 이 이상한 도취는 일요일 저녁까지 지속되었다. 월요일, 모든 것이 달라졌다. 테레자가 그의 머릿속에 돌연 출연한 것이다. 그는 테레자가 이별의 편지를 쓰며 겪었던 감정을 느꼈던 것이다. 그녀의 손이 떨리는 것이 느껴졌다. 한 손에는 무거운 트렁크를 들고 다른 손에는 카레닌을 묶은 줄을 잡고 천천히 걸어가는 그녀의 모습이 떠올랐다. 프라하 아파트의 열쇠 구멍에 열쇠를 넣고 돌리는 그녀 모습이 떠올랐고 문을 열었을 때 얼굴에 스쳐 지나가는 홀로 된 그녀의 슬픔이 그의 가슴에 와닿았다.

우울했던 아름다운 이틀 동안 그의 동정심이 (감정적 텔레파시라는 이 저주) 쉬고 있었던 것이다. 어린 노동자가 주 중의 고된 일을 마치고 월요일에 다시 격무로 돌아가기 위해 일요일에 잠을 자 두듯, 동정심도 잠들어 있었던 것이다.

토마시는 환자를 진찰하면서도 환자 대신 테레자를

보았다. 그는 정상으로 돌아오려고 노력했다. 생각하지 마라! 생각하지 마라! 난 동정심이라는 병을 앓는 거고 그렇기 때문에 그녀가 떠나서 다시는 그녀를 볼 수 없게 된 것이 천만다행이다 하고 중얼거렸다. 나는 그녀가 아니라 동정심으로부터 벗어나야 한다. 전에는 몰랐지만 그녀가 병균을 주입한 이 병으로부터 벗어나야 한다!

토요일과 일요일에 그는 미래로부터 존재의 감미로운 가벼움이 그에게 다가옴을 느꼈다. 월요일, 그는 한 번도 느낀 적 없는 중압감에 짓눌리는 듯했다. 수천 톤이나 나가는 소련 탱크의 무게도 이 중압감에 비하면 아무것도 아니다. 동정심보다 무거운 것은 없다. 우리 자신의 고통 조차도, 상상력으로 증폭되고 수천 번 메아리치면서 깊어진, 타인과 함께, 타인을 위해, 타인을 대신해 느끼는 고통만큼 무겁지는 않다.

그는 동정심에 굴복하지 말라고 스스로에게 채찍과 명령을 가했고, 동정심은 죄인처럼 고개를 숙이고 그의 말을 따랐다. 동정심은 자기가 권력을 남용했다는 것을 인정했지만 은근히 고집을 꺾지 않아서 결국은 테레자가 떠난 지 닷새 후 원장(소련군 침공 때 매일 프라하로 전화를 했던 바로 그 사람이다.)에게 당장 돌아가야만 한다고 선언했다. 그는 부끄러웠다. 무책임하고 용서받을 수 없는 행동이라고 원장이 생각할 거라는 것을 알기 때문이었다. 토마시는 수천 번 그에게 모든 것을 털어놓고 테레자와 그녀가 테이블에 남긴 그 편지에 대해 이야기하고 싫었다. 그러나 토마시는 아무 말도 하지 않았다. 스위스 의사라면 테레자의 행동 방식이 신경질적이며 태도도 불쾌하다고 생각할 게 뻔했다. 그리고 토마시는 사람들이 테레자에 대해 나쁘게 생각하도록 두는 것이 싫었다.

원장은 정말 화를 냈다. 토마시는 어깨를 으쓱하며 말했다. "Es muss sein. Es muss sein."

그것은 하나의 암시였다. 베토벤의 마지막 4중주 중 마지막 악장은 이 같은 두 모티프로 작곡되었다.

이 단어의 의미가 분명하게 전달되게 하기 위해 베토벤은 마지막 악장 첫 부분에 이렇게 써넣었다. "Der schwer gefasste Entschluss." 신중하게 내린 결정.

베토벤에 대한 암시를 통해 토마시는 벌써 테레자 곁에 가 있었다. 베토벤의 4중주와 소나타의 레코드를 사라고 그를 억지로 몰아붙인 사람이 그녀였기 때문이다. 원장이 음악 애호가였기 때문에 이 암시는 그가 상상했던 것보다 훨씬 정곡을 찔렀다. 원장은 잔잔한 미소와 함께 베토벤의 멜로디를 흉내 내며 부드럽게 말했다.

"Muss es Sein?" 그래야만 하는가?

토마시는 다시 한 번 말했다. "네, 그래야만 합니다!
Ja, es muss sein!"

16

파르메니데스와는 달리 베토벤은 무거움을 뭔가 긍정적인 것이라고 간주했던 것 같다. "Der schwer gefasste Entschluss." 진중하게 내린 결정은 운명의 목소리와 결부되었다.("es muss sein!") 무거움, 필연성 그리고 가치는 내면적으로 연결된 세 개념이다. 필연적인 것만이 진중한 것이고, 묵직한 것만이 가치 있는 것이다.

이러한 신념은 베토벤의 음악으로부터 비롯된 것이다. 그리고 그 책임을 작곡가 자신보다는 베토벤의 해설가에게 돌리는 것도 가능하겠지만 (아니면 그럴 만한 개연성이 있겠지만) 우리는 오늘날 이런 신념에 어느 정도 동조한다. 우리 생각에는 인간을 위대하게 하는 것은, 아틀라스가 어깨에 하늘을 지고 있듯 인간도 자신의 운명을 짊어지고 있다는 점이다. 베토벤의 영웅은 형이상학적인 무게를 들어올리는 역도 선수다.

토마시는 스위스 국경을 향해 차를 몰았고, 나는 머리가 헝클어지고 표정은 침울한 베토벤이 몸소 시골 마을

악단을 지휘하여, 이민 생활에 작별을 고하는 그를 위해 'Es muss sein!'이라는 제목의 행진곡을 연주하는 모습을 상상했다.

그러나 잠시 후 체코 국경을 넘자 그는 소련 탱크 행렬과 마주쳤다. 그는 사거리에 차를 세우고 탱크가 지나갈 때까지 삼십 분을 기다려야만 했다. 검은 군복을 입은 흉측한 전차병이 사거리에 자리를 잡고 보헤미아의 모든 도로가 자기 것이라는 듯 교통을 정리했다. 토마시는 "Es muss sein! 그래야만 한다!"라고 되뇌었지만 금세 의심이 들기 시작했다. 정말 그래야만 할까?

그렇다, 취리히에 남아 프라하에 혼자 있는 테레자를 상상하는 것은 견딜 수 없었을 것이다.

그러나 얼마나 오랫동안 동정심으로 고통을 받아야 했을까? 일생 동안? 한 달 동안? 딱 일주일만?

어찌 알 수 있을까? 어떻게 그것을 확인할 수 있을까?

물리 실험 시간에 중학생은 과학적 과정의 정확성을 확인하기 위해 실험을 할 수 있다. 그러나 인간은 오직 한 번밖에 살지 못하므로 체험으로 가정을 확인해 볼 길이 없고, 따라서 자기 감정에 따르는 것이 옳은 것인지 틀린 것인지 알 길이 없는 것이다.

그가 아파트 문을 연 것은 그의 생각이 여기까지 미쳤을 때였다. 카레닌이 반갑다고 얼굴까지 뛰어올라 만남의 순간이 보다 쉬워졌다. 테레자의 품 안에 뛰어들고 싶은 욕망(취리히에서 자동차에 올라타는 순간까지도 느꼈던

참을 수 없는 존재의 가벼움

참을 수 없는 존재의 가벼움

62

이 욕망)은 완전히 사라졌다. 그들은 눈 덮인 들판 한가운데서 마주 보고 서 있었고, 두 사람 모두 추위에 몸을 떨었다.

17

점령 첫날부터 소련 비행기가 밤새도록 프라하 상공을 날아 다녔다. 토마시는 새삼스레 비행기 소음이 낯설어 잠을 이룰 수 없었다.

잠든 테레자 곁에서 뒤척이다가 몇 년 전 그녀가 무심코 던진 말이 떠올랐다. 그들이 친구 Z에 대해 이야기하던 중 그녀가 말했다. "당신을 만나지 않았으면 나는 틀림없이 그를 사랑했을 거야."

당시에도 그 말을 듣고 토마시는 야릇한 우울함에 빠졌더랬다. 테레자가 그의 친구 Z가 아닌 자기와 사랑에 빠진 것은 철저히 우연이라는 사실을 문득 깨달은 것이다. 가능성의 왕국에는 토마시와 이루어진 사랑 외에도 실현되지 않은 다른 남자와의 무수한 사랑이 존재하는 것이다.

우리 모두는 사랑이란 뭔가 가벼운 것, 전혀 무게가 나가지 않는 무엇이라고는 생각조차 할 수 없다고 믿는다. 우리는 우리의 사랑이 반드시 이런 것이어야만 한다고 상상한다. 또한 사랑이 없으면 우리의 삶도 더 이상 삶이 아닐 거라고 믿는다. 덥수룩한 머리가 끔찍한, 침울한 베토벤도 몸소 그의 'Es muss sein!'을 우리의 위대한 사랑을 위해 연주했다고 확신한다.

토마시는 그의 친구 Z에 대해 테레자가 한 말을 떠올리고 그들의 사랑의 역사는 'Es muss sein!'이라기보다는 'Es könnte auch anders sein.(얼마든지 달라질 수도 있었는데…….)'에 근거한다는 것을 확인했다.

칠 년 전 테레자가 살던 도시의 병원에 우연히 치료하기 힘든 편도선 환자가 발생했고, 토마시가 일하던 병원의 과장이 급히 호출되었다. 그런데 우연히 과장은 좌골 신경통 때문에 꼼짝도 할 수 없었다. 그는 자기 대신 토마시를 시골 마을에 보냈던 것이다. 그 마을에는 호텔이 다섯 개 있었는데, 토마시는 우연히 테레자가 일하던 호텔에 들었다. 우연히 열차가 떠나기 전까지 시간이 남아 그는 술집에 들어가 앉았던 것이다. 테레자가 우연히 당번이었고 우연히 토마시의 테이블을 담당했다. 따라서 토마시를 테레자에게 데려가기 위해 여섯 우연이 연속적으로 존재해야만 했고, 그것이 없었다면 그는 테레자에게까지 이르지 못했을 것이다.

그는 그녀 때문에 보헤미아로 되돌아왔다. 이렇듯 치명적 결정은 칠 년 전 외과 과장에게 좌골 신경통이 없었더라면 존재하지도 않았을 우연한 사랑에 근거한 것이다. 그리고 절대적 우연의 화신인 그 여자가 지금 그의 곁에 누워 깊은 숨을 내쉬며 잠들어 있다.

아주 늦은 시간이었다. 절망의 순간에 항상 그랬듯 토마시는 위에 통증을 느끼기 시작했다.

테레자의 호흡이 한두 번인가 가벼운 코 고는 소리로 변했다. 토마시는 추호도 동정심을 느끼지 못했다. 그가 느낀 유일한 것은 위를 누르는 압박감, 귀향으로 인한 절망감뿐이었다.

2부   **영혼과 육체**

1

작가가 자신의 인물들이 실제로 존재했다고 독자로 하여금 믿게 하려 드는 것은 어리석은 짓일 것이다. 그들은 어머니의 몸이 아니라 영감을 불러일으키는 몇몇 문장, 혹은 핵심 상황에서 태어난 것이다. 토마시는 'einmal ist keinmal.'이라는 문장에서 태어났다. 테레자는 배 속이 편치 않을 때 나는 꾸르륵 소리에서 태어났다.

그녀가 처음 토마시의 아파트 문턱을 넘었을 때 그녀의 배에서 꾸르륵 소리가 났다. 기차를 타기 전 늦은 아침에 플랫폼에서 먹은 샌드위치를 제외하곤 점심도 저녁도 먹지 않았기에 이상할 것도 없었다. 그러나 그토록 자기 육체를 등한시하다간 쉽게 육체의 희생자가 되는 법이다. 토마시와 마주 선 그 순간 자기 배가 발언권을 행사하는 소리를 들어야 하는 황당함이란! 그녀는 거의 울음보가 터지려 했다. 다행히도 십 초 후 토마시가 그녀를 껴안아 줬고, 그녀는 배의 목소리를 잊을 수 있었다.

2

따라서 테레자는 인간의 근본적 체험, 즉 영혼과 육체 간의 화해 불가능한 이원성이 급작스럽게 드러난 상황으로부터 태어난 것이다.

한때 인간은 그의 가슴 깊은 곳에서부터 울려 퍼지는 규칙적인 박동 소리를 듣고 놀라 기겁을 하며 이것이 무엇일까 궁금해한 적이 있었다. 육체처럼 낯설고 잘 알려지지 않은 사물이 자신과 일체를 이룬다고 인간은 생각할 수 없었다. 육체는 껍데기고, 그 안에서 뭔가가 보고, 듣고, 두려워하고, 생각하고, 놀라는 것이다. 이 무엇, 남아 있는 잔금, 육체로부터 추론된 것, 이것이 영혼이다.

물론 오늘날 육체는 더 이상 신비스러운 것이 아니다. 가슴 속에서 뛰는 것은 잘 알려졌다시피 심장이고, 코란 산소를 폐에 공급하기 위해 몸통에서 돌출된 파이프 끝에 불과하다. 얼굴이란 소화 작용, 시각, 청각, 호흡, 반사 작용 같은 모든 육체적 메커니즘이 집결된 계기판에 불과하다.

인간은 신체의 모든 부분에 이름을 붙이고 난 후부터 육체에 덜 불안해했다. 또한 이제는 영혼이란 뇌의 피질부 활동에 불과하다는 것도 누구나 아는 사실이다. 영혼과 육체의 이원성은 과학 전문용어에 가렸고 오늘날에는 그저 싱거운 웃음을 자아내는, 시대에 뒤떨어진 편견에 불과하다.

그러나 누군가를 미친 듯 사랑하는 사람이 자신의 창자가 내는 꾸르륵 소리를 한번 듣기만 한다면, 영혼과 육체의 단일성, 과학 시대의 서정적 환상은 단번에 깨지고 말 것이다.

3

그녀는 육체를 통해 자기를 보려고 노력했다. 그래서 자주 거울을 보았다. 그녀는 그러다가 어머니에게 들키는 것을 두려워했기에, 거울을 보는 그녀의 시선은 은밀한 죄악의 흔적을 띠었다.

그녀를 거울로 이끌었던 것은 허영심이 아니라 거울 속에서 자신의 자아를 발견하는 경이감이었다. 그녀는 눈앞에 있는 것이 육체적 메커니즘의 계기판이라는 것을 잊었다. 그녀는 얼굴 구석구석에서 드러나는 자신의 영혼을 본다고 믿었다. 코란 허파에 공기를 대 주는 파이프의 말단부라는 것을 잊었다. 그녀는 그것을 자신의 품성을 성실하게 표현하는 부위라고 믿었다.

그녀는 오랫동안 거울을 보았고, 가끔은 자기 얼굴에서 어머니의 윤곽을 보는 것을 거북해했다. 그러면 그럴수록 그녀는 더욱 고집스레 거울을 보며 어머니의 윤곽에서 벗어나려 했고 백지 상태에서 출발하여 자신의 얼굴에 오직 자기 자신의 것만 남기려고 애썼다. 그것에 도달하면 도취의 순간이 왔다. 그때 그녀의 영혼은 선실에서 기어 나와 갑판 위에서 하늘을 향해 손을 흔들고 노래를 부르는 뱃사람처럼 육체의 표면으로 솟아올랐다.

4

나는 가끔 그녀의 생김새가 어머니와 닮았을 뿐 아니라 그녀의 삶도 어머니 삶의 연장인 것 같다는 인상을 받았다. 당구공의 움직임이 당구 치는 사람의 팔 동작의 연장선상에 있듯이 말이다.

훗날 테레자의 인생으로 변모한 그 동작은 언제 어디에서 발생했을까?

아마도 프라하의 한 장사꾼이 자기 딸, 즉 테레자의 엄마 앞에서 그녀가 아름답다고 처음으로 찬사를 늘어놓던 순간부터였을 것이다. 그때 테레자의 어머니는 서너 살쯤 되었을 테고, 할아버지는 라파엘로가 그린 마리아와 그녀가 닮았다고 했다. 어머니는 이 말을 가슴 깊이 새겨 두었고 훗날 중학교 수업 시간에 선생님 말은 듣지 않고 자기가 어떤 그림과 닮았을까 궁금해했다.

혼기에 이르자 그녀에게 구혼자가 아홉 생겼다. 모두가 그녀 주위를 둥그렇게 에워싸고 무릎을 꿇었다. 그녀는 공주처럼 한가운데 앉아 누구를 고를 것인가 고민했다. 첫 번째는 가장 미남이었고, 두 번째는 가장 똑똑했고, 세 번째는 가장 부자였으며, 네 번째는 가장 운동을 잘했고, 다섯 번째는 가장 좋은 가문 출신이었고, 여섯 번째는 시를 읊었고, 일곱 번째는 전 세계를 일주했고, 여덟 번째는 바이올린을 연주했고, 아홉 번째는 가장 남성적이었다. 그런데 한결같이 같은 자세로 무릎을 꿇었고, 모두 똑같이 무릎에 물집이 생겼다.

어머니는 결국 아홉 번째 남자를 골랐는데, 그가 가장 남성적이었기 때문이 아니었다. 사랑을 나누는 동안 어머니가 "조심해서 해! 조심해야만 해!"라고 속삭였지만, 그 남자는 일부러 아무런 조치도 취하지 않았다. 어머니는 낙태해 줄 의사도 제때 찾지 못했기에 서둘러 그를 남편으로 삼아야만 했다. 그렇게 해서 테레자가 태어났다. 도처에서 수많은 가족이 몰려와 요람을 들여다보며 아기를 얼렀다. 테레자의 어머니는 그러지 않았다. 그녀는 침묵했다. 다른 여덟 구혼자에 대해 생각했고 그들 모두 아홉 번째보다는 훨씬 나아 보였다.

테레자의 엄마도 그녀의 딸처럼 거울 보는 것을 좋아했다. 어느 날 그녀는 눈가 주름을 발견하고 자신의 결혼은 엉터리였다고 중얼거렸다. 그녀는 사기 몇 건과 이혼 전력이 두 번 있는, 전혀 남성적이지 못한 한 남자를 만났다. 그녀는 무릎이 물집투성이가 된 애인들을 증오했다. 그녀는 사기꾼에게 무릎을 꿇었고 남편과 테레자를 버리고 떠났다.

남자들 중에서 가장 남성적인 남자는 남자들 중에서 가장 슬픈 남자가 되었다. 그는 너무 슬픈 나머지 모든 것에 관심을 잃었다. 그는 생각나는 대로 아무 데서나 큰 소리로 떠들었고, 앞뒤가 맞지 않는 그의 발설에 불쾌해진 공산당 경찰은 그를 체포하여 재판에 회부한 뒤 감옥에 넣었다. 아파트가 압수되었고, 쫓겨난 테레자는 어머니의 집으로 왔다.

얼마 후 남자 중에서 가장 슬픈 남자는 감옥에서 죽었다. 어머니는 테레자를 데리고 사기꾼과 함께 산자락에 있는 조그만 도시에 정착했다. 계부는 사무실 직원이었고, 어머니는 상점 판매원이었다. 어머니는 아이 셋을 더 가졌다. 그리고 어느 날 여전히 거울을 보다가 자신이 늙고 추하다는 것을 깨달았다.

5

　모든 것을 다 잃었다고 생각한 어머니는 잘못한 사람
이 누구인지를 찾았다. 모든 사람이 유죄였다. 조심하라
고 속삭여도 말을 듣지 않았던, 가장 남성적이고 사랑받
지 못했던 첫 번째 남자, 유죄다. 프라하를 떠나 조그만
마을로 그녀를 끌고 오더니 다른 여자 꽁무니만 따라다
니며 그녀를 질투심으로 들끓게 만들었던, 별로 남성적
이진 않았지만 사랑스러웠던 두 번째 남편, 유죄다. 두
남편에 대해서 그녀는 속수무책이었다. 그녀가 좌지우
지할 수 있고, 그녀의 손아귀에서 빠져나갈 수 없는 유일
한 인간이자 다른 모든 사람들의 죄값을 대신 치를 수 있
는 인질, 그것은 테레자였다.

　하긴 어머니의 운명에 대한 책임이 테레자에게 있다
는 말은 어쩌면 정확할 것이다. 그녀. 남자 중에서 가장
남성적인 남자의 정자 하나와 여자 중에서 가장 아름다
운 여자의 난자가 이룬 부조리한 만남. 테레자라고 이름
붙여진 운명적 순간에 어머니는 실패한 인생의 마라톤

을 시작한 것이다.

어머니는 테레자에게 어머니가 되는 것은 모든 것을 희생하는 것이라며 지칠 줄 모르고 설명했다. 아이 하나 때문에 모든 것을 잃은 한 여인의 체험을 표현하는 것이기에 그녀의 말에는 설득력이 있었다. 그 말을 들은 테레자는 삶의 최고 가치는 모성애이고 모성애란 큰 희생이라고 믿었다. 모성애가 희생 그 자체라면, 태어난 것은 그 무엇으로도 용서받지 못할 죄인 셈이다.

6

물론 테레자는 어머니가 남자 중 가장 남성적인 남자
에게 조심하라고 속삭였던 밤의 일화를 몰랐다. 그녀가
느끼는 죄의식은 원죄와 마찬가지로 정의할 수 없는 것
이었다. 그녀는 속죄하기 위해 모든 일을 했다. 어머니가
학교를 그만두게 하자 테레자는 열다섯 살부터 웨이트
리스로 일하며 버는 돈을 몽땅 어머니에게 바쳤다. 그녀
는 어머니의 사랑에 보답하기 위해 무슨 일이든 기꺼이
할 수 있었다. 살림도 도맡았고 동생들도 보살폈으며 일
요일에는 하루 종일 쓸고 닦았다. 고등학교 때는 반에서
가장 뛰어난 학생이었던 그녀였으니 아쉬움이 없지 않았
다. 그녀는 신분 상승을 원했지만 이 조그만 마을에서 어
디로 상승한단 말인가? 빨래를 하면서도 욕조 곁에 책을
두었다. 그녀는 책장을 넘겼고, 책이 물방울에 젖었다.

집에서는 수줍음이란 존재하지 않았다. 어머니는 속
옷 차림으로, 때로는 브래지어를 하지 않은 채로, 때로는
심지어 여름에는 심지어 알몸으로 집 안을 돌아다녔다.

계부는 알몸으로 어슬렁거리진 않았지만 테레자가 목욕하는 순간을 노려 욕실로 들어오곤 했다. 어느 날 욕실을 잠그자 이번에는 어머니가 신경질을 냈다. "네까짓 게 뭐라고? 네가 얼마나 예쁘다고? 아버지가 널 잡아먹는다디?"

(딸에 대한 어머니의 증오는 남편이 야기한 질투심보다 강했다. 딸의 죄는 무한하여 남편의 바람기조차도 능가했다. 어머니에게 있어서 딸이 해방을 원하고 감히 자기 권리를 주장하는 것은─문을 잠그고 목욕할 권리 같은 것─테레자에 대한 남편의 은근한 성적 집적거림보다 받아들이기 힘든 것이었다.)

어느 겨울날 어머니는 불을 환히 켜 놓은 채 알몸으로 방 안을 돌아다녔다. 테레자는 건너편 건물에서 누가 볼까 봐 얼른 달려가 커튼을 내렸다. 다음 날 어머니의 친구들이 찾아왔다. 이웃집 여자, 같은 가게에서 일하는 동료 여직원, 정기적으로 만나는 두서너 여자들이 찾아온 것이다. 테레자는 그들 틈에 끼여 그들 중 한 부인이 데리고 온 열여섯 살짜리 남자 아이와 잠깐 함께 있었다. 어머니는 대뜸 테레자가 얼마나 수줍음이 많은지 늘어놓았다. 그녀가 웃자 다른 여자들도 킥킥 웃음을 터뜨렸다. 그러자 어머니가 말했다. "테레자는 인간의 몸이 오줌 싸고 방귀 뀐다는 것을 인정하려 들지 않아요." 테레자가 얼굴을 붉혔지만, 어머니는 말을 멈추지 않았다. "그게 뭐가 나빠?" 그러더니 자신의 물음에 자기가 답하려는 듯 곧바로 요란한 방귀를 뀌었다. 모든 여자가 웃었다.

7

어머니는 요란하게 코를 풀고 자기 성생활에 대해 구석구석 털어놓고 틀니를 꺼내 보이기도 했다. 그녀는 능숙하게 혀끝으로 틀니를 빼내고 활짝 웃으며 위쪽 잇몸이 아래쪽 이에 닿게 해 보였다. 그녀의 얼굴에 사람들은 갑자기 소름이 끼쳤다.

그런 모든 행동은 자신의 젊음과 아름다움을 내팽개치려는 유일하고 격렬한 몸짓이었다. 아홉 구혼자가 그녀를 둘러싸고 무릎을 꿇던 시절에 어머니는 맨살이 드러날까 조바심을 내던 여자였다. 그녀는 수줍음을 자기 육체의 가치를 재는 척도로 삼았다. 그녀는 한때 그녀가 과대평가했던 젊음과 아름다움이 아무런 가치도 없다고 소리 높여 외치고 지나간 삶과 엄숙하게 결별하고자 철저하게 뻔뻔해졌다.

내가 보기에 테레자는 아름다운 여인의 삶을 멀리 내팽개쳤던 어머니의 연장선상에 있었다.

(그리고 테레자 스스로 신경질적인 태도를 드러내고 우아

한 여유가 결핍된 행동을 한다 해도 그리 놀랄 일은 아니다. 자기 파괴적이며 폭력적인 어머니의 행동, 그것은 그녀, 바로 테레자 자신이었다.)

8

어머니는 공평한 세상을 요구했고, 죄지은 자는 처벌 받길 원했다. 그녀는 젊음과 아름다움이 아무런 의미가 없는 뻔뻔스러운 세계, 서로 비슷비슷한 육체와 눈에 보이지 않는 영혼이 갇혀 있는 거대한 집단 수용소 같은 뻔뻔스러운 세계에 딸도 자신과 함께 남길 고집했다.

이제 우리는 오랫동안 거듭 거울을 보는 그녀의 행동, 테레자의 은밀한 나쁜 습관의 의미를 보다 잘 이해할 수 있다. 그것은 어머니와의 싸움이었다. 다른 육체와 똑같은 육체가 되는 것은 거부하지만, 선박의 창자에서 빠져나온 뱃사람의 영혼을 자기 얼굴의 표면에서 보고자 하는 욕망인 것이다. 그 역시 쉬운 일이 아니었는데, 슬픔과 두려움과 분노에 찬 영혼이 테레자의 내장 깊숙이 숨어 얼굴을 드러내는 것을 부끄러워했기 때문이다.

그녀가 토마시를 처음 만났을 때 그런 상태였다. 그녀는 술집에서 주정뱅이들 사이를 돌아다녔고 쟁반 위에 올려놓은 맥주잔의 무게로 허리가 휘었으며 영혼은 위장, 혹은 췌장 깊숙이 감춰져 있었다. 그 순간 그녀를 부르는 토마시의 목소리를 들었다. 그 목소리는 중요했다. 그 목소리는 그녀의 어머니를 모르고, 매일 음탕하고 끈적끈적한 말을 건네는 술주정뱅이들도 모르는 어떤 사람으로부터 나온 것이기 때문이다. 모르는 사람이라는 점 때문에 그는 다른 사람들보다 높이 자리 잡고 있었다.

그리고 다른 뭔가가 있다. 테이블 위에 책이 한 권 펼쳐져 있었다. 이 카페에서 테이블 위에 책을 펼쳐 놓았던 사람은 하나도 없었다. 테레자에게 책이란 은밀한 동지애를 확인하는 암호였다. 그녀를 둘러싼 저속한 세계에 대항하는 그녀의 유일한 무기는 시립 도서관에서 빌려 오는 책뿐이었다. 특히 소설들. 그녀는 필딩에서 토마스 만까지 무더기로 소설을 읽었다. 책은 그녀에게 아무런 만족도 주지 못하는 삶으로부터 벗어나는 상상의 도피 기회를 제공했지만, 그 자체로도 의미가 있었다. 그녀는 겨드랑이에 책을 끼고 거리를 산책하는 것을 즐겼다. 책은 그녀에게 19세기 멋쟁이들이 들고 다녔던 우아한 지팡이와도 같았다. 책을 통해 그녀는 남과 자기를 구분 지었다.

(신사의 우아한 지팡이와 책 비교는 딱히 적절하지는 않다. 지팡이는 신사를 특징짓는 기호임과 동시에 유행을 따르는 현대적인 사람이라는 기호이기도 했다. 책은 테레자를 다른 여자들과 구별해 주기도 하지만 또한 고리타분한 존재로 만들기도 했다. 필경 자신에게 내재된 고리타분한 것을 포착하기에

그녀는 너무 어렸을 것이다. 시끄러운 트랜지스터를 들고 나돌아 다니는 주변 어린 아이들을 보면, 그녀는 그들이 멍청하다고 생각했다. 그녀는 그 아이들이 현대적이라는 것을 깨닫지 못했다.)

아무튼 방금 그녀를 불렀던 남자는 낯선 동시에 은밀한 동지 중 한 사람이었다. 그는 정중한 말투로 말했고, 테레자는 자신의 영혼이 그 남자에게 모습을 드러내려고 그녀의 모든 정맥, 모세혈관, 모공을 통해 표면으로 튀어 오르는 것을 느꼈다.

9

취리히에서 프라하로 돌아온 이래 토마시는 테레자와
의 만남이 여섯 우연이 만들어 낸 결과라는 생각 때문에
불편한 심정에 사로잡혀 있었다.

그런데 어떤 한 사건이 보다 많은 우연에 얽혀 있다면
그 사건에는 그만큼 중요하고 많은 의미가 있는 것이 아
닐까?

우연만이 우리에게 어떤 계시로 나타날 수 있다. 필연
에 의해 발생하는 것, 기다려 왔던 것, 매일 반복되는 것
은 그저 침묵하는 그 무엇일 따름이다. 오로지 우연만이
웅변적이다. 집시들이 커피 잔 바닥에서 커피 가루 형상
을 통해 의미를 읽듯이, 우리는 우연의 의미를 해독하려
고 애쓴다.

그 술집에 토마시가 있었다는 것은 테레자에게 있어
절대적 우연의 발현이다. 그는 책을 펴 놓고 혼자 앉아
있었다. 그는 눈을 들어 테레자를 바라보며 미소 지었다.
"코냑 한 잔!"

그 순간 라디오에서 음악이 흘러나왔다. 테레자는 카운터로 코냑을 가지러 가면서 라디오 볼륨을 높였다. 베토벤의 음악임을 알 수 있었다. 그녀는 프라하의 한 4중주단이 이 조그만 마을에 순회공연을 온 후부터 그 곡을 알았다. 테레자는 (우리가 알듯 그녀는 '신분 상승'을 갈구했다.) 음악회에 갔었다. 공연장은 텅 비어 있었다. 약사와 그의 부인, 그리고 그녀뿐이었다. 그래서 무대 위엔 4인조 악단, 객석에는 3인조 청중만 있었던 셈인데, 친절하게도 연주가들은 공연을 취소하지 않고 그들만을 위해 저녁 내내 베토벤의 마지막 4중주 가운데 세 곡을 연주했다.

그 후 약사는 음악가들을 저녁 식사에 초대했고 낯선 여자 청중에게도 합석을 청했다. 그리고 그녀에게 베토벤은 그녀가 희구하던 세계의 이미지, '저쪽' 세계의 이미지가 되었다. 지금 카운터에서 코냑을 들고 토마시에게 다가가는 그녀는 이 우연의 의미를 해독하려고 애쓴다. 호감이 가는 이 낯선 남자에게 코냑을 가져다주려는 순간 베토벤의 음악이 들리는 것은 어찌된 일일까?

필연과는 달리 우연에는 이런 주술적 힘이 있다. 하나의 사랑이 잊히지 않는 사랑이 되기 위해서는 성 프란체스코의 어깨에 새들이 모여 앉듯 첫 순간부터 여러 우연이 합해져야만 한다.

10

그는 계산을 하기 위해 테레자를 불렀다. 그가 책(그 은밀한 유대감의 암호)을 덮자, 그녀는 그가 읽던 것이 무엇인지 알고 싶어졌다.

"호텔 숙박비에 포함해 주시겠습니까?"라고 그가 물었다.

"물론이죠. 몇 호실에 머무르시나요?"

그는 끝에 6자가 빨간색으로 새겨진 나무 열쇠고리를 보여 주었다.

"이상한 일이군요, 6호실에 계시다니."

"뭐가 이상하지요?"

부모가 이혼하기 전 그녀가 머물던 프라하의 건물이 6번지였던 것이 그녀는 떠올랐다. 그러나 그녀는 엉뚱한 말을 했다.(우리는 그녀의 잔꾀에 감탄할 수밖에 없다.) "당신은 6호실에 머물고 나는 6시에 근무가 끝나거든요."

"그리고 나는 7시에 기차를 타지요." 낯선 이는 대답했다.

그녀는 더 이상 무슨 말을 해야 할지 몰라 서명을 해 달라고 내밀었던 계산서를 프런트로 가져갔다. 그녀가 일을 마치자 그도 테이블에서 일어났다. 그가 그녀의 신중한 메시지를 이해한 것일까? 레스토랑을 나서면서 그녀는 초조함을 느꼈다.

건너편, 더럽고 조그만 마을 한가운데에 그녀에겐 언제나 아름다움의 작은 섬이었던 쓸쓸하고 한적한 광장이 있었다. 포플러나무 네 그루, 잔디밭 벤치, 수양버들, 개나리가 있었다.

그는 술집 입구를 볼 수 있는 노란 벤치에 앉아 있었다. 전날 그녀가 무릎에 책을 얹고 앉아 있던 바로 그 벤치였다! 그 순간 (우연의 새들이 그녀의 어깨 위에 모여들었다.) 그녀는 이 낯선 남자가 그녀에게 다가올 미래의 운명임을 알아챘다. 그는 그녀를 불러 옆자리에 앉으라고 청했다.(테레자는 영혼의 승무원이 육체의 갑판 위로 뛰어오르는 것을 느꼈다.) 얼마 후 그녀는 그를 역까지 배웅했고, 그는 헤어지려는 순간 전화번호가 적힌 명함을 내밀었다. "혹시 우연히 프라하에 들르시면……"

11

집을 뛰쳐나와 운명을 바꿀 용기를 테레자에게 주었
던 것은 마지막 순간 그가 그녀에게 내밀었던 이 명함보
다는 우연(책, 베토벤, 6이라는 숫자, 광장의 노란 벤치)의 부
름이었다. 그녀의 사랑에 발동을 걸고, 끝나는 날까지 그
녀에게 힘을 준 에너지의 원천은 아마도 이런 몇몇 우연
들일 것이다.(이런 하찮은 도시에 걸맞게 변변치 않고 진부
하긴 하지만.)

　우리의 일상적 삶에는 우연이 빗발치듯 쏟아지는데,
보다 정확히 말하자면 우리가 소위 우연의 일치라고 부
르는, 사람과 사건 간의 우연한 만남들이 일어난다. 라디
오에서 베토벤의 음악이 나오는 순간 토마시가 술집에
등장하는 것처럼. 이러한 엄청나게 많은 우연의 일치를
우리는 대개 완전히 무심결에 지나쳐 버린다. 토마시 대
신 동네 푸줏간 주인이 테이블에 앉았다면 테레자는 라
디오에서 베토벤의 음악이 나오는 것에 주목하지 못했
을 것이다.(베토벤과 푸줏간 주인의 만남 역시도 기묘한 우

연의 일치지만.) 그러나 막 싹트는 사랑은 그녀의 미적 감각의 날을 날카롭게 세웠다. 그녀는 그 음악을 결코 잊지 않을 것이다. 매번 그 음악을 들을 때마다 그녀는 감격할 것이다. 그 순간 그녀 주변에서 일어날 모든 일은 그 음악의 찬란한 빛에 물들어 아름다울 것이다.

그녀가 토마시의 아파트로 오던 날 겨드랑이에 끼고 있었던 소설 첫머리에서 안나는 브론스키를 이상한 상황에서 만난다. 그들은 방금 누군가가 열차에 치여 죽었던 역의 플랫폼에 있었다. 소설 끝에서 열차 아래로 몸을 던지는 사람은 바로 안나다. 처음과 끝에 동일한 테마가 등장하는 이러한 대칭 구성은 대단히 '소설적'으로 보일 수도 있다. 물론 나도 인정한다. 하지만 한 가지 조건이 있다. 당신이 생각하는 소설적이라는 말이 '꾸며 낸', '인공적인', '삶과는 유사성이 없는' 것을 의미하지 않는다는 조건에서다. 왜냐하면 인간의 삶이란 이런 식으로 구성되기 때문이다.

인간의 삶은 마치 악보처럼 구성된다. 미적 감각에 의해 인도된 인간은 우연한 사건(베토벤의 음악, 역에서의 죽음)을 인생의 악보에 각인될 하나의 테마로 변형한다. 그리고 작곡가가 소나타의 테마를 다루듯 그것을 반복하고, 변화시키고, 발전시킬 것이다. 안나는 전혀 다른 방식으로 삶을 마감할 수도 있었을 것이다. 그러나 역과 죽음의 테마, 사랑의 탄생과 결부되어 잊을 수 없는 이 테마가 그 음울한 아름다움으로 절망의 순간에 그녀를 사로잡았던 것이다. 인간은 가장 깊은 절망의 순간에서조차 무심결에 아름다움의 법칙에 따라 자신의 삶을 작곡한다.

따라서 소설이 신비로운 우연의 만남에 (예컨대 브론스키, 안나, 플랫폼, 죽음의 만남이나 혹은 베토벤, 토마시, 테레자, 코냑 잔의 만남 같은 것) 매료된다고 해서 비난할 수 없는 반면, 인간이 이러한 우연을 보지 못하고 그의 삶에서 미적 차원을 배제한다면 비난받아 마땅하다.

12

어깨에 모여 앉은 우연의 새들 덕분에 대담해진 그녀
는 어머니에게 알리지 않고 일주일의 휴가를 받아 열차
에 올라탔다. 그녀는 자주 열차 화장실에 들어가 거울을
보며 인생의 결정적인 날에 육체의 갑판을 단 한 순간도
떠나지 말아 달라고 그녀의 영혼에게 애원했다. 이렇게
거울을 보던 그녀는 덜컥 겁이 났다. 목 안이 따갑게 느
껴졌던 것이다. 하필 이러한 운명적인 날에 병에 걸리는
것일까?

하지만 이제 더 이상 뒷걸음질칠 길이 없다. 그녀는 역
에서 그에게 전화를 걸었고, 아파트의 문이 열리는 순간,
그녀의 배가 갑자기 끔찍한 꾸르륵 소리를 냈다. 그녀는
부끄러웠다. 마치 어머니가 배 속에 들어앉아 그녀의 만
남을 망치기 위해 빈정거리는 소리가 들리는 듯했다.

이 엉뚱한 소리 때문에 그녀는 토마시가 자신을 내쫓
을 거라고 믿었는데, 그는 그녀를 껴안아 주었다. 테레자
는 그녀의 꾸르륵 소리를 눈감아 준 그가 고마웠고 그래

서 그를 더욱 정열적으로 껴안았다. 눈물에 젖어 시야가 뿌옇게 변했다. 그리고 겨우 채 일 분도 지나지 않아 그들은 정사를 했다. 그리고 정사 중에 그녀는 비명을 질렀다. 그때 이미 그녀는 열에 들떠 있었다. 독감에 걸린 것이다. 폐로 공기를 주입하는 연통의 끝은 새빨갰고 막혀 있었다.

그리고 그녀는 모든 소유물을 꾹꾹 눌러 담은 커다란 트렁크를 들고 그의 아파트에 다시 찾아왔고, 다시는 조그만 마을로 돌아가지 않겠다고 다짐했다. 그는 그다음 날 저녁에야 그녀를 아파트로 초대했다. 그래서 그녀는 첫 밤을 싸구려 호텔에서 보냈다. 다음 날 아침 수화물 보관소에 짐을 맡긴 뒤『안나 카레니나』를 겨드랑이에 끼고 프라하의 거리를 쏘다녔다. 저녁에 그녀가 초인종을 눌렀고, 그가 문을 열었다. 그녀는 책을 놓지 않았다. 그것이 마치 토마시의 세계로 들어가는 입장권인 양. 자기가 가진 통행증이라곤 이 비참한 입장권밖에 없음을 깨달은 그녀는 울고 싶어졌다. 울음을 참기 위해 그녀는 수다를 떨고 큰 소리로 말하고 웃었다. 하지만 지난번과 마찬가지로 그녀가 문지방을 넘자마자 그는 그녀를 껴안았고, 두 사람은 정사를 했다. 그녀는 오로지 자신의 비명 소리만 들릴 뿐 아무것도 보이지 않는 안개 속으로 미끄러져 들어갔다.

13

  그것은 가쁜 숨소리도 아니고 신음 소리도 아닌 진짜 비명이었다. 비명 소리가 너무 커서 토마시는 고막이 터질 것 같아 그녀의 뺨에서 머리를 멀리 해야만 할 정도였다. 그 비명은 관능의 표현이 아니었다. 관능이란 감각을 최대한 동원하는 것이다. 상대방을 열정적으로 관찰하며 조그만 소리까지 듣는 상태다. 그러나 테레자의 비명은 감각을 마비시켜 보고 듣는 것을 차단하려 드는 것 같았다. 그녀 내면에서 악을 쓰는 것은, 모든 모순을 소거하고 영혼과 육체의 이원성도 소거하며 심지어 시간까지도 소거하기를 원하는 그녀 사랑의 순박한 이상주의였다.

  눈은 감았던가? 아니다. 하지만 그녀의 눈은 아무것도 보지 않고 텅 빈 천장에 시선을 고정했고, 그녀는 이따금씩 이쪽저쪽으로 머리를 격렬하게 휘두르곤 했다.

  비명이 잠잠해졌다. 토마시 곁에서 잠든 그녀는 밤새도록 그의 손을 잡고 있었다. 이미 여덟 살 때부터 사랑

했던 남자의 손, 천생연분인 남자의 손이라고 상상하며
한 손으로 다른 손을 꼭 쥐고 잠들었다. 그러니 잠결에서
도 토마시의 손을 그토록 집요하게 잡고 있는 것도 충분
히 이해할 만하다. 그녀는 어렸을 적부터 준비하고 단련
했던 것이다.

14

　'신분 상승'은커녕 주정뱅이들에게 맥주잔을 나르고, 일요일에는 형제들의 더러운 속옷이나 빨아야 했던 어린 소녀는, 대학교에서 책을 펴고 하품을 하는 사람들은 상상도 못 할 생명력을 자신의 내면에 비축하고 있었다. 테레자는 그들보다 많이 읽었고 그들보다 인생에 대해 많은 것을 알았지만, 정작 자신은 그 사실을 몰랐다. 독학자와 학교에 다닌 사람의 다른 점은 지식 폭이 아니라 생명력과 자신에 대한 신뢰감의 정도 차이다. 삶에 몰두하는 테레자의 정열은 프라하에서는 탐욕스럽고 동시에 깨지기 쉬웠다. 그녀는 어느 날 누군가가 "네 자리는 여기가 아니야! 네가 왔던 곳으로 돌아가!"라고 말하지 않을까 두려워하는 듯했다. 삶에 대한 그녀의 모든 갈망은 실낱같은 하나의 끈에 매달려 있었다. 바로, 테레자의 내장 속에 수줍게 숨어 있던 영혼을 높이 떠오르게 한 토마시의 목소리였다.

　그녀는 잡지사 사진 현상실에서 일했지만 그것만으

로 만족할 수 없었다. 그녀는 직접 사진을 찍고 싶었다. 토마시의 친구인 사비나가 유명 사진작가의 작품집을 빌려 줬다. 그들은 카페에서 만났고, 사비나는 책을 펼쳐 놓고 이 사진들이 무엇 때문에 흥미로운지를 설명해 줬다. 테레자는 무언의 집중력으로 경청했다. 어떤 대학 교수라도 학생들의 얼굴에서 찾아 보기 드문 집중력이었다.

사비나 덕분에 테레자는 사진과 회화의 연관성을 이해했고 토마시를 졸라 그를 데리고 모든 전시회에 다녔다. 그녀는 곧 잡지에 자신의 사진을 발표했고 현상실에서 벗어나 신문사의 전문 사진작가들 틈에서 일할 수 있었다.

그날 저녁 그들은 친구들과 함께 디스코텍에 가 그녀의 승진을 축하했다. 그들은 춤을 췄다. 토마시는 시무룩한 표정이었다. 그녀는 무엇 때문인지 알고 싶어 누차 물어보았는데, 그는 집에 돌아와서야 고백하길 다른 직장 동료와 춤을 추던 그녀 모습을 보자 질투심이 일어났다고 했다.

"나 때문에 질투한 게 사실이야?" 그녀는 마치 노벨상 수상자로 지목되었으나 믿지 못하겠다는 듯한 사람처럼 수십 번 같은 질문을 했다.

그녀는 그를 끌어안고 방에서 춤을 추기 시작했다. 조금 전 디스코텍 무대에서 춘 춤이 아니었다. 연신 경중경중 뛰기만 하는 시골 마을 군무 같았다. 그녀는 다리를 번쩍번쩍 추켜올리고 서투른 도약 동작을 하면서 그를 사방으로 끌고 다녔다.

불행히도 머지않아 질투심을 갖게 된 사람은 그녀 자신이었다. 토마시에게 그녀의 질투심은 노벨상이 아니라, 죽기 전 겨우 한두 해 정도만 벗어날 수 있었던 짐이었다.

15

테레자는 발가벗은 다른 여자들과 함께 수영장 주위
를 행진했다. 토마시는 천장에 매달린 바구니 안에 서서
큰 소리로 외치며 노래를 부르고 무릎을 꿇으라고 명령
을 내렸다. 어떤 여자가 동작을 틀리면 그 여자를 권총으
로 쏘아 죽였다.

나는 다시 한 번 이 꿈에 대해 언급하고자 한다. 공포
심은 토마시가 첫 번째 방아쇠를 당길 때 시작되는 것이
아니었다. 그것은 처음부터 악몽이었다. 다른 알몸 여자
들 틈에 끼여 발을 맞추어 행진한다는 것은 테레자에게
가장 일차적인 공포의 이미지였다. 그녀가 어머니 집에
살던 시절 욕실을 잠그는 것은 금지였다. 그 점에 대해
어머니는 이렇게 말했다. 네 몸도 다른 사람의 몸과 다를
바 없다. 너에겐 수줍어 할 권리가 없다. 수많은 사람들
에게 동일한 형태로 존재하는 무엇인가를 감출 이유가
없다. 어머니의 세계에서 모든 육체는 같은 것이며 줄줄
이 발을 맞춰 행진하는 형상이었다. 어렸을 적부터 테레

자에게 있어서 니체는 집단 수용소에서 강요하는 획일성의 상징이었다. 모욕의 상징이었다.

꿈의 초반부터 또 다른 공포도 있었다. 모든 여자들이 노래를 불러야만 하다니! 자신들의 육체가 한결같이 평가절하되고 영혼 없는 단순하고 동일한 음향 기계가 되었을 따름인데 설상가상으로 그런 사실을 즐겨야 하다니! 그것은 영혼 없는 자들의, 환호에 찬 유대감이었다. 개성에 대한 환상이자 우스꽝스러운 오만인 영혼의 짐을 내던지고 모두가 비슷해졌다는 점에 대해 그들은 행복해했다. 테레자는 그녀들과 더불어 노래를 했지만 즐거워하지는 않았다. 그녀가 노래를 한 것은 노래를 부르지 않으면 다른 여자들에게 살해당할까 두려웠기 때문이다.

하지만 토마시가 그들을 총으로 죽이는 것과 그들이 차례로 죽어 수영장에 빠지는 것은 무엇을 의미했을까?

철저하게 비슷하고 무차별화된 것을 즐거워하는 여자들은 그들의 유사성을 절대적인 것으로 만드는 미래의 죽음을 축하하는 것이다. 권총 소리는 죽음의 행진을 행복하게 마무리할 따름인 셈이다. 총 소리가 날 때마다 그들은 쾌활하게 웃었고 시체가 천천히 수면 아래로 가라앉으면 더욱 목청 높여 노래를 불렀다.

그런데 왜 총을 쏘는 사람이 토마시였고, 왜 그는 테레자를 쏘려고 했을까?

테레자를 여자들 가운데로 보낸 것이 바로 그였기 때

문이다. 테레자는 자신이 그에게 어떻게 말해야 할지 몰랐기 때문에 꿈을 통해 토마시에게 그것을 가르쳐 준 것이다. 그녀는 모든 육체가 평등했던 어머니의 세계로부터 벗어나기 위해 그와 함께 살러 온 것이다. 자신의 육체를 유일하고 대체 불가능한 것으로 만들기 위해 그와 함께 산 것이다. 그런데 이제 토마시 역시 그녀와 다른 여자들 사이에 평등의 선을 그었다. 그는 같은 방식으로 모든 여자에게 키스했고 같은 식으로 애무했으며 테레자의 육체와 어떤 구별도, 정말 추호의 구별도 하지 않았던 것이다. 그는 그녀가 벗어났다고 믿었던 세계로 그녀를 되돌려 보낸 셈이다. 그는 다른 벌거벗은 여자들과 함께 행진하라고 그녀를 내몰았던 것이다.

16

그녀는 번갈아 가며 세 가지 꿈을 꾸었다. 고양이로부터 학대받는 첫 번째 꿈은 생시에 그녀가 받는 고통을 설명하는 꿈이다. 두 번째 꿈은 수많은 변형된 이미지를 통해 학대 장면을 보여 준다. 세 번째 꿈은 자신의 모욕이 영원히 지속되는 저세상을 말해 준다.

이 꿈들에서 해몽거리란 하나도 없다. 꿈이 토마시에게 가하는 비난이 너무 명백해서, 그는 그저 침묵하고 고개 숙여 테레자의 손을 애무하는 수밖에 없다.

꿈들은 웅변적일 뿐 아니라 아름답기까지 하다. 프로이트가 그의 꿈에 대한 이론에서 놓쳤던 것이 바로 이런 측면이다. 꿈은 커뮤니케이션(암호화되긴 했지만)일 뿐 아니라 미학적 활동, 상상력의 유희이며, 이 유희는 그 자체가 하나의 가치다. 꿈은 상상하는 것, 없는 것을 희구하는 것이 인간의 가장 심층적인 욕구 중 하나라는 것을 보여 주는 증거다. 바로 그 점이 꿈속에 철면피한 위험이 은폐된 이유이기도 하다. 꿈이 아름답지 않다면 쉽게 잊힐 수도 있을 것이다. 그러나 테레자는 쉴 새 없이 자신의 꿈으로 되돌아가며 꿈을 머릿속에서 되풀이하고 전설로 만들었다. 토마시는 테레자의 꿈이 지닌 처절한 아름다움의 최면적 매력 속에서 살았다.

어느 날 그는 한 술집에서 그녀와 마주 앉아 이렇게 말했다. "테레자, 사랑하는 테레자. 날 버리고 떠나지 마. 어디로 가려는 거야? 당신은 정말 사라져 버리고 싶은 것인지 매일 죽음에 대한 꿈만 꾸고……."

해가 쨍쨍 내리비쳤고 이성과 의지가 배의 키를 되찾은 날이었다. 적포도주 한 방울이 유리 술잔 곁에서 천천히 흘러내렸고, 테레자는 "토마시, 나도 어쩔 수 없어. 나도 다 이해해. 당신이 날 사랑하는 것도 알고 당신의 바람기가 그리 심각하지 않다는 것도 알……."라고 말했다.

그녀는 사랑 어린 눈길로 그를 바라보았지만 곧 다가올 밤이 무섭고 그러한 꿈들이 두려웠다. 그녀의 삶은 둘로 갈려 있었다. 밤과 낮이 서로 그녀를 차지하려고 다투고 있었다.

17

끊임없이 '신분 상승'을 원하는 자는 어느 날엔가 느낄 현기증을 감수해야만 한다. 현기증이란 무엇인가? 추락에 대한 두려움? 하지만 튼튼한 난간을 갖춘 전망대에서 우리는 왜 현기증을 느끼는 것일까? 현기증, 그것은 추락에 대한 두려움과는 다른 그 무엇이다. 현기증은 우리 발밑에서 우리를 유혹하고 홀리는 공허의 목소리, 나중에는 공포에 질린 나머지 아무리 자제해도 어쩔 수 없이 끌리는 추락에 대한 욕망이다.

수영장을 둘러싼 나체 여자들의 행진, 테레자도 그들처럼 죽었다며 기뻐해 마지않는 영구차 속 시체들, 그것은 그녀를 공포에 몰아넣는 '저기 아래'인 셈이며 한번 빠져나갔다가도 신비스럽게 이끌리는 그런 것이다. 그것이 바로 그녀의 현기증이다. 그녀는 운명과 영혼을 포기하라고 속삭이는 아주 부드러운 (거의 쾌활하기까지 한) 소리를 들었다. 그 소리는 영혼 없는 사람들과의 유대성에 대한 호출이었으며, 마음이 약해지는 순간 그녀는 그

부름에 답하여 어머니에게 돌아가고 싶은 욕구도 느꼈다. 어머니의 친구들 사이에 끼여 앉아 그들 중 누가 요란한 방귀를 뀌면 웃고, 수영장 주위를 나체로 행진하며 노래하고 싶어졌다. 그녀는 육체의 갑판에서 영혼의 승무원을 되돌아오도록 하고 싶은 심정이었다.

18

가족을 떠나기 전에 테레자는 사실 어머니와 싸우며 살았다. 그러나 어머니는 불쌍한 사람이었으며 테레자가 그녀와 불행한 사랑에 빠져 있었다는 점도 잊지 말자. 어머니가 다정한 목소리로 부탁했다면 무슨 일이라도 했을 것이다. 한 번도 그런 목소리를 듣지 못했다는 사실이 그녀에게 떠나갈 힘을 주었다.

어머니는 자신의 공격성이 딸에게 아무런 효과가 없음을 깨닫고 프라하에 있는 딸에게 눈물 어린 편지를 썼다. 남편과 직장 상사와 자신의 건강과 자식들에 대해 불평을 늘어놓고 이 세상에 테레자밖에 없다고 했다. 테레자는 이십 년 동안 동경했던 모성애의 목소리를 마침내 듣는다고 믿고 어머니 곁으로 돌아가고 싶었다. 더구나 그녀는 자신이 허약하게 느껴지길 바랐다. 토마시의 바람기에 돌연 자신의 무력함이 드러났고 이 무력감으로부터 현기증, 엄청난 추락 욕구가 생긴 것이다.

어머니가 그녀에게 전화를 걸었다. 어머니는 암에 걸

렸다고 했다. 살날이 몇 달 남짓하다는 것이다. 이 소식을 듣자 토마시의 바람기가 테레자에게 불러일으켰던 절망이 이제 반항심으로 바뀌었다. 그녀는 자기를 사랑하지 않는 남자를 위해 어머니를 배신한 것에 대해 자책했다. 어머니가 그녀에게 가했던 온갖 수모도 거의 잊을 수 있을 것 같았다. 이제는 그녀를 이해할 수 있었다. 그들은 같은 처지였던 것이다. 어머니는 테레자가 토마시를 사랑하듯 남편을 사랑했고 테레자가 토마시의 바람기 때문에 고통스러워하듯 두 번째 남편의 바람기로 괴로워했던 것이다. 어머니가 그녀를 괴롭혔다면, 그것은 단지 그녀가 너무도 불행했기 때문이었다.

테레자는 토마시에게 어머니의 병세에 대해 이야기했고 일주일 휴가를 내서 그녀를 보러 가겠다고 선언했다. 그녀의 목소리는 도전적이었다.

테레자를 어머니 곁으로 끌어당기는 것이 현기증임을 짐작한 토마시는 그 여행을 원치 않았다. 그는 그 조그만 마을의 보건소에 전화를 걸었다. 보헤미아에서는 암 진단 서류를 매우 자세히 작성하기 때문에, 그는 쉽사리 테레자의 어머니에게 아무런 암 증상도 없으며 심지어 그녀가 일 년 내내 병원 한번 가지 않았다는 것을 확인할 수 있었다.

테레자는 토마시의 말을 듣고 어머니를 보러 가지 않았다. 바로 그날 테레자는 길거리에서 넘어졌다. 그녀의 걸음걸이가 휘청거렸다. 거의 매일 넘어지고 부딪히고 그렇지 않으면 들고 있던 물건을 떨어뜨렸다.

그녀는 참기 어려운 추락 욕구를 느꼈다. 그녀는 지속적인 현기증 속에서 살았다.

넘어지는 사람은 "날 좀 일으켜 줘!"라고 말한다. 토마시는 변함없이 그녀를 일으켜 줬다.

19

"마치 무대 위에서처럼 내 화실에서 당신과 정사를 나누고 싶어. 주위에 사람들이 있을 테지만 접근할 수는 없을 거야. 하지만 우리에게서 눈을 떼지 못하겠지."

시간이 흘러감에 따라 이 이미지는 처음에 지녔던 잔인한 성격을 상실하면서 그녀를 흥분시키기 시작했다. 정사 중에 몇 번인가 그녀는 토마시의 귀에 이 장면을 환기하는 말을 속삭였다. 토마시의 바람기에서 자기의 저주를 읽었던 그녀는 거기에서 벗어나는 방법이 있다고 생각했다. 그와 함께 가는 것이다! 그의 여자 친구들의 집에 함께 가는 것이다. 이런 우회적 방법을 통해 어쩌면 그녀의 육체가 유일한 것, 모든 육체들 중에서 첫 번째 육체로 되살아날지도 모른다. 그녀의 육체는 토마시의 분신, 보완자이자 조수가 될 것이다.

두 사람은 포옹했고, 그녀는 그에게 속삭였다. "당신을 위해 내가 그들의 옷을 벗겨 주고, 욕조에서 씻겨 주고, 당신에게 데려다 줄게." 그녀는 두 사람이 양성을 지

닌 육체로 변하고 다른 여자들의 육체는 두 사람이 공유
하는 장난감이 되길 바랐다.

20

일부다처주의 생활에서 그의 분신이 되어 주겠다는
것. 토마시는 이것을 이해하려 들지 않았지만, 그녀는 이
생각을 떨쳐 버릴 수 없어서 사비나에 대한 접근을 시도
했다. 그녀는 사비나에게 인물 사진을 찍어 주겠다고 제
안했다.

사비나는 화실로 그녀를 초대했다. 테레자는 마침내
한가운데에 연단처럼 우뚝 솟은 커다란 소파가 있는 큰
방을 볼 수 있었다.

사비나는 "내 집에 한 번도 온 적이 없다니 내가 너무
무심했네."라며 벽에 걸린 그림을 구경시켜 주었다. 심지
어 학생 시절에 그렸던 오래된 그림도 꺼냈다. 커다란 용
광로를 공사하는 모습이었다. 미술 학교가 가장 엄격한
사실주의(비사실주의 예술은 사회주의에 대한 체제 전복 기
도로 간주되던 시절이었다.)를 강요하던 시절에 그린 작품
이었고, 사비나는 무엇이든 남보다 한술 더 뜨려는 오기
로 교수들보다 더욱 엄격한 사실주의를 추구했다. 당시

기법에 따른 섬세한 붓 터치는 겉보기에 컬러사진 같은 인상을 주었다.

"이 그림은 망친 거야. 붉은 물감이 캔버스에 흘렀거든. 처음에는 화를 냈는데 점차 그 얼룩이 맘에 들더군. 그 공사장이 진짜가 아닐 뿐 아니라 눈속임용으로 그려 넣은 낡은 무대장치 같았고, 붉은 물감 자국은 찢어진 틈 같았기 때문이지. 그래서 나는 이 틈을 확대해서 그 뒤에서 볼 수 있을 것을 상상하는 놀이를 시작했어. 그런 이유로 내가 그린 첫 연작을 무대장치라 불렀던 거야. 물론 아무도 내 그림을 보진 못하게 했지. 보았다면 나는 퇴학당했을 거야. 앞은 완벽한 사실주의 세계였고, 그 뒤에는 무대장치의 찢어진 캔버스 뒤편처럼 뭔가 다른 것, 신비롭고 추상적인 것이 보였지."

그녀는 말을 멈추더니 다시 덧붙였다. "앞은 파악할 수 있는 거짓이고, 뒤는 이해할 수 없는 진리였지."

테레자는 어떤 교수라도 학생의 얼굴에서는 찾아볼 수 없는 기막힌 집중력을 발휘하며 귀를 기울였다. 그녀는 사비나의 모든 작품이 예나 지금이나 실은 항상 같은 것을 말하며 두 주제, 두 세계의 동시적 만남이자 마치 이중노출로 탄생한 사진 같다는 것을 확인했다. 한 풍경, 그리고 뒤에서 투명하게 비치는 불 켜진 머리맡 램프. 사과와 호두와 불 켜진 크리스마스트리가 그려진 서정적 정물화 너머로 그것을 찢는 손.

그녀는 갑자기 사비나에게 존경심을 느꼈다. 그리고

예술가 사비나가 매우 친근하게 다가왔기 때문에 두려움
이나 불신이 섞이지 않은 이 존경심은 호감으로 변했다.

테레자는 잠깐 사진을 찍으러 왔다는 것도 까맣게 잊
었다. 사비나가 그것을 말해 주어야만 했다. 그림에서 눈
길을 떼자 방 한가운데 연단처럼 우뚝 솟은 소파가 눈에
들어왔다.

21

소파 곁에는 머리맡 탁자가 있었고, 탁자 위에는 미용사들이 가발을 전시하기 위해 사용하는 머리 모양 받침대가 있었다. 사람 머리 모양 조각은 가발이 아니라 중산모자를 쓰고 있었다. 사비나는 미소를 지었다. "이 중산모자는 할아버지로부터 물려받은 거야."

테레자는 둥그렇고 딱딱한 이런 검은 모자를 영화에서만 보았다. 찰리 채플린이 항상 쓰던 모자였다. 테레자도 미소를 지으며 이 모자를 들고 오랫동안 들여다보았다. "이걸 쓰고 사진을 찍으면 어떨까?"

대답 대신 사비나는 폭소를 터뜨렸다. 테레자는 중산모자를 제자리에 두고 카메라를 들어 사진을 찍기 시작했다.

잠시 후 테레자는 "당신의 나체를 찍으면 어떨까?"라고 물었다.

"나체?"

"그래." 하고 테레자는 용감하게 자기 제안을 되풀이

했다.

"그러자면 우선 한잔 마셔야겠군." 하고 말하더니 사비나는 포도주 한 병을 땄다.

테레자는 일종의 경직 증세를 느끼며 침묵했고, 사비나는 한 손에 잔을 들고 방 안을 이리저리 돌아다니며 조그만 시골 마을의 면장이었던 그녀의 할아버지에 대해 이야기했다. 사비나는 할아버지를 만난 적이 없었고, 그의 유품이라곤 이 모자와, 연단에 모여 앉은 지방 유지를 찍은 사진 한 장뿐이었다. 유지들 중 하나가 사비나의 할아버지였다. 그들이 무엇을 하기 위해 모였는지는 모르지만 어떤 행사에 참여했거나 아니면 기념식 날이면 중산모자를 썼던 어떤 지방 유지를 기리는 기념비 제막식에 참석한 것인지도 모른다.

사비나는 중산모자와 할아버지에 대해 장황하게 이야기했다. 그녀는 세 번째 잔을 비운 뒤 "잠깐 기다려." 하더니 욕실로 사라졌다.

그녀는 목욕 가운을 입고 다시 나타났다. 테레자는 카메라를 들고 파인더에 눈을 가져갔다. 사비나는 가운 앞자락을 벌렸다.

22

테레자에게 카메라는 토마시의 애인을 관찰하는 기계
눈인 동시에 자신의 얼굴을 가리는 베일 구실을 했다.

사비나가 가운을 벗기로 결심하는 데까지 오랜 시간
이 걸렸다. 생각보다 훨씬 어려운 상황이었다. 몇 분 동
안 포즈를 취한 뒤 그녀는 테레자에게 다가와 "이제 내가
당신 사진을 찍을 차례야. 벗어!" 하고 말했다.

사비나가 토마시의 입에서 수없이 들었던 "벗어!"라
는 말은 그녀의 기억에 깊이 새겨져 있었다. 정부가 부
인에게 지금 한 말은 토마시의 명령인 셈이다. 이렇듯 두
여자는 똑같은 마술적 문장으로 연결된 것이다. 평범한
대화 도중에 난데없이 에로틱한 상황이 돌발케 하는 것
이 바로 그의 방식이었다. 토마시는 애무도 하지 않고 옷
깃도 스치지 않은 채 찬사나 애원이 아닌 명령조로, 멀
리 떨어져 낮지만 힘차고 권위적인 목소리로 명령을 내
리곤 했다. 그 순간 그는 명령을 듣는 여자에게 절대로
손도 대지 않았다. 테레자에게도 바로 이런 말투로 종종

"벗어!"라고 명령하곤 했다. 부드럽게 말하고 나즈막이 속삭였지만 명령이었고, 그녀는 그 말에 복종하는 것만으로도 항상 흥분했다. 그런데 그녀는 방금 똑같은 말을 들었고, 굴종하고 싶은 욕구는 더욱 컸다. 낯선 이에게 복종한다는 것은 이상한 광기이며 그 명령을 남자가 아닌 여자가 내린다면 더욱 아름다운 광기인 것이다.

사비나는 테레자의 손에서 카메라를 낚아챘고, 테레자는 옷을 벗었다. 그녀는 무장해제당한 채 알몸으로 서 있었다. 얼굴을 가리는 데 쓰며 무기처럼 사비나를 겨냥했던 카메라를 빼앗겼으니 문자 그대로 무장해제당한 셈이다. 그녀는 토마시의 정부 손아귀에 놓인 것이다. 이러한 아름다운 굴종에 그녀는 취했다. 사비나 앞에 알몸으로 서 있는 이 순간이 영원히 끝나지 않길!

내 생각에 사비나 역시, 이상하리만큼 고분고분하고 수줍은, 그녀 애인의 부인 앞에 마주 선 이런 상황에 도발적 매력을 느꼈을 것이다. 그녀는 두세 차례 셔터를 눌렀고 이러한 도취 상태에 스스로 놀라 이를 빨리 해소하기 위해 큰 소리로 웃었다.

테레자도 따라 웃었고 두 사람 모두 옷을 다시 입었다.

23

러시아 제국 시절에 발생했던 모든 범죄는 은밀한 그 늘에 가려 자행되었다. 50만 명에 달하는 리투아니아인 수용소 수감, 수백만 폴란드인 학살, 크리미아의 타르타르족 멸족 등, 사진 증거가 없으니 이 모든 것은 머지않아, 꾸며 낸 이야기라고 치부해 버릴 수 있는, 보여 줄 수 없는 어떤 것으로 기억에 남을 뿐이다. 반면 1968년 소련의 체코슬로바키아 침공은 사진과 영상으로 기록되어 세계 도처의 문서 보관소에 보관되어 있다.

체코의 사진기자와 촬영기사는 그들이 그나마 할 수 있는 유일한 일을 할 기회가 주어졌다는 것을 깨달았다. 먼 미래를 위해 강간 장면을 보존하는 것. 테레자는 온갖 위험을 무릅쓰고 그 일주일 동안 거리에서 소련 군인과 장교 들의 사진을 찍었다. 소련군들은 속수무책으로 사진에 찍혔다. 그들은 누가 그들에게 총을 쏘거나 돌을 던질 경우 취해야 할 태도에 대해서는 정확한 지침을 받았지만, 카메라 렌즈 앞에서 어떻게 대응해야 할지는 아무도 그들에게 가르쳐 주지 않았다.

그녀는 사진을 수백 통 찍었다. 그녀는 현상 안 된 릴 상태의 필름을 거의 반 이상 외국 기자에게 나누어 줬다.(국경은 여전히 열려 있었고, 기자들은 적어도 국경을 사이에 두고 내왕을 할 수 있어서 어떤 자료라도 기꺼이 받아 갔다.) 그녀의 많은 사진은 각종 외국 신문에 실렸다. 탱크, 위협적인 주먹, 파괴된 건물, 피 묻은 삼색기에 덮인 시체들, 긴 장대에 체코 기를 달아 흔들며 오토바이로 탱크 주위를 빠르게 맴도는 젊은이들, 성적으로 굶주린 불쌍한 소련 군인 눈앞에서 행인에게 키스를 퍼붓는 아슬아슬한 미니스커트 차림 소녀들의 사진이 실렸다. 거듭 말하지만 소련군의 침공이 비극만은 아니었다. 그것은 누구도 그 이상한 도취감을 이해하지 못할 증오의 축제이기도 했다.

24

그녀는 자신이 지닌 모든 기술과 정성을 기울여 직접
현상한 사진 쉰여 장을 스위스로 가져갔다. 그녀는 대량
의 판매 부수를 자랑하는 한 잡지사에 그것을 보여 줬다.
편집국장은 그녀를 정중히 맞이하고 (모든 체코인은 선량
한 스위스인의 가슴을 찡하게 만드는 불행의 후광을 머리에 이
고 있었다.) 소파에 앉으라고 말하더니 사진을 검토하고
칭찬을 했다. 그러고는 이 사건은 이미 먼 옛날이야기라
며 이 사진들(아무리 멋지다 하더라도!)이 공개될 가능성
은 조금도 없다고 했다.

"그러나 프라하에서는 아무것도 끝나지 않았어요!"
하고 테레자는 분개하며 지금 이 순간에도 그녀의 점령
치하 조국에서는 공장 노동자들이 노조를 결성하고, 학
생들은 점령군에 대항하기 위해 동맹 휴학을 하며 국민
모두가 나름대로 계속 투쟁 중이라고 서툰 독일어로 반
박했다. 바로 그 점이 기가 막힐 노릇이었다. 어이가 없
었다. 그런 것에는 누구도 관심이 없었다!

편집국장은 박력 있어 보이는 여자가 방에 들어와 그들의 대화를 끊자 홀가분해하는 표정이었다. 여자는 그에게 서류를 내밀었다. "나체주의자 해변에 관한 르포 사진을 가져왔어." 소심한 편집국장은 탱크 사진을 찍는 이 체코 여자가 해변의 나체 사진을 경박하다고 생각하지나 않을지 걱정했다. 그는 서류철을 책상 구석으로 멀리 밀치고 서둘러 테레자를 소개했다. "프라하에서 온 동료야. 멋진 사진을 가져왔지."

그 여자는 테레자와 악수를 한 뒤 사진을 집어 들었다.

"잠깐 내 사진도 한번 보시죠!" 하고 그 여자가 말했다.

테레자는 서류철 위로 몸을 숙이고 사진을 꺼냈다.

편집국장은 거의 죄인이나 된 듯한 목소리로 테레자에게 말했다. "당신이 찍은 것과는 정반대지요."

"천만에요! 똑같은 겁니다."라고 테레자가 대답했다.

아무도 그 말을 이해하지 못했고, 나 역시도 나체주의자 해변과 소련군 침공을 비교하는 테레자가 무엇을 말하려 했는지 이해하기 어려웠다. 테레자는 사진을 보다가 네 가족이 둘러앉아 있는 모습을 찍은 사진을 오래도록 들여다보았다. 염소나 암소 젖통처럼 커다란 젖을 늘어뜨리고 아이를 들여다보는 나체 엄마, 그리고 조악한 미니어처를 닮은 음낭을 늘어뜨리고 등을 돌리고 선 남편.

"이런 건 좋아하지 않으세요?" 하고 편집국장이 물었다.

"잘 찍은 사진이네요."

"이런 주제가 당신에겐 충격적일 거라 생각했는데. 당신 얼굴만 보고 나체촌에는 가지 않으실 분이라고 짐작했어요."

"천만에요."

편집국장은 웃으며 말했다. "당신이 어떤 나라에서 왔는지 대번에 드러나요. 공산주의 국가가 청교도적이라는 말은 미친 소리라니까!"

여자 사진작가는 모성애적 자상함을 과시하며 덧붙였다. "벗은 몸. 그게 어때서! 정상적인 거죠! 정상적인 모든 것은 아름다운 거예요!"

테레자는 알몸으로 아파트 안을 어슬렁거리던 그녀의 어머니를 떠올렸다. 다른 사람들이 어머니의 나체를 보지 못하게 하기 위해 커튼을 내리려고 달려갔을 때, 등 뒤에서 들려오던 웃음소리가 아직도 그녀 귀에 들리는 듯했다.

사진작가는 테레자에게 바에 가서 커피를 마시자 청했다.

"당신 사진이 아주 흥미롭네요. 여자 육체에 대한 감각이 뛰어나다는 것을 알겠어요. 무슨 사진을 말하는지 아시죠? 도발적인 자세를 취한 젊은 여자들 말이에요!"

"소련 탱크 앞에서 키스하는 커플 말이죠?"

"네, 당신은 탁월한 패션 사진작가가 될 수 있어요. 물론 모델과 접촉하는 것이 우선이겠지요. 당신처럼 이제 막 데뷔하는 여자가 좋을 겁니다. 그래서 사진 몇 장을 찍어 에이전시에 보낼 수 있겠죠. 판로를 뚫으려면 당연히 시간이 좀 걸릴 겁니다. 나도 당신을 위해 뭔가 해 줄 수 있을 것 같아요. '당신의 정원'이라는 고정란을 담당하는 기자에게 소개해 드릴 수 있어요. 아마도 사진이 필요할 거예요. 선인장이나 장미 뭐 그런 거요."

"정말 고맙습니다." 테레자는 마주 앉아 있는 여자가 선의에 가득 찼다는 것을 알고 진심으로 말했다.

그러나 곧바로 그녀는 생각했다. 내가 왜 선인장 사진을 찍어야 할까? 사진 한 장을 신문에 싣기 위해, 출세를 위해, 자리를 차지하기 위해 싸워야 했던, 프라하에서 이미 겪었던 일을 다시 해야 한다는 생각만 해도 일종의 구역질 같은 것이 치밀었다. 그녀는 허영심 때문에 야심을 가져 본 적이 결코 없었다. 그녀가 원하는 것은 어머니의 세계로부터 빠져나오는 것이었다. 그렇다, 그녀는 문득 분명하게 깨달았다. 그녀는 사진 찍는 일에 열정을 갖고 몰두했지만 다른 어떤 일에라도 똑같은 열의를 쏟을 수 있었다. 사진은 단지 '더 높이 올라가' 토마시 곁에 살기 위한 하나의 수단에 불과했기 때문이다.

"제 남편은 의사라서 저를 먹여 살릴 수 있어요. 사진 찍는 일이 제게 꼭 필요한 것은 아니에요."

"그토록 아름다운 사진을 찍은 후에 사진을 포기할 수 있다니. 이해할 수 없군요!"

그렇다, 소련 침공을 찍은 사진, 그것은 별개다. 그 사진은 토마시를 위해 찍은 것이 아니었다. 그녀가 열정에 떠밀려 한 일이었다. 그러나 사진에 대한 열정은 아니다. 증오의 열정이었다. 그러한 상황은 더 이상 반복되지 않을 것이다. 더구나 그녀가 열정적으로 찍은 사진에는 이제 더 이상 시사성이 없으므로 누구도 원하지 않는다. 오로지 선인장에만 영원히 시사성이 있다. 그리고 그녀는 선인장에는 관심이 없었다.

"대단히 고맙습니다. 하지만 저는 그냥 집에 있겠어

요. 일할 필요가 없어요."

"그냥 집에 있는 것에 만족하시나요?"

"선인장 사진을 찍는 것보다는 그게 더 좋아요."

"당신이 선인장 사진을 찍을지라도 그것은 당신에게 속한 당신의 삶이죠. 남편만을 위해 사는 것은 당신의 삶이 아니에요."

테레자는 불쑥 화가 났다. "내 삶은 남편이지 선인장이 아니에요."

사진작가는 화난 투로 이야기했다. "당신이 행복하다는 뜻입니까?"

테레자는 (여전히 화를 내며) 말했다. "물론 나는 행복해요!"

"그런 말을 하는 여자는 십중팔구 아주⋯⋯." 그녀는 말을 끝내지 않는 쪽을 택했다.

테레자가 뒷말을 채워 주었다. "십중팔구 아주 편협하다고 말하고 싶은 거지요."

사진작가는 화를 억누르며 말했다. "아니요, 편협한 것이 아니에요. 시대착오적이죠."

테레자는 멍한 표정으로 말했다. "맞아요. 남편이 내게 한 말도 바로 그거였어요."

26

그러나 토마시는 하루 종일 병원에 있었고, 그녀는 혼자 집에 남아 있었다. 그나마 카레닌이 곁에 있어 함께 오랫동안 산책을 할 수 있으니 다행이었다! 집에 돌아오면 그녀는 독일어나 프랑스어 교본을 들고 앉았다. 그러나 마음이 울적하여 도무지 집중할 수 없었다. 그녀는 둡체크가 모스크바에서 돌아와 라디오를 통해 낭독했던 연설을 자주 생각했다. 무슨 말을 했는지 더 이상 기억나진 않았지만 더듬거리는 그의 음성이 여전히 귓가에 맴돌았다. 그녀는 그에 대해 생각했다. 외국 군인들이 국가수반인 둡체크를 그의 나라에서 체포하여 납치한 다음 우크라이나 산중 어딘가에 나흘 동안 감금했다. 그들은 십이 년 전 헝가리 대통령 이무레 나기에게 그랬듯이 그도 총살할 것이라고 암시했다. 그 후 다시 그를 모스크바로 이송하여, 목욕하고 수염을 깎고 옷을 갈아입고 넥타이를 매라고 명령하며 당신은 사형장으로 갈 예정이 아니라 다시 국가수반이 되어야 한다고 지시하고는 브레즈네프 앞에 앉혀 협상을 강요했던 것이다.

그는 모욕당하고 귀국하여, 모욕당한 국민에게 연설을 했다. 그는 말을 할 수 없을 정도로 모욕을 당했다. 연설 중간 중간 말을 멈췄던 그 끔찍한 침묵을 테레자는 결코 잊지 못할 것이다. 완전히 탈진했던 것일까? 병들었을까? 그들이 약물을 투여하여 중독시켰을까? 그도 아니면 절망감이었을까? 둡체크에 관한 기억은 이제 아무 것도 남지 않았지만, 가슴 조이며 라디오에 귀를 바짝 붙인 국민 앞에서 숨을 돌리려고 애썼던 그 끔찍하고 긴 그의 침묵은 남을 것이다. 그 침묵 속에 나라 전체를 뒤덮었던 모든 공포가 고스란히 담겨 있었다.

침공 후 일곱 째 날이었고, 그 당시 저항 세력의 대변인으로 변한 한 일간지 편집실에서 그녀는 그 연설을 들었다. 그 방에서 둡체크의 연설을 들었던 모든 사람들은 그를 증오했다. 그가 양보했던 타협안 때문에 그를 원망했고 그의 모욕 때문에 모욕감을 느꼈으며 그의 나약함 때문에 자존심이 상했던 것이다.

지금 취리히에서 그 순간을 생각하니 그녀는 둡체크에 대해 더 이상 어떤 경멸감도 느껴지지 않았다. 나약함이라는 단어도 더 이상 비난처럼 느껴지지 않았다. 둡체크처럼 체격이 운동선수 같은 사람일지라도 자기보다 우세한 위력을 대하면 항상 나약해지는 법이다. 당시에는 참을 수 없었고 역겨웠던 그 나약함, 또한 자신의 나라로부터 추방당하게 만든 그 나약함에 그녀는 측은함을 느꼈다. 그녀는 자기가 약한 사람들의 편, 약한 사람들의 진영, 약한 사람들의 나라에 속했다는 것을 깨달았다. 또한 그녀는 그들에게 충실해야 한다는 것도 깨달았는데, 그것은 그들이 약했기 때문이고 연설 중에 연신 숨을 돌렸기 때문이다.

그녀는 마치 현기증에 끌리듯 이런 나약함에 마음이 끌렸다. 자신도 나약하다고 느꼈기 때문에 마음이 끌린 것이다. 그녀는 다시 질투에 빠졌고 손이 떨리기 시작했다. 토마시가 이를 눈치 채고 평소에 하던 동작을 했다. 그녀를 진정시키기 위해 그녀의 손을 잡고 손가락으로 꼭 눌러 주었다. 그녀가 손을 뺐다.

"왜 그러지?"

"아무것도 아니야."

"당신을 위해 어떻게 해 주길 바라는 거야?"

"당신이 늙기를 바라. 지금보다 열 살 더. 스무 살 더!"

그녀가 하고 싶었던 말은 "당신이 나약하길 바라. 당신도 나처럼 나약하길 바라."였다.

27

카레닌은 스위스로 가는 것을 한 번도 탐탁하게 여겨
본 적이 없다. 카레닌은 변화를 싫어했다. 개에게 있어서
시간은 곧게 일직선으로 이루어진 것도 아니며 시간의
흐름도 하나가 지나면 다음 것으로 가는, 점점 멀리 앞으
로 가는 쉼 없는 운동이 아니었다. 시간의 흐름은 손목시
계 바늘처럼 원운동을 했다. 시곗바늘 역시도 미친 듯 앞
으로만 가는 것이 아니라 같은 궤도를 따라 하루하루 시
계 판 위에서 원운동을 하기 때문이다. 프라하에선 새 소
파가 놓이거나 화분의 자리만 달라져도 카레닌은 분개
했다. 그의 시간 감각이 혼란스러워지기 때문이었다. 마
치 쉴 새 없이 시계 판의 숫자를 갈았을 때 시곗바늘이
겪는 혼돈 같은 것이었다.

하지만 카레닌은 취리히의 아파트에서 금세 과거의
시간 감각, 과거의 습관을 되찾는 데 성공했다. 프라하에
서처럼 아침이면 그들의 하루를 열어 주기 위해 침대 위
로 껑충 뛰어올랐고 테레자와 함께 아침 장을 봤으며 프

라하에서와 마찬가지로 매일 산책을 요구했다.

카레닌은 그들 삶의 시계였다. 절망의 순간마다 테레자는 이 개 때문에라도 버텨야 한다고 생각했다. 왜냐하면 그녀보다도, 아마도 둡체크나 버리고 떠나온 조국보다도 카레닌은 더 허약했기 때문이다.

그들이 산책에서 돌아오자 전화벨이 울렸다. 그녀는 수화기를 들고 누구냐고 물었다.

독일어로 말하는 여자 목소리가 토마시를 찾았다. 목소리는 다급하다는 투였고 테레자는 거기에서 격렬한 기운을 느꼈다. 토마시는 외출했고 언제 돌아올지 모른다고 하자 전화선의 다른 쪽 끝에 있는 여자는 폭소를 터뜨리고 인사도 없이 끊어 버렸다.

테레자는 이런 일에 개의치 말아야 한다는 것을 알았다. 아마도 병원 간호사이거나 여자 환자, 여비서 또는 그 누구일 수도 있다. 하지만 그녀는 혼란스러웠고 도무지 정신을 집중할 수 없었다. 그녀는 프라하에서 지니고 있었던 그나마의 힘도 상실했으며 이처럼 사소한 일에도 버텨 낼 수 없다는 것을 깨달았다.

외국에 사는 사람은 구명줄 없이 허공을 걷는 사람이다. 그에게는 가족과 직장 동료와 친구, 어릴 적부터 알아서 어렵지 않게 자신을 표현할 수 있는 언어를 지닌 나라, 즉 조국이 모든 인간에게 제공하는 구명줄이 없다. 프라하에서도 그녀가 토마시에게 의지하고 산 것은 분명하지만 그것은 단지 심리적 의지였다. 여기에서 그녀는 모든 면에서 그에게 의지하며 산다. 만약 그로부터 버림받는다면 그녀는 여기서 무엇이 될까? 그녀는 일생 동안 그를 잃을지도 모른다는 두려움 속에서 살아야만 할까?

그녀는 그들의 만남이 처음부터 오류에 근거했다고 생각했다. 그녀가 그날 겨드랑이에 끼고 있었던 『안나 카레니나』는 토마시를 속이기 위해 그녀가 사용했던 가짜 신분증이었다. 그들은 서로 사랑했는데도 상대방에게 하나의 지옥을 선사했다. 그들이 사랑한 것은 사실이다. 오류가 그들 자신이나 그들의 행동 방식 혹은 감정에 기인하는 것이 아니라 그들의 공존 불가능성에서 기인했다는 것이 그 증거다. 왜냐하면 그는 강했고 그녀는 약했기 때문이다. 그녀는 말하던 중 삼십 초쯤 말을 멈추었던 둡체크 같았고, 말을 더듬고 숨을 돌리고 말을 잇지 못했던 그녀의 조국과 같았다.

그러나 바로 그렇기 때문에, 강해질 줄 알아야 하는 사람 그리고 강자가 약자에게 상처를 주기에는 너무 약해졌을 때 떠날 줄 알아야 하는 사람이 바로 약자다.

이것이 그녀가 생각했던 것이다. 그러곤 카레닌의 털북숭이 머리에 뺨을 대고 그녀는 말했다. "카레닌, 날 원망하지 마. 다시 한 번 이사를 가야겠다."

28

그녀는 무거운 트렁크를 위쪽 짐칸에 얹고 열차 구석
자리에 앉았다. 카레닌은 그녀의 발치에 웅크리고 있었
다. 어머니와 함께 살던 시절 일했던 술집 요리사가 생
각났다. 그는 틈만 나면 그녀 엉덩이를 찰싹 때리며 여러
사람들이 보는 앞에서 그녀에게 동침을 제안했다. 바로
그 사람이 머릿속에 떠오른 것이 이상한 노릇이었다. 그
는 그녀에게 혐오감을 일으키는 모든 것 그 자체였다. 그
런데 지금 그녀에게는 오로지 한 가지 생각밖에 없었고
그를 만나 이렇게 말하고 싶었다. "나하고 자고 싶다고
그랬지. 자, 나 여기 왔어."

그녀는 돌이킬 수 없는 어떤 짓을 저지르고 싶었다. 지
나간 칠 년을 단번에 지워 버리고 싶었다. 그것은 현기증
이었다. 머리를 어지럽히는, 극복할 수 없는 추락 욕구.

현기증을 느낀다는 것은 자신의 허약함에 도취되는
것이라고 말할 수 있다. 자신의 허약함을 의식하고 그에
저항하기보다는 투항하고 싶은 것이다. 자신의 허약함

에 취해 더욱 허약해지고 싶어 하며 모두가 보는 앞에서 백주 대로에 쓰러지고 땅바닥에, 땅바닥보다 더 낮게 가라앉고 싶은 것이다.

그녀는 프라하에 가지 않을 것이며 사진작가 노릇도 하지 않으리라 확신했다. 그녀는 토마시의 목소리가 그녀를 끄집어내 주었던 조그만 마을로 돌아갈 것이다.

그러나 프라하로 돌아오자 몇 가지 사소한 일상의 일을 해결하기 위해 얼마 동안 머물러야만 했다. 그래서 그녀는 출발을 늦추었다.

그러던 닷새 만에 토마시가 불쑥 아파트에 나타났다. 카레닌이 그의 얼굴까지 뛰어올랐고 덕분에 서로 말을 해야만 한다는 필연성으로부터 그들을 한동안 벗어나게 해 주었다.

그들은 모두 눈 덮인 들판 한가운데 마주 서서 추위에 몸을 떨었다.

그리고 마치 아직 키스를 하지 않은 연인들처럼 서로에게 다가갔다.

그가 물었다. "잘돼 가?"

"응."

"신문사에는 들렀어?"

"전화했어."

"그래서?"

"아무것도 없어. 기다리는 중이야."

"뭘?"

그녀는 대답하지 않았다. 그녀는 그를 기다리고 있었다고 말할 수 없었다.

29

우리가 이미 알고 있는 순간으로 되돌아가자. 토마시
는 절망에 빠졌고 위에 통증을 느꼈다. 그는 아주 늦게
잠들었다.

잠시 후 테레자가 잠에서 깨어났다.(소련군 비행기는
여전히 프라하 상공을 맴돌았고, 그런 소란 속에서는 편히 잘
수가 없었다.) 그녀에게 첫 번째로 떠오른 생각은 이러했
다. 토마시는 그녀 때문에 돌아왔다. 그녀 때문에 그의
운명이 바뀌었다. 이제 그녀를 책임질 사람은 그가 아니
다. 이제부터는 그녀가 그를 책임져야 한다.

이러한 책임은 그녀의 힘을 넘어서는 것처럼 보였다.

그녀는 기억을 더듬었다. 어제 그가 아파트 문 앞에 나
타났고, 잠시 후 프라하의 교회 종이 6시를 알렸다. 그들
이 처음 만났을 때 그녀는 6시에 일을 끝마쳤다. 그녀는
노란 벤치에 앉아 있던 그를 마주 보았고 쨍그랑거리는
종소리를 들었다.

아니다, 그것은 미신이 아니었다. 고민으로부터 그녀

를 불쑥 구원하고 새로운 삶의 욕구를 그녀 가슴에 채워 준 것은 다름 아닌 아름다움의 의미였다. 다시 한 번 우연의 새가 그녀 어깨에 내려앉았다. 그녀의 눈에 눈물이 고였다. 그녀는 곁에서 자고 있는 토마시의 숨소리를 들으면서 무한한 행복감을 느꼈다.

3부   **이해받지 못한 말들**

1

제네바는 분수와 호수의 도시다. 예전에 취주악단들
이 공연했던 정자가 아직도 공원에 남아 있다. 심지어 대
학도 나무들 속에 파묻혀 있다. 오전 강의를 마친 프란츠
는 건물에서 나왔다. 스프링클러에서 솟아오른 작은 물
방울들이 잔디 위에 떨어졌다. 그는 기분이 대단히 좋았
다. 대학에서 나와 그는 곧장 여자 친구 집으로 갔다. 그
녀는 거기서 몇 블록 떨어진 곳에 살고 있었다.

그는 그녀의 집에 자주 들렀지만 언제나 그녀의 배려
깊은 친구였을 뿐, 결코 애인은 아니었다. 제네바에 있는
그녀의 아틀리에에서 만약 그녀와 정사를 나누었다면,
그는 하루 동안 한 여자에게서 다른 여자로, 부인에게서
정부로, 정부에게서 부인으로 왔다 갔다한 셈이었을 것
이다. 제네바에서는 남편과 부인이 프랑스식으로 한 침
대에서 잠을 자니, 그는 몇 시간 만에 한 여자의 침대에
서 다른 여자의 침대로 가는 것과 마찬가지인 것이다. 그
의 눈에는 이런 것이 애인과 부인을 모욕하는 짓이며 결

국 자기 자신도 모욕하는 짓으로 보였을 것이다.

몇 달 전에 그가 반한 이 여인에 대한 사랑은 너무도 소중해 그는 그의 삶 속에 그녀를 위한 독자적 공간, 범접할 수 없는 순수한 영역을 만들어 내려고 고심했다. 그는 자주 외국 대학으로부터 강연 초청을 받았는데 지금은 모든 초청을 기다렸다는 듯 받아들였다. 초청만으로 충분하지 않았기 때문에 부인에게 그의 여행을 정당화하기 위한 가공 학회나 세미나를 꾸며 대 부족했던 그의 외도 기회를 보충했다. 자기 시간을 마음대로 쓸 수 있는 여자 친구는 그와 동행해 주었다. 그렇게 해서 그는 그녀에게 몇몇 유럽 도시와 미국의 한 도시를 단시간에 구경시켜 줬다.

"당신이 싫어하지만 않는다면 열흘 후 팔레르모에 갈 수 있을 텐데."라고 그가 말했다.

"난 제네바가 더 좋아." 그녀는 이젤 앞에 서서 미완성 그림을 들여다보고 있었다.

프란츠는 농담을 시도해 보았다. "팔레르모를 모른 채 어떻게 살 수 있을까?"

"난 팔레르모를 알아."

"뭐라고?" 그는 거의 질투심 어린 어투로 물었다.

"여자 친구 하나가 그곳 엽서를 보냈더랬지. 스카치테이프로 화장실에 붙여 놨는데 못 봤어?" 그리고 그녀는 덧붙였다. "세기 초에 살았던 한 시인 이야기를 해 줄게. 그는 아주 늙었고 그의 비서는 그를 데리고 산책을 했지.

어느 날 비서가 말했대. '선생님, 고개를 들고 저기를 보세요. 도시 위로 최초의 비행선이 지나가네요!' '나는 보지 않아도 상상할 수 있어.' 선생은 눈길도 주지 않고 비서에게 대답했지. 그런 거야! 나도 팔레르모에 가 있는 내 모습을 상상할 수 있어. 다른 모든 도시와 마찬가지로 똑같은 호텔, 똑같은 자동차가 있겠지. 내 아틀리에에서는 적어도 그림들은 항상 다르지." 프란츠가 얼굴을 붉혔다. 그는 애정 행각과 여행의 관계에 대해 너무도 익숙했기에 "팔레르모에 가자!"라는 그의 말은 추호도 오해의 여지가 없는 에로틱한 제안이었다. 그에게 있어 "난 제네바가 더 좋아!"라는 그녀의 대답에는 오직 한 가지 의미만 있었다. 그의 여자 친구는 그에게 더 이상 욕구를 느끼지 않는다.

정부 앞에서 이토록 자신감이 결핍되는 것을 어떻게 설명할 수 있을까? 그에겐 자기 자신을 의심할 만한 어떤 이유도 없었다. 그들이 만난 직후 처음 호감을 드러낸 사람은 그가 아니라 그녀였다. 그는 미남이며 학계에서도 출세가도의 정상에 서 있어서 심지어 전문 학자들 사이의 논쟁에서 그가 보여 주었던 고차원 지식과 자기주장은 동료들에게 경외의 대상이기도 했다. 그런데 여자 친구가 그를 떠날지도 모른다는 생각을 왜 매일 되풀이해야만 할까?

나에게는 이 설명밖에 없다. 그에게 있어서 사랑은 공적인 삶의 연장이 아니라 그 대척점이었다. 사랑은 다른 사람의 선의와 자비에 자신을 내던지고 싶다는 욕구였다. 마치 포로가 되려면 먼저 자신의 모든 무기를 내던져야 하는 군인처럼 타인에게 자신을 방기하고자 하는 욕구. 그리고 아무런 방어 수단이 없는 상태에서 그는 언제 공격당할지 걱정하지 않을 수 없었다. 따라서 나는 프란츠의 사랑이란 언제 공격이 올지 끊임없이 기다리는 것이라고 단언할 수 있다.

그가 고민에 빠져 있는 동안 여자 친구는 붓을 놓고 방을 나갔다. 그녀는 포도주 병을 들고 돌아왔다. 그녀는 말없이 병을 열어 잔 두 개에 포도주를 따랐다.

그는 가슴에 묵직한 돌덩이가 떨어지는 것을 느꼈다. "난 제네바가 더 좋아."라는 말은 그녀가 정사를 원하지 않는다는 것이 아니라, 반대로 이 외국 도시들에서 짧게 머무는 동안 그들의 은밀한 순간을 억제하는 것에 신물 났다는 것을 의미했다.

그녀는 잔을 들어 단숨에 비웠다. 프란츠도 자기 잔을 들어 함께 마셨다. 팔레르모에 가지 않겠다는 거부가 사실은 정사로의 초대라는 것을 확인하고 그는 매우 흡족했지만 곧이어 어떤 아쉬움을 느꼈다. 여자 친구는 그가 그들의 관계에 도입했던 순수성의 법칙을 위반하려고 결심한 것이다. 그녀는 그가 그들의 사랑을 진부함으로부터 보호하고 가정생활로부터 철저하게 분리하기 위해 기울였던 고뇌에 찬 노력을 이해하지 못한 것이다.

제네바에서 정부와의 섹스를 자제하는 것은 실은 자

신이 다른 여자와 결혼한 것에 대해 스스로에게 가하는 형벌이었다. 그는 이런 상황을 어떤 오류나 흠집으로 받아들이며 살았다. 부인과의 애정 생활에 대해서는 실상 언급할 가치도 없는 일이지만 그런데도 그들은 상대방의 탁한 숨소리에 잠에서 깨기도 하고 상대방의 역한 체취를 맡으며 한 침대에서 잠을 자는 사이였다. 그는 차라리 혼자 자는 것을 선호했을 테지만 공동 침대는 결혼의 상징이며, 상징이란 잘 알다시피 신성불가침한 것이다.

매번 부인 곁에 누울 때마다 그는 부인 곁에 누우려는 자기의 모습을 상상하는 여자 친구를 생각했다. 이런 생각을 할 때마다 수치심을 느꼈다. 그래서 그는 부인과 함께 자는 침대와 정부와 섹스를 하는 침대 사이의 공간을 가능하면 넓히려고 노력했다.

그녀는 포도주 한 잔을 더 따라 한 모금 마시더니 묵묵히 프란츠가 그 자리에 없는 듯 이상하리만큼 무표정하게 천천히 블라우스를 벗었다. 그녀는 연극영화과 학생이 보는 사람이 아무도 없고 혼자 있을 때 자신의 본래 모습을 보여 주는 즉흥 연기를 연습할 때처럼 몸을 움직였다.

그녀는 치마와 브래지어만 입고 있었다. 그러더니 (마치 방 안에 다른 사람이 있다는 사실이 갑자기 생각난 듯) 프란츠를 오랫동안 바라보았다.

그는 그 시선이 불편했다. 왜냐하면 그 의미를 이해하지 못했기 때문이다. 모든 애인들 사이에는 그들도 의식하지 못하는 법률 같은 효력을 지닌, 결코 위반할 수 없는 게임의 법칙이 순식간에 성립되는 법이다. 방금 그녀가 그를 바라본 시선은 그러한 법칙에서 벗어났다. 그 시선에는 평소 포옹에 앞선 시선과 몸짓과는 아무런 공통점이 없었다. 그 시선 속에는 도발도 애교도 없었고 오히려 일종의 질문 같은 것이 있었다. 다만 그 시선이 그에게 무엇을 묻고 있는지 프란츠는 전혀 몰랐을 뿐이었다.

그녀는 치마를 벗었다. 그녀는 그의 손을 잡아 몇 발자국 떨어진 벽에 기대어 있는 커다란 거울 쪽으로 그를 돌아서게 했다. 그의 손을 풀어 주지 않은 채 그녀는 좀 전과 같은 뭔가 캐묻는 듯한 시선으로 그녀와 그를 번갈아 가며 오랫동안 바라보았다.

거울 발치께 바닥에 낡은 중산모자를 얹은 마네킹 두상이 있었다. 그녀는 몸을 숙여 모자를 들고 머리에 썼다. 금세 거울 속 모습이 달라졌다. 섣불리 다가갈 수 없는 무심한 표정의 아름다운 여자가 머리에 전혀 맞지 않는 중산모자를 쓰고 속옷 차림으로 서 있었다. 그녀는 회색 양복에 넥타이를 맨 한 신사의 손을 잡고 있었다.

그는 다시 한 번 애인을 그토록 이해하지 못하는 자기자신에 대해 놀랐다. 그녀가 옷을 벗은 것은 섹스에 초대하기 위해서가 아니라 이상한 게임, 두 사람만을 위한 은밀한 해프닝을 연출하기 위해서였다. 그는 모든 것을 이해하고 받아들이겠다는 듯한 미소를 지었다.

그녀도 그에게 웃어 보이리라 생각했지만 그의 기대

는 빛나갔다. 그녀는 그의 손을 놓지 않았고, 그녀의 시선은 거울 속 두 사람 모습을 번갈아 바라보았다.

해프닝의 공연 시간이 한계를 넘어섰다. 프란츠는 이 소극(笑劇)이 조금 지나치게 늘어지고 있다고 생각했다.(분명히 이 소극이 매력적이라는 점은 그도 인정했지만.) 그는 중산모자를 조심스럽게 손가락 두 개로 잡아 미소를 지으며 사비나의 머리에서 벗겨 받침대 위에 올려놓았다. 마치 성모 마리아 초상화에 장난꾸러기 아이가 그려 넣은 콧수염을 지우는 것 같았다.

그녀는 여전히 꼼짝도 않고 거울 앞에 서서 자신의 모습을 바라보았다. 그는 다시 한 번 열흘 후 팔레르모에 함께 가자고 요구했다. 이번에 그녀는 두말없이 약속을 했고, 그는 아파트를 나왔다.

그는 다시 기분이 좋아졌다. 그가 평생 동안 권태의 도시라고 저주했던 제네바가 이제는 아름답고 모험에 가득 찬 곳처럼 보였다. 그는 돌아서서 아틀리에 유리벽 쪽으로 눈길을 주었다. 때는 늦봄이었고 날씨는 더워서 창문마다 블라인드가 쳐져 있었다. 프란츠는 공원에 도착했고 저 먼 곳 너머로 정교회 성당의 원형 지붕이 아른거리며 공중에 떠 있는 듯했다. 황금 총알 같은 교회 지붕은 과녁을 때리기 직전, 눈에 보이지 않는 신에게 붙들려 공중에 멈춘 것 같았다. 아름다웠다. 프란츠는 강둑에 내려가 배를 타고 그가 사는 호수 건너편 오른쪽 강변으로 갔다.

2

사비나만 홀로 남았다. 그녀는 다시 거울 앞에 우뚝 섰다. 여전히 속옷 차림이었다. 중산모자를 다시 쓰고 오랫동안 자신의 모습을 들여다보았다. 오랜 세월이 흐른 후에도 여전히 잃어버린 한 순간, 동일한 한 장면이 그녀를 따라다니는 것에 그녀는 놀랐다.

지금으로부터 수 년 전 토마시가 그녀 집에 왔을 때, 중산모자가 그를 사로잡았더랬다. 토마시는 프라하에 있던 사비나의 스튜디오에서 그 모자를 쓰고, 여기에서처럼 벽에 기대 있던 커다란 거울에 자신을 비춰 보았다. 그는 자신이 한 세기 전 조그만 도시의 시장이었다면 어떤 모습이었을까 보고 싶어 했다. 그러다가 사비나가 천천히 옷을 벗기 시작하자, 그는 그녀 머리 위에 중산모자를 올려놓았다. 그들은 거울 앞에 서서 (그녀가 옷을 벗는 동안 내내 그렇게 있었다.) 거울에 비친 그들 모습을 보았다. 그녀는 속옷 차림에 중산모자를 쓰고 있었다. 그녀는 이 그림이 두 사람 모두에게 선정적이라는 사실을 문득 깨달았다.

어떻게 그것이 가능할까? 조금 전만 해도 그녀가 쓴 중산모자는 농담의 효과를 보였다. 희극적인 것과 자극적인 것의 거리는 종이 한 장 차이일까?

그렇다. 거울에 비친 자기 모습을 바라보는 그녀의 눈에는 우선 우스꽝스러운 상황만 보였다. 그러나 뒤이어 희극적인 것은 자극 속에 파묻혔다. 중산모자는 더 이상 개그가 아니라 폭력을 의미했다. 사비나, 그녀의 여성적 존엄성에 가해진 폭력. 그녀는 가느다란 팬티 사이로 드러난 치골과 아무것으로도 가려지지 않은 자신의 다리를 보았다. 속옷은 그녀의 여성다운 매력을 강조했고, 펠트 천으로 만든 딱딱한 남자 모자는 그것을 부정하고, 모욕하고, 희화했다. 토마시는 옷을 완전히 갖춰 입은 채 그녀 곁에 있었고, 바로 그 점 때문에 그들이 바라보는 것의 본질은 농담이 아니라 (농담이었다면 그도 속옷 차림에 중산모자를 썼을 것이다.) 모욕이었다. 그녀는 모욕을 거부하기는커녕 마치 기꺼이 공개적으로 강간당하는 여자처럼 도발적이며 자랑스러운 표정으로 이 모욕감을 노출했으며 끝내는 더 이상 수치심을 참지 못하고 토마시를 밀어 쓰러뜨렸다. 중산모자가 탁자 밑으로 굴렀고, 그들의 육체는 거울 발치 양탄자 위에서 서로 엉켰다.

다시 한 번 중산모자 이야기로 돌아가 보자.

우선 그 모자는 한 세기 전 보헤미아의 작은 마을 시장이었으나 지금은 잊힌 조상이 남긴 흔적이었다.

둘째, 사비나 아버지의 기념품이었다. 장례식 후에 그녀의 오빠는 부모의 모든 재산을 차지했고, 그녀는 자존심 때문에 자신의 권리를 찾기 위한 아귀다툼을 고집스럽게 거부했다. 그녀는 아버지의 유일한 유산으로 중산모자만 간직하겠다고 냉소적인 말투로 선언했다.

셋째, 토마시와의 에로틱한 게임에 사용하는 액세서리였다.

넷째, 그녀가 의도적으로 개발한, 자신만의 독창성의 상징이었다. 그녀는 이민을 갈 때 많은 물건을 가져갈 수 없었지만 이 거추장스럽고 쓸모없는 물건을 싣기 위해 이보다 유용한 다른 물건을 포기해야만 했다.

다섯째, 외국에서는 중산모자가 추억을 불러일으키는 물건으로 변했다. 취리히로 토마시를 보러 갈 때 그녀는 모자를 가져갔고 그에게 호텔 방문을 열어 주기 전에 모자를 썼다. 그러자 예기치 못한 뭔가가 일어났다. 중산모자는 우습게 보이거나 선정적이지 않았다. 그것은 지나간 시간의 유적이었다. 두 사람 모두 이에 감격했다. 그들은 한 번도 해 보지 못했던 정사를 나누었다. 거기에는 음란한 놀이가 끼어들 틈이 없었다. 왜냐하면 그들의 만남은 매번 새로운 어떤 음탕한 짓을 상상했던 에로틱한 게임의 연장이 아니라 시간의 회복, 함께 보낸 과거를 기리는 노래, 저 멀리 사라져 버린 비감정적인 역사의 감정적 회복이었기 때문이다.

사비나의 삶이 음악이었다면, 중산모자는 그 악보의

모티프였다. 이 모티프는 영원히 되풀이되었으며 매번 다른 의미를 띠었다. 그 모든 의미는 마치 물이 강바닥을 스치고 지나가듯 중산모자를 거쳤다. 그리고 내 생각에 그것은 헤라크레이토스의 강바닥이었다고 말할 수 있을 것이다. "같은 물에서 두 번 목욕하지 않는다!" 중산모자는 강바닥이었고, 사비나는 매번 다른 강물, 다른 의미론적 강물을 보았던 것이다. 같은 대상이 매번 다른 의미를 야기했지만 그 의미는 이전의 다른 모든 의미와 공명을 일으켰다. (마치 하나의 메아리, 꼬리를 무는 메아리들처럼) 새로운 체험은 보다 풍부한 화음으로 공명을 일으켰다. 취리히의 호텔 방에서 그들은 중산모자를 보고 감격했고 거의 울면서 사랑을 나눴는데, 그 검은 물체가 단지 그들 사랑 놀이의 기념품일 뿐만 아니라 자동차도 비행기도 없던 시절에 살았던 사비나의 아버지와 할아버지의 자취이기도 했기 때문이다.

이제 아마도 사비나와 프란츠를 갈라 놓은 심연을 보다 잘 이해할 수도 있을 것이다. 그는 그녀가 그녀 삶에 대해 이야기하는 것을 탐욕스럽게 귀담아 들었고, 그녀역시 그의 말을 똑같이 탐욕적으로 들었다. 그들은 그들이 서로에게 했던 말의 논리적 의미는 정확하게 이해했으나 이 말 사이를 흘러가는 의미론적 강물의 속삭임은 듣지 못했던 것이다.

사비나가 그 앞에서 중산모자를 썼을 때, 프란츠는 마치 누군가가 미지의 언어로 그에게 말을 거는 것 같은 불편함을 느꼈다. 그는 이 행동이 음탕하거나 감상적이라고 생각하지 않았다. 단지 의미의 부재로 인해 그를 당황케 하는 난해한 것이었을 뿐이었다.

젊은 시절 삶의 악보는 첫 소절에 불과해서 사람들은 그것을 함께 작곡하고 모티프를 교환할 수도 있지만 (토마시와 사비나가 중산모자의 모티프를 서로 나눠 가졌듯) 보다 원숙한 나이에 만난 사람들의 악보는 어느 정도 완성되어서 하나하나의 단어나 물건은 각자의 악보에서 다른 어떤 것을 의미하기 마련이다.

내가 사비나와 프란츠 사이에 난 모든 오솔길을 되짚어 본다면, 그들이 작성한 몰이해의 목록은 두터운 사전이 될 것이다. 우리는 조그만 어휘록으로 만족하기로 하자.

3

이해받지 못한 말들의 조그만 어휘집(1부)

여자

여자로 사는 것, 이것은 사비나가 선택하지 않은 조건이다. 선택의 결과가 아닌 것은 장점이나 실패로 간주될 수 없다. 우리에게 강요된 상태에 대해서는 그에 대한 적합한 태도를 찾아야만 한다는 것이 사비나의 생각이다. 여자로 태어났다는 사실에 분개하는 것은 그것을 자랑스럽게 여기는 것만큼이나 그녀에게는 부조리하게 보였다.

그들이 처음 만났던 어느 날, 프란츠는 이상한 말투로 "사비나, 당신은 여자예요."라고 했다. 사비나는 그가 아메리카 대륙의 해안을 방금 발견한 콜럼버스의 비장한 말투로 이 소식을 그녀에게 전하는 까닭을 이해하지 못했다. 단지 나중에야 그가 과장된 어투로 발음한 여자라는 단어가 인류의 두 성별 중 하나를 지칭하는 것이 아니라 하나의 가치를 지녔음을 깨달았다. 모든 여자가 여자라고 불릴 만하지 않다는 것이다.

그러나 프란츠에게 있어서 사비나가 여자라면 그의 진짜 부인인 마리클로드는 무엇이란 말인가? 지금으로부터 이십 년 전 (두 사람이 서로 안 지 몇 달이 지났을 때) 그녀는 그에게 버림 받는다면 자살하겠다고 그를 협박했더랬다. 이 협박이 프란츠의 마음을 사로잡았다. 마리클로드가 마음에 그리 들지는 않았지만 그녀의 사랑이 숭고하게 여겨졌다. 그는 자신이 이토록 위대한 사랑에 걸맞지 않다고 생각하고 이 사랑 앞에 아주 낮게 머리를 조아려야만 한다고 믿었다.

그래서 그는 땅바닥까지 머리를 조아리고 그녀와 결혼했다. 그녀가 자살하겠다고 협박했던 순간만큼 강렬한 감정을 그에게 보여 준 적은 이후로 한 번도 없었지만, 마리클로드에게 결코 아픔을 주지 않고 그녀에게 내재된 여자를 존중하리라는 다짐은 그의 마음속 깊이 강렬하게 남아 있었다.

이 문장은 묘하다. 그는 마리클로드를 존중한다고 한 것이 아니라 마리클로드에게 내재된 여자를 존중한다고 다짐했던 것이다.

마리클로드 자체가 여자인데, 그가 존중해야만 하는 그녀 속에 숨어 있는 또 다른 여자란 누구란 말인가? 여자에 대한 플라톤적 개념은 아니었을까?

아니다. 그것은 그의 어머니다. 그가 어머니에게서 존경하는 부분이 여자였다고 말할 생각은 한 번도 하지 않았을 것이다. 그는 어머니를 사랑했지, 어머니에게 내재된 어떤 여자를 사랑한 것은 아니다. 여자에 대한 플라토 닉한 개념과 그의 어머니는 동일한 것이었다.

프란츠의 아버지가 느닷없이 어머니를 버리고 떠나 어느 날 문득 어머니 혼자 남게 되었던 것은 그의 나이가 열두 살쯤 되었을 때였다. 프란츠는 뭔가 심각한 일이 벌 어졌다고 의심했지만, 어머니는 그에게 상처를 주지 않 기 위해 평범하고 차분한 말투로 비극을 감추었다. 시내 를 한 바퀴 돌자고 아파트를 나오는 순간, 프란츠는 어머 니가 신발을 짝짝이로 신고 있는 것을 발견했다. 그는 당 황했고 어머니에게 이 사실을 알려 드리고 싶었지만 어 머니의 자존심이 상할까 두려웠다. 그는 어머니의 발에 서 눈길을 떼지 못한 채 두 시간 동안 그녀와 함께 거리 를 걸어야 했다. 그가 고통이 무엇인지를 이해하기 시작 한 것이 바로 그 순간이었다.

정조와 배신

그는 어린 시절부터 묘지로 그녀를 모시는 순간까지 어머니를 사랑했고 그의 회상 속에서도 그녀를 사랑했 다. 그 때문에 그는 정조가 모든 덕목 중 으뜸이라는 생 각을 가지게 되었다. 정조가 우리 삶에 통일성을 부여하 며, 정조가 없다면 우리 삶은 수천 조각의 덧없는 인상으 로 흩어져 버릴 것이다.

프란츠는 사비나에게 그의 어머니에 대한 얘기를 자

주 했고 아마도 그것은 무의식적인 계산에서였을 것이다. 사비나가 정조에 대한 그의 태도에 매료될 것이며, 그것이 그녀를 붙잡아 두는 수단이라는 속셈.

그런데 사비나를 유혹하는 것은 정조가 아니라 배신이었다. 정조라는 단어는 일요일에 숲 너머로 지는 태양, 혹은 화병 속 장미 다발을 취미 삼아 그리던, 청교도적이며 시골 냄새를 풍기던 그녀의 아버지를 떠오르게 했다. 아버지 덕분에 그녀는 아주 어려서부터 그림을 그렸다. 열네 살 때 그녀는 동갑내기 아이와 사랑에 빠졌다. 그녀의 아버지는 기절초풍하여 일 년 동안 그녀가 혼자 외출하는 것을 금지했다. 어느 날 아버지는 그녀에게 피카소의 복제화를 보여 주며 큰 소리로 웃었다. 같은 또래 남자 아이를 사랑할 권리는 없었지만 적어도 입체파를 사랑할 수는 있었다. 그녀는 고등학교를 졸업하고 프라하로 떠나면서 마침내 그녀의 집안을 배신할 수 있으리라는 뿌듯한 느낌을 가졌다.

배신. 우리 어린 시절부터 아빠와 교사들은, 배신이란 인간이 생각할 수 있는 가장 추악한 것이라고 누차 우리에게 말하곤 했다. 그러나 배신한다는 것이 무슨 뜻일까? 배신한다는 것은 줄 바깥으로 나가는 것이다. 배신이란 줄 바깥으로 나가 미지의 세계로 떠나는 것이다. 사비나에게 미지로 떠나는 것보다 더 아름다운 것은 없었다.

그녀는 미술 대학에 등록을 했지만 피카소처럼 그리

는 것이 허용되지 않았다. 당시에는 사회주의 리얼리즘
이라 불리는 것을 의무적으로 그려야 했고, 미대에서는
공산주의 국가 우두머리의 초상화를 만들어 냈다. 공산
주의는 사랑(그 시대는 청교도적 분위기 일색이었다.)과 피
카소를 금지하는 또 다른 아버지, 한결같이 가혹하고 완
고한 아버지였기에 아버지를 배신하고자 하는 그녀의 욕
구는 충족되지 못했다. 그녀가 프라하 출신의 싸구려 배
우와 결혼한 이유는 오로지 그가 기인이라는 평판을 받
았고 두 아버지가 그를 마땅치 않게 보았기 때문이었다.

그리고 어머니가 죽었다. 다음 날 매장을 하고 프라하
로 돌아오면서 그녀는 전보를 받았다. 그녀의 아버지가
슬픔에 겨운 나머지 자살한 것이었다.

그녀는 회한에 사로잡혔다. 아버지가 화병의 장미를
그리고 피카소를 좋아하지 않는다는 것이 그토록 잘못
된 일이었을까? 열네 살짜리 자기 딸이 임신할까 봐 두
려워하는 것이 그토록 비난받을 만한 일이었을까? 부인
없이는 살 수 없다는 것이 조롱거리가 될 수 있을까?

그녀는 다시 배신하고 싶은 욕구에 사로잡혔다. 자기
자신의 배신을 배신하기.

그녀는 남편에게 (기인이라기보다는 거추장스러운 주정
뱅이로만 보이는) 그를 떠나겠다고 선언했다.

그러나 B를 위해 A를 배신했는데, 다시 B를 배신한다
해서 이 배신이 A와의 화해를 의미하지는 않는다. 이혼
한 여자 예술가의 삶은 배신당한 그녀 부모의 삶과는 닮

지 않았다. 첫 번째 배신은 돌이킬 수 없는 것이다. 첫 번째 배신은 그 연쇄작용으로 인해 또 다른 배신들을 야기하며, 그 하나하나의 배신은 최초의 배신으로부터 우리를 점점 먼 곳으로 이끌게 마련이다.

음악

프란츠에게 음악은, 도취를 위해 창안된 디오니소스적 아름다움에 가장 근접한 예술이다. 소설이나 그림을 통해서는 정신이 혼미해질 정도로 도취되기 어렵지만 베토벤의 9번 교향곡, 버르토크의 두 피아노와 타악기를 위한 소나타, 비틀스의 노래를 들으면 취할 수 있다. 프란츠는 위대한 음악과 가벼운 음악을 구별하지 못했다. 그가 보기에 이러한 구별은 위선적이며 케케묵은 장난이었다. 그는 로큰롤과 모차르트를 똑같이 좋아했다.

그에게 있어서 음악은 해방을 뜻했다. 음악은 그를 고독과 유폐, 도서관 먼지로부터 해방하며 육체의 문을 열어 줘서 영혼이 빠져나와 타인과 교감할 수 있도록 해 주는 것이었다. 그는 춤추는 것을 좋아했고 사비나가 그와 더불어 이러한 춤에 대한 열정을 공유하지 못한다는 것을 아쉬워했다.

그들은 함께 레스토랑에서 식사를 했고, 스피커에서 나오는 율동적이고 소란스러운 음악이 그들의 식사에 곁들었다.

사비나가 말했다. "이건 악순환이야. 음악을 점점 크게 트니까 사람들은 귀머거리가 돼. 그런데 귀머거리가 되니까 볼륨을 높일 수밖에 없지."

"음악을 좋아하지 않아?" 하고 프란츠가 물었다.

"응." 하고 사비나가 말했다. 그리고 덧붙였다. "혹시 다른 시대에 산다면 몰라도……." 그리고 그녀는 음악이 눈 덮인 웅장한 침묵의 들판에 활짝 핀 한 송이 장미와 흡사했던 요한 세바스찬 바흐의 시대를 생각했다.

음악이라는 가면을 쓴 소음은 젊은 시절부터 그녀를 쫓아다녔다. 미술 학교 학생 시절 그녀는 당시 청년 작업장이라 불리던 곳에서 방학을 보내야만 했다. 젊은 학생들은 집단 가건물에 수용되어 제련소 건설 공사에 참여했다. 아침 5시부터 밤 9시까지 확성기는 악을 쓰는 듯한 음악을 토해 냈다. 그녀는 울고 싶었지만 음악은 경쾌했고, 도처에 확성기가 있어서 화장실에서나 침대 담요 속에서도 그녀는 음악에서 벗어날 수 없었다. 음악은 그녀 뒤에 풀어놓은 개 떼 같았다.

그때 그녀는 공산주의 세계란 이러한 음악의 야만성이 군림하는 유일한 곳이라 생각했다. 나라 밖으로 나가 보았을 때, 그녀는 음악의 소음화가 인류를 총체적 추함이라는 역사적 단계로 밀어붙이는 세계적 과정임을 확인했다. 추함의 총체적 성격은 우선 도처에 편재된 음향적 추함으로 발현되었다. 자동차, 오토바이, 전기 기타, 파쇄기, 확성기, 사이렌. 시각적 추함의 편재도 이에 뒤

질세라 나타났다.

그들은 식사를 하고 방으로 올라가 사랑을 했다. 그리고 막 잠이 들려는 프란츠의 머릿속에서는 여러 생각이 혼미하게 뒤섞였다. 그는 레스토랑의 요란한 음악을 떠올리며 혼자 중얼거렸다. "소음에도 좋은 점이 하나 있다. 단어를 들을 수 있는 것이다." 어린 시절부터 오로지 말하고, 쓰고, 강의하고, 문장을 만들어 내고, 공식을 찾고, 그것을 수정하다 보니 나중에 가서는 어떤 단어도 더이상 정확하지 않고 그 의미가 희미해진 채 내용을 상실하여, 남은 것이라곤 부스러기 껍질, 먼지, 모래가루뿐이었다. 그런 것들은 그의 뇌 속에서 부유하고 두통을 일으키면서 그의 불면증, 그의 병이 되었다. 그래서 그는 고통, 허영심, 무의미한 단어가 영원히 침몰하는 거대한 음악, 모든 것을 감싸고 품에 안아 질식시키는 절대적 소음, 아름답고 경쾌한 소란을 막연하지만 강렬하게 원했던 것이다. 음악, 그것은 문장의 부정이며 음악, 그것은 반(反)언어다! 그는 사비나를 오랫동안 포옹하고 단 한마디도 입 밖에 내지 않으면서 음악의 난잡한 소란과 더불어 희열이 넘쳐흐르도록 만들고 싶었다. 이러한 행복한 상상의 소음 속에서 그는 잠들었다.

빛과 어둠

사비나에게 산다는 것은 보는 것을 의미한다. 시야는

두 경계선에 의해 제한된다. 눈이 멀 정도로 강렬한 빛과 완전한 어둠. 아마도 모든 극단주의에 대한 그녀의 혐오감은 이런 데서 연유할 것이다. 극단적인 것은 그것을 넘어서면 생명이 끝나는 경계선의 표시이며, 정치와 마찬가지로 예술에 있어서 극단주의에 대한 열정은 죽음에 대한 위장된 욕망이다.

프란츠에게 빛이라는 단어는 부드러운 햇살이 감싸는 풍경의 이미지가 아니라 빛 그 자체, 태양, 전구, 영사기 같은 빛의 원천을 떠오르게 한다. 그는 익히 들어 오던 은유를 떠올렸다. 진리의 태양, 이성의 눈부신 광채 등등.

그는 빛과 마찬가지로 어둠에 대해서도 매력을 느꼈다. 요새는 정사를 위해 불을 끄는 것은 웃기는 짓으로 통한다. 이것을 아는 그는 침대 머리에 조그만 램프를 켜두었다. 하지만 사비나의 몸에 진입하는 순간 그는 눈을 감는다. 그를 사로잡는 관능이 어둠을 예고했던 것이다. 이 어둠은 순수하고 총체적이다. 이 어둠에는 이미지도 환영도 없으며, 끝도 경계선도 없다. 이 어둠은 우리들 각자가 내면에 품고 있는 무한성이다.(그렇다. 무한한 것을 찾고자 하는 자는 눈만 감으면 된다!)

쾌락이 온몸으로 퍼지는 것이 느껴지는 순간, 프란츠는 온몸을 활짝 펼치고 그의 영원한 어둠 속으로 녹아 들어가 그 자신이 영원이 되었다. 그러나 인간이 그의 내면 어둠 속에서 커지면 커질수록 그의 외양은 점점 위축되는 법이다. 눈을 감은 남자는 자기 자신을 폐기한 쓰레기에 불과하다. 그런 모습을 바라보는 것은 불쾌한 일이며, 그래서 사비나는 그를 보고 싶지 않아 자기도 눈을 감았다. 그러나 그녀에게 있어서 이런 어둠은 무한성이 아니라 다만 그녀가 보는 것과의 불화, 보이는 것에 대한 부정, 보는 것의 거부만을 의미했다.

4

사비나는 체코인 모임에 마지못해 참석했다. 이번에
도 토론 주제는 과연 러시아 군대와 맞서 무장투쟁을 해
야 할지 말아야 할지로 모아졌다. 당연히, 안전한 이곳으
로 망명 온 모든 사람들은 무장투쟁을 했어야만 했다고
선언했다. 사비나가 말했다. "좋아요! 그러면 귀국해서
싸우세요!"

차마 할 말은 아니었다. 미용실에서 희끗희끗한 머리
를 파마한 한 남자가 그녀에게 긴 검지를 겨누었다. "그
런 식으로 말하지 마시오. 그곳에서 벌어진 일에 대해서
당신들 모두에게 일정한 책임이 있소. 당신도 말이오. 공
산주의 체제에 저항하여 당신은 무슨 일을 했소? 고작
그림이나 그렸으면서……."

공산주의 국가에서 시민에 대한 감시와 통제는 근본
적이고 항구적인 사회 활동이다. 한 화가가 전시회 허가
를 얻거나, 일개 시민이 비자를 얻어 해변에서 휴가를 보
내거나, 혹은 축구 선수가 국가대표 팀에 들어가기 위해

서는 우선 그와 관련된 온갖 보고서와 증명서(건물 수위의 보고서, 직장 동료와 경찰서, 당 세포 위원회, 직장 위원회의 증명서 등등)를 갖추어야만 하고, 이러한 확인서를 다시 이 업무만 전담하는 공무원이 수합하고, 검토하고, 조사한다. 이러한 확인서에서 언급된 것은 그림을 그리거나 공을 차는 능력이나, 혹은 해변에서 체류하는 데 요구되는 건강 상태와는 아무런 관련도 없었다. 오로지 한 가지, 소위 '시민의 정치적 신상명세서'(그가 무슨 말을 하고, 무슨 생각을 하며 어떻게 행동하는지, 5월 1일 노동절 행진에 참여하는지와 같은 사항)만이 문제되었다. 모든 것(일상 생활, 승진, 휴가)이 어떤 식으로 평가받았느냐에 달려 있으니, 모든 사람들은 (국가대표팀에서 선수 생활을 하거나 전시회를 열거나 바닷가에서 휴가를 보내려면) 좋은 평가를 받도록 처신해야만 했다. 회색 머리 남자가 말하는 것을 들으며 사비나가 생각했던 것은 바로 그것이었다. 이자는 그의 동포가 축구를 잘하는지 그림 그리는 데 재능이 있는지는 깡그리 무시했다.(그녀가 그런 것에 관심을 갖는 체코인은 한 명도 없었다.) 그는 오로지 한 가지 사실에만 관심이 있었다. 처음부터였건 마지막 순간부터였건, 좋아서 그랬건 싫어서 그랬건, 오직 공산주의 체제에 적극적으로 저항했는지 아니면 수동적으로 저항했는지 그것만 알고 싶어 했다.

화가였던 그녀는 프라하 시절부터 사람들의 얼굴을 관찰하고, 타인을 감시하고, 평가하는 것을 즐기는 사람들의 생김새를 구별할 줄 알았다. 이런 사람들은 한결같이 중지보다 검지가 조금 더 길었고 그 손가락을 상대방에게 겨누었다. 하긴 1968년까지 십사 년 동안 보헤미아를 통치했던 노보트니 대통령은 저 남자와 똑같이 미용실에서 파마한 회색 머리였고 중부 유럽 모든 주민 중에서 가장 긴 검지를 뽐낼 수 있었다.

이 저명한 망명객은 자기는 한 번도 본 적 없는 그림을 그리는 화가의 입에서 그가 공산주의 대통령 노보트니를 닮았다는 말을 듣자, 얼굴이 붉으락푸르락해졌다가 창백해지고 다시 붉어졌다가 창백해지더니 뭔가 말을 하려다가 아무 말도 하지 않고 침묵에 빠졌다. 다른 사람들도 그를 따라 침묵했고, 사비나는 결국 자리에서 일어나 나오고 말았다.

그녀는 괴로웠지만 일단 거리에 나서자 이런 생각이 들었다. 도대체 체코 사람들을 무슨 이유로 만나야만 할까? 그녀와 그들 사이에 어떤 공통점이 있을까? 풍경? 보헤미아가 그들에게 무엇을 떠오르게 하느냐고 묻는다면, 이 단어는 그들의 눈앞에 일관성 없는 각양각색의 이미지를 떠오르게 했을 것이다.

그렇다면 문화는? 그러나 문화라는 게 무엇일까? 음악? 드보르자크와 야나체크? 그렇다. 하지만 음악을 좋아하지 않는 체코 사람이 있다면? 체코의 정체성은 허깨비일 뿐이다.

그렇다면 위인들은? 얀 후스? 그곳 사람들은 그의 책

을 단 한 줄도 읽은 적이 없다. 그들이 이해할 수 있는 유일한 것이라곤 얀 후스가 이단자로 몰려 화형당했던 불꽃, 불꽃의 영광, 얀 후스가 재로 변한 뒤 남은 잿더미의 영광뿐이며 따라서 체코인의 영혼의 정수는 그저 재뿐, 그 이상은 아무것도 없다고 사비나는 생각했다. 그들 사이의 공통점이라곤 그들의 패배, 서로가 서로에게 가하는 비난뿐이다.

그녀는 걸음을 재촉했다. 그녀는 망명객들과의 불화보다는 그녀 자신의 생각에 혼란스러웠다. 그녀는 자기 생각이 부당하다는 것을 알았다. 체코인 중에는 검지가 기형적으로 긴 그런 작자와는 다른 사람들도 있었다. 그녀의 발언에 뒤따른 거북한 침묵은 모든 사람이 그녀의 말을 거부한다는 것을 뜻하지 않았다. 그들은 바로 몰이해와 증오의 분출에 당황했으며 망명 중인 모든 사람이 그의 희생자였다. 그때 그녀는 왜 차라리 그들에게 동정심을 갖지 않았을까? 왜 그들도 버림받아 측은한 사람들이라고 생각하지 않았을까?

우리는 이미 그 대답을 안다. 그녀가 아버지를 배신했을 때, 삶은 길고 긴 배반의 길처럼 그녀 앞에 활짝 열렸고, 매번 새로운 배반은 마치 악덕처럼, 승리처럼 그녀를 유혹했다. 그녀는 대열 속에 머무르고 싶지 않았고 머무르지도 않을 것이다! 항상 같은 사람, 같은 단어들과 더불어 대열 속에 영원히 머무르지 않을 것이다! 그녀가 자기 자신이 저지르는 잘못에 자극받는 것은 바로 이런 이유에서다. 과도한 자극이 불쾌하지도 않을뿐더러 오히려 사비나는 승리를 거둔 듯했고 눈에 보이지 않는 그 누군가 그녀에게 갈채를 보낸다는 느낌까지 받았다.

그러나 도취감은 어느새 번뇌로 바뀌었다. 어느 날엔가 이 길의 막바지에 이르고야 말 것이다! 언젠가는 배신과 결별해야만 했다! 영원히 중단해야만 했다.

때는 저녁이었고 그녀는 잰걸음으로 플랫폼을 걸었다. 암스테르담행 열차는 벌써 자리를 잡고 서 있었다. 그녀는 자기 열차 칸을 찾았다. 그녀는 상냥한 검표원의 안내를 받아 객실 문을 열었고 시트가 벗겨진 침대 위에 앉아 있는 프란츠를 보았다. 그는 자리에서 일어나 그녀를 맞이했고, 그녀는 그를 껴안고 키스를 퍼부었다.

그녀는 여자들 중 가장 평범한 여자들이 하는 말을 하고 싶었다. 나를 버리지 마세요, 당신 곁에 있게 해 주세요. 나를 노예로 만들고 당신은 강해지세요! 하지만 그것은 그녀가 할 수 없고 할 줄도 몰랐던 말들이었다.

그가 포옹을 풀자, 그녀는 단지 이렇게만 말했다. "당신과 함께 있으니 참 좋아." 천성적으로 과묵한 그녀는 더 이상 다른 말을 할 수 없었다.

5
이해받지 못한 말들의 조그만 어휘집(연속)

행렬

이탈리아나 프랑스에서는 해결 방법을 쉽게 찾을 수
있다. 부모가 당신에게 교회에 가라고 강요한다면 아무
정당(공산주의, 트로츠키주의, 마오쩌둥주의 등등)에나 가입
해서 복수를 한다. 그런데 사비나의 아버지는 처음에 그
녀를 교회에 보냈다가 뒤이어 겁을 내고 청년 공산당에
억지로 가입시켰다.

그녀는 5월 1일 노동절 행진에 참가했다. 그녀 뒤에
있는 여자가 구령을 붙여 주고 일부러 그녀 뒤를 바짝 따
라 걸었지만, 그녀는 도무지 발을 맞출 수 없었다. 그리
고 노래를 해야만 했는데 가사를 전혀 몰랐던 그녀는 입
만 벙긋거렸다. 그런 모습을 동료들이 눈치채고 그녀를
고발했다. 어린 시절부터 그녀는 모든 행진을 끔찍하게
혐오했다.

프란츠는 파리에서 공부를 했고 재능이 뛰어나서 스
무 살 때부터 과학자의 출셋길을 보장받았다. 그 순간부

터 그는 대학 연구실, 공공 도서관 그리고 두서너 대형 강의실 벽 안에서 일생을 보내리라는 것을 알았다. 이런 생각만으로도 그는 질식할 것 같았다. 그는 집을 뛰쳐나와 거리로 나서듯 그의 삶으로부터 나오고 싶었다.

그가 아직 파리에 살던 시절, 그는 기꺼이 시위 행렬에 참여했다. 뭔가를 기념하고, 뭔가를 요구하고, 뭔가에 대해 항의하고, 혼자 있지 않고 밖에서 다른 사람과 함께한다는 것이 좋았다. 생제르맹 거리나 레퓌블릭 거리에서 바스티유 광장까지 길을 가득 메우고 북적거리는 행렬에 그는 매료되었다. 구호를 외치며 행진하는 군중은 유럽과 그 역사의 이미지로 보였다. 유럽은 하나의 대장정이다. 혁명에서 혁명으로, 전투에서 전투로 이어지며 항상 앞으로 나아가는 장정.

나는 이를 달리 표현할 수도 있을 것이다. 프란츠는 책에 파묻힌 그의 삶이 비현실적이라 생각했다. 그는 현실적 삶, 다른 남자들, 혹은 다른 여자들과 나란히 걸으며 느끼는 접촉, 그들의 환호 소리를 희구했다. 그가 비현실적이라 판단했던 것(도서관에 고립된 그의 연구 생활)이 그의 현실이며, 그가 현실이라 간주했던 시위 행렬은 하나의 볼거리, 춤, 축제, 달리 말하면 하나의 꿈에 불과하다는 데엔 생각이 미치지 못한 것이다.

사비나는 학창 시절 대학 기숙사에 살았다. 5월 1일 이른 아침에는 한 사람도 빠짐없이 행진을 위해 집결지로 가야만 했다. 당에서 수고비를 받는 열성 학생당원은 한 사람도 불참하지 않게 하기 위하여 기숙사 건물이 완전히 비었는지 확인했다. 사비나는 화장실에 숨어 있다가 사람들이 떠나간 다음 한참 후에나 자기 방으로 돌아갔다. 그녀가 한 번도 느껴 보지 못한 정적이 감돌았다. 아주 멀리서 행진곡 소리가 들려왔다. 마치 소라 껍데기 속에 숨어서 적대적 세계의 떠들썩한 소리를 듣는 것 같았다.

보헤미아를 떠난 지 일이 년 뒤, 소련 침공 일주년이 되는 날 그녀는 우연히 파리에 있었다. 그날 항의 시위가 있었고, 그녀는 그 시위에 참여하지 않을 수 없었다. 젊은 프랑스인들이 주먹을 치켜들고 소련의 제국주의에 반대하는 슬로건을 외쳤다. 그 슬로건이 마음에 들었으나 자신이 다른 사람들과 입을 맞추어 구호를 외칠 수 없다는 것을 확인하고 그녀는 놀랐다. 그녀는 시위 대열 속에 단 몇 분밖에 있을 수 없었다.

그녀는 이 체험을 프랑스 친구들에게 들려주었다. 그들은 깜짝 놀랐다. "점령당한 너의 나라를 위해 투쟁하고 싶지 않다는 소리야?" 그녀는 공산주의, 파시즘, 모든 점령, 모든 침공은 보다 근본적이고 보편적인 어떤 악을 은폐한다고 말하고 싶었다. 이 악의 이미지는 팔을 치켜들고 입을 맞춰 똑같은 단어를 외치며 행진하는 사람들의 대열이었다. 그러나 그녀는 그들에게 이런 것을 설명할 수 없으리라는 것을 알았다. 그녀는 어색해하며 말을 딴 데로 돌렸다.

뉴욕의 아름다움

그들은 함께 오랫동안 뉴욕을 거닐었다. 환상적인 경치 사이로 꾸불꾸불 이어진 오솔길을 걷는 것처럼 한 발자국 걸을 때마다 구경거리가 바뀌었다. 젊은 남자 하나가 인도 한가운데에서 무릎을 꿇고 기도했다. 그로부터 몇 발자국 떨어진 곳에서 예쁜 흑인 여자가 나무에 기대 졸았다. 검은 정장 차림 남자가 눈에 보이지 않는 교향악단을 지휘하듯 손을 내저으며 길을 건넜다. 분수의 수반에서 물이 졸졸 흘렀고, 그 주위에 석공들이 둘러앉아 식사를 했다. 흉측하게 생긴 붉은 벽돌집 벽을 타고 철재 사다리가 달려 있었고, 이 집들은 너무 추한 나머지 그 추함 때문에 아름다워 보였다. 그 벽돌집 아주 가까이에 거대한 유리 마천루가 우뚝 솟아 있고 그 뒤로 탑, 회랑, 금빛 기둥이 있는 조그만 아랍풍 궁전이 꼭대기에 있는 또 다른 건물과 이어졌다.

그녀는 자기 그림들에 대해 생각했다. 서로 아무런 관련이 없는 것들이 다닥다닥 붙어 있는 그림이었다. 공사 중인 높다란 용광로와 그 배경의 석유등 하나. 낡은 유리갓을 쓴 또 다른 전등이 황량한 늪지대 위로 가느다란 빛을 내뿜고 있었다.

프란츠가 말했다. "유럽의 아름다움에는 항상 의도성이 깃들었지. 항상 미학적 의도와 장기적 안목을 지닌 계획이 있었어. 이 계획에 따라 고딕 성당 혹은 르네상스 도시를 세우려면 수세기가 걸렸지. 뉴욕의 아름다움은 그 뿌리가 아주 달라. 비의도적 아름다움이지. 종유동굴처럼 인간의 의도 없이 태어난 거야. 흉측한 형태가 어떤 계획도 없이 우연히 다른 형태들과 뒤섞이며 그 뒤섞임 속에서 불쑥 마술적 시의 광채를 발산하는 거지."

사비나가 말했다. "비의도적 아름다움. 물론 그래. 이렇게 말할 수도 있겠지. 실수에 의한 아름다움이라고. 이 세상에서 완전히 사라지기 전에 아름다움이 잠깐이나마 존재할 수 있을 테지만 그건 실수 때문이지. 실수에 의한 아름다움이란 미의 역사에서 마지막 단계야."

그녀는 정말 성공적이었던 그녀의 첫 번째 그림을 떠올렸다. 실수로 붉은 물감이 흘러내렸던 그림. 그렇다. 그녀의 작품들은 실수의 아름다움 위에 구축된 것이고 뉴욕이야말로 그녀 그림의 은밀하고 진정한 조국이었다.

프란츠는 말했다. "인간의 계획에서 탄생해 너무 엄격하고 너무 손때가 탄 아름다움보다 뉴욕의 비의도적 아름다움은 훨씬 풍부하고 훨씬 다양할 거야. 하지만 더 이상 유럽식 아름다움이 아닌 거지. 우리에겐 낯선 세상이야."

뭐라고? 어쨌거나 두 사람의 생각이 일치할 구석은 있다는 것일까?

아니다. 여기에도 한 가지 차이점이 있다. 뉴욕의 아름다움이 지닌 낯섦에 사비나는 광적으로 매료되었다. 그 낯섦은 프란츠의 마음을 사로잡았지만 동시에 그를 두려움에 떨게 하기도 했다. 그것은 그에게 유럽에 대한 향수를 불러일으켰다.

사비나의 조국

사비나는 미국에 대한 프란츠의 거부감을 이해한다. 프란츠는 유럽의 화신이다. 그의 어머니는 빈 출신이고, 아버지는 프랑스인이다. 그리고 그는 스위스 사람이다.

프란츠는 사비나의 조국을 좋아한다. 그녀가 체코와 보헤미아 친구에 대해 이야기하고 감옥, 박해, 거리의 탱크, 망명, 시위 전단, 금서, 금지된 전시회 같은 단어를 말하면 그는 향수를 동반한 이상한 부러움을 느끼곤 했다.

그는 사비나에게 이렇게 고백했다. "어느 날 한 철학자는 내가 말한 모든 것은 증명할 수 없는 관념에 불과하다는 글을 쓰면서 나를 "거의 있을 법하지 않은 소크라테스."라고 불렀어. 나는 지독한 모욕감을 느껴 분노에 차서 그에게 답장을 썼지. 이 우스꽝스러운 일화가 내가 겪은 가장 심각한 갈등이었어! 당시 내 인생은 드라마틱한 가능성들 중에서 최대치에 도달한 거지. 우리 두 사람은 각기 다른 척도에 따라 사는 거야. 내 인생에 들어온 당신은 마치 난쟁이 왕국에 온 걸리버 같은 존재였지."

사비나가 반박했다. 갈등, 드라마, 비극에는 아무런 뜻도 없고 아무런 가치도 없으며 그러므로 그것들은 존경도 존중도 받을 만하지 않다고 말했다. 모든 사람이 부러워하는 것은 프란츠가 묵묵히 해내는 연구다.

프란츠는 고개를 끄덕였다. "부유한 사회에서는 손으로 일할 필요가 없고 정신적 활동에 몰두하지. 대학도 점점 많아지고 그에 따라 학생도 많아져. 학위를 따기 위해서는 논문 주제가 있어야 해. 그런데 어느 것에 대해서나 논문을 쓸 수 있으니 주제는 무한대로 널려 있어. 그렇게 해서 써 낸 원고 뭉치는 자료실에 산더미처럼 쌓이고 그것은 무덤보다도 쓸쓸하지. 만성절이 되어도 찾아오는 사람이 없으니까. 무수한 저작물, 문장의 눈사태, 양(量)의 광적인 팽창 속에서 정작 문화는 실종되지. 당신 나라에서 금서가 된 단 한 권의 책이 우리네 대학들이 토해 낸 단어 수억 개보다 훨씬 의미 있어."

프란츠가 모든 혁명을 동경하는 이유를 이런 측면에서 이해할 수 있을 것이다. 한때 그는 쿠바에 공감했고 다시 중국에 공감했으나 그들 체제의 잔인성에 역겨움을 느껴 이제 그에게 남은 것이라곤 아무런 무게도 없고 생기도 없는 언어의 바다뿐이라고 스스로 쓸쓸하게 인정하고 말았다. 그는 제네바(시위라고는 없는)에서 교수가 되었고 일종의 체념 속에서 (여자들도 없고 승진도 없는 고독 속에서) 조금은 좋은 평판을 받은 학술서적을 몇 권 발간했다. 그러던 어느 날 마치 성모 발현처럼 사비나가 솟아났다. 혁명에 대한 환상은 오래전에 시들었으나, 그가 혁명에 있어서 가장 찬탄했던 것이 잔존하는 나라에서 그녀가 온 것이다. 삶이 위험, 용기, 죽음의 위협 같은 웅장한 규모로 판가름 나는 곳. 사비나는 그에게 인간 운명의 위대성에 대한 신뢰를 심어 주었다. 그녀의 모습에서 그녀 나라의 고통스러운 드라마가 투명하게 드러났기에 그녀는 한결 아름다웠다.

참을 수 없는 존재의 가벼움

174

아! 사비나는 이 드라마를 사랑하지 않았다. 감옥, 박해, 금서, 점령, 장갑차 같은 단어는 그녀에게는 모든 낭만적 향기가 빠져 버린 추한 단어들이다. 그녀 고향에 대한 아련한 향수처럼 그녀의 귓가에 부드럽게 울리는 유일한 단어, 그것은 공동묘지였다.

공동묘지

보헤미아의 공동묘지는 정원과 비슷하다. 무덤은 잔디와 생생한 빛깔 꽃들에 덮여 있고, 초라한 비석들은 짙푸른 나뭇잎 속에 숨어 있다. 저녁나절 공동묘지는 불 켜진 자그마한 초로 가득 차서 죽은 자들이 유치한 무도회를 여는 것만 같다. 그렇다, 유치한 무도회였다. 죽은 자들은 아이들처럼 순진무구하기 때문이다. 삶이 잔인했기에 공동묘지에는 항상 평화가 감돌았다. 심지어 전쟁 동안, 히틀러 시절, 스탈린 시절, 모든 점령 기간 중에도. 그녀는 울적해질 때면 자동차를 타고 프라하를 멀리 벗어나 그녀가 좋아하는 공동묘지를 산책했다. 푸르스름한 언덕배기에 있는 시골 공동묘지는 요람처럼 아름다웠다.

프란츠에게 공동묘지는 뼈다귀와 돌덩어리의 추악한 하치장에 불과했다.

6

"누구도 나를 결코 차에 태우진 못할걸! 교통사고를 당할까 봐 너무 두려워! 그 자리에서 즉사하지 않는다 해도 남은 생애 동안 불구로 살아야 하잖아!" 목각을 하다가 자칫 자를 뻔했던 검지를 무심코 쥐면서 조각가는 말했다. 의사들이 기적적으로 살려 냈던 손가락이었다.

"천만에!" 마리클로드가 당당하게 외쳤다. "나는 교통 사고를 당했는데 정말 신났어. 병원에 있을 때만큼 기분 좋았던 적이 없었어! 한잠도 잘 수 없어서 밤낮으로 줄 곧 독서를 했지."

모든 사람이 놀라서 그녀를 바라보았고, 그녀는 그런 시선을 즐기는 것이 역력했다. 프란츠는 그녀의 말에 역겨움(그 교통사고 이후 그의 부인은 극도로 우울증에 빠져 쉴 새 없이 불평을 늘어놓았다.)을 느끼면서도 일종의 감탄(자신이 체험한 모든 것을 변모시키는 마리클로드의 모습은, 그녀가 존중받을 만한 생명력을 지녔다는 증거다.)도 뒤따랐다.

그녀는 말을 이었다. "내가 모든 책을 주간용과 야간

용, 이렇게 두 범주로 분류하기 시작했던 것은 바로 병원에서였어. 사실 낮을 위한 책이 따로 있고, 밤에만 읽을 수 있는 책이 따로 있어." 모든 사람들이 감탄 섞인 놀라움을 표시했지만, 조각가만은 손가락을 쥐고 고통스러운 기억으로 일그러진 표정을 지었다.

마리클로드는 그 사람을 돌아보았다. "당신이라면 스탕달을 어느 범주에 넣겠어?"

조각가는 건성으로 듣다가 어색한 표정으로 어깨만 한 번 으쓱했다. 그의 곁에 있던 미술 평론가는, 자기 생각에는 스탕달이라면 낮을 위한 독서라고 선언했다.

마리클로드는 고개를 내저으며 낭랑한 목소리로 말했다. "천만에! 절대로 아니야, 뭘 모르는군! 스탕달은 밤의 작가야!" 프란츠는 사비나가 등장할 순간만을 생각하며 주야간용 예술에 대한 토론을 아주 건성으로 듣고 있었다. 두 사람은 마리클로드가 그녀의 개인 화랑에서 전시회를 연 모든 화가와 조각가를 위해 개최한 이 칵테일 파티 초대에 응해야 할지 아닐지 며칠 동안이나 숙고했더랬다. 사비나는 프란츠와 사귄 뒤부터 그의 부인을 피해 다녔다. 그러나 들킬 것이 두렵긴 하지만 파티에 오는 것이 더 자연스럽고 덜 수상할 거라고 결론지었다.

입구 쪽으로 힐끗힐끗 눈길을 주는 동안 살롱 건너편에서 열여덟 살 난 그의 딸, 마리안의 목소리가 지치는 기색 없이 튀어나오는 것이 들렸다. 그는 부인이 주도하던 모임을 빠져나와 딸이 대화를 압도하는 모임 쪽으로 갔다. 한 사람은 소파에 앉아 있고, 다른 사람들은 서 있었으며, 마리안은 바닥에 주저앉아 있었다. 프란츠는 거실 반대편 끝에 있는 마리클로드도 머지않아 양탄자 위에 앉을 것이라고 확신했다. 그 당시에 손님들 앞에서 바닥에 앉는 것은 자신이 자연스럽고 긴장이 풀렸으며 진보적이고 사회적이며 파리 스타일임을 의미했다. 마리클로드가 아무 곳에서나 바닥에 주저앉는 것을 너무 좋아해서, 프란츠는 종종 그녀가 담배를 사러 갔다가 담배 가게 바닥에 주저앉은 모습을 보지 않을까 두려웠다.

"요새는 어떤 작업을 하세요, 알랑?" 마리안은 그녀 바로 옆에 서 있는 남자에게 물었다.

순진하고 정직한 알랑은 화랑 주인의 딸에게 진지하게 대답하고자 했다. 그는 사진과 유화를 조합하는 자신의 새로운 기법을 그녀에게 설명하기 시작했다. 그가 채 세 문장도 말하기 전에 마리안은 휘파람 소리를 냈다. 정신을 집중하여 천천히 말하던 화가는 휘파람 소리를 듣지 못했다.

프란츠가 속삭였다. "왜 휘파람을 불었는지 말해 줄래?"

"나는 정치에 대해 이야기하는 것을 싫어하기 때문이에요."라고 그의 딸은 큰 소리로 말했다.

같은 무리에 있던 두 남자는 실제 앞으로 다가올 프랑스 선거에 대해 말하고 있었다. 대화를 이끌어야만 한다고 느꼈던 마리안은, 이탈리아 서정 오페라단이 로시니의 오페라를 공연할 예정인 그랑테아트르에 다음 주에

갈 것인지 두 남자에게 물었던 것이다. 화가 알랑은 자신의 새로운 회화 기법을 설명하기 위해 좀 더 정확한 표현을 찾으려고 고심했고, 프란츠는 그의 딸에 대해 수치심을 느꼈다. 그녀의 입을 막기 위해 그는 오페라에 가면 심심해서 죽을 지경이라고 말했다.

"아빠는 아무것도 몰라. 주연 배우가 얼마나 멋진데! 정말 끝내주는 미남이에요! 두 번이나 봤는데 그 후로 그 남자한테 홀딱 반했어!" 마리안은 앉은 채로 아버지의 배를 툭툭 건드리며 말했다.

프란츠는 딸이 엄마를 끔찍할 정도로 빼닮았다는 것을 확인했다. 왜 그를 닮지 않았을까? 절망적이다. 그녀는 그를 닮지 않았다. 그는 이미 마리클로드가 이 화가, 저 화가, 이런 가수, 저런 작가, 이런 정치인, 심지어 한번은 사이클 선수에게 홀딱 반했다는 선언을 그녀로부터 수백 번 들었던 터다. 명백하게 도회의 디너파티나 칵테일파티에서 쓰는 수사적 표현에 불과했지만, 그는 그녀가 이십 년 전 여차하면 자살하겠다고 위협하며 그에 대해서도 정확하게 같은 말을 했다는 것이 가끔 떠오르곤 했다.

바로 그 순간 사비나가 들어왔다. 마리클로드가 그녀를 맞이하러 갔다. 딸은 여전히 로시니에 대한 대화를 계속했지만 프란츠의 귀는 두 여자가 나누는 말에만 열려 있었다. 점잖은 환영의 말이 몇 마디 오고간 후, 마리클로드는 사비나가 목에 건 도자기 목걸이를 손가락 사이에 끼고는 아주 큰 목소리로 말했다. "이게 뭐예요? 흉측해라!"

프란츠는 이 문장에 귀가 솔깃해졌다. 공격적인 어투는 아니었다. 오히려 정반대로 곧이어 낭랑하게 울린 웃음소리는 목걸이는 싫어도 사비나에 대한 그녀의 우정은 변함 없음을 나타냈지만, 그렇다 치더라도 마리클로드가 다른 사람과 대화할 때의 일상적 어투는 아니었다.

"내가 직접 만들었어요."

"내가 보기엔 진짜 흉해요. 그 목걸이는 걸지 마세요!" 연이어서 마리클로드는 큰 목소리로 반복했다.

예쁘건 추하건 간에, 보석이 그의 부인의 관심을 전혀 끌지 못한다는 것을 프란츠는 알았다. 그녀가 추하게 보려고 한다면 추한 것이고 예쁘게 보면 예쁘다는, 그런 식이었다. 그녀 친구들의 보석은 가타부타 말할 것 없이 예뻤다. 추하다고 생각할 수도 있지만 아첨은 오래전부터 그녀의 제2의 천성이었던지라 그런 생각은 조심스럽게 감춰 두곤 했다.

그렇다면 사비나가 손수 만든 보석을 추하게 보기로 결심한 이유는 무엇일까?

돌연 프란츠에게 그 이유가 명백해졌다. 사비나의 보석이 흉하다고 마리클로드가 말한 이유는 그녀가 그런 말을 감히 할 수 있는 입장이었기 때문이다.

보다 정확히 말하자면, 마리클로드는 사비나에게 그녀의 보석이 추하다고 감히 말할 수 있다는 것을 과시하기 위하여 그런 선언을 한 것이다.

지난해 사비나의 전시회는 큰 성공을 거두지 못했고 그래서 마리클로드는 사비나의 환심을 사려고 신경을 쓸 필요가 없었다. 오히려 사비나야말로 마리클로드의 환심을 사기 위해 온갖 노력을 기울여야 했다. 하지만 사비나의 태도에는 그러한 기색이 전혀 없었다.

그렇다, 프란츠는 아주 분명하게 깨달았다. 마리클로드는 이 기회에 사비나에게 (그리고 다른 사람들에게) 그들 둘 사이 진정한 역학 관계가 어떤 것인지를 과시하고자 했던 것이다.

7

이해받지 못한 말들의 조그만 어휘집(마지막)

오래된 암스테르담의 교회

한쪽에는 집들이 있었고, 백화점 진열장을 닮은 커다란 일층 창문을 통해 창녀들의 게딱지 같은 방이 보였다. 여자들이 속옷 차림으로 진열장을 마주 보고 베개가 달린 조그마한 소파에 앉아 있었다. 그들은 권태에 빠진 뚱뚱한 고양이 같았다.

길 건너편에는 14세기 고딕 양식의 거대한 교회가 자리 잡고 있었다.

창녀의 세계와 신의 세계 사이에는 두 왕국을 나누는 강물처럼 매캐한 오줌 냄새가 깔려 있었다.

내부에 남은 옛 고딕 양식이라곤 높다란 담, 기둥, 궁륭, 그리고 창뿐이었다. 벽엔 그림 하나도 걸려 있지 않았고, 조각은 어디에도 없었다. 교회는 체육관처럼 텅 비어 있었다. 눈에 보이는 것이라곤 조그마한 연설대가 서 있는 소형 연단을 중심으로 커다란 사각형 모양으로 정렬된 중앙의 의자뿐이었다. 의자 뒤에는 목재 별석이 있었다. 도시 부유층 가족을 위한 특별석이었다.

의자와 별석은 벽면 형태와 기둥 배치 상태에 대한 배려라고는 털끝만큼도 없다는 듯 배열되어서 마치 고딕 양식 건축물에 대한 그들의 무관심과 경멸을 드러내 놓고 표시하는 것 같았다. 지금으로부터 수세기 전 칼뱅주의에 입각한 신앙심에 따른다면, 교회란 기도하는 신도들을 눈과 비로부터 보호하는 기능밖에는 없는 단순한 창고에 불과했다.

프란츠는 들떴다. 이 거대한 홀을 역사의 대장정이 가로질러 갔던 것이다.

사비나는 공산주의 혁명 이후 보헤미아의 모든 성이 국유화되고 직업 훈련소, 양로원, 또는 마구간으로 개조되었다는 사실이 기억났다. 그녀는 그런 마구간 중 하나를 방문했더랬다. 벽에는 쇠사슬이 달린 갈고리가 걸려 있고, 거기에 매인 암소들은 암탉들이 뛰어다니는 성 마당을 창문 너머로 멍하니 바라보고 있었다. 프란츠는 말했다. "이 공허가 매력적이군. 제단, 조각, 그림, 의자, 소파, 양탄자, 책 들을 쌓아 뒀다가 어느 순간 식탁의 빵 부스러기를 치워 버리듯, 모든 것을 치워 버리는 해방의 순간이 찾아오는 거야. 이 교회를 휩쓸어 버린 헤라클레스의 빗자루를 상상할 수 있겠어?"

사비나는 목재 별석을 가리켰다. "가난한 사람들은 서 있었고, 부자들은 별석에 앉았어. 하지만 은행가와 가난한 사람을 연결하는 다른 무엇이 있었지. 아름다운 것에 대한 증오심이야."

"아름다운 것이란 무엇이지?"라고 말하고는 프란츠는 문득 최근 부인과 함께 참석해야만 했던 전시회 개막식을 떠올렸다. 연설과 말들이 무성했던 무한한 허영심, 문화의 허영심, 예술의 허영심.

그녀가 청년 노동대에서 일하던 학창 시절, 스피커에서 끊임없이 솟아나던 경쾌한 행진곡에 마음속으로 독을 품었던 그녀는 어느 일요일, 오토바이를 타고 떠난 적이 있었다. 그녀는 숲 속을 수킬로미터 달려, 골짜기에 파묻혀 있는 이름 모를 조그마한 마을에 멈췄다. 교회 벽에 오토바이를 기대 놓고 안으로 들어갔다. 마침 미사를 올리는 중이었다. 그 당시에 종교는 공산주의의 박해를 받았고, 사람들 대부분은 교회를 피했다. 의자에 앉아 있는 사람은 노인들뿐이었는데, 그들은 정권을 두려워하지 않았기 때문이다. 그들은 오직 죽음만을 두려워했다.

사제가 노래하는 듯한 목소리로 한 구절을 말하면, 사람들은 뒤를 이어 입을 모아 이를 되받았다. 위령(慰靈) 기도였다. 경치에서 눈을 떼지 못하는 순례자처럼, 삶과 작별 인사를 하지 못하는 사람처럼 똑같은 단어가 반복되었다. 그녀는 한구석의 의자에 앉았다. 그녀는 단지 음악을 듣기 위해 가끔 눈을 감았고 그러다가 다시 눈을 떴다. 그녀 머리 위로 푸른 궁륭이 보였고 그 궁륭 위에는 커다란 황금빛 성좌가 그려져 있었다. 그녀는 찬탄하지 않을 수 없었다.

그녀가 이 교회에서 예기치 않게 만난 것은 신이 아니라 아름다움이었다. 이 교회와 위령 기도는 그 자체로 아름다운 것이 아니라, 그녀가 소란스러운 노래 속에서 며칠을 보냈던 청년 노동대와 비물질적으로 유사했기 때문에 아름다운 것임을 그녀는 잘 알았다. 미사는 마치 배반당한 세계처럼 느닷없이, 음성적으로 그녀에게 나타났기에 아름다웠다.

그날 이후 그녀는 아름다움이란 배반당한 세계라는 것을 알았다. 그 아름다움이란 박해자들이 실수로 어딘가에서 그것을 잃어버렸을 때만 만날 수 있다. 아름다움은 노동절 행렬의 배경 뒤편에 숨어 있는 것이다. 그것을 찾기 위해서는 배경이 그려진 화폭을 찢어야만 한다.

"교회에 매료된 것은 이번이 처음이야."라고 프란츠가 말했다. 그를 열광케 한 것은 기독교도 금욕주의도 아니었다. 다른 어떤 것, 사비나의 면전에서는 차마 말할 수 없었던 아주 개인적인 그 무엇이었다. 헤라클레스의 빗자루를 들고 그의 삶으로부터 마리클로드의 전시회 개막식, 마리안의 가수들, 회의, 학술회, 공허한 연설, 공허한 말들을 쓸어 버리라고 부추기는 목소리가 들려오는 듯했다. 암스테르담 교회의 커다란 빈 공간은 마치 자신의 해방 이미지인 것처럼 보였다.

힘

그들이 사랑을 나누었던 수많은 호텔 중 한 침대에 누운 사비나는 프란츠의 품에서 장난을 했다. "기막혀. 당신 근육이 멋진데."

이 칭찬에 프란츠는 기뻤다. 그는 침대에서 일어나 바닥에 있던 무거운 떡갈나무 의자를 발로 걸어 천천히 들어올렸다. 동시에 사비나에게 말했다. "당신은 하나도 겁낼 필요 없어. 나는 어떤 상황에서도 당신을 보호할 수 있어. 왕년에 유도 챔피언이었거든."

그는 의자를 떨어뜨리지 않고 팔걸이를 수직으로 세우는 데 성공했고, 사비나는 그에게 말했다. "당신이 이렇게 강하다는 것을 아니 기분 좋네!"

그러나 그녀는 마음속으로 이렇게 덧붙였다. 프란츠는 강하다. 그러나 그의 힘은 오직 외부로만 향한다. 그와 함께 살아가는 사람들, 그가 사랑하는 사람들에 대해서 그는 약하다. 프란츠의 허약함은 선의라는 이름으로 불린다. 프란츠는 사비나에게 결코 명령을 내리지 않을 것이다. 그는 예전 토마시처럼 바닥에 거울을 놓고 나체로 걸어 다니라고 명령하진 않을 것이다. 그에게 관능성이 없는 것이 아니라, 명령할 힘이 없는 것이다. 세상에는 폭력을 통해서만 이룰 수 있는 것이 있다. 육체적 사랑이란, 폭력 없이는 생각할 수 없다.

사비나는 의자를 치켜들고 방을 서성이는 프란츠를 보았다. 그것이 그녀는 그로테스크하게 보였고 그녀 마음속에는 알 수 없는 슬픔이 가득 찼다.

프란츠는 의자를 내려놓고 그 위에 앉아 사비나 쪽으로 얼굴을 돌렸다.

"강하다는 것이 불쾌한 건 아니지만, 이런 근육이 제네바에서 무슨 쓸모가 있을까? 나는 이걸 장신구처럼 달고 다니는 거지. 공작 깃털인 셈이야. 나는 한 번도 누구를 때려 본 적이 없어."

사비나의 울적한 상념은 계속되었다. 만약 그녀에게 명령을 내리는 어떤 남자가 있다면? 누가 그녀를 지배하려 들었다면? 얼마 동안이나 그녀는 그것을 참아 낼 수 있었을까? 채 오 분도 견디지 못했을 것이다! 따라서 어떤 남자도 그녀에게는 적당치 않다. 강한 남자나 허약한 남자 모두.

"당신 힘을 가끔 내게 쓰지 않는 이유가 뭐야?"

"사랑한다는 것은 힘을 포기하는 것이기 때문이지."라고 프란츠가 부드럽게 말했다.

사비나는 두 가지 사실을 깨달았다. 첫째, 이 말은 아름답고 진실하다. 둘째, 이 말 때문에 프란츠는 그녀의 에로틱한 삶에서 자격을 상실한 것이다.

진리 속에서 살기

이것은 카프카가 어느 일기 혹은 편지에서 사용했던 표현이다. 프란츠는 정확히 어디에서였는지는 더 이상 기억하지 못했다. 그는 이 표현에 반했다. 진리 속에서 산다는 것이 무엇일까? 부정적 정의는 쉽다. 거짓말하지 않기, 본심을 숨기지 않기, 아무것도 감추지 않기다. 그는 사비나와 사귀는 이래 거짓 속에서 살고 있다. 그는 부인에게 있지도 않은 암스테르담 학회나 마드리드 총회를 둘러댔고 사비나와 함께 제네바 거리를 산책하는 것을 두려워했다. 거짓말하고 본심을 감추는 것이 재미있었던 것은 그런 짓을 한 번도 해 본 적이 없었기 때문이다. 그는 반에서 일등을 하다가 마침내 학교를 빼먹기로 결심했을 때처럼 쾌적한 짜릿함을 느꼈다.

사비나에게 있어 진리 속에서 산다거나 자기 자신이나 타인에게 거짓말을 하지 않는다는 것은 군중 없이 산다는 조건에서만 가능한 일이다. 행위의 목격자가 있는 그 순간부터 우리는 좋건 싫건 간에 우리를 관찰하는 눈에 자신을 맞추며, 우리가 하는 그 무엇도 더 이상 진실이 아니다. 군중이 있다는 것, 군중을 염두에 둔다는 것은 거짓 속에 사는 것이다. 사비나는 작가가 자신의 모든 은밀한 삶, 또한 친구들의 은밀한 삶까지 까발리는 문학을 경멸했다. 자신의 내밀성을 상실한 자는 모든 것을 잃은 사람이라고 사비나는 생각했다. 또한 그것을 기꺼이 포기하는 자도 괴물인 것이다. 그래서 사비나는 자신의 사랑을 감춰야만 한다는 것을 괴로워하지 않았다. 오히려 그것은 '진리 속에서' 사는 유일한 방법이었다.

프란츠는 모든 거짓의 원천이 개인적인 삶과 공적인

삶의 분리에 있다고 확신했다. 개인적인 삶 속에서의 모습과 공적인 삶 속에서의 모습은 별개다. 프란츠에게 있어서 '진리 속에서 살기'란 사적인 것과 공개적인 것 사이에 있는 장벽을 제거하는 것을 뜻했다. 그는 아무것도 비밀이 아니며 모든 시선에 열린 '유리 집' 속에서 살고 싶다고 말했던 앙드레 브르통의 구절을 즐겨 인용했다.

그의 부인이 사비나에게 "목걸이가 흉측하네요!"라고 말하는 것을 듣고, 그는 계속해서 거짓 속에서 사는 것이 불가능하다는 것을 깨달았다. 그 순간 그는 사비나를 두둔해야만 했다. 그가 그렇게 하지 않은 것은 그들의 은밀한 애정 관계가 드러날까 두려웠기 때문이다.

칵테일 파티 다음 날, 그는 사비나와 로마에서 이틀을 보내야만 했다. "목걸이가 흉측하네요!"라는 말이 끊임없이 떠올랐고 그의 부인이 전혀 다른 사람으로 느껴졌다. 그의 눈에 항상 비친 그런 모습이 더 이상 아니었다. 요란스럽고 힘찬 그녀의 불굴의 공격성을 보고 난 후 그는 결혼 생활 이십삼 년 동안 줄기차게 간직했던 선의의 짐에서 벗어났다. 암스테르담 교회 내부의 커다란 공간을 떠올리자 그 빈 공간이 그에게 불러일으키는 이해할 수 없는 묘한 열정이 가슴속에 차오르는 것이 느껴졌다.

마리클로드가 방 안에 들어왔을 때, 그는 가방에 짐을 꾸리는 중이었다. 그녀는 어제의 초대 손님에 대해 말하면서 그녀가 들었던 어떤 의견들에 대해서는 강력하게 지지하는가 하면 다른 것에 대해서는 신랄한 어투로 비난하기도 했다.

프란츠는 그녀를 한참 동안 바라보다가 말했다. "로마학술 대회라는 것은 있지도 않아."

그녀는 이해하지 못했다. "그러면 거기에 왜 가는 거야?"

그가 대꾸했다. "아홉 달 전에 애인이 생겼어. 나는 그녀를 제네바에서 만나고 싶지 않아. 그렇기 때문에 그토록 여행을 했던 거야. 당신에게 미리 말해 두는 것이 나은 것 같아."

첫 마디를 내뱉은 후 그는 두려웠다. 처음에 가졌던 용기가 사라졌던 것이다. 자신의 말이 그녀에게 가했으리라 생각되는 절망의 빛을 마리클로드의 얼굴에서 읽지 않으려고 그는 눈길을 돌렸다.

짧은 침묵 후 그에게 이런 말이 들렸다. "그래. 나도 미리 아는 것이 낫다고 생각해."

그녀의 어투는 단호했고, 프란츠는 눈길을 들었다. 마리클로드는 전혀 충격을 받지 않은 모습이었다. 낭랑한 목소리로 "목걸이가 흉측하네요!"라고 말하는 여자와 그녀는 여전히 닮았다.

그녀는 말을 이었다. "아홉 달 전부터 바람을 피웠다고 말할 배짱이 있으니 상대가 누구인지 말해 줄 수 있겠지?"

그는 마리클로드를 모욕하지 않고 그녀에게 내재된 여인을 존중해야 한다고 항상 생각했더랬다. 그런데 마

리클로드에게 내재된 그 여자가 어떻게 변했는가? 달리
말하자면 그가 부인을 보면서 연상했던 어머니의 이미
지는 어디로 간 것일까? 그의 어머니, 슬프고 상처 받고
짝짝이 구두를 신고 살았던 그의 엄마는 마리클로드로
부터 사라져 버렸다. 아니, 그게 아닐지도 모른다. 마리
클로드는 한 번도 어머니와 같지 않았다. 그는 갑작스레
치미는 증오심 속에서 그 사실을 깨달았다.

"당신에게 숨겨야만 할 어떤 이유도 없어." 하고 그가
말했다. 그가 바람을 피웠다는 사실이 그녀에게 상처를
주지 않았지만, 누가 그녀의 라이벌이라는 것을 안다면
틀림없이 상처를 받을 것이다. 그는 그녀의 눈을 똑바로
바라보며 사비나의 이름을 말했다.

잠시 후 그는 공항에서 사비나를 만났다. 비행기가 이
륙하자, 그는 점점 더 홀가분함을 느꼈다. 그는 아홉 달
이 지나서야 비로소 다시 진실 속에서 살기 시작했다고
생각했다.

8

　사비나에게 있어서 그것은 프란츠가 그녀 사생활의
문을 깨고 무단 침입한 것과 같았다. 그리고 마리클로드,
마리안, 화가 알랑, 여전히 손가락을 세우고 있는 조각
가, 그녀가 제네바에서 알고 지냈던 모든 사람의 머리가
문틈으로 보이는 것 같았다. 그녀는 본의 아니게 그녀에
게 철저히 무관심한 한 여자의 라이벌이 될 참이었다. 프
란츠는 이혼을 할 것이고, 그녀가 커다란 부부 침대에서
그의 옆자리를 차지할 것이다. 가까이에서나 멀리에서
나 모든 사람이 바라볼 것이다. 그녀는 모든 사람 앞에서
연극을 해야만 할 것이다. 사비나가 되는 대신 억지로 사
비나 역을 연기해야만 하고 그 연기법을 찾아야만 할 것
이다. 공개적으로 변한 사랑은 무게를 더할 것이고 짐으
로 변할 것이다. 생각만 해도 벌써부터 허리가 휘었다.

　그들은 로마의 한 레스토랑에서 식사를 하며 포도주
를 마셨다. 그녀는 말이 없었다.

　"정말 내게 화난 게 아니지?" 하고 프란츠가 물었다.

그녀는 불쾌하지 않다고 대답했다. 그녀는 아직도 혼란하여 이 상황을 즐거워해야 할지 아닐지 알 수 없었다. 그녀는 암스테르담 침대 열차에서의 그들의 해후를 생각했다. 그날 저녁 그녀는 그의 발밑에 엎드려 곁에 있게 해 달라고 애원하고 그것도 여의치 않으면 결코 자기를 떠나게 하지 말라고 애원하고 싶었다. 그날 저녁 그녀는 배신에서 배신으로 이어지는 이 위험한 여행을 영원히 끝장내고 싶었다. 모든 것을 여기서 끝내 버리고 싶었던 것이다.

그 순간 그녀는 당시의 욕망을 가능한 한 가장 강렬하게 머릿속에 그려 보고 다시 불러일으켜 거기에 의지해 보려고 애썼다. 헛수고였다. 불편한 마음만 더욱 강해졌다.

그들은 저녁나절의 활기를 띤 호텔을 바라보았다. 그들 주위로 이탈리아 사람들이 큰 소리로 떠들고 악쓰고 몸짓을 크게 하는 바람에 아무 말 없이 나란히 걸어가면서도 그들 자신의 침묵을 듣지 않아도 되었다.

그런 다음 사비나는 욕실에서 오랫동안 화장을 했고, 프란츠는 커다란 부부용 침대에서 이불을 덮고 그녀를 기다렸다. 여느 때와 마찬가지로 조그만 램프가 켜져 있었다.

욕실을 나오며 그녀가 램프를 껐다. 처음이었다. 프란츠는 이런 행동에 주의를 했어야 했다. 그는 거기에 별로 주목하지 않았는데 그에게 불빛은 중요하지 않았기 때문이었다. 우리도 알다시피 그는 정사 중에 눈을 감았다.

사비나가 램프를 끈 것은 바로 그의 감은 눈 때문이다. 그녀는 단 일 초라도 감은 눈을 보고 싶지 않았다. 속담에도 있듯이 눈은 마음의 창이다. 그녀가 보기에 눈을 감은 채 그녀 위에서 버둥거리는 프란츠의 육체란 영혼이 빠진 육체였다. 그는 채 눈을 뜨지 못한 작은 짐승 같았고 목이 말라 애처로운 신음 소리를 내고 있었다. 근육이 멋진 프란츠는 그녀의 젖을 빠는 커다란 강아지 같은 체위를 취했다. 그리고 그것은 맞는 말이다. 그는 마치 젖을 먹는 것처럼 그녀의 젖꼭지 중 하나를 물고 있었던 것이다! 프란츠의 하반신은 남자이지만 상반신은 젖을 먹는 신생아 같았다. 신생아와 동침하고 있다는 생각에 그녀는 거의 혐오스러움을 느꼈다. 그렇다, 그녀는 그녀의 몸 위에서 절망적으로 몸부림치는 그의 모습을 더 이상 보고 싶지 않았고, 이젠 암캐가 새끼 강아지에게 하듯 그에게 젖을 내밀지 않을 것이다. 오늘이 마지막, 두 번 다시 돌이키지 못할 마지막이다!

물론 그녀의 결심은 부당함의 극치이며 프란츠는 그녀가 사귀었던 모든 남자 중에 가장 훌륭했고, 지적이며, 그녀의 그림을 이해했고, 선하고, 정직하고, 미남임을 그녀도 알았지만 생각하면 할수록 그녀는 그 지성, 그 선의를 훼손하고, 그 멍청한 위력에 폭력을 가하고 싶었다.

그날 밤 이것이 마지막이라는 생각에 흥분한 그녀는 그 어느 때보다도 격렬하게 그를 사랑했다. 그녀는 그를 사랑했고 동시에 이미 그곳에서 먼 다른 곳에 가 있었다.

또다시 멀리에서 배반의 황금 나팔 소리가 들렸고, 그녀는 이 부름에 저항할 수 없다는 것을 잘 알았다. 그녀 앞에 아직도 광활한 자유의 공간이 열려 있으며 그 공간의 넓이가 그녀를 흥분시키는 것 같았다. 그녀는 그 어느 때보다도 프란츠를 미친 듯 거칠게 사랑했다.

프란츠는 그녀의 몸 위에서 흐느꼈고, 그는 모든 것을 깨달았다고 확신했다. 식사 시간 내내 사비나는 침묵을 지켰고 프란츠의 결심에 대해 그녀가 어떻게 생각하는지 한 마디도 하지 않았으나, 지금 그녀는 대답한 것이다. 그녀는 그녀의 희열, 정열, 공감, 그와 함께 영원히 살고 싶은 그녀의 욕구를 그에게 표시한 것이다.

그는 멋진 공터, 아내도 아이도 없고 가정도 없는 공터, 헤라클레스의 빗자루가 쓸고 지나간 멋진 공터, 장차 사랑으로 채워야 할 멋진 공터에서 말을 타고 달리는 사람 같았다.

한 사람이 다른 사람을 탄 자세로, 두 사람 모두 말을 타고 달리고 있었다. 두 사람 모두 그들이 원하는 먼 곳을 향해 가고 있었다. 두 사람 모두 그들을 구원하는 배신에 도취했다. 프란츠는 사비나를 타며 그의 부인을 배신했고, 사비나는 프란츠를 타고 프란츠를 배신했다.

9

이십여 년 동안 그는 그의 부인에게서 어머니, 보호해
주어야만 하는 연약한 존재의 모습을 보아 왔다. 이런 생
각이 그의 가슴속에 너무 깊게 각인되어 하루아침에 떨
쳐 버릴 수 없었다. 집에 돌아오자 그는 후회했다. 그가
떠난 뒤 그녀의 감정이 필경 폭발했을 테고, 그는 슬픔에
가득 찬 그녀의 모습을 볼 것이었다. 그는 천천히 열쇠를
돌리고 자기 방으로 들어갔다. 그는 소리를 내지 않으려
고 세심한 주의를 기울이며 귀를 세웠다. 그렇다, 그녀는
집에 있었다. 잠깐 망설이다가 그는 평소 하던 대로 그녀
에게 인사를 하러 갔다.

그녀는 짐짓 놀란 표정을 지으며 눈을 치켜떴다. "이
리로 돌아온 거야?"

그는 (진심으로 놀라서) 이렇게 대답하고 싶었다. "날더
러 어디에 가라고?"

그러나 그는 침묵했다.

그녀가 다시 말했다. "우리 사이의 모든 것을 분명하

게 해 두자. 당신이 당장 그녀의 집으로 이사 간다 해도, 나는 불편한 게 없어."

그가 떠나던 날 그녀에게 모든 것을 고백했을 때만 해도 그에겐 구체적 계획이 없었다. 그는 돌아와서 가능한 한 그녀의 마음을 덜 아프게 하기 위해 아주 우호적으로 그녀와 대화를 하려고 했다. 그녀가 냉정하고 집요하게 떠나라고 고집부리는 것은 예상치 못한 일이었다.

이러한 태도에 오히려 그는 일을 수월하게 해결할 수 있었지만 또한 그는 실망했다. 일생 동안 그는 그녀에게 상처를 주는 것을 꺼렸고 바로 그 때문에 기꺼이 멍청한 일부일처제를 감수했던 것이다. 그런데 이십 년이 지난 지금, 그의 배려가 철저히 무용했으며 이런 오해 때문에 다른 여자들을 멀리 했다는 것을 깨닫다니!

오후 강의가 끝나자 그는 학교에서 곧장 사비나 집으로 갔다. 그는 그녀 집에서 밤을 보내게 해 달라고 부탁해 볼 참이었다. 초인종을 눌렀으나 아무도 문을 열어 주지 않았다. 그는 집 앞 카페로 가서 건물 입구에 시선을 고정한 채 기다렸다.

시간은 흘렀고, 그는 무엇을 해야 할지 몰랐다. 그는 일생 동안 마리클로드와 같은 침대에서 잤다. 지금 집에 돌아간다면 예전처럼 그녀 곁에 몸을 눕혀야만 할까? 물론 옆방 소파에 잠자리를 마련할 수도 있을 것이다. 하지만 그것은 다소 지나치게 거만한 행동은 아닐까? 그녀가 그것을 적대감의 표현으로 보지는 않을까? 그는 아내의 친구로 남고 싶었다! 그러나 그녀 곁에 자러 가는 것은 이제 불가능했다. 벌써부터 냉소적인 질문이 그의 귓가에 울리는 듯했다. 뭐라고? 그는 사비나의 침대를 더 좋아하지 않았던가? 그는 호텔방을 잡았다.

다음 날 그는 하루 종일 사비나의 집 문 앞에 서서 초인종을 눌러 댔다. 여전히 헛수고였다.

셋째 날, 그는 여자 수위를 찾아갔다. 그녀는 아무것도 몰랐고 아틀리에를 세주었던 집주인에게 알아보라고 했다. 그는 집주인에게 전화를 했고 사비나가 계약서에 쓰인 대로 석 달치 집세를 계산하고 사흘 전 작별 인사를 했다는 것을 알았다.

며칠 동안 그는 계속해서 사비나의 집 앞에서 그녀를 기다렸다. 어느 날 아파트 문이 열려 있었고, 작업복 차림 세 남자가 가구와 그림을 옮겨 집 앞에 세워 둔 커다란 화물 트럭에 싣는 것을 보았다.

그는 가구를 어디로 운반하는지 물어보았다.

그들은 주소를 가르쳐 주는 것은 철저하게 금지되어 있다고 대답했다.

그는 비밀을 가르쳐 달라고 지폐 몇 장을 그들에게 찔러 넣어 주려다가 갑자기 온몸에서 맥이 빠졌다. 슬픔에 겨워 그의 몸이 완전히 굳은 것이다. 그는 아무것도 이해하지 못했고 아무것도 자신에게 해명할 수 없었으나 사비나를 사귀었던 때부터 바로 이 순간을 예견하고 있었다는 것만은 알 수 있었다. 당연히 일어나야 했던 일이 이제 일어난 것이다. 프란츠는 속수무책이었다.

그는 오래된 도시의 작은 아파트로 갔다. 옷 몇 벌과 꼭 필요한 책을 가지러 가기 위해 딸과 아내와 마주치지 않을 것이 확실한 시간을 골라 그의 옛집에 들렀다. 그는 마리클로드에게 소용 있을 만한 것은 아무것도 들고 나오지 않으려고 조심했다.

어느 날 그는 찻집 유리창 너머로 부인을 발견했다. 그녀는 두 부인과 함께 있었고, 과장된 표정 때문에 이미 오래전부터 수많은 주름살이 깊게 팬 그녀 얼굴에 생생한 활기가 감돌았다. 부인네들은 그녀 말을 들으며 연신 웃어 댔다. 프란츠는 그녀가 자기 얘기를 하고 있다는 생각을 하지 않을 수 없었다. 그가 사비나와 함께 살리라 결심한 바로 그 순간, 사비나가 제네바에서 자취를 감췄다는 사실을 그녀도 알 것이다. 정말 우스꽝스러운 이야기였다! 부인의 친구들 사이에서 웃음거리가 된다 해도 놀랄 만한 일은 아니었다.

그는 성 바오로 성당의 종소리가 들리는 새 거처로 돌아갔다. 그날 가구점에서 테이블 하나를 배달해 주었다. 그는 마리클로드와 그녀 친구들을 잊었다. 그리고 잠시 사비나조차도 잊었다. 그는 책상 앞에 앉았다. 직접 책상을 골랐다는 사실이 흡족했다. 이십 년 동안 그는 자기가 고르지 않은 가구에 둘러싸여 살았다. 마리클로드가 모든 걸 알아서 처리했다. 난생 처음으로 그는 어린아이에서 벗어나 독립적 인간이 된 것이다. 다음 날에는 가구점

직원이 오기로 했다. 그는 그에게 책꽂이를 주문할 예정이다. 그는 몇 주 동안이나 책꽂이의 형태, 크기, 위치 등을 머릿속으로 그려 보았다.

그 순간, 그는 불현듯 자신이 불행하지 않다는 사실을 깨닫고 놀랐다. 사비나라는 육체의 존재가 그가 믿었던 것보다는 훨씬 덜 중요했던 것이다. 중요한 것은 그녀가 그의 삶에 각인해 놓았던 황금빛 흔적, 마술의 흔적이었다. 그 누구도 그로부터 앗아 갈 수 없는 것이었다. 그녀는 그의 지평선 너머로 사라지기도 전에 일찌감치 그의 손에 헤라클레스의 빗자루를 쥐어 주었으며 그는 그가 사랑하지 않는 모든 것을 그의 삶으로부터 쓸어 내 버렸다. 그의 자유와 새로운 삶이 부여한 이 예기치 못한 행복, 이 편안함, 이 희열, 이것은 그녀가 그에게 남겨 준 선물이었다.

하긴 그는 항상 현실보다 비현실을 선호했던 터였다. 그래서 학생들에게 강의하는 교탁 뒤보다는 데모 대열(이미 내가 말했듯 그것은 하나의 광경, 하나의 꿈에 불과한 것이다.) 속에 있을 때 마음이 더 편했던 것처럼, 그녀와 함께 여기저기 돌아다니면서 그들 사랑을 위해 매번 가슴 조이던 때보다 눈에 보이지 않는 여신으로 변모한 사비나와 함께 있을 때가 더 행복했다. 그녀는 혼자 사는 남자의 자유를 불쑥 선물하면서 그에게 매력의 후광을 씌워 주었다. 그는 여자들에게 매력적인 남자로 변했다. 그의 여학생 중 하나가 그에게 반해 버렸다.

이렇듯 믿지 못할 정도로 짧은 순간에 인생의 모든 무대 장치가 갑작스레 바뀌었다. 바로 얼마 전까지만 해도 그는 하녀와 딸과 부인을 데리고 커다란 부르주아 아파트에서 살았는데 이제 옛도시의 스튜디오에 살고, 그의 어린 여자 친구는 거의 매일 밤을 그의 집에서 지냈다! 그들은 여기저기 호텔을 찾아 헤맬 필요가 없었다. 그는 자기 아파트에서, 자기 침대 위에서, 그의 책과 머리맡 탁자에 놓인 자기 재떨이가 있는 곳에서 그녀와 사랑을 나눌 수 있다.

그녀는 밉상도 곱상도 아니었지만 그보다 얼마나 어린지! 그리고 얼마 전 프란츠가 사비나를 숭배했던 것처럼 그녀는 프란츠를 숭배했다. 그것이 불쾌하지 않았다. 사비나를 안경잡이 여학생으로 대체한 것을 미세한 조락(凋落)의 징후로 간주할 수도 있겠지만, 그는 진심으로 그녀를 기꺼이 맞이하기 위해 배려했다. 마리안은 딸이 아니라 또 다른 마리클로드로 행동했었기에 그가 그의 딸에게서 결코 만끽하지 못했던 부성애를 그녀에게서 느꼈던 것이다.

어느 날 그는 부인을 찾아가 다른 여자와 재혼하고 싶다고 말했다.

마리클로드는 고개를 가로저었다.

"이혼한다 해도 아무것도 달라지지 않을 거야. 당신은 아무것도 잃을 거 없어. 당신에게 다 주겠어!"

"내게 돈은 중요하지 않아."

"그러면 뭐가 중요하지?"

"사랑."

"사랑이라고?" 하며 프란츠가 놀랐다.

마리클로드는 미소를 지었다. "사랑은 전투야. 나는 오랫동안 싸울 거야. 끝까지."

"사랑이 전투라고? 나에겐 싸울 마음이라곤 털끝만치도 없어."라며 프란츠는 밖으로 나가 버렸다.

10

제네바에서 사 년을 지낸 후 사비나는 파리에서 살았으며 여전히 우울증에서 벗어나지 못했다. 누군가 그녀에게 도대체 무슨 일이냐고 묻는다 해도 그녀는 딱히 대답할 말을 찾지 못할 것이다.

한 인생의 드라마는 항상 무거움의 은유로 표현될 수 있다. 사람들은 우리 어깨에 짐이 얹혔다고 말한다. 이 짐을 지고 견디거나, 또는 견디지 못하고 이것과 더불어 싸우다가 이기기도 하고 지기도 한다. 그런데 사비나에게 도대체 무슨 일이 있었던 것일까? 아무 일도 없었다. 그녀는 한 남자로부터 떠나고 싶었기 때문에 떠났다. 그 후 그 남자가 그녀를 따라왔던가? 그가 복수를 꾀했던가? 아니다. 그녀의 드라마는 무거움의 드라마가 아니라 가벼움의 드라마였다. 그녀를 짓눌렀던 것은 짐이 아니라 존재의 참을 수 없는 가벼움이었다.

지금까지는 배반의 순간들이 그녀를 들뜨게 했고, 그녀 앞에 새로운 길을 열어 주고, 그 끝에는 여전히 또 다른 배반의 모험이 펼쳐지는 즐거움을 그녀의 가슴에 가득 채워 주곤 했다. 그러나 여행이 끝나면 어떤 일이 벌어질까? 부모, 남편, 사랑, 조국까지 배반할 수 있지만 더 이상 부모도 남편도 사랑도 조국도 없을 때 배반할 만한 그 무엇이 남아 있을까?

사비나는 그녀를 둘러싼 공허를 느꼈다. 그리고 바로 이 공허가 그녀가 벌인 모든 배신의 목표였다면?

물론 지금까지 그녀에게 이런 의식은 없었고, 그것도 이해할 수 있다. 우리가 추구하는 목표는 항상 베일에 가린 법이다. 결혼을 원하는 처녀는 자기도 전혀 모르는 것을 갈망하는 것이다. 명예를 추구하는 청년은 명예가 무엇인지 결코 모른다. 우리의 행위에 의미를 부여하는 것은 우리에게는 항상 철저한 미지의 그 무엇이다. 사비나 역시 배신의 욕망 뒤에 숨어 있는 목표가 무엇인지 모른다. 존재의 참을 수 없는 가벼움, 이것이 목표일까? 제네바를 떠나온 이래 그녀는 이 목표에 부쩍 가까워졌다.

그녀가 보헤미아로부터 온 편지를 받은 것은 파리에 온 지 삼 년이 지난 뒤였다. 토마시의 아들로부터 온 편지 한 통. 그의 아들은 사비나에 대한 말을 듣고 그녀가 아버지의 '가장 가까운 친구'였기 때문에 주소를 구해서 그녀에게 편지를 쓰기로 결심한 것이다. 그는 토마시와 테레자의 사망 소식을 전했다. 편지에 따르면 그들은 죽기 전 몇 해 동안 토마시가 트럭 운전사로 일했던 어느 마을에서 살았다. 그들은 자주 인근 마을로 가서 항상 조

참을 수 없는 존재의 가벼움

204

그만 호텔에서 밤을 보내곤 했다. 언덕을 타고 넘는 도로에는 꼬불꼬불한 구간이 많았는데, 트럭이 그만 계곡 아래로 떨어졌던 것이다. 사람들이 시체를 발견했을 때, 시체는 완전히 으스러져 있었다. 경찰은 브레이크가 아주 엉망이었다는 사실을 확인했다.

그녀는 이 소식을 듣고 정신을 차리지 못했다. 그녀를 과거와 연결해 주었던 마지막 끈이 끊어진 것이다.

그녀는 오랜 습관에 따라 공동묘지를 산책하며 마음을 진정해 보려고 했다. 가장 가까운 것이 몽파르나스 묘지였다. 무덤 곁에는 가냘픈 석재 집과 축소판 예배당이 있었다. 사비나는 죽은 자들이 무슨 이유로 그들 위에 궁전을 모방한 저런 집들을 갖고 싶어했는지 이해하지 못했다. 이 묘지는 돌로 된 허영, 그 자체였다. 묘지의 주민들은 죽은 후에 제정신을 차리기는커녕 살아 있을 적보다 더욱 호들갑을 떠는 것이다. 그들은 돌 위에 자신의 중요성을 과시했다. 거기에 누워 있는 자들은 아버지, 형제, 아들, 혹은 할머니가 아니라 유명 인사, 행정 관료, 지위와 명예를 누린 자들이었다. 심지어 우체국 직원조차도 자신의 직급, 계급, 사회적 지위, 자신의 존엄성을 만인이 우러러보도록 과시했다.

묘지의 오솔길을 걷다가 조금 떨어진 곳의 장례식이 눈에 띄었다. 장례식을 주관하는 사람은 품 안 가득히 꽃을 안고 친지, 친구들에게 나눠 주고 있었다. 한 사람 앞에 하나씩. 그는 사비나에게도 하나를 내밀었다. 그녀는 장례 행렬에 끼어들었다. 묘비석 사이에 깊게 팬 구덩이까지 가기 위해서는 여러 묘지 장식물을 돌아가야만 했다. 그녀는 몸을 숙여 내려다보았다. 구덩이는 아주 깊었다. 그녀는 꽃을 던졌다. 꽃은 작은 나선을 그리다가 관에 부딪혔다. 보헤미아에는 이처럼 깊은 무덤이 없다. 그녀의 시선이 구덩이 곁 한구석에서 기다리고 있는 바위에 멈췄다. 이 돌은 그녀에게 공포심을 불러일으켰고, 그녀는 황급히 집으로 돌아왔다.

그녀는 하루 종일 그 바위에 대해 생각했다. 무슨 이유로 그 바위가 그토록 두려웠던가?

그녀는 이렇게 답을 내렸다. 무덤이 이 바위로 폐쇄된다면, 죽은 자는 더 이상 거기서 빠져나오지 못할 것이다.

그러나 죽은 자는 어찌 되었건 무덤에서 나오지 않을 것이다! 그러니 진흙 밑이거나 바위 아래거나 마찬가지 아닐까?

아니다, 마찬가지가 아니다. 무덤을 바위로 덮는 것은 죽은 자가 되돌아오길 바라지 않는다는 뜻이다. 무거운 돌이 "거기 그대로 있어!"라고 죽은 자에게 말하는 것이다.

사비나는 그녀 아버지의 무덤을 떠올렸다. 관 위에는 진흙이 있고, 진흙 위에 꽃이 자라며, 단풍나무 한 그루가 관 쪽으로 뿌리를 뻗어서, 시체가 그 뿌리와 꽃을 통해 무덤에서 빠져나온다고 생각할 수 있었다. 아버지가 석판으로 덮었다면, 그녀는 결코 아버지가 죽은 뒤에 그에게 말을 걸거나, 그가 그녀에게 용서를 구하는 목소리를 나뭇잎 사이로 들을 수 없었을 것이다.

테레자와 토마시가 누워 있는 묘지는 어떻게 생겼을까?

그녀는 다시 한 번 그들을 생각했다. 그들은 가끔 이웃 마을에 가서 호텔에 묵었다. 편지의 이 대목이 그녀에겐 충격이었다. 그것은 그들이 행복했다는 것을 증명했다. 마치 그녀 그림의 한 점처럼 토마시의 모습이 눈앞에 떠올랐다. 마치 전경에 서툰 화가가 그린 가짜 무대장치처럼 돈 후안의 모습이 있다. 무대장치 틈 사이로 트리스탄이 보였다. 그는 돈 후안이 아니라 트리스탄으로 죽은 것이다. 사비나의 부모는 같은 주에 세상을 떠났다. 토마시와 테레자는 같은 순간에 죽었다. 갑자기 그녀는 프란츠와 함께 있고 싶어졌다.

그녀가 프란츠에게 묘지에서 산책한 일을 이야기했을 때, 그는 몸서리를 치며 묘지를 뼈와 돌조각의 하치장에 비교했더랬다. 그날 그들 사이에 몰이해의 심연이 깊게 팼다. 오늘에 와서야 몽파르나스 묘지에서 그녀는 그의 말뜻을 깨달았다. 그녀는 자기에게 참을성이 없었던 것을 후회했다. 함께 더 오래 있었더라면 그들은 조금씩 그들이 사용했던 단어들을 이해하기 시작했을 수도 있었을 것이다. 그들의 어휘는 너무도 수줍은 연인들처럼 천천히 수줍게 가까워지고, 두 사람 각각의 음악도 상대편의 음악 속에 녹아들 수도 있었을 텐데. 그러나 이제 너무 늦었다.

그렇다, 이제 너무 늦었고, 사비나는 자신이 파리에 머무르지 않고 더 먼 곳, 더 멀리 떠나리라는 것을 알았다. 왜냐하면 여기에서 죽으면 그녀는 바위 아래에 갇힐 것이며, 멈출 줄 모르는 여자에게 있어 뜀박질 도중에 영원히 멈추는 것은 생각만 해도 참을 수 없는 일이기 때문이다.

11

프란츠와 마리클로드 사이에 무슨 일이 있었는지 그
의 친구들은 모두 알고 있었고 또한 커다란 안경을 낀 여
학생과 무슨 일이 있었는지도 알고 있었다. 다만 사비나
와의 이야기만은 누구에게도 알려지지 않았다. 프란츠
는 마리클로드가 그녀 친구들에게 사비나에 대한 이야
기를 했을 거라고 믿었지만, 그것은 프란츠의 착각이었
다. 사비나는 아름다웠고, 마리클로드는 자신과 그녀의
얼굴이 비교되는 것을 원치 않았을 것이다.

부인에게 발각될까 두려워 그는 그림이나 데생, 심지
어 그녀의 증명사진조차 달라고 해 본 적이 없었다. 따라
서 그녀는 아무런 흔적도 없이 그의 삶으로부터 사라져
버린 것이다. 그는 그녀와 함께 인생의 가장 아름다운 시
간을 보냈지만 손에 잡히는 증거라곤 하나도 남지 않았
다. 이제 그에게 남은 즐거움이란 젊은 애인에게 충실하
게 사는 것뿐이었다.

젊은 애인과 단둘이 방에 있을 때 그녀는 책에서 눈을

떼고 그에게 취조하는 듯한 눈길을 보냈다. "무슨 생각을 그리 골똘히 해?"

프란츠는 천장에 시선을 고정한 채 소파에 앉아 있었다. 그가 어떤 대답을 했건 간에 상관없이 그는 영락없이 사비나 생각을 하고 있었다.

학술지에 논문을 발표했을 때 그 젊은 여학생은 그의 첫 번째 독자였고, 그녀는 그와 토론을 하고 싶어 했다. 그렇지만 그는 사비나가 이 논문에 대해 무슨 말을 할지만 생각했다. 그가 하는 모든 일은 사비나를 위해, 그녀를 기쁘게 해 주는 식이었다.

이것은 그의 안경잡이 여학생에게는 아무런 해도 끼치지 않을 아주 순결한 배신이었으며 프란츠에게는 안성맞춤이었다. 그가 사비나에게 바치는 숭배는 사랑이라기보단 종교에 가까웠다.

더구나 이 종교의 교리에 따르자면 그의 젊은 애인은 사비나가 보낸 셈이다. 따라서 지상의 사랑과 초지상의 사랑은 완벽하게 일치하며 초지상의 사랑이 필연적으로 불가해하며 불가지한 많은 부분을 포함하는 반면 (이해받지 못한 어휘, 그 긴 오해의 목록을 돌이켜 생각해 보면!) 그의 지상의 사랑은 진정한 이해 위에 성립된 것이다.

여학생은 사비나보다 훨씬 젊었기 때문에 그녀 삶의 악보는 이제 겨우 윤곽이 잡혔을 정도라, 프란츠에게서 빌려온 모티프를 감지덕지하며 자기 악보에 삽입했다. 프란츠의 대장정 역시 그녀의 신앙 항목에 속했다. 프란츠와 마찬가지로 그녀에게도 음악은 디오니소스의 도취였다. 그들은 자주 춤을 추러 갔다. 그들은 진리 속에서 살았으며 그들이 하는 어떤 것도 비밀이 아니었다. 그들은 친구, 직장 동료, 학생들, 그리고 모르는 사람과 동행이 되어 그들과 함께 서슴지 않고 식탁에 앉아 마시고 떠들었다. 그들은 자주 알프스로 산행을 떠났다. 프란츠가 허리를 굽히면 젊은 여자는 그의 등에 업혔고, 그는 어린 시절 어머니가 가르쳐 준 긴 독일어 시를 큰 소리로 외치며 초원을 가로질러 내달렸다. 어린 여자는 깔깔거리며 웃었고 그의 목에 매달려 그의 정강이, 어깨, 가슴팍을 보며 감탄했다.

그녀가 이해하지 못했던 유일한 것은 프란츠가 러시아의 탄압을 받았던 모든 나라에 대해 품은 이상한 동정심이었다. 소련 침공 일주년이 되던 날, 제네바의 체코인 모임은 기념행사를 가졌다. 홀은 거의 비어 있었다. 연사의 회색 머리는 미용실에서 파마를 받은 듯했다. 그는 긴 연설문을 낭독했고 급기야 그것을 들으러 이곳까지 온 소수의 열성분자들을 졸리게 만드는 데 성공했다. 그가 구사하는 불어는 완벽했으나 억양이 끔찍했다. 이따금 강조할 대목이 있을 때 그는 홀 안에 앉아 있는 청중을 위협하려는 듯 검지를 치켜세웠다.

안경잡이 여학생은 프란츠 곁에 앉아 하품을 참고 있었다. 그러나 프란츠는 넋이 나간 표정으로 미소를 지었다. 회색 머리 남자에게 시선을 고정한 그는 경이로운 검

지를 치켜세운 이 남자의 모습이 정겹다고 생각했다. 이
남자는 그와 그의 여신 사이 소통을 유지해 주는 천사요,
밀사라고 생각했다. 그는 눈을 감고 꿈을 꿨다. 그는 유
럽의 열다섯 호텔과 미국의 한 호텔에서 사비나의 몸 위
에서 눈을 감았듯이 눈을 꼭 감았다.

4부   **영혼과 육체**

1

새벽 1시 30분쯤에 돌아온 테레자는 욕실로 가서 잠옷을 입고 토마시 곁에 누웠다. 그의 얼굴을 내려다보며 키스하려는 순간, 그의 머리카락에서 이상한 냄새가 나는 것을 느꼈다. 그녀는 오랫동안 거기에 코를 박았다. 강아지처럼 킁킁 냄새를 맡다가 마침내 알아챘다. 여자 냄새, 여자 성기 냄새였다.

6시에 자명종이 울렸다. 카레닌의 시간이었다. 카레닌은 항상 그들보다 먼저 깼지만 섣불리 그들을 성가시게 하지는 않았다. 강아지는 침대에 뛰어올라 그들 몸을 밟으며 콧등을 문지를 수 있는 권리를 부여하는 자명종 소리를 끈기 있게 기다렸다. 두 사람은 처음에는 뿌리치고 침대에서 내쫓으려 했으나, 강아지는 주인보다 고집이 세서 자신의 권리를 획득하고야 말았다. 하긴 테레자도 얼마 전부터 카레닌의 초대에 이끌려 낮 시간대로 들어가는 것이 불쾌한 것만은 아니라고 생각했다. 카레닌은 잠에서 깰 때 순수한 행복을 느꼈다. 그는 천진난만하게

도 자신이 아직도 이 세상에 있다는 사실에 놀라고 진심으로 이를 즐거워했다. 반면에 테레자는 밤을 연장하고 싶고 다시 눈을 뜨고 싶지 않은 욕망 때문에 마지못해 잠에서 깨어났다.

이제 카레닌은 그의 목줄과 끈이 걸린 옷걸이를 바라보며 현관에서 기다린다. 테레자는 개에게 목줄을 매고 장을 보러 나간다. 그녀는 우유, 빵, 버터를 사고 여느 때와 다름없이 토마시를 위해 크루아상 하나를 산다. 돌아오는 길에 카레닌은 크루아상을 물고 그녀 곁에서 타박타박 따라온다. 아마도 주위 사람의 눈길을 끌고 손가락질받는 것이 즐거운지 카레닌은 의기양양하게 주위를 두리번거린다.

집에 돌아온 카레닌은 토마시가 그를 알아보고 바닥에 엎드려 그를 꾸짖으며 입에서 크루아상을 빼앗는 흉내를 내 주길 기대하면서 방문턱에서 대기한다. 이러한 장면은 매일매일 반복되었다. 그들은 쫓고 쫓기며 집 안을 뛰어다니다가 카레닌이 식탁 밑에 숨어 크루아상을 재빨리 삼켜 버릴 때까지 오 분여 동안을 그렇게 보냈다.

그러나 이번에 이러한 아침 의식을 기다린 것은 헛수고였다. 식탁 위에는 트랜지스터가 놓여 있었고, 토마시가 그것을 듣고 있었다.

2

라디오에서는 이민 간 체코인에 대한 프로그램을 방송하고 있었다. 이민 간 사람들 속에 잠입했다가 의기양양하게 귀국한 스파이가 사적인 대화를 도청하여 편집한 내용이었다. 싱거운 수다 중간 중간에 점령 치하의 정치 상황에 대한 노골적인 욕설이 끼어 있었지만, 방송은 그보다도 이민 간 사람끼리 서로를 비열한 자라느니 사기꾼이라느니 하고 비난하는 대목을 특히 강조했다. 이들이 소련 체제에 대해 악담을 한다는 것뿐 아니라 (보헤미아에서는 이런 것이 누구에게도 분노를 일으키지 않으니까) 자기들끼리 거리낌 없이 서로 새대가리라고 헐뜯는다는 점을 증명해야만 했다. 이상한 것은, 우리들은 눈만 뜨면 상스러운 말을 내뱉지만, 존경받는 유명 인사가 말끝마다 시팔이라고 하는 것을 라디오에서 얼핏이라도 듣는다면 왠지 모르게 조금은 실망한다는 점이다.

"이건 프로하즈카라는 사람 때문에 시작된 거야!" 토마시는 연신 라디오에 귀를 기울이며 말했다.

얀 프로하즈카는 1968년 훨씬 이전부터 나라가 처한 상황에 대해 큰 소리로 비판하기 시작한, 황소 같은 정력을 지닌 사십대 소설가였다. 그는 결국 소련 침공으로 끝난 공산주의의 자유화 시절, 그 현기증 나는 프라하의 봄에 가장 인기 있는 인물 중 하나였다. 침공 직후 모든 언론이 쾌재를 부르며 그를 비판했지만, 그럴수록 그는 더욱 사람들의 사랑을 받았다. 라디오(1970년 당시)는 이 년 전 (그러니까 1968년 봄) 프로하즈카가 한 대학 교수와 사적인 대화를 나눈 것을 시리즈 형식으로 방송했다. 두 사람 중 누구도 교수 아파트에 도청 장치가 되어 있으며, 그들의 일거수일투족이 오래전부터 감시당했다고는 의심하지 않았다! 프로하즈카는 언제나 과장과 격의 없는 말로 친구들을 즐겁게 해 주었다. 그런데 이제 그의 두서없는 말을 라디오에서 연속극처럼 듣게 된 것이다. 이 프로를 편집한 비밀경찰은 소설가가 그의 친구들, 예컨대 둡체크를 비웃는 대목을 두드러지게 하려고 애썼다. 사람들은 틈만 나면 친구들을 비방하면서도, 이상하게도 그들이 미워했던 비밀경찰보다는 그들이 사랑했던 프로하즈카에 대해 더욱 분개했던 것이다!

토마시는 라디오를 끄고 말했다. "세계 어디에나 비밀경찰은 있게 마련이야. 하지만 그들이 도청한 것을 라디오로 방송하는 곳은 우리나라밖에 없어! 어디에도 없는 일이지!"

"꼭 그렇지만도 않아!" 하고 테레자가 말했다. "나는 열네 살 때 일기를 썼어. 누군가 그것을 읽을까 두려워 다락에 감추었지. 그런데 어머니가 결국 찾아냈어. 어느 날 식사 시간에 수프를 먹는데 어머니가 호주머니에서 일기를 꺼내들고 '모두들 잘 들어!' 하더니 큰 소리로 읽으며 한 문장이 끝날 때마다 배꼽을 잡고 웃더군. 식구들 모두가 폭소를 터뜨렸고 먹는 것도 까맣게 잊었지."

3

그는 혼자 아침 식사를 할 테니 침대에 그냥 누워 있으라고 그녀를 설득하려고 했다. 그러나 그녀는 들은 척도 하지 않았다. 토마시는 7시부터 4시까지 일했고, 그녀는 4시부터 자정까지 일했다. 그녀가 아침을 그와 함께 먹지 않았다면, 그들은 일요일에만 대화를 할 수 있었을 것이다. 그래서 그녀는 토마시와 같은 시각에 일어났고, 그가 출근한 후에 다시 자리에 들어 잠을 잤다.

그러나 그날 그녀는 다시 잠들어 버릴까 봐 걱정이 됐는데 10시에 소피 섬에 있는 사우나에 가고 싶었기 때문이었다. 사우나 애호가들은 많은 반면 자리는 부족해서 연줄을 대야만 그곳에 입장할 수 있었다. 다행히도 매표소 직원은 대학에서 내쫓긴 교수의 부인이었다. 그 교수는 예전 토마시의 환자가 알고 지내던 친구였다. 토마시가 환자에게 말을 했고, 환자는 교수에게 말을 했고, 교수는 부인에게 언질을 주어서 테레자는 일주일에 한 번 예약석을 얻었다.

그녀는 걸어서 갔다. 항상 터질 것 같은 만원 전차를 저주했다. 사람들이 서로에게 원한을 품고 붙어 서서 발을 밟고 외투 단추를 떨어뜨리며 서로 욕설을 퍼붓는 전차가 싫었다.

날씨는 우중충했다. 사람들이 발길을 재촉하며 머리 위로 우산을 펴 들자, 갑자기 인도는 밀고 밀리는 난장판으로 변했다. 우산이 서로 부딪쳤던 것이다. 남자들은 정중해서 테레자 곁을 지날 때면 우산을 높이 치켜들어 그녀에게 길을 내주었다. 하지만 여자들은 조금도 비켜 주지 않았다. 여자들은 서로 다른 사람이 스스로를 약자라고 고백하고 화해를 청하기를 기다리며 차가운 얼굴로 정면을 응시했다. 우산의 조우는 힘의 대결이었다. 처음에는 테레자가 비켜섰으나, 그녀의 정중함이 한 번도 보답을 받지 못한다는 것을 깨닫고는 다른 사람들처럼 그녀도 우산을 꼭 쥐었다. 그녀의 우산은 앞에서 오던 우산과 격렬하게 충돌했으나, 어떤 여자도 사과를 하지 않았다. 대개의 경우 아무 말 없이 지나갔다. 두서너 차례 "망할 년!" 또는 "쌍!" 하는 말이 들려왔다.

우산으로 무장한 여자들 중에는 젊은이도 있었고, 나이 든 이도 있었으나, 젊은 사람이 더욱 뻔뻔했다. 테레자는 소련 침공의 날을 떠올렸다. 미니스커트 차림 젊은 여자들이 깃대 끝에 국기를 달고 흔들며 이리저리 돌아다녔다. 몇 년 동안 금욕을 강요당한 소련군에 대한 성적 테러였다. 프라하에 온 소련군은 공상 과학 소설가가 꾸며낸 혹성에 와 있다고 착각을 했을 것이다. 그 혹성에는, 오륙백 년 동안 러시아 어디에서도 이런 것은 구경도 못 했지라는 식으로 늘씬한 다리를 드러내며 그들을 비웃는 미녀들로 가득 차 있었다.

그 시절 그녀는 탱크를 배경으로 이 젊은 여자들의 사진을 무수히 찍었다. 그때 그들을 얼마나 존경했던가! 오늘 그녀 앞으로 다가오는, 심술맞고 험상궂은 여자들은 바로 그때 그 여자들이다. 깃발 대신 우산이었지만 여전히 그때처럼 당당하게 우산을 치켜들고 있었다. 외국 군대와 맞서던 그 집요함으로, 그들의 우산은 뻔뻔하게도 한치의 양보도 하지 않는 것이다.

4

그녀는 분위기가 딱딱한 틴 성당과 크기가 불규칙한 바로크 양식 건물이 나란히 들어선 구시가지 광장에 도착했다. 한때 광장 한 쪽 전부를 차지했던 오래된 14세기 시청 건물은 이십칠 년 전에 폐허가 되었다. 바르샤바, 드레스덴, 쾰른, 부다페스트, 베를린은 2차 세계 대전 때문에 잔인하게 파괴되었지만, 역사적 의미가 깃든 지역을 복원하는 데 열성을 다하던 주민들은 이 도시들을 재건했다. 이런 도시들 때문에 프라하 사람들은 열등감을 느꼈다. 전쟁으로 파괴된 유일한 건물이 예전 시청 건물이었다. 그들은 폴란드 사람이나 독일 사람이 당신들은 전쟁 중에 그리 큰 고통도 받지 않았어라고 비난할까 두려워 파괴된 건물을 영원히 보존하기로 결정했던 것이다. 자자손손 전쟁을 고발하는 이 유명한 폐허더미 앞에 철제 객석이 설치되었다. 과거 공산당이 그랬듯 앞으로도 프라하 시민에게 구경거리로 제시하기 위한 것이었다.

테레자는 파괴된 시청을 바라보았고, 이 광경에 불현

듯 어머니가 떠올랐다. 자신의 폐허를 과시하고, 자신의 추함에 자부심을 갖고 소매를 걷어 흉하게 잘려 나간 손을 보이며 모든 사람에게 상처를 보아 달라고 강요하는 그 변태적 욕구. 그녀가 십여 년 전 빠져나온 어머니의 세계가 다시 그녀를 찾아와 사방으로부터 그녀를 옥죄어 오는 듯, 근래 들어 모든 것에서 어머니가 떠올랐다. 아침 식사를 하다가, 어머니가 가족에게 자기의 일기를 읽어 주며 폭소를 터뜨렸던 일을 그녀가 이야기한 것도 이런 이유 때문이었다. 포도주를 마시며 친구와 나누었던 대화가 라디오로 공개되었다는 것은 오로지 이렇게 해석될 수밖에 없었다. 이 세상이 집단수용소로 바뀌었다고.

테레자는 그녀가 가족과 어떻게 살았는지 표현하기 위해서 거의 유년기부터 이 단어를 사용했다. 집단수용소, 그것은 밤낮으로 서로 뒤엉켜 사는 세계였다. 잔인성과 폭력은 이 세계의 부수적 (전혀 필연적이지 않은) 측면에 불과했다. 집단수용소, 그것은 사생활의 완전한 청산이었다. 친구와 술을 마시며 토론할 때 자기 집에서조차도 (그것이 치명적 실수였음에 틀림없다!) 안전하지 못했던 프로하즈카는 집단수용소에서 살았던 것이다. 어머니 집에 살던 시절의 테레자는 수용소에서 지냈던 것이다. 그때 이후로 수용소란 아주 예외적인 것, 놀랄 만한 것도 아닌 뭔가가 주어진 조건, 뭔가 근본적인 것, 세상에 나왔을 때부터 있으며 온 힘을 다해 극도로 긴장했을 때만 벗어날 수 있는 그 어떤 것임을 그녀는 알았다.

5

계단식으로 배열된 세 의자에 여자들이 몸이 맞닿을 정도로 끼어 앉아 있었다. 얼굴이 아주 예쁜 삼십 대 여자가 테레자 곁에서 땀을 뻘뻘 흘렸다. 그녀 어깨 아래로 믿을 수 없을 정도로 풍만한 두 젖가슴이 축 늘어져 그녀가 조금만 움직여도 출렁거렸다. 그녀가 일어나자, 그녀의 엉덩이 역시 큼직한 두 배낭처럼 생겨서 얼굴과는 도무지 어울리지 않는다는 것을 테레자는 알 수 있었다.

아마도 테레자가 어렸을 적부터 시도했던 것처럼, 이 여자 역시 육체를 통해 자신의 영혼을 투명하게 포착하려고 오랜 시간을 거울 앞에서 보냈을 것이다. 그녀 역시 육체가 영혼의 문장(紋章) 구실을 할 수 있다는 어리석은 믿음을 가졌을 것이다. 그러나 만약 영혼이 주머니가 네 개 걸려 있는 이 옷걸이와 닮았다면 얼마나 흉측할까?

테레자는 일어나 샤워실로 갔다. 그리고 바람을 쐬러 나갔다. 여전히 이슬비가 내리고 있었다. 그녀는 블타바 강 위에 떠 있는 몇 제곱미터에 달하는 부교 위에 섰다.

부교 양쪽으로는 높은 판장이 있어서 여자들을 도시의 시선으로부터 가려 주었다. 고개를 숙이다가 그녀는 방금 생각했던 여자의 얼굴을 수면에서 보았다.

그녀는 테레자에게 미소를 짓고 있었다. 코가 날렵하고 갈색 눈은 커다란, 눈빛이 천진난만한 여자였다.

그녀가 사다리를 타고 올라가자 부드러운 얼굴 아래로 다시 두 배낭이 출렁거리며 나타나 주변에 차가운 물방울을 튀겼다.

6

그녀는 옷을 입으러 갔다. 커다란 거울 앞에 섰다.

아니다, 그녀 몸에 기이한 데라고는 전혀 없었다. 어깨 아래 젖가슴은 배낭이라기보다는 오히려 작은 편에 속했다. 그녀 어머니는, 젖가슴에는 합당한 크기가 있는데 그녀 가슴이 풍만하지 않다고 늘상 그녀를 비웃는 바람에 그녀는 열등감을 가졌고 오직 토마시 덕분에 그 열등감을 떨쳐 버릴 수 있었다. 이제 그녀는 가슴 크기를 받아들일 수 있었으나, 유륜이 너무 넓고 색깔이 짙다는 것은 불만이었다. 만약 자신의 육체를 마음대로 만들 수만 있었다면 그녀는 젖가슴 위로 은근하게 살짝 튀어나온 젖꼭지에다가 주변 피부색과 거의 구별되지 않는 색조를 넣었을 것이다. 커다란 사격 표지판 같은 검붉은 색 젖꼭지는 촌뜨기 화가가 성에 굶주린 사람들을 위해 음란한 이미지들로 꾸민 작품같아 보였다.

그녀는 자신의 몸을 찬찬히 들여다보다가 코가 매일 일 밀리미터씩 길어진다면 어떤 일이 벌어질지 생각해 보았다. 얼마나 시간이 흐르면 그녀의 얼굴이 몰라보게 달라질까?

더 이상 테레자로 보이지 않을 정도로 신체 각 부위가 커지거나 작아진다면 그래도 여전히 자기 자신일까? 여전히 하나의 테레자로 남을 수 있을까?

당연하다. 테레자가 전혀 테레자를 닮지 않았다고 가정해도 그녀의 영혼은 언제나 변함없을 것이며 그녀 육체에 일어난 일을 경악스러운 눈으로 바라볼 것이다.

그렇다면 테레자와 그녀 육체 사이에는 어떤 관계가 있을까? 그녀의 육체는 테레자라는 이름에 대해 어떤 권리를 가지고 있는 것일까? 그리고 육체에 이런 권리가 없다면, 그 이름은 무엇과 관계되는 것일까? 오로지 비육체적이며 비물질적인 것과 관련되는 것이다.

(이런 질문들은 어렸을 때부터 언제나 테레자의 머리를 스치고 지나갔다. 왜냐하면 진정 심각한 질문들이란 어린아이까지도 제기할 수 있는 것들뿐이기 때문이다. 오로지 가장 유치한 질문만이 진정 심각한 질문이다. 그것은 대답 없는 질문이다. 대답 없는 질문이란 그 너머로 더 이상 길이 없는 하나의 바리케이드다. 달리 말해 보자. 대답 없는 질문들이란 바로, 인간 가능성의 한계를 표시하고 우리 존재에 경계선을 긋는 행위다.)

테레자는 무엇에 홀린 듯 거울 앞에 꼼짝 않고 서서 자기 몸을 마치 이물질인 양 바라보았다. 이물질이지만 다른 누구도 아닌 바로 자기에게 할당된 것. 그것이 그녀에게 혐오감을 불러일으켰다. 그 이물질은 토마시에게 유일한 육체가 되는 힘을 지니지 못했다. 그 육체는 그녀를 실망시키고 배신했다. 그녀는 밤새도록 토마시의 머리카락에서 풍기는 다른 여자의 은밀한 냄새를 속수무책으로 맡을 수밖에 없었다.

불현듯 그녀는 하녀를 내쫓듯 이 육체를 파면하고 싶었다. 오직 영혼만이 토마시와 함께 있고, 육체는 다른 여성의 육체들이 남성의 육체들과 하는 짓을 똑같이 할 수 있도록 멀리 추방하고 싶었다! 그녀의 육체가 토마시에게 유일한 육체가 될 수 없었고, 테레자 인생의 가장 큰 전쟁에서 패배한 육체이기에, 그렇다면 멀리 꺼질지어다, 육체여!

7

그녀는 집으로 돌아와 부엌에서 선 채로 먹는 둥 마는 둥 밥을 먹었다. 3시 30분, 카레닌의 목에 줄을 매고 함께 (항상 그렇듯 걸어서) 그녀가 일하는 변두리 동네 호텔로 갔다. 잡지사에서 해고당하자 그녀는 바텐더 자리를 얻었다. 취리히에서 돌아온 몇 달 뒤 일이었다. 결국 사람들은 일주일 동안 소련 탱크 사진을 찍었던 그녀를 용서하지 않은 셈이다. 그나마 친구들 덕분에 이 자리를 얻었다. 친구들 역시 그녀가 이 피난처를 찾은 것과 거의 같은 시기에 일자리를 잃었던 사람들이다. 경리과에는 한때 신학 교수였던 사람이 있었고, 프런트에는 왕년에 대사였던 사람이 있었다.

그녀는 다시 다리 때문에 겁이 났다. 지방에서 웨이트리스로 일하던 시절, 동료들의 발목에 정맥류가 솟은 것을 보고 경악했던 적이 있었다. 일생 동안 무거운 것을 들고 걷고, 뛰고, 서 있어야 하는 모든 웨이트리스에게 흔히 있는 병이었다. 이번 일은 예전에 지방에서 했던 일보다는 그래도 덜 고되었다. 일을 시작하기 전에 무거운 맥주 박스와 생수를 옮겨야만 했지만 남는 시간에는 카운터 뒤에서 손님에게 술을 따르고 간간히 카운터 끝에 설치된 조그만 싱크대에서 잔을 닦고는 했다. 카레닌은 그녀가 일하는 내내 끈기 있게 그녀 발치에 엎드려 있었다.

계산을 마치고 호텔 지배인에게 돈을 넘겨주고 나면 자정이 지났다. 그녀는 야간 당번인 전직 대사에게 인사를 하러 갔다. 기다란 카운터 끝에 있는 문은 골방으로 통했고, 거기에는 잠깐 눈을 붙일 수 있는 좁은 침대가 하나 있었다. 침대 위로 액자에 넣은 사진들이 있었다. 전직 대사가 카메라를 향해 웃고 있는 사람들과 더불어 포즈를 취하거나, 악수를 하거나, 나란히 앉아 뭔가 서명을 하는 모습을 찍은 사진들이었다. 그중 두드러져 보이는 사진 하나에는 그의 얼굴 아주 가까이에서 만면에 미소를 띤 존 F. 케네디의 얼굴이 보였다.

그날 저녁 그가 대화를 나누던 상대는 미합중국 대통령이 아니라 낯선 육십 대 노인이었다. 그 노인은 테레자를 보자 입을 다물었다.

"이 사람은 친구야. 마음 놓고 이야기해도 되지." 하고 대사가 말했다. 그러더니 테레자를 바라보며 말했다. "이 양반 아들이 바로 오늘 오 년 형을 언도받았다는군."

노인의 아들은 소련군 침공 때 소련군 특수 부대가 배치된 건물 입구를 친구들과 함께 감시했다고 한다. 아들은 거기에서 나오는 체코 사람은 의심할 여지없이 소련 군을 위해 일하는 밀정이라고 생각했던 모양이었다. 그는 친구들과 함께 자동차 번호를 적어 지하 방송 기자에게 알려 주었고 기자들은 이를 국민들에게 경고했던 것이다. 그는 친구의 도움을 얻어 밀정 중 하나를 흠씬 두들겨 팼다고 한다.

노인이 말했다. "이 사진이 유일한 물증이지요. 이 사진을 제시할 때까지 그는 모든 걸 부인했어요."

그는 가슴팍 호주머니에서 잡지에서 스크랩한 기사를 꺼냈다. "1968년 가을 《타임》에 실린 기사예요."

사진 속에서는 한 젊은 남자가 어떤 사람의 멱살을 잡고 있었다. 그 주변 사람들은 그 모습을 구경하고만 있었다. 사진 아래에는 이렇게 씌어 있었다. 부역자 처벌.

테레자는 안도의 숨을 내쉬었다. 이 사진은 그녀가 찍은 것이 아니었다.

그녀는 카레닌과 함께 어두운 프라하 거리를 지나 집으로 돌아왔다. 그녀는 탱크를 찍었던 그날을 회상했다. 그들 모두가 얼마나 순진했던가, 모두가! 그들은 조국을 위해 목숨을 걸었다고 믿었는데 그러기는커녕 자신도 모르는 사이에 소련 경찰을 위해 일했던 것이다.

그녀는 1시 30분에 집에 도착했다. 토마시는 이미 잠들어 있었다. 그의 머리카락에서 여자 냄새, 성기 냄새가 났다.

8

애교란 무엇인가? 딱히 그 실현 가능성을 확신할 수 없지만 성적 접근이 가능하다는 것을 암시하는 행동이라 할 수 있다. 달리 말하자면 애교란 성교가 보장되지 않는 약속이다.

테레자는 카운터 뒤에 서 있었고, 그녀가 술을 따라 주는 손님들은 그녀에게 추파를 던졌다. 칭찬, 암시, 음담패설, 초대, 미소, 그리고 끊임없는 눈빛 공세를 그녀는 불쾌하게 생각했을까? 천만에. 그녀는 자신의 육체(그녀가 멀리 추방하고자 했던 이 낯선 육체)를 이런 격랑에 제공하고 싶은 참기 어려운 욕구를 느꼈다.

토마시는 사랑과 성행위는 서로 다른 두 세계라는 생각을 그녀에게 이해시키려고 끊임없이 노력했다. 그녀는 이를 받아들이기를 거부했다. 지금 그녀는 털끝만치도 호감이 가지 않는 남자들에게 둘러싸여 있다. 이들과 잠자리를 함께한다면 기분이 어떨까? 그녀는 적어도 애교라는 보장 없는 약속의 형식으로나마 이를 시도해 보고 싶었다.

오해하지 말자. 토마시에게 복수하고자 하는 것은 아니다. 그녀는 미로에서 벗어나기 위한 출구를 찾는 것이다. 이 출구가 그녀에게 부담이 될 것이라는 것도 그녀는 안다. 그녀는 세상일을 너무 심각하게 받아들이며 매사를 비극적으로 생각했기 때문에 육체적 사랑의 가벼움과 유쾌한 허망함을 결코 이해하지 못했다. 그녀는 가벼움을 배우고 싶었던 것이다! 그녀는 시대착오적인 사고로부터 벗어나는 법을 배우고 싶었던 것이다! 다른 여자들에게 애교가 제2의 천성, 하찮은 습관이었다면, 그녀에게 그것은 자신의 능력이 어디까지 미치는지 밝혀 주는 중요한 탐색 분야였다. 그러나 너무 무겁고 심각한 그녀의 애교는 모든 가벼움을 상실하여 억지스럽고, 의도적이고, 과장될 수밖에 없었다. 약속과 보장 없음 사이의 균형(애교의 진정한 위력이 바로 여기에 있는데!)이 깨진 것이다. 그녀는 자신이 약속에 전혀 얽매이지 않는다는 사실을 충분히 명시하지 않은 채 너무 빨리 약속을 했다. 달리 말하자면 모든 사람들은 그녀가 엄청나게 헤픈 여자라고 믿었다. 그리고 남자들은 약속된 것이라고 믿었던 것의 이행을 요구하다가 갑작스러운 저항에 부딪혔고, 그들은 이를 테레자의 세련된 잔인성이라고밖에는 달리 설명할 수 없었다.

9

열여섯 살쯤 된 남자 아이가 카운터 앞 빈 의자에 앉았다. 그는 그림을 그리다가 계속할 수도 없고 그렇다고 지워 버릴 수도 없는 선을 실수로 긋듯, 대화 속에 불쑥 도발적인 몇 마디 말을 내뱉었다.

"당신 다리가 멋진데요."

그녀가 발끈 화를 냈다. "카운터 나무 칸막이 사이로 들여다보다니!"

"난 당신을 알아요. 거리에서 본 적이 있어요." 하고 젊은 남자가 설명했다.

그러나 테레자는 그를 멀리하고 다른 손님을 상대했다. 그가 코냑을 주문했다. 그녀는 거절했다.

"나도 얼마 전에 열여덟 살이 되었어요." 하고 젊은 남자는 항변했다.

"그렇다면 신분증을 보여 줘요!"

"그건 절대 안 되지." 하고 그가 대꾸했다.

"그렇다면 좋아요! 레모네이드나 마셔요!"

젊은 남자는 한 마디도 하지 않고 자리에서 일어나 밖으로 나갔다. 삼십 분쯤 지난 후 그는 되돌아와 다시 카운터 앞에 앉았다. 그의 몸짓은 과장되었고 입에서 풍기는 술 냄새가 3미터 밖까지 미쳤다.

"레모네이드 한 잔!"

"당신은 취했어요!" 하고 그녀가 말했다.

젊은 남자는 테레자 뒤쪽 벽에 걸린 간판을 손으로 가리켰다. 18세 미만의 미성년자에게 주류를 제공하는 것은 엄격하게 금지되었습니다.

"내게 술을 주는 것은 금지지요. 하지만 내가 술에 취할 권리가 없다고는 어디에도 씌어 있지 않아요." 하고 그는 손을 크게 내저으며 테레자에게 말했다.

"어디서 그렇게 마셨지요?"

"요 앞 술집에서!" 그는 큰 소리로 웃으며 다시 레모네이드를 요구했다.

"그렇다면 왜 거기에 그대로 있지 않았어요?"

"당신을 보고 싶어서. 당신을 사랑해요."

이렇게 말하는 그의 얼굴이 이상하게도 굳어 있었다. 그녀는 이해하지 못했다. 날 놀리는 걸까? 유혹하려는 걸까? 농담일까? 아니면 단순히 취해서 자기가 무슨 말을 하는지도 모르는 걸까?

그녀는 젊은 남자 앞에 레모네이드 한 잔을 놓고 다른 손님 쪽으로 갔다. "당신을 사랑해요!"라는 말에 그의 힘이 고갈된 것 같았다. 그는 더 이상 아무 말도 하지 않고 카운터 위에 돈을 놓고는 테레자도 모르는 사이에 도망치듯 사라져 버렸다.

그런데 그가 나가자마자 보드카를 석 잔째 마시던 대머리 남자가 입을 열었다. "아가씨, 미성년자에게 술을 팔 수 없다는 것을 아실 텐데."

"난 술을 주지 않았어요! 그는 레모네이드를 마셨어요."

"당신이 그 레모네이드에 무엇을 부었는지 똑똑히 봤어!"

"무슨 말을 꾸며 내는 거예요!" 하고 테레자가 소리쳤다.

"보드카 한 잔 더 주세요." 하고 대머리가 말하더니 다시 한 마디 덧붙였다. "난 오래전부터 당신을 눈여겨보았어요."

"그러면 됐지! 아름다운 여자를 볼 수 있는 것만으로도 행복하다고 여기고 입 닥치세요!" 하며 그들의 언쟁을 처음부터 지켜보았던 커다란 남자가 카운터로 다가오며 끼어들었다.

"당신은 여기에 끼어들지 마십시오! 당신과는 상관없는 일이니!" 하고 대머리가 악을 썼다.

"그렇다면 당신과는 무슨 상관이 있는지 설명할 수 있습니까?" 하고 키 큰 남자가 말했다.

테레자는 주문했던 보드카를 대머리에게 따라 주었다. 그는 단숨에 마시고 값을 지불한 뒤 나가 버렸다.

"고마워요." 테레자는 키가 큰 사내에게 말했다.

"천만에요." 하고 말하며 키가 큰 사내도 자리를 떴다.

10

며칠 후 키가 큰 남자가 다시 바에 나타났다. 그를 보자 테레자는 친구 대하듯 미소를 지었다. "다시 한 번 감사드려야겠군요. 그 대머리는 자주 오는 손님인데 끔찍할 정도로 불쾌해요."

"신경 쓰지 마세요!"

"그날 왜 내게 해코지를 하려 했을까요?"

"그냥 주정뱅이일 뿐이에요! 다시 한 번 말하지만 더 이상 신경 쓰지 마세요!"

"그렇게 말씀하시니 다시는 생각하지 않을게요."

키가 큰 사내는 그녀의 눈을 똑바로 바라보며 말했다. "내게 약속하세요."

"약속하지요."

"당신이 내게 뭔가를 약속하는 말을 들으니 기분이 좋네요." 남자는 그녀의 눈을 여전히 응시하며 말했다.

우리는 애교의 한복판에 있다. 비록 아무런 보장도 없는 이론적 가능성에 불과하지만, 성적 접근이 가능하다는 것을 암시하는 이런 행동.

"프라하의 가장 흉한 동네에서 당신 같은 여자와 마주칠 수 있다니 이상하지 않아요?"

"그러는 당신은요? 프라하의 가장 흉한 동네에서 뭘 하고 있는 거죠?"

그는 여기서 멀지 않은 곳에 산다면서 자기는 기술자이며 지난번에는 퇴근길에 아주 우연히 들렀다고 말했다.

11

그녀는 토마시를 바라보았다. 그녀의 시선이 꽂힌 곳
은 눈이 아니라 거기에서 10여 센티미터 위, 다른 여자의
성기 냄새를 풍기는 그의 머리카락이었다.

"토마시, 더 이상 못 참겠어. 내게 불평할 권리가 없다
는 건 알아. 당신이 나 때문에 프라하에 돌아온 후로, 나
는 질투하지 않기로 했어. 나도 질투하기는 싫지만 억누
를 수가 없고 이제는 그럴 힘도 없어. 제발 날 도와줘."

그는 그녀 팔을 잡고 몇 년 전 두 사람이 종종 산책하
던 광장으로 그녀를 데리고 갔다. 광장에는 파란색, 노란
색, 빨간색 벤치가 있었다. 두 사람이 자리에 앉자, 토마
시가 말했다.

"당신을 이해해. 당신이 무얼 원하는지 알아. 내가 다
준비해 두었어. 바오로 산 꼭대기에 올라가 보면 알 거
야."

그녀는 더럭 겁이 났다. "바오로 산에? 뭘 하러?"

"맨 꼭대기에 올라가면 알 거야."

그녀는 박차고 일어날 기분도 들지 않았다. 몸에서 너무 힘이 빠져 벤치에서 한 발짝도 움직일 수 없었다. 그러나 그녀는 토마시의 말을 거역할 수 없었다. 그녀는 가까스로 몸을 일으켜 세웠다.

그녀는 뒤를 돌아보았다. 그는 여전히 벤치에 앉아 있었고 거의 쾌활하다고 할 만한 미소를 띠고 있었다. 아마도 어서 가라는 뜻인지 그는 그녀에게 손을 내저었다.

12

프라하 중심부에 우뚝 솟은 녹색 언덕인 바오로 산에 오른 그녀는 그곳에 아무도 없는 것을 보고 깜짝 놀랐다. 평소에는 시도 때도 없이 산책하는 프라하 사람들로 북적거리는데, 이상한 일이었다. 그녀는 더럭 겁이 났지만, 오솔길이 너무도 고요했고, 그 고요가 안도감을 주어 아무런 저항 없이 언덕의 품에 자신을 내맡겼다. 그녀는 이따금 걸음을 멈춰 뒤를 돌아보며 올라갔다. 발아래로 수많은 탑과 다리가 보였다. 성인 동상이 눈을 부릅뜨고 구름을 응시하며 주먹을 불끈 쥔 위협적인 자세를 취하고 있었다. 이곳은 세계에서 가장 아름다운 도시였다.

정상에 도착했다. 평상시에는 아이스크림, 그림엽서, 비스킷을 파는 좌판 너머로 (그날은 상인들이 없었다.) 듬성듬성 나무가 심긴 풀밭이 까마득히 멀리 펼쳐져 있었다. 테레자는 남자들을 몇 명 발견했다. 그들에게 가까워질수록 그녀는 발걸음을 늦추었다. 모두 여섯 사람이었다. 그냥 움직이지 않고 서 있는 사람도 있었고, 골프장에 온 선수들처럼 아주 천천히 서성거리는 사람도 있었다. 경기에 임하기 전에 컨디션을 조절하기 위해 지형의 굴곡을 살피고, 골프채의 무게를 가늠하고, 정신을 집중하는 골프 선수 같았다.

그녀는 마침내 그들 곁에 바짝 다가섰다. 여섯 명 중 셋은 낯익은 사람이라고 테레자는 확신했다. 그들도 그녀처럼 똑같은 역을 연기하기 위해 여기에 온 것이다. 그들은 머뭇거렸고 뭔가 많은 질문거리가 있는 듯 보였다. 그러나 그들은 폐를 끼칠까 봐 입을 다물었고 궁금한 게 많다는 듯 주변을 두리번거리고만 있었다.

다른 세 사람도 호인 풍모를 풍겼다. 그중 하나는 한 손에 장총을 들고 있었다. 테레자를 보자 그는 미소를 띠며 손짓했다. "맞아요, 여기예요."

그녀는 목례로 답했고 끔찍할 정도로 거북함을 느꼈다.

남자가 덧붙였다. "서로에게 오해가 없게 확인해 둡시다. 이건 당신 의사에 따른 거죠?"

"아니요, 내 의사가 아니에요."라고 말하는 것은 쉬웠지만 토마시의 믿음을 배신한다는 것은 꿈도 꿀 수 없는 노릇이었다. 집에 돌아가서 무슨 핑계를 댈 것인가? 그래서 그녀는 "그래요. 당연하죠. 내 의지에 따른 것입니다."라고 말했다.

총을 든 사내가 말을 이었다. "왜 이런 질문을 하는지 이해하셔야만 합니다. 우리를 찾아온 사람들이 죽기로 결심했다는 점이 확실할 때만 우리는 이 일을 합니다. 우리는 그들에게 봉사를 할 따름이니까요."

테레자를 바라보는 그의 눈길이 여전히 대답을 기다리고 있었고, 그녀는 다시 한 번 그를 안심시켜야만 했다. "그래요, 걱정 마세요! 내 의사에 따른 것입니다."

"앞장서시겠습니까?" 하고 그가 물었다.

그녀는 단 몇 초라도 처형을 늦추고 싶었다.

"아니요. 가능하다면 맨 나중에 하고 싶어요."

"마음대로 하시죠." 하고 남자는 말하고 다른 사람들 쪽으로 갔다. 무장을 하지 않은 두 조수는 죽기로 한 사람들을 돕기 위해 거기 있었다. 그들은 사람들의 팔을 잡고 잔디 위로 안내했다. 그곳은 까마득히 먼 곳까지 잔디가 심긴 광활한 평원이었다. 처형 희망자는 직접 자신의 나무를 선택할 수 있었다. 그들은 걸음을 멈추고 오랫동안 나무들을 살펴보았으나 결심을 하지 못했다. 이윽고 그중 두 사람이 플라타너스를 골랐지만, 세 번째 사람은 죽기에 적합한 나무를 고르지 못한 채 자꾸 멀리 가고만 있었다. 그의 팔을 가볍게 잡고 있던 조수는 전혀 조바심을 내지 않고 그와 동행했고, 결국 남자는 걸음을 계속할 의욕을 잃고 잎이 무성한 단풍나무 곁에 섰다.

조수는 세 남자의 눈에 띠를 맸다.

넓은 풀밭 위에 각기 눈에 띠를 두르고, 머리는 하늘을 향해 치켜들고, 세 그루 나무 둥치에 기대선 세 남자가 있었다.

총을 든 남자가 조준을 하고 발사했다. 새 울음소리 외에는 아무런 소리도 들리지 않았다. 총에는 소음기가 장착되어 있었다. 단풍나무에 기대선 남자가 맥이 풀려 허물어지기 시작하는 모습만 보일 뿐이었다.

총을 든 남자는 서 있던 자리에서 멀리 가지 않고 다른 방향으로 몸을 돌렸다. 플라타너스에 기댄 인물도 완전한 적막 속에서 쓰러졌고, 잠시 후 (총을 든 남자는 제자리에서 몸을 돌렸다.) 죽음을 희망한 세 번째 남자 역시 풀밭 위에 쓰러졌다.

13

조수 중 하나가 아무 말 없이 테레자 곁으로 다가왔다. 그의 손에 짙은 푸른색 띠가 들려 있었다.

그녀는 그가 눈을 가려 주려고 한다는 것을 알았다. 그녀는 고개를 내저으며 말했다. "싫어요, 모든 것을 보고 싶어요." 그러나 그녀가 거절한 진정한 이유는 그것이 아니었다. 사형 집행관의 눈을 당당하게 보리라 결심한 영웅들과는 아무 상관도 없었다. 그녀는 단지 죽음의 순간을 늦추려고 한 것뿐이다. 눈을 가리는 순간, 되돌아올 수 있을지도 모른다는 희망마저 없는 죽음의 대기실에 들어가는 것이나 마찬가지라고 생각했다.

남자는 강압적으로 대하지 않고 그저 팔을 잡았다. 두 사람은 광활한 풀밭 위를 걸었고, 테레자는 이 나무인지 저 나무인지 결정할 수 없었다. 누구도 재촉하는 사람은 없었지만 어찌 되었건 거기서 빠져나오지 못하리라는 것을 그녀는 알았다. 그녀는 앞쪽에 꽃이 활짝 핀 마로니에 나무를 보고는 거기로 다가갔다. 그리고 나무 둥치에 기대서서 고개를 들었다. 나뭇잎 사이로 햇살이 보였고, 아득히 멀리서 마치 바이올린 수천 개의 속삭임처럼 희미하고 정겨운 도시의 소음이 들려왔다.

사내가 총을 들었다.

그녀는 더 이상 용기를 내지 못했다. 자신의 나약함에 절망하면서도 그것을 통제할 수 없었다. 그녀는 말했다. "아니에요! 이건 나의 뜻이 아니에요."

사내는 즉시 총구를 내리고 침착하게 말했다. "당신 의사에 따른 것이 아니라면 우린 할 수 없습니다. 그럴 권리가 없어요."

그녀의 뜻이 아니라서 처형할 수 없다는 점에 대해 테레자에게 양해를 구하려는 듯 그의 목소리는 친절했다. 이 친절함이 그녀의 가슴을 파고들었다. 그녀는 나무껍질 쪽으로 얼굴을 돌리고 울음을 터뜨렸다.

14

그녀는 나무를 껴안고 몸을 떨며 흐느꼈다. 그것은 나무가 아니라 그녀가 잃었던 그녀의 아버지, 한 번도 본 적 없는 할아버지, 그녀의 증조, 고조할아버지, 거칠거칠한 나무껍질을 통해 그녀에게 뺨을 대 주기 위해 아득히 먼 시간의 심연에서 온 무한히 늙은 남자인 것 같았다.

그녀는 다시 돌아섰다. 세 남자는 이미 멀리 떨어진 곳으로 가서 골프 선수처럼 풀밭 위를 어슬렁거렸고, 무장한 남자의 손에 들려 있는 장총은 진짜 골프채처럼 보였다.

그녀는 오솔길을 따라 바오로 산을 내려왔다. 그녀 마음 깊은 곳에는, 그녀를 총살해야만 했으나 그렇게 하지 않은 남자에 대한 향수가 자리 잡았다. 그 남자가 그리워졌다. 그녀는 결국 그녀를 도와줄 누군가를 필요로 한 셈이다! 토마시는 그녀를 돕지 않았을 것이다. 토마시는 그녀를 죽음으로 내몰았다. 다른 누군가만이 그녀를 도울 수 있었다!

시내에 다가갈수록 그 남자에 대한 애잔함은 커져 갔고 토마시에 대한 두려움이 더해 갔다. 그는 약속을 지키지 않은 그녀를 용서하지 않을 것이다. 용기가 없어 그를 배신한 그녀를 용서하지 않을 것이다. 그녀는 어느새 그들이 사는 거리에 와 있었고 몇 분 후에는 그를 보리라는 것을 알았다. 생각만 해도 너무 두려워 위에 경련을 느끼며 토할 것 같았다.

15

기술자가 그녀를 집으로 초대했다. 그녀는 이미 두 차
례나 초대를 거절했던 터였다. 이번에는 응낙했다.

그녀는 평소처럼 부엌에서 선 채로 식사를 하고 밖으
로 나갔다. 2시도 채 안 된 때였다.

테레자는 그 남자가 사는 곳으로 다가가면서 다리가
저절로 걸음을 늦추고 있음을 느꼈다.

그리고 자기를 이 남자 집에 보낸 것이 사실은 토마시
라는 생각이 들었다. 허구한 날 사랑과 섹스에는 아무런
공통점도 없다고 그녀에게 설명했던 쪽은 토마시가 아
니었던가? 그녀는 그의 말을 확인하러 가는 것일 따름이
었다. 귓가에서 그의 목소리가 들리는 듯했다. "당신을
이해해. 당신이 무얼 원하는지 알아. 내가 다 준비해 두
었어. 바오로 산 꼭대기에 올라가 보면 알 거야."

그렇다, 그녀는 토마시의 명령을 그대로 따랐을 따름
이다.

그녀는 기술자 집에 잠깐만 있으려고 했다. 커피 한 잔

마실 시간만, 배신의 경계선까지 가면 어떤지를 발견할
만한 바로 그 시간 동안만. 그녀는 자신의 육체를 바로
이 경계선까지 내몰고 처형대에서 그랬듯 잠깐 머무르
게 하다가 기술자가 그녀를 품에 안으려는 순간 바오로
산에서 총을 든 남자에게 말했듯이 이렇게 말할 것이다.
"아니에요, 아니에요! 이건 내 의사가 아니에요."

남자는 총구를 내리고 부드러운 목소리로 이렇게 말
할 것이다. "당신 의사에 따른 것이 아니라면 난 할 수 없
습니다. 그럴 권리가 없어요."

그러면 그녀는 나무둥치 쪽으로 돌아서서 울음을 터
뜨릴 것이다.

16

그의 집은 세기 초에 프라하의 노동자 구역에 세워진 건물이었다. 그녀는 더러운 석회 벽 복도로 들어갔다. 철재 난간이 설치된 닳고 닳은 돌계단을 따라 이층으로 올라갔다. 그리고 왼쪽으로 돌았다. 문패도 초인종도 없는 두 번째 문이었다. 그녀는 노크를 했다.

그가 문을 열었다. 방은 하나밖에 없었지만 2미터쯤 되는 커튼으로 나뉘어 한쪽은 현관 같은 느낌을 주었다. 거기에는 식탁과 작은 냉장고가 있었다. 식탁 위에 전기 조리기가 하나 있었다. 그녀는 안쪽으로 들어갔고 좁고 긴 방 끝에 긴 직사각형 창문이 보였다. 한쪽에는 책꽂이가, 다른 쪽에는 긴 의자와 소파 하나가 있었다.

"집이 아주 초라하죠. 실망하지 않으셨으면 좋겠는데."

"아니요, 천만에요." 테레자는 책이 가득한 책꽂이에 완전히 가린 벽을 뚫어져라 바라보며 대답했다. 남자에게 책상다운 책상은 없었지만 책이 수백 권 있었다. 테레자는 그게 기뻤다. 여기 오면서 그녀를 따라다녔던 불안 감이 사라지기 시작했다. 그녀는 어릴 적부터 책에서 은밀한 동지애의 징후를 보았다. 이런 책꽂이를 가진 사람이라면 그녀에게 나쁜 짓을 할 리가 없었다.

그는 그녀에게 무엇을 마시겠냐고 물었다. 포도주요?

아니요, 아니요. 그녀는 포도주를 원하지 않았다. 굳이 마셔야 한다면 커피가 좋겠다고 했다. 그가 커튼 뒤로 사라지자, 그녀는 책꽂이 쪽으로 다가갔다. 책 한 권이 그녀를 사로잡았다. 소포클레스의 『오이디푸스 왕』 번역본이었다. 모르는 남자의 집에서 이 책을 보니 참으로 묘한 느낌이 들었다! 몇 년 전, 토마시가 자세히 읽어 보라면서 이 책을 그녀에게 주었고 꽤 긴 시간 동안 이에 대해 이야기했더랬다. 그리고 그는 자신의 생각을 신문에 발표했고, 그 기고문이 그의 인생을 완전히 뒤죽박죽 뒤집어 놓았던 것이다. 그녀는 이 책을 보자 마음이 차분히 가라앉았다. 마치 토마시가 여기에 그의 흔적, 자기가 미리 다 준비해 두었다는 것을 의미하는 메시지를 일부러 남겨 둔 것 같았다. 그녀는 책을 뽑아 펼쳐 보았다. 기술자가 돌아오면, 그녀는 왜 이 책을 가지고 있으며 혹시 읽었다면 어떻게 생각하는지 물어볼 것이다. 이런 대화의 기술을 통해 그녀는 낯선 남자의 집이라는 위험 지대로부터 토마시의 생각이 있는 익숙한 세계로 넘어갈 수 있을 것이다.

그녀는 어깨에서 손의 감촉을 느꼈다. 기술자는 그녀

손에서 책을 빼앗아 아무 말 없이 책꽂이에 도로 꽂고는 그녀를 긴 의자 쪽으로 데리고 갔다.

그녀는 바오로 산의 사형 집행관에게 말했던 문장을 떠올리고 큰 소리로 말했다. "아니요, 아닙니다! 이것은 내 의사가 아니에요!"

그녀는 이것이 상황을 즉시 반전할 마술의 주문이라고 확신했는데, 이 방에서는 이 단어가 그 마력을 상실했다. 내 생각에는 오히려 이것이 이 남자로 하여금 더욱 단호한 모습을 보이도록 충동질했다. 그는 그녀를 꼭 껴안고 한쪽 가슴에 손을 얹었다.

이상한 일이었다. 이 접촉을 통해 그녀는 순식간에 불안으로부터 벗어난 것이다. 마치 이 접촉을 통해 기술자는 자기 육체를 드러낸 것 같았고, 그녀도 문제는 그녀(그녀의 영혼)가 아니라 오로지 그녀의 육체임을 깨달은 것 같았다. 그녀를 배신했고, 그래서 그녀가 자신으로부터 멀리 다른 육체들 속으로 추방했던 그 육체.

17

그는 나머지 단추는 그녀 스스로 끄르길 기대하며 그
녀의 블라우스 단추 하나를 끌렀다. 그녀는 이 기대에 따
르지 않았다. 그녀는 자신의 육체를 자기로부터 멀리 추
방했으나 그 육체에 대한 어떤 책임도 지고 싶지 않았다.
옷을 벗지 않았고 그렇다고 저항하지도 않았다. 이렇게
해서 그녀의 영혼은 지금 진행되는 일을 부정하며 자기
는 중립적 입장에 있음을 보여 주고자 했던 것이다.

그가 그녀의 옷을 벗겼고, 그동안 그녀는 거의 움직이
지 않았다. 그가 키스를 했을 때, 그녀의 입술은 호응하
지 않았다. 그러다가 문득 자신의 성기가 젖어 있는 것을
느끼고 그녀는 당황했다.

그녀는 자신의 의사와 무관하게 흥분했고 그 때문에
흥분이 더욱 고조된 것을 느꼈다. 그녀의 영혼은 이미 지
금 벌어지는 모든 것에 은밀하게 동의했으나 이 커다란
흥분을 지속하기 위해 그 동의가 침묵 상태로 있어야만
한다는 것도 알았다. 그녀가 큰 소리로 '네.'라고 한다거

나 사랑의 장면에 흔쾌히 참여하겠다고 받아들인다면, 이 흥분은 가라앉았을 것이다. 영혼을 흥분시키는 것은 자신의 의사에 반해서 행동하는 육체에 배신당하는 것, 그리고 그 배신을 목도하는 것이기 때문이다.

그런 다음 그는 그녀의 팬티를 벗겼다. 이제 그녀는 완전한 나체다. 영혼은 낯선 남자의 품에 있는 벗은 육체를 바라보았고, 이 광경은 가까이에서 보이는 화성처럼 아주 비현실적으로 느껴졌다. 비현실의 조명 아래에서 그녀의 육체는 처음으로 그 진부함을 털어 버렸다. 그녀는 처음으로 그녀 눈에 비친 육체에 매료되었다. 그녀 육체의 개성, 흉내 낼 수 없는 단일성이 전면에 부각되었다. 모든 육체들 중에서 가장 범상한 것(지금까지 그녀는 그렇게 보아 왔다.)이 아니라 가장 비범한 육체였다. 영혼은 태어났을 때부터 음모 바로 위에 있던 동그란 갈색 반점으로부터 시선을 뗄 수 없었다. 영혼은 이 반점에서 자기 스스로 육체에 남긴 도장을 보았고, 낯선 사람의 사지가 이 신성한 도장의 아주 가까운 곳에서 꿈틀거리는 것이 모욕적이라고 생각했다.

테레자는 눈을 들어 남자의 얼굴을 보았다. 그 순간, 영혼의 서명이 각인된 육체가 그녀도 모르고, 알고자 원치도 않았던 어떤 사람의 품에 있는 것을 그녀는 결코 허용한 적이 없다는 데 생각이 미쳤다. 그녀는 현기증이 날 정도로 강렬한 증오심에 사로잡혔다. 그녀는 입술에 침을 모아 낯선 이의 얼굴에 내뱉었다. 두 사람은 서로 똑같은 욕정을 담은 시선으로 마주 보았다. 남자는 그녀의 분노를 눈치 채고 더욱 격렬한 몸짓을 했다. 욕정이 그녀의 육체를 사로잡은 것을 아득하게 느끼자, 테레자는 비명을 지르기 시작했다. "안 돼, 안 돼, 안 돼." 그녀는 점점 다가오는 희열에 저항했고, 그녀가 저항하자 억압당한 희열은 분출할 어떠한 출구도 찾지 못한 채 그녀의 온몸에 오랫동안 흘러 퍼졌다. 관능은 정맥에 주입된 아편처럼 퍼져 나갔다. 그녀는 남자 품에서 버둥거리며 그를 닥치는 대로 때리고 그의 얼굴에 침을 뱉었다.

18

　현대식 변기가 하얀 수련 꽃처럼 바닥 위로 솟아 있다. 변기 끈을 잡아당겨 물이 꾸르륵 소리를 내며 휩쓸려 내려가면 육체는 자신의 추한 꼴을 잊고 인간은 자기 내장의 배설물이 어떻게 생겼는지 모르도록 건축가가 불가능한 일을 실현한 것이다. 하수관은 아파트 깊숙한 곳까지 들어와 있지만 우리 시선으로부터 세심하게 감춰져 있다. 그래서 우리는 눈에 보이지는 않지만 배설물로 가득 찬 베네치아 위에 우리 화장실, 침실, 댄스홀, 그리고 우리의 국회가 세워져 있다는 사실을 잊고 살아간다.

　프라하 변두리 노동자 동네에 있는, 이 낡은 건물의 화장실은 이보다는 덜 위선적이다. 회색 타일 바닥에 비참한 고아처럼 변기가 서 있다. 그 형태에서 수련 꽃이 연상되는 것이 아니라 오히려 하수관 끝의 터진 주입구라는 그 본색이 생각난다. 그 위에는 나무 덮개조차 없어서 테레자는 맨살로 도자기 변기에 앉아 몸을 부르르 떨어야만 했다.

그녀는 변기 위에 앉았고 갑자기 창자를 비우고 싶은 욕망에 사로잡혔다. 치욕의 극단까지 가 보자는 욕망, 그저 육체, 오로지 육체 그 자체가 되고자 하는 욕망, 어머니가 항상 말했듯 그저 먹고 싸기 위해서만 존재하는 육체가 되고 싶은 욕망이었다. 테레자는 그녀의 창자를 비웠고 그 순간 무한한 우수와 고독을 느꼈다. 하수관 끝 터진 주입구 위에 벗은 채로 앉아 있는 그녀 육체보다 더 비참한 것은 이 세상에 없다.

그녀의 영혼은 관람객의 호기심, 그 악의와 오만을 모두 상실했다. 가장 깊숙한 곳에 은폐된 육체의 심연까지 되돌아간 영혼은 누군가 다시 자기를 불러 주길 절망적으로 기다렸다.

19

그녀는 변기에서 일어나 수세 끈을 잡아당기고 현관
으로 돌아왔다. 버림받은 알몸의 육체 속에서 영혼이 떨
고 있었다. 그녀가 사용한 화장지의 촉감이 아직까지 항
문에 느껴졌다.

그때 뭔가 잊지 못할 일이 벌어졌다. 그녀는 방에 있는
그를 만나서 그의 목소리, 그의 부름을 듣고 싶어졌다.
그가 부드럽고 나지막한 소리로 그녀에게 말한다면, 그
녀의 영혼은 다시 과감하게 육체의 표면까지 떠오를 것
이며, 그녀는 울기 시작했을 것이다. 그녀는 꿈속에서 커
다란 마로니에 나무둥치를 껴안았듯 그를 감싸 안았을
것이다.

현관에 서서 그녀는 그의 면전에서 펑펑 울고 싶은 커
다란 욕망을 애써 억눌렀다. 그것을 자제하지 못한다면
원치 않는 일이 벌어지리라는 것을 그녀는 알고 있었다.
그녀는 사랑에 빠질 것이다.

바로 그 순간 아파트 끝 쪽에서 목소리가 들려왔다. 이

육체 없는 목소리를 듣자 (기술자의 건장한 체구는 보이지 않았다.) 그녀는 놀랐다. 가늘고 날카로운 목소리였다. 어떻게 여태껏 그것을 의식하지 못했을까?

그녀가 유혹을 떨쳐 버릴 수 있었던 것은 아마도 그 목소리가 불러일으킨 불쾌하고 황당한 느낌 덕분이었을 것이다. 그녀는 방으로 들어가 흩어진 그녀의 옷가지를 주워 황급히 옷을 입고 밖으로 나갔다.

20

그녀는 카레닌과 함께 장을 보고 돌아왔다. 카레닌은 입에 크루아상을 물고 있었다. 추운 아침나절이었고 군데군데 살얼음이 깔려 있었다. 그녀는 손바닥만 한 밭과 정원이 딸린 집들 사이로 조성해 놓은 커다란 공터를 따라 걸어왔다. 카레닌이 문득 걸음을 멈추더니 한쪽을 뚫어져라 바라보았다. 그녀도 따라 같은 쪽을 바라보았으나 딱히 눈길을 끄는 것은 없었다. 그녀는 카레닌이 잡아끄는 대로 따라가 보았다. 그녀는 황량한 공터의 얼어붙은 진흙땅 위에서 부리가 긴 까마귀의 작은 머리를 발견했다. 몸통이 없는 작은 머리는 조금씩 꿈틀거렸고, 이따금 부리에서 슬프고 쉰 소리가 흘러나왔다.

카레닌은 너무 흥분해서 날뛰는 바람에 크루아상을 입에서 떨어뜨리고 말았다. 테레자는 개가 까마귀에게 해코지를 못 하게 하기 위해 개를 나무에 묶어야만 했다. 그리고 땅바닥에 무릎을 꿇고 앉아 산 채로 땅에 묻힌 몸통 주변 흙을 파내려고 했다. 쉽지 않았다. 손톱이 깨지고 피가 났다.

그 순간 그녀 곁에 돌멩이 하나가 떨어졌다. 그녀는 눈을 들어 집 귀퉁이에서 기껏해야 열 살 남짓한 꼬마 두 명을 발견했다. 그녀는 벌떡 일어났다. 그녀의 반응과 나무에 묶인 개를 보자 꼬마들은 도망쳤다.

그녀는 다시 바닥에 무릎을 꿇고 앉아 얼어붙은 땅을 파냈고 마침내 무덤에서 까마귀를 꺼내 줄 수 있었다. 하지만 까마귀는 온몸이 마비되어 걷지도, 날지도 못했다. 그녀는 목에 두르고 있던 빨간 목도리로 까마귀를 감싸 왼손에 쥐고 품에 안았다. 오른손만으로 카레닌을 나무에서 풀어 통제하고 그녀 다리 곁에 붙잡아 두는 것이 무척 힘들었다.

호주머니에 든 열쇠를 찾을 만한 노는 손이 없어서 그녀는 초인종을 눌렀다. 토마시가 문을 열었다. 그녀는 카레닌의 개 줄을 건네주었다. "개를 붙잡아!"라고 명령하고 까마귀를 욕실로 가져갔다. 그녀는 까마귀를 세면대 아래 바닥에 놓았다. 까마귀는 꿈틀거리려고 했지만 움직이지 못했다. 걸쭉하고 노란 물이 몸통에서 흘렀다. 테레자는 차가운 타일 바닥을 느끼지 않게 해 주려고 세면대 밑에 걸레로 둥지를 만들어 주었다. 새는 마비된 날개를 처절하게 흔들면서 마치 누구를 원망하는 양 부리를 곤추세웠다.

21

욕조 가장자리에 앉은 그녀는 죽어 가는 까마귀로부터 눈길을 뗄 수 없었다. 그의 고독에서 자기 운명의 표상을 본 그녀는 혼자 중얼거렸다. 이 세상에 내게는 토마시밖에 없어.

기술자와의 일화는 연애 행각이 사랑과는 아무 상관도 없다는 것을 그녀에게 가르쳐 준 것일까? 연애 행각이란 가볍고 아무런 무게도 나가지 않는다는 것일까? 그녀는 마음이 더욱 안정된 것일까?

전혀.

한 장면이 그녀 머리에서 떠나지 않았다. 화장실에서 막 나온 그녀의 육체가 버림받은 알몸으로 입구에 서 있던 모습. 분노한 영혼이 그녀의 내장 속에서 전율했더랬다. 그 순간 방 안에 있던 남자가 그녀의 영혼에게 다가섰다면, 그녀는 울음을 터뜨리고 그의 품에 안겼을 것이다.

그녀는 자기 대신 토마시의 여자 친구가 화장실 입구에 서 있고 기술자 대신 토마시가 방 안에 있는 상상을 했다. 그가 젊은 여자에게 한 마디, 딱 한 마디만 했더라도 그녀는 그를 껴안았을 것이다.

사랑이 탄생하는 순간은 이런 것과 유사하리라는 것을 테레자는 알았다. 여자는 분노에 찬 영혼을 부르는 목소리에 저항하지 않는다. 남자는 자기 목소리에 관심을 기울이는 영혼의 여자에게 저항하지 않는다. 토마시는 결코 사랑의 함정 앞에서 안전하지 못하고, 테레자는 매시간, 매분마다 그를 위해 몸을 떨 수밖에 없었다.

그녀가 가질 수 있는 무기란 무엇일까? 오직 자신의 정조뿐. 처음부터, 첫 날부터 마치 그에게 줄 수 있는 것이라곤 이것밖에 없다는 것을 대번에 알아 버린 듯 그녀가 그에게 바쳤던 정조. 그들의 사랑은 비대칭적인 이상한 건물이었다. 그들 사랑은 단 하나의 기둥으로 세워진 거대한 궁전인 양 정조에 대한 테레자의 절대적 확실성 위에 정초된 것이다.

이제 까마귀는 더 이상 날개를 흔들지 않는다. 처참하게 부러진 다리만을 겨우 꿈틀거릴 뿐이다. 테레자는 죽어 가는 언니의 임종을 지키는 것처럼 까마귀 곁을 떠나기가 싫었다. 그러다가 결국 부엌으로 가서 대충 끼니를 때웠다.

돌아와 보니, 까마귀는 죽어 있었다.

22

그들이 만났던 첫 해에 테레자는 정사 중에 소리를 질렀고, 그 소리는 내가 전에도 말했듯이 그녀의 감각을 눈멀고 귀먹게 하기 위한 것이었다. 그 후 비명은 덜 질렀지만 그녀의 영혼은 여전히 사랑 때문에 눈이 멀어 아무것도 보지 못했다. 그녀가 기술자와 동침했을 때, 마침내 사랑의 부재는 그녀의 영혼에 시각을 되돌려주었다.

그녀는 사우나로 돌아가 다시 한 번 거울 앞에 섰다. 그녀는 거울에 비친 자기 모습을 보며 기술자 집에서의 정사 장면을 머릿속에 그려 보았다. 기억나는 것은 애인이 아니었다. 사실을 말하자면 그녀는 그를 묘사할 수조차 없었고 그의 벗은 모습이 어땠는지 눈여겨 보지도 않았다. 그녀가 기억하는 것은 (그리고 거울 앞에서 자신의 모습을 보며 흥분한 지금 그녀의 눈앞에 떠오른 것은) 자기 자신의 육체였다. 그녀의 음모와 바로 그 위에 있는 동그란 반점. 지금까지 그녀에게 단순한 피부의 반점에 불과했던 이 흔적은 그녀의 기억 속에 깊이 각인되었다. 그녀

는 낯선 사람의 신체와 밀접한 상태에 있는 그것을 보고
또 보고 싶었다.

나는 다시 한 번 이 점을 강조하지 않을 수 없다. 그녀
는 낯선 남자의 성기를 보고 싶은 생각이 없었다. 그녀는
이 성기에 근접해 있는 자기 자신의 성기를 보고 싶었던
것이다. 아주 가깝게 다가와서 아주 다른 이물질처럼 보
였기 때문에 불쑥 더욱 선정적으로 드러나는 자신의 육
체를 원했던 것이다.

그녀는 조그만 물방울로 뒤덮인 자신의 육체를 바라
보며 며칠 내로 기술자가 바에 들를 것이란 생각을 했다.
그가 와서 자신을 초대해 주길 간절히 바랐다! 너무나도
간절히 바랐다!

23

그녀는 기술자가 카운터에 나타나면 그에게 "안 돼요."라고 말할 기운이 나지 않을 것 같아서 매일 걱정했다. 시간이 흐르면서 그를 만나서 어떻게 해야 하나 하는 두려움은 그가 오지 않으면 어떻게 하나 하는 두려움으로 변해 갔다.

한 달이 흘렀고 기술자는 그림자도 보이지 않았다. 테레자는 이해할 수 없었다. 실망한 욕망은 불안감으로 변했다. 왜 오지 않는 것일까? 그녀는 손님을 맞았다. 지난번에 미성년자에게 술을 판다고 그녀를 비난했던 작달막한 대머리도 왔다. 그녀가 시골에서 맥주를 따라 주면서 술주정뱅이 입에서 수백 번 들어왔던 똑같은 음담패설을 그는 큰 소리로 떠들었다. 그녀는 또다시 그녀 어머니의 세계에 빠져든 것 같아서 아주 퉁명스럽게 그의 말을 가로막았다.

그는 버럭 화를 냈다. "나한테 이래라저래라 하지 마세요! 당신이 이 술집에서 일하는 걸 우리가 묵인한 것을 다행으로 여기세요."

"우리라니? 우리란 누구예요?"

"우리 말입니다." 그는 보드카 한 잔을 더 시켰다. "나를 모욕하면 가만두지 않을 테니 명심하세요."

그러곤 값싼 진주 목걸이가 몇 겹으로 걸려 있는 테레자의 목을 가리키며 말했다. "이 진주, 이건 어디서 난 거죠? 물론 유리창 청소부 따위인 남편이 선물한 건 아닐 거야. 그가 버는 돈으론 진주를 사 줄 수 없단 말이야! 손님들이 줬나? 무슨 대가로?"

"닥쳐요, 당장!" 테레자가 소리쳤다. 남자는 목걸이를 손가락으로 잡으려고 들었다. "우리나라에서는 매춘이 금지라는 것을 명심하세요!"

카레닌이 일어나 앞발로 카운터를 짚고 서서는 으르렁거렸다.

24

대사가 말했다. "그자는 경찰일 겁니다."

"경찰이라면 좀 더 신중했을 텐데요. 비밀경찰이 비밀
스럽지 않다면 무슨 소용이 있겠어요!"

전직 대사는 요가 수업에서 배운 대로 발을 모으고 소
파 위에 앉았다. 벽에 걸린 케네디는 사진 속에서 그의
말에 일종의 권위를 부여하는 듯 빙그레 웃고 있었다.

"테레자, 경찰에겐 여러 가지 임무가 있지요. 첫 번째
임무는 고전적인 겁니다. 사람들이 하는 말을 엿듣고 상
부에 보고하는 것입니다. 두 번째 임무는 위협입니다. 자
기들이 우리의 운명을 좌지우지할 수 있다는 걸 과시하
면서 우리에게 겁을 주는 거죠. 당신을 괴롭혔던 자가 추
구한 것이 바로 이런 거죠. 세 번째는 우리를 위태롭게
만드는 상황을 연출하는 겁니다. 그들은 우리에게 국가
전복 음모를 꾸몄다는 혐의를 뒤집어씌우는 것에는 전
혀 관심이 없지요. 그러면 오히려 세인의 공감만 자아내
기 때문이죠. 그들은 우리 호주머니에서 마약을 찾아내

거나 우리가 열두 살짜리 여자 아이를 강간했다는 증거를 찾으려 듭니다. 그리고 그런 증언을 할 여자 아이를 백발백중 찾아내거든요."

테레자는 기술자를 떠올렸다. 그자가 다시 찾아오지 않는다는 사실을 어떻게 설명할 수 있을까?

대사가 계속 말을 이었다. "그들은 사람들을 손아귀에 넣고 이용해 먹기 위해 함정에 빠뜨려야만 하고, 그런 다음 그들을 이용해서 또 다른 사람들에게 또 다른 함정을 파고, 그렇게 계속해서 점차 전 국민을 밀고자 조직으로 만들어 버리는 거죠."

테레자는 기술자가 경찰이 보낸 자라는 생각 하나만 했다. 그리고 건너편 카페에서 만취가 되어 와서 그녀에게 사랑을 고백했던 그 이상한 남자 아이도! 경찰이 그녀에게 트집을 잡았고, 기술자가 그녀를 보호했던 것이 모두 이 남자 아이로부터 비롯된 것이다. 세 사람 모두 미리 준비된 각본에 따라 각자의 역할을 연기한 것이다. 그녀를 유혹하는 임무를 받은 남자에게 그녀가 호감을 느끼게 만드는 것이 그 역할들이다.

왜 그 생각을 못 했을까? 그의 집에는 뭔가 수상한 구석이 있었고 그 남자와 집은 전혀 어울리지 않았다. 잘 차려입은 기술자가 왜 그토록 초라한 집에 살았을까? 그자는 정말 기술자였을까? 그렇다 하더라도 오후 2시에 어떻게 직장에서 자리를 비울 수 있었을까? 그리고 소포클레스를 읽는 기술자가 가당키나 할까? 아니다, 그곳은 엔지니어의 서재가 아니었다. 그 방은 지금은 철창 신세가 된 불온한 지식인으로부터 압수한 집 같았다. 그녀가 열 살 때 그자들은 그녀 아버지를 체포했고 그와 더불어 아파트와 서재도 압수했더랬다. 그 후로 그 아파트가 무엇에 쓰였는지 누가 알까?

이제 그녀는 그자가 왜 영영 돌아오지 않는지 명확히 알 수 있었다. 그자는 자기 임무를 완수한 것이다. 어떤 임무였을까? 술에 취한 경찰은 자기도 모르는 사이에 그것을 누설했다. "이제 우리나라에서 매춘은 금지입니다. 잊지 마세요!" 그 가짜 기술자는 자신이 그녀와 동침했고, 그녀가 자기에게 돈을 요구했다고 증언할 것이다! 그들은 추문을 퍼뜨리겠다고 그녀를 협박해서 바에 술을 마시러 오는 사람들을 고발하라고 그녀를 협박할 것이다.

전직 대사는 그녀를 안심시키려고 애썼다. "당신의 실수는 그리 위험한 것 같지는 않소."

"그럴 수도 있죠." 그녀는 목이 메어 대답하고 카레닌을 끌고 컴컴한 프라하 거리로 나갔다.

25

대개의 경우 사람들은 고통에서 벗어나려고 미래로 도망친다. 그들은 시간의 축 위에 선이 하나 있고 그 너머에는 현재의 고통이 더 이상 존재하지 않는다고 상상한다. 그러나 테레자는 자기 앞에 이 선이 있다고 보지 않았다. 뒤돌아보는 시선만이 그녀에게 위안이 될 뿐이었다. 그때도 일요일이었다. 그들은 자동차를 타고 프라하에서 멀리 빠져나갔다.

토마시가 운전을 했고 옆자리엔 테레자가 있었다. 뒷좌석에 탄 카레닌은 가끔 고개를 빼고 그들의 귀를 핥으려고 했다. 두 시간 뒤 그들은 조그만 온천 도시에 도착했다. 오륙 년 전 며칠을 보낸 적이 있던 곳이었다. 그들은 거기서 하루를 보내려고 차를 멈췄다.

그들은 차를 광장에 세우고 내렸다. 아무것도 변하지 않았다. 예전에 머물렀던 호텔과 그 현관의 사향 나무가 맞은편에 그대로 있었다. 호텔 왼편으로 오래된 목조 회랑이 이어졌고, 그 끝에서 광천수가 대리석 수조 위로 떨어지고 있었다. 예전이나 다름없이 손에 컵을 하나씩 든 사람들이 수조 위에 몸을 숙이고 있었다.

토마시가 호텔을 가리켰다. 그래도 뭔가 달라진 것이 있었다. 예전에는 그랑 호텔이라고 불렸는데 간판을 보니 바이칼 호텔이었다. 그들은 건물 모퉁이에 붙은 거리 표지판을 보았다. 모스크바 광장이라고 씌어 있었다. 그들은 알고 있는 모든 거리를 돌아보며 (카레닌은 목줄도 없이 그들을 따라갔다.) 이름을 확인했다. 스탈린그라드 거리, 레닌그라드 거리, 로스토프 거리, 노보시비르스크 거리, 키예프 거리, 오데사 거리가 있었고, 차이콥스키 요양소, 톨스토이 요양소, 림스키코르사코프 요양소가 있는가 하면 수보로프 호텔, 고리키 극장, 푸시킨 카페도 있었다. 모든 이름들이 러시아와 러시아 역사에서 따온 것이었다.

테레자는 소련 침공 초기 시절을 떠올렸다. 사람들은 모든 도시의 거리 표지판을 떼었고 도로 안내 표시도 뽑아 버렸다. 하룻밤 사이에 온 나라가 익명으로 변해 버린 것이다. 일주일 동안 소련군은 그들이 어디 있는지 알지 못한 채 우왕좌왕 헤매고 다녔다. 장교들은 신문사, 텔레비전 방송국, 라디오 방송국을 점령하려고 했으나 도무지 찾을 수 없었다. 사람들에게 물어봐도 어깨만 으쓱하거나, 거짓 주소를 주거나, 잘못된 방향을 가르쳐 주었다.

세월이 흐른 뒤 생각해 보니 이 익명성이 나라에 아무

런 위험도 주지 않은 채 그냥 스쳐 지나간 것 같지는 않
았다. 거리나 집이 어느 하나 원래 이름을 되찾지 못한
것이다. 보헤미아의 온천 도시가 하루아침에 상상 속의
작은 소련으로 변했고, 테레자는 그들이 이곳으로 찾으
러 왔던 추억이 압수당했다는 것을 확인했다. 그들은 도
저히 거기에서 하룻밤을 지낼 수 없었다.

26

그들은 말없이 자동차로 돌아갔다. 테레자는 모든 사물, 모든 사람들이 변장을 하고 나타났다고 생각했다. 보헤미아의 오랜 도시가 러시아 이름을 뒤집어썼듯. 침공 사진을 찍었던 체코인들이 실은 소련 비밀경찰을 위해 일한 꼴이 되었듯. 그녀를 죽음으로 내몰았던 남자가 토마시의 마스크를 쓰고 있었듯. 경찰이 기술자 행세를 하고, 그 기술자가 바오로 산의 남자 역할을 연기하고자 했던 것처럼. 그의 아파트에 있던 책이라는 기호는 그녀를 혼란하게 하기 위한 속임수 기호였다.

손에 들고 있던 책을 떠올리다가 문득 한 가지 생각이 머리를 스치고 지나가 그녀는 뺨을 붉혔다. 그때 그 일의 자초지종이 어떠했던가? 기술자는 커피를 준비하러 간다고 했다. 그녀는 책장으로 다가가 소포클레스의 『오이디푸스 왕』을 뽑아 들었다. 그다음 기술자가 돌아왔다. 그런데 커피는 없었다!

그녀는 그때의 상황을 모든 관점에서 되짚어 보았다.

그는 커피를 준비한다는 핑계를 대고 밖으로 나갔는데 얼마 동안이나 자리를 비웠을까? 틀림없이 적어도 일 분혹은 이 분이나 아마 삼 분쯤. 그 좁은 현관에서 그렇게 긴 시간 동안 무엇을 했을까? 화장실에 갔을까? 테레자는 문 닫는 소리나 수세식 변기의 물소리를 들었는지 기억해 내려고 애썼다. 아니다, 물소리는 듣지 못했던 게 분명하다. 물소리였다면 기억했을 것이다. 그리고 문 닫는 소리도 듣지 못했다고 그녀는 거의 확신할 수 있었다. 그렇다면 그는 현관에서 무슨 짓을 했을까?

갑자기 모든 것이 너무 명확해졌다. 그녀를 함정에 빠뜨리기 위해서는 기술자의 단순한 증언만으로는 불충분했다. 그들에겐 부정할 수 없는 증거가 필요했던 것이다. 긴 시간 자리를 비운 동안 기술자는 현관에 카메라를 설치한 것이다. 혹은 카메라를 가진 자를 끌어들여 커튼 뒤에 숨겨 놓고 그들의 모습을 찍게 했다고 보는 것이 더 개연성 있다.

겨우 몇 주 전만 해도 그녀는, 프로하즈카가 사생활이라곤 없는 강제 수용소에서 자신이 살고 있다는 점을 몰랐다는 사실에 대해 의아해했더랬다. 그렇다면 그녀 자신은? 어머니의 집을 떠나며, 그녀는 순진하게도 이제 자신이 그녀 삶의 주인이 되었다고 믿었다. 그러나 어머니의 집은 세상 도처에 널려 있었고 어디에서나 그녀의 목덜미를 잡았다. 테레자는 어딜 가도 거기서 빠져나올 수 없었다.

그들은 정원 사이의 계단을 내려와 차를 세워 둔 광장으로 갔다.

"왜 그래?"하고 토마시가 물었다. 그녀가 채 대답하기도 전에 누군가가 토마시에게 인사를 했다.

27

그는 예전에 토마시가 수술을 해 준 농부로 얼굴이 바람에 거칠어진 오십 대 남자였다. 그 뒤부터 그는 매년 이 온천 도시에 와서 요양을 했다. 그가 토마시와 테레자에게 술 한잔 마시자고 청했다. 개는 공공장소에 들어갈 수 없으므로 테레자는 카레닌을 자동차 안에 가두러 갔고, 남자들은 카페에 앉아 그녀를 기다렸다. 그녀가 돌아오자 농부가 말했다. "우리 마을은 잠잠합니다. 심지어 내가 이 년 전에 협동농장 대표로 뽑혔다니까요."

"축하합니다." 하고 토마시가 말했다.

"아시다시피 그곳은 촌구석입니다. 사람들이 하나둘 떠나고 있어요. 높은 자리에 있는 사람들도 누군가가 남아 주면 다행이라고 생각하죠. 그들도 감히 우리를 일터에서 내쫓을 수는 없었던 겁니다."

"우리 같은 사람에겐 이상적인 곳이군요." 하고 테레자가 말했다.

"부인, 부인 같으신 분은 심심할 거예요. 거기엔 아무것도 없어요. 정말 아무것도."

테레자는 바람에 거칠어진 얼굴을 바라보았다. 그녀 눈에는 이 농부가 매우 다정하게 보였다. 도대체 누군가를 다정하다고 느낀 것이 얼마 만인가! 그녀 눈앞에 목가적 풍경의 그림이 떠올랐다. 마을과 교회 종탑, 밭, 숲, 밭고랑 사이로 뛰어가는 토끼, 녹색 펠트 옷을 입은 산지기. 그녀는 시골에 산 적이 한 번도 없었다. 그런 것들은 그녀가 귀동냥으로 품은 이미지였다. 혹은 책을 통해서, 아니면 그녀의 아득한 선조가 그녀의 무의식에 남겨 놓은 것일 수도 있다. 그러나 그 이미지는 가족 앨범에 있는 증조할머니 사진이나 오래된 판화집처럼 분명하고 또렷했다.

"아직도 통증이 있나요?" 하고 토마시가 물었다.

농부는 두개골이 척추로 연결된 목 뒷부분을 보여 주었다. "가끔 여기가 아파요."

토마시는 의자에서 일어나지 않고 농부가 말한 부위를 만져 보며 그의 옛 환자에게 몇 가지를 더 질문했다. "내겐 처방전을 내릴 권한이 없어요. 하지만 이런 증세를 말했더니 내가 당신에게 이런 약을 권했다고 의사에게 말하세요." 그는 안쪽 호주머니에서 수첩을 꺼내 한 장 뜯었다. 그는 약 이름을 대문자로 적었다.

28

그들은 프라하 쪽으로 달렸다.

테레자는 나체로 기술자의 품에 있는 그녀를 찍은 사진에 대해 생각했다. 그녀는 애써 자신을 위로했다. 그런 사진이 있을지라도 토마시는 결코 볼 수 없을 거야. 그들에게 이 사진은 테레자를 협박할 경우에만 쓸모 있을 것이다. 토마시에게 사진을 보낸다면, 그 순간 사진은 그 가치를 상실할 것이다.

그러나 경찰들이 테레자는 그들에게 아무런 쓸모도 없다고 판단한다면 어떻게 될까? 그럴 경우 사진은 그들에겐 좋은 농담거리에 불과해질 테고 그중 하나가 마음을 먹고 장난 삼아 사진을 봉투에 넣어 토마시에게 발송한다 해도 말릴 사람이 없을 것이다.

토마시가 그런 사진을 받는다면 무슨 일이 일어날까? 그녀를 내쫓을까? 그렇지는 않겠지. 그건 아니야. 그러나 그들 사랑의 위태한 건물은 보기 좋게 파괴될 것이다. 왜냐하면 이 건물은 그녀의 정조라는 단 하나의 기둥으로 지탱되기 때문이다. 그들의 사랑은 제국과도 같아서 제국을 떠받치는 이념이 사라지면 이념과 함께 제국도 멸망하는 것이다.

그녀의 눈앞에 하나의 이미지가 떠올랐다. 밭고랑 사이를 뛰어가는 토끼, 초록색 펠트 옷을 입은 산지기, 숲 위로 솟은 교회 종탑. 그녀는 우리 두 사람이 프라하를 떠나야만 한다고 토마시에게 말하고 싶었다. 까마귀를 산 채로 땅에 묻어 버리는 아이들, 경찰들, 우산으로 무장한 여자들로부터 멀리 떠나야만 한다고. 그녀는 시골로 가서 살아야만 한다고 말하고 싶었다. 그것이 그들의 유일한 구원의 길이라고.

그녀는 토마시 쪽으로 고개를 돌렸다. 그러나 토마시는 눈앞의 아스팔트 도로에 시선을 고정한 채 침묵하고 있었다. 그녀는 그들 사이에 가로놓인 침묵의 장벽을 뛰어넘을 수 없었다. 그녀는 말할 용기를 잃었다. 그녀는 바오로 산을 다시 내려왔던 그날과 똑같은 상태에 빠졌다. 위경련을 느끼며 토하고 싶었던 것이다. 그녀는 토마시가 두려웠다. 그녀에게 그는 너무 강했고, 그녀 자신은 너무 약했다. 그는 그녀가 이해하지 못하는 명령을 내렸다. 그녀는 명령을 실행하려고 애썼지만 어떻게 해야 하는지 몰랐다.

그녀는 바오로 산으로 돌아가 총을 든 사내에게 눈을 가리고 마로니에 나무둥치에 기대서게 해 달라고 부탁하고 싶었다. 그녀는 죽고 싶었던 것이다.

29

눈을 뜨니 집 안에 혼자였다.

그녀는 밖으로 나가 둑 쪽으로 갔다. 블타바 강을 보고
싶었다. 흐르는 물을 보면 마음이 평안해지고 치유되기
때문에 강가에 서서 오랫동안 물을 보고 싶었던 것이다.
물은 수 세기 동안 흘렀고, 인간의 역사는 강변에서 이루
어졌다. 역사는 다음날 잊혔고, 강물은 그 흐름을 멈추지
않았다.

그녀는 난간에 기대어 아래쪽을 내려다보았다. 그곳
은 프라하 변두리였다. 화려한 흐라친 성과 교회를 뒤로
하며 도시를 가로지르는 블타바 강은 공연을 끝낸 뒤 지
쳐서 상념에 잠긴 여배우 같았다. 강물은 둑과 벽으로 가
로막힌 더러운 강변 사이를 흘렀다. 둑 뒤에는 공장과 버
려진 운동장이 있었다.

그녀는 오늘따라 유난히 쓸쓸하고 우울해 보이는 강
물을 한참 동안 바라보았다. 그러다가 문득 강 한가운데
에서 이상한 물체, 붉은 물체를 발견했다. 그렇다, 벤치

였다. 프라하 공원에 무수히 널린 철재 다리 나무 벤치였다. 그것은 천천히 블타바 강 중심부를 따라 떠내려가고 있었다. 그리고 그 뒤를 다른 벤치가 따랐다. 그리고 또 다른 벤치. 테레자는 마침내 프라하 공원의 벤치가 도시를 빠져나와 물에 떠다니고 있다는 것을 깨달았다. 점점 늘어나는 벤치는 마치 물길에 휩쓸려 숲에서 떠내려온 가을 잎처럼 물 위를 떠다녔고, 그 벤치들 중엔 빨간색도 있고 노란색도 있고 파란색도 있었다.

그녀는 저게 뭐냐고 사람들에게 물어보았다. 왜 프라하 공원의 벤치가 물에 떠내려가느냐고. 그러나 사람들은 무심한 표정으로 지나쳤다. 그들에겐 그들의 덧없는 도시 한가운데로 강물이 수 세기 동안 흐르건 말건 아무 상관도 없었기 때문이었다.

그녀는 다시 물을 바라보았다. 그녀는 무한히 슬퍼졌다. 그녀는 자신이 보고 있는 것이 이별이라는 것을 알았다. 여러 색깔을 거느리며 사라지는 인생에 대한 작별.

벤치가 그녀의 시야에서 사라졌다. 최후까지 능장을 부리는 몇몇 벤치가 여전히 보였고, 곧이어 노란 벤치 하나, 조금 후 또 하나, 그리고 마지막으로 푸른 벤치 하나가 나타났다.

5부　　　**가벼움과 무거움**

1

　1부에서 이미 이야기했듯이, 테레자가 아무런 예고도 없이 프라하의 토마시 집에 왔을 때, 그는 그날 그 시간에 테레자와 정사를 나눴고, 그 직후 테레자의 온몸에서 열이 났다. 그녀는 침대에 누웠고, 토마시는 그녀가 사람들이 바구니에 넣은 뒤 강물에 띄워 자기에게 보낸 아기라고 확신하고 침대 머리맡을 지켰다.

　그 뒤로 그는 버림받은 아기 이미지를 가슴속에 간직하며 그녀가 등장하는 고대 신화에 대해 종종 생각했다. 아마도 그가 소포클레스의 『오이디푸스 왕』 번역본을 찾은 숨겨진 동기가 거기에 있다고 봐야만 할 것이다.

　오이디푸스의 이야기는 잘 알려져 있다. 버려진 갓난아이를 발견한 목동은 아이를 폴리보스 왕에게 데려갔고, 그 왕이 아이를 키웠다. 성인이 된 오이디푸스는 어느 산 속 오솔길에서 마차를 타고 여행 중이던 낯모르는 왕을 만난다. 두 사람은 말다툼을 했고, 오이디푸스가 왕을 죽였다. 그 뒤 그는 이오카스테 여왕과 결혼하고 테베의 왕이 된다. 그는 그가 예전에 산에서 죽인 남자가 자기 아버지이고, 그가 동침했던 여자가 자기 어머니였다는 것을 꿈에도 생각하지 못했다. 그동안 운명의 신은 그의 백성을 괴롭히며 질병으로 짓눌렀다. 그들 고통에 대한 책임이 자신에게 있다는 것을 깨달은 오이디푸스는 바늘로 자기 눈을 찌르고 영원히 장님이 되어 테베를 떠난다.

2

중부 유럽의 공산주의 체제가 오로지 범죄자들의 창조물이라 생각하는 사람들은 근본적인 진리를 어둠 속에 은폐하고 있다. 범죄적 정치 체제는 범죄자가 아니라, 천국으로 가는 유일한 길을 발견했다고 확신하는 광신자들이 만든 것이다. 그들은 수많은 사람을 처형하며 이 길을 용감하게 지켜 왔다. 훗날 이 천국은 존재하지 않으며 따라서 광신자들은 살인자였다는 것이 백일하에 밝혀졌다.

그러자 누구나 공산주의자를 비난했다. 이 나라의 불행(가난하고 파산한 이 나라)과 독립의 상실(소련의 영향력 아래 놓인 나라)과 합법적 살인에 대해 책임져야 하는 사람은 당신들이오!

이런 비난을 받는 사람들은 대답했다. 우린 몰랐어! 우리도 속은 거야! 우리도 그렇게 믿었어! 따지고 보면 우리도 결백한 거야!

따라서 논의의 초점은 이 문제로 귀결된다. 그들이 몰

랐다는 것이 사실인가? 혹은 그저 모르는 척한 것일까?

토마시는 이 논쟁의 추이를 지켜보며 (다른 천만 체코인들처럼) 공산주의자들 중에는 그렇게 까맣게 모르지만은 않았던 사람들도 필경 있으리라 생각했다.(그들은 적어도 그곳에서 벌어졌던 가공할 만한 사건, 혁명 후 소련에서 끊임없이 벌어졌던 일에 대해 듣기는 했을 거다.) 그러나 그들 중 대다수는 정말 아무것도 몰랐을 수도 있다.

그리고 그는 근본적인 문제는 그들이 알았는지 몰랐는지에 있다고 생각하지 않았다. 문제는 몰랐다고 해서 그들이 과연 결백한가에 있다. 권좌에 앉은 바보가, 단지 그가 바보라는 사실 하나로 모든 책임에서 벗어날 수 있을까?

1950년대 초 무고한 사람에게 사형선고가 언도되기를 요구했던 체코 검사가 실은 러시아 비밀경찰과 정부에 기만당했다고 해 두자. 그러나 그 기소가 허무맹랑하고, 피고가 결백하다는 것을 누구나 아는 지금, 검사가 자신의 마음만은 순수했다고 강변하며 가슴을 칠 수 있을까. 나는 양심에 한 점의 가책도 없어, 난 몰랐단 말이야, 그렇다고 믿었어! "난 몰랐어! 그렇다고 믿었어."라는 바로 그 말 속에 돌이킬 수 없는 그의 잘못이 있는 것은 아닐까?

그래서 토마시는 오이디푸스의 이야기를 떠올렸다. 오이디푸스는 어머니와 동침하는 줄 몰랐지만 사태의 진상을 알자 자신이 결백하다고 느끼지 않았다. 자신의 무지가 저지른 불행의 참상을 견딜 수 없어 그는 자기 눈을 뽑고, 장님이 되어 테베를 떠났던 것이다.

토마시는 영혼의 순수함을 변호하는 공산주의자들이 악쓰는 소리를 들으며 이렇게 생각했다. 당신의 무지 탓에 이 나라는 향후 몇 세기 동안 자유를 상실했는데 자신이 결백하다고 소리칠 수 있나요? 자, 당신 주위를 돌아보셨나요? 참담함을 느끼지 않나요? 당신에겐 그것을 돌아볼 눈이 없는지도 모르죠! 아직도 눈이 남아 있다면 그것을 뽑아 버리고 테베를 떠나시오!

그는 이 비유가 너무 마음에 들어 친구와의 대화에 자주 사용했고 더욱 신랄하고 더욱 우아한 표현으로 발설했다.

당시 그는 모든 지식인들과 마찬가지로 체코 작가 동맹이 내는, 발행 부수 30만의 주간지를 읽었다. 그 잡지는 공산 체제 내에서도 상당한 자율성을 획득하여 다른 잡지는 공개적으로 말하지 못했던 것을 거론하곤 했다. 작가들은 이 신문을 통해 공산화 이후 처음 몇 년 동안 정치 재판이 저지른 합법적 살인에 대해 누가 죄인이며 무슨 이유로 그랬는지 밝히라는 기사를 발표하곤 했다.

이런 모든 논쟁에서 항상 같은 질문이 대두되었다. 과연 그들이 알고 그랬는가, 아니면 모르고 그랬는가? 토마시는 이 질문이 부차적인 것이라 생각했기 때문에 어느 날 오이디푸스에 대한 자신의 생각을 글로 써서 그 잡지에 투고했다. 한 달 후 그는 답장을 받았다. 잡지사 편집국에 들러 달라는 것이었다. 잡지사에 가자, 막대기처럼 꽂꽂한 작달막한 기자가 그를 맞으며 그에게 딱 한 문장의 어순을 바꾸지 않겠느냐고 제안했다. 그의 기사는 얼마 후 마지막에서 두 번째 페이지 '독자의 편지'란에 실렸다.

토마시는 조금도 만족하지 못했다. 그들은 단어의 순서를 바꾸는 것을 양해해 달라며 잡지사로 그를 호출하기까지 했으면서도 그 후 그에게는 한 마디도 묻지 않고 글을 너무 잘라 버렸다. 그리하여 그의 생각은 요점만 겨우 남았고 (너무 도식적이고 공격적으로) 그 기사는 더 이상 그의 마음에 들지 않았던 것이다.

1968년 봄에 있었던 일이다. 알렉산드르 둡체크가 권좌에 있었고, 그의 주변에는 스스로 죄의식을 느껴 속죄를 위해 기꺼이 뭔가를 해 보겠다는 공산주의자들이 있었다. 그러나 자기는 결백하다고 부르짖는 다른 공산주의자들은 분노에 찬 국민이 그들을 재판에 회부할까 두려워했다. 그들은 매일 소련 대사를 만나 하소연하며 지지를 구걸했다. 토마시의 편지가 발표되자 그들은 목청을 높였다. 이제 이 지경에 이르렀구나! 감히 우리 눈을 뽑아야 한다고 공개적으로 써 대다니!

두세 달 후 소련은 그들의 변방에서 자유로운 토론은 허용될 수 없다고 결정했고, 그들 군대가 하룻밤 사이에 토마시의 나라를 점령한 것이다.

3

취리히에서 프라하로 돌아온 토마시는 같은 병원에서 자기 자리로 복귀했다. 그런데 얼마 지나지 않아 과장이 그를 호출했다.

"따지고 보면 자네는 작가도 기자도 아니고 인민의 구원자도 아닐세. 자네는 의사이자 학자야. 나는 자네를 잃고 싶지 않고 자네를 여기에 붙잡아 둘 수만 있다면 무슨 일이라도 하겠네. 하지만 자네가 오이디푸스에 대해 썼던 그 기사는 철회해야만 하네. 그게 자네에게 그리도 중요한가?"

자기 글의 3분의 1이 잘려 나갔던 일을 떠올리며 토마시는 대답했다.

"과장님, 제게는 그게 세상에서 가장 중요한 일입니다."

"자네는 사태가 어떻게 돌아가는지 알고 있나?"

그는 알고 있었다. 저울 양쪽에 무언가가 두 개 놓여 있었다. 한쪽에는 그의 명예(그가 썼던 것을 부정하지 말라고 요구하는)가 있었고, 다른 쪽에는 그가 삶의 의미라고 습관적으로 생각했던 것(학자이자 의사인 그의 직업)이 있었다.

과장은 말을 이었다. "자신이 썼던 것을 철회하라고 요구하는 것이야말로 중세 시대의 관행일세. 철회한다는 것이 뭔가? 현대에 와서 사상은 철회할 수 없고 그에 반박만 할 수 있지. 이 친구야, 사상을 철회한다는 것은 불가능하기 때문이야. 그냥 말뿐, 형식에 불과한 마술 같은 건데 자네는 왜 우리 요구를 들어주지 않는지 나는 도대체 알 수 없군. 공포로 통치되는 사회에서는 어떤 선언이건 약속이 될 수 없어. 폭력에 의해 어쩔 수 없이 쥐어짜 낸 선언일 테니까 제정신인 사람에게는 그런 걸 못본 척, 못 들은 척할 의무가 있는 셈이지. 이 친구야. 나를 위해, 그리고 자네 환자를 위해 자네는 직장에 남아야만 하네."

"과장님 말씀이 분명히 맞을 겁니다."

토마시는 불행한 표정을 지으며 말했다.

"그런데?"

과장은 그의 생각을 짐작해 보려고 애쓰며 물었다.

"나는 수치심을 느끼게 될까 두렵습니다."

"누구 앞에서 말인가? 자네는 주변 사람들을 너무도 존중한 나머지 그들이 어떻게 생각할지에 대해 걱정해야만 한다고 생각하나 보지?"

"그런 건 아닙니다. 나는 그들을 그리 높게 평가하지

않아요."

"더구나 나는 굳이 공개 선언은 하지 않아도 된다는 확답을 받아 두었네. 그들은 관료에 불과해. 자네를 직장에 그대로 남겨 두었다고 질책을 받을 경우, 그들에게는 스스로를 방어하기 위해 자네가 체제에 반대하지 않았다는 증거만 있으면 된다는 거지. 자네 선언은 자네와 행정당국 사이에서 마무리되고 절대로 공개되지 않는다는 약속을 받아 냈어."

"일주일만 생각할 시간을 주십시오."

토마시는 이 말로 그와의 대화를 매듭지었다.

4

그는 병원에서 가장 뛰어난 외과의사라고 인정받았
다. 은퇴할 날이 가까운 과장이 머지않아 그에게 자리를
물려줄 거란 말이 벌써부터 돌던 터였다. 고위 당국에서
그에게 자아비판을 요구한다는 소문이 퍼지자, 누구도
그가 고집을 피울 거란 생각은 하지 않았다.

무엇보다도 그 점에 그는 놀랐다. 그런 짐작을 하게 할
만한 행동은 하지 않았는데도 사람들은 그의 지조보다
는 변절 쪽에 내기를 걸었던 것이다.

또 다른 놀라운 점은 그들이 지레짐작했던 토마시의
처신에 대한 사람들의 반응이었다. 나는 그것을 크게 두
부류로 나눌 수 있었다.

첫 번째 반응 유형은 그들 자신도 (혹은 그들 측근이)
뭔가를 부인했고 점령군 체제에 동의한다는 공개 선언
을 강요당했거나 그렇게 할 자세가 되어 있던 (물론 마지
못해 그런 것이지만. 누구라도 기쁜 마음으로 그렇게 할 리 만
무하니까.) 사람들에게서 발견되었다.

그들은 토마시가 한 번도 본 적 없던 이상한 미소를 그에게 지어 보였다. 은밀한 공범자끼리 나누는 어정쩡한 웃음. 그것은 창녀촌에서 우연히 마주친 두 남자가 지을 만한 웃음 같은 것이었다. 그들은 조금은 부끄러워하지만, 동시에 그 부끄러움이 피장파장이라는 점 때문에 즐거워한다. 그들 사이에는 일종의 연대감 같은 것이 형성된다.

토마시가 이전까지는 한 번도 타협주의자로 보인 적이 없었기 때문에 그들은 더욱 기꺼이 그에게 미소를 지었다. 과장의 제안을 받아들였다고 가정하는 것은, 이제 비열함이 천천히, 그리고 확실하게 하나의 처세술이 되었으며 조만간 더 이상 비열하다고 취급되지 않을 것이란 증거였다. 이런 부류의 사람들은 한 번도 그의 친구인 적이 없었다. 그가 당국이 요구하는 대로 후련하게 자술서를 써 버린다면, 그 작자들이 집으로 초대하여 술을 권하고 가깝게 지내려고 할 것임을 알았기 때문에 그는 경악했다.

두 번째 유형은 그 자신(혹은 그의 측근)이 박해받았는데 점령군과의 타협을 거부했거나, 또는 어떤 타협이나 자술서를 요구받은 적은 없지만 (아마도 너무 젊어서 아직 아무것에도 연루되지 않았기에) 그런 것에 굴복하지 않으리라 확신하는 사람의 반응이었다.

그들 중 하나인 젊고 게다가 아주 유능한 의사 S가 어느 날 토마시에게 물었다. "그래서 그들에게 그걸 써 주었나?"

"맙소사, 무슨 말을 하고 싶은 거야?"

"자네의 철회에 대해." 하고 S가 말했다. 악의로 말하는 것 같지는 않았다. 오히려 웃고 있었다. 여러 가지 종류의 웃음이 있겠지만 그것은 전혀 다른 웃음이었다. 도덕적 우월성에 근거한 자신만만한 미소였다.

"이봐, 자네가 내 철회에 대해 뭘 안다고 그래? 읽어 봤어?"

"아니."

"그런데 그런 소리를 하는 거야?" S는 여전히 흡족한 미소를 띠고 있었다. "자! 우리도 일이 어떻게 돌아가는지 잘 알아. 그런 자술서는 부장이나 장관 또는 편지를 쓴 사람이 모욕을 느끼지 않도록, 공개하지 않겠다고 약속한 어떤 사람에게 보내는 편지 형식으로 씌게 마련이지. 내 말이 맞지, 그렇지?"

토마시는 어깨를 으쓱하고 다음 말을 기다렸다.

"그다음에 철회서는 잘 보관해 놓겠지. 하지만 그것을 쓴 사람은 그 편지가 언제라도 공개될 수 있다는 것을 잘 알지. 그런 처지에서라면 그는 더 이상 아무 말도 못하고 비판이나 항의도 절대 할 수 없지. 여차하면 그의 편지가 공개될 거고 만인 앞에서 망신을 당할 테니까. 따지고 보면 이건 차라리 점잖은 방법이지. 그보다 더 악랄한 것도 상상할 수 있으니까."

"그래, 아주 점잖은 방법이야. 그런데 내가 타협을 했다고 누가 자네에게 말했는지 그게 궁금하네."

동료는 어깨를 으쓱했지만 얼굴에 띤 미소는 사라지지 않았다.

토마시는 한 가지 이상한 것을 깨달았다. 모든 사람이 그에게 미소를 짓고, 모든 사람이 그가 철회서를 쓰기를 바라며, 자기가 의견을 철회한다면 모든 사람이 기뻐할 것이라는 점이다! 어떤 사람들은 비굴함의 인플레이션이 그들 자신의 행동도 평범한 것으로 만들며 그 실추된 명예를 돌려주기 때문에 즐거워했다. 또 다른 사람들은 자신들은 결코 포기하려 들지 않았던 명예에 각별한 특권이 여전히 유지되는 것을 보는 데에 익숙했다.

토마시는 그런 웃음을 견딜 수 없었고 도처에서, 심지어 거리의 낯선 사람 얼굴에서도 그런 미소가 보이는 것만 같았다. 그는 잠을 이루지 못했다. 뭐라고? 그가 그런 사람들의 의견을 그토록 대단하게 여겼던가? 천만에. 그들에 대해서라면 우선 그는 조금도 좋게 생각하지 않았고 오히려 그들 시선에 마음이 흔들리는 자기 자신을 나무랐다. 도무지 논리적으로는 설명되지 않는 것이었다. 다른 사람들을 경멸하는 사람이 그들의 판단에 그토록 매달릴 수 있는 것일까?

인간에 대한 그의 뿌리 깊은 불신(인간이 자신의 운명을 결정하고 판단할 권리가 있는가에 대한 회의)이 그가 직업을 선택하는 데 이미 어떠한 영향을 미쳤을 것이다. 그의 직업은 대중의 시선에 노출될 가능성이 없었기 때문이다.

예컨대 정치가의 길을 택한 사람이라면 기꺼이 대중을 자신의 심판관으로 삼아 그들의 호감을 얻겠다는 순진하고도 노골적인 믿음을 갖게 마련이다. 그들은 군중의 적개심을 불러일으킬지도 모른다는 가능성 때문에 보다 완벽한 정치 행위를 추구하는데, 그것은 토마시가 진단의 어려움에 한결 의욕이 솟는 것과 마찬가지 이치에서 비롯된 것이다.

의사는 (정치인이나 배우와는 달리) 오직 그의 환자나 가까운 동료들에 의해, 따라서 네 면이 닫힌 방에서 일대일로 마주 보는 상황에서 평가된다. 그는 자신을 평가하는 사람들의 시선을 대면하고, 그 자리에서 대답하고, 해명하고, 자기 방어를 할 수 있다. 그러나 지금의 토마시는 (난생 처음으로) 그가 포착할 수 없는 수많은 시선이 그에게 고정된 상황에 빠져 있다. 그는 자기 자신의 시선이나 말로 그들에게 답할 수 없다. 그는 그들의 손아귀에 내맡긴 것이다. 병원에서, 그리고 병원 밖에서 그에 대해 사람들이 떠들고 (프라하 전체가 신경을 곤두세우고 있으며, 누가 숙청되고, 누가 고발하고, 누가 부역했는지 하는 소문이 아프리카 북소리처럼 기막히게 빠른 속도로 떠돌아다녔다.) 그 사실을 토마시도 알고 있었지만 속수무책이었다. 그것이 그토록 참기 어렵고 그를 너무도 당황케 하여 자신도 놀랄 지경이었다. 세상 사람들이 그에게 쏟는 관심은 마치 군중이 밀쳐 내는 압력이나 악몽 속에서 우리 옷을 벗겨 내는 사람들의 손길처럼 그를 불편하게 만들었다.

그는 과장을 찾아가 아무것에도 서명하지 않겠다고 선언해 버렸다.

과장은 평소보다 훨씬 세게 그의 손을 잡으며 그의 결심을 기대했다고 말했다.

토마시는 말했다. "과장님, 제가 철회를 하지 않아도 저는 계속 여기 남을 수도 있을 겁니다." 이 말을 통해 그는 자기가 강제로 내쫓긴다면 동료 의사 모두가 사표를 던질 거라는 점을 넌지시 암시하려고 했다.

그러나 아무도 사표를 쓸 생각을 하지 않았고, 얼마 후 토마시는 병원을 떠나야만 했다.(과장은 지난번보다도 더욱 세게 그의 손을 잡아서 손에 멍이 들었다.)

5

그는 우선 프라하에서 80킬로미터 떨어진 시골 병원에서 일자리를 찾았다. 그는 매일 기차로 출근했고 집에 돌아오면 파김치가 되었다. 일 년 후 조금 더 편한 직장을 찾는 데 성공했지만 변두리의 무료 진료원이라 업무는 형편없이 단순했다. 그는 외과 일에 전념할 수 없었고 일반의 노릇을 했다. 환자 대기실은 콩나물시루 같았고 그는 환자 한 명당 오 분간만 진찰할 수 있었다. 하는 일이라곤 기껏해야 아스피린을 처방하든가 고용주에게 보내는 건강 진단서를 작성하고 환자를 전문의에게 보내는 것이었다. 그의 생각에 자기는 더 이상 의사가 아니라 사무원에 불과했던 것이다.

어느 날 진료가 끝나 갈 무렵 두툼한 살집 때문에 심각해 보이는 오십대 남자의 방문을 받았다. 그는 자신을 내무부 사무국장이라고 소개하며 토마시에게 건너편 카페로 가자고 청했다.

그는 포도주를 한 병 시켰다. 토마시는 거절했다. "나는 운전을 합니다. 경찰에게 걸리면 운전면허를 박탈당할 겁니다." 내무부 사람은 빙그레 웃었다. "무슨 일이 생기면 내 이름을 대세요."라고 하더니 토마시에게 그의 이름(필경 가명일 것이다.)과 내무부 전화번호가 적힌 명함을 건네주었다.

그러더니 그는 자기가 토마시를 얼마나 존경하는지 장황하게 설명했다. 내무부 사람들 모두가 토마시 정도의 외과의사가 변두리 진료원에서 아스피린이나 처방하는 처지로 몰락한 것을 개탄한다고 했다. 심지어 경찰까지도, 내놓고 떠들지는 못하지만, 전문의가 그토록 경솔하게 직위에서 내쫓긴 것을 개탄한다고 에둘러 말했다.

토마시는 누군가로부터 칭찬을 들어 본 지 오래된지라 키 작은 배불뚝이 남자의 말을 아주 경청했으며, 이자가 놀랍게도 외과의사로서 승승장구하던 그의 전력을 상세히 안다는 것을 확인했다. 아첨 앞에서는 누구나 무력해지기 마련이다! 토마시는 내무부 남자가 하는 말을 진지하게 받아들이지 않을 수 없었다.

그러나 허영심 때문만은 아니었다. 무엇보다도 경험이 부족했기 때문이었다. 누구라도 친절하고 예의바르며 겸손한 사람을 마주하면, 그가 하는 말이 몽땅 사실이 아니며, 진지한 것은 하나도 없다는 사실을 매순간 확신하는 것이 대단히 어렵기 마련이다. 믿지 않기 위해서는 (단 일 초도 망설이지 않고 계속해서 철저하게) 엄청난 노력뿐만 아니라 훈련, 그러니까 잦은 경찰의 신문을 받았던 경험이 필요하다. 토마시에게 부족했던 것은 바로 그런 훈련이었다.

내무부 남자는 말을 계속 이었다. "의사 선생님, 선생님이 취리히에서는 훌륭한 지위에 있었다는 것을 우리도 압니다. 그리고 선생님께서 귀국하신 것을 우리는 대단히 높게 평가했습니다. 현명한 판단이었죠. 우리는 선생님께서 계실 데가 이 나라임을 알고 있었습니다." 그러더니 그는 마치 토마시에게 비난을 가하듯 덧붙였다. "하지만 선생님의 자리는 수술실입니다!"

"동감입니다."

잠깐 동안 침묵이 흐른 뒤 내무부 남자가 뭔가 유감스럽다는 투로 말을 이었다. "그런데 말 좀 해 보세요. 정말 공산주의자들의 눈을 뽑아야 한다고 믿습니까? 더구나 수많은 사람들의 건강을 되찾아 주신 당신 같은 분이 그런 말을 한다는 게 이상하다고 생각하진 않나요?"

"하지만 그건 말도 안 돼요. 내가 쓴 것을 잘 읽어 보세요." 토마시는 반박했다.

"읽어 보았습니다."

내무부 남자는 짐짓 애석하다는 어투로 대답했다.

"그런데 내가 공산주의자들의 눈을 뽑아야 한다고 썼다는 겁니까?"

"모든 사람들이 그런 뜻으로 이해했지요."

내무부 남자는 더욱 애조를 띤 어투로 말했다.

"내가 쓴 전문을 그대로 읽으셨다면 결코 그런 생각은

하지 않았을 겁니다. 기사가 조금 잘려 나갔으니까요."

"뭐라고요?" 내무부 남자는 귀를 쫑긋 세웠다.

"그들이 당신이 쓴 것을 그대로 발표하지 않았다고 요?"

"그들이 삭제했습니다."

"많이요?"

"약 3분의 1정도입니다."

내무부 남자는 진심으로 분개한 표정을 지으며 말했다. "그들이 한 짓은 도무지 정당하다고는 볼 수 없군요."

토마시는 어깨를 으쓱했다.

"자기 방어를 했어야죠! 즉시 수정했어야 합니다!"

"뭘 할 수 있었겠어요! 얼마 후 소련군이 왔는데. 사람들에겐 다른 걱정거리가 생겼던 거죠."

"당신 같은 의사가 사람들이 시력을 잃기를 바란다고 믿도록 내버려둔단 말입니까?"

"어쩔 수 없죠! 내 기사는 다른 독자 편지와 함께 신문 한 구석 어딘가에 실렸습니다. 아무도 그걸 눈여겨보지 않았을 겁니다. 단, 소련 대사관만 빼고요. 그게 저들에 겐 좋은 빌미가 되었으니까요."

"그런 말 하지 마세요, 의사 선생님! 나도 당신 기사를 읽은 많은 사람들과 함께 토론을 했습니다. 그들은 당신 이 그런 글을 쓸 수 있다는 것에 놀라워했어요. 그런데 발표된 당신의 기사가 당신이 쓴 것과 정확하게 일치하 지 않는다는 설명을 듣고 나니, 이제는 모든 게 분명해졌

습니다. 혹시 누군가가 당신에게 그것을 쓰라고 암시하
진 않았던가요?"

"아니요. 그냥 원고를 보냈을 뿐입니다."

"그 사람들을 이미 알고 있었나요?"

"어떤 사람들이요?"

"당신 기사를 신문에 실은 사람들이요."

"아니요."

"한 번도 그들과 이야기해 본 적이 없나요?"

"딱 한 번 만났습니다. 편집부에 한번 오라고 하더군
요."

"왜요?"

"그 기사 때문에요."

"그리고 누구와 이야기했습니까?"

"기자였습니다."

"그 사람 이름이 뭐죠?"

토마시는 그제야 이것이 신문인 것을 알았다. 그는 자
기 말 한 마디 한 마디가 누군가를 위험에 빠뜨릴 수 있
다고 생각했다. 그는 당연히 기자 이름을 알았지만 부정
했다. "모릅니다."

"자, 선생!" 남자는 그가 거짓말을 한다는 것에 크게
분개한 것처럼 보였다. "그자가 자기소개를 했을 거 아닙
니까!"

다름 아닌 우리의 예절 바른 교양 때문에 경찰의 끄나
풀이 된다는 것은 희극이자 비극이다. 아빠와 엄마가 우

리에게 주입한 "진실을 말해!"라는 명령은 심지어 우리가 경찰에게 취조당할 때조차도 거짓말하는 데 수치심을 느끼도록 만들었다. 경찰과 싸우거나 욕을 하는 것이 (그것에 아무런 의미가 없을지언정) 새빨간 거짓말을 (할 수 있는 유일한 것일지라도) 하는 것보다 우리에겐 훨씬 쉬웠다.

내무부 남자가 그에게 진실성이 없다며 나무라자, 토마시는 거의 죄의식을 느낄 지경이었다. 그래서 그는 거짓말을 지속하기 위해서 일종의 도덕적 장애를 극복해야만 했다. "아마 자기소개는 했을 텐데 그의 이름이 인상에 남지 않아 곧 잊었습니다."

"그자가 어떻게 생겼던가요?"

당시 그가 만났던 기자는 키가 작고 짧은 금발이었다. 토마시는 정반대 인상착의를 고르려고 애썼다. "키가 컸어요. 머리가 검고 길었죠."

"그래요? 그리고 턱이 뾰족했나요?"

"맞아요."

"조금 구부정한 사람이죠."

"맞아요." 하고 토마시는 다시 한 번 말하고 내무부 남자가 누군가를 떠올렸다는 것을 눈치챘다. 토마시는 운 없는 한 기자를 고발했을 뿐 아니라, 설상가상으로 그의 고발은 허위였던 것이다.

"그런데 왜 그자가 당신을 불렀을까요? 무슨 이야기를 했나요?"

"그들은 한 문장의 어순을 바꾸려고 했습니다."

이 말은 그의 대답이 유치한 잔꾀에 불과하다는 인상을 불러일으켰다. 내무부 남자는 다시 한 번 토마시가 그에게 진실을 말하지 않은 것에 분개했다. "이봐요, 의사 선생! 방금 그들이 당신 기사의 3분의 1을 잘라 냈다고 하더니 이제 와서 문장 순서를 바꾸는 것에 대해 의논했다고 하니! 아무래도 앞뒤가 맞지 않아요!"

자신이 말한 것이 명백한 진실이었기에 토마시는 쉽사리 대답을 찾았다. "앞뒤가 맞지 않지만 사실이 그래요." 하며 그는 웃었다. "그들은 한 문장의 어순을 바꾸는 것을 허락해 달라고 하더니 나중에는 기사의 3분의 1을 잘라 버린 거죠."

내무부 남자는 그토록 부도덕한 행동을 이해하지 못한다는 듯 고개를 끄덕이며 말했다. "당신에 대한 그들의 태도가 돼먹지 못했군요."

그는 잔을 비우더니 결론을 내렸다. "의사 선생, 당신은 공작의 희생자였습니다. 그게 당신이었고, 그 값을 당신 환자가 치러야 한다는 것이 유감일 따름입니다. 우리는 당신의 능력을 잘 알고 있습니다. 어떤 조치를 취할 수 있는지 알아 보겠어요."

그는 토마시에게 손을 내밀며 정중하게 작별 인사를 했다. 두 사람은 카페에서 나와 각자 자기 차를 탔다.

6

그자와 만난 뒤로 토마시는 울적했다. 그는 명랑한 말투로 대화에 끌려갔던 자신에 대해 자책했다. 경찰에게 대답하는 것을 거절하지 못했기에 (그는 이런 상황을 대비하지 못했고 어떤 것이 법에 허용되고, 어떤 것이 금지되었는지 알지 못했다.) 적어도 친구처럼 어울려 카페에 가서 술을 마시는 것쯤은 거절했어야 했다! 그리고 누군가 자기를 보았거나, 그 누군가가 그 작자를 안다면! 그 사람은 틀림없이 토마시가 경찰을 위해 일한다고 결론지었을 것이다! 그리고 무엇 때문에 자기 기사가 잘려 나갔다고 경찰에게 말했던가! 도대체 왜 별다른 이유 없이 그에게 그런 정보를 주었던가? 그는 자기 자신에 대해 심각한 불만을 느꼈다.

보름쯤 후 내무부 남자가 다시 찾아왔다. 그는 지난번처럼 건너편 카페에 가자고 제안했으나, 토마시는 자기 진료실에 있겠다고 말했다.

"당신 처지를 이해합니다, 의사 선생."이라고 말하며

그자는 미소를 흘렸다.

이 말에 토마시는 충격을 받았다. 내무부 남자는 체스 선수가 상대편 선수에게 지난번 수는 실수였다고 지적하는 것처럼 말했기 때문이었다.

두 사람은 토마시의 책상을 사이에 두고 마주 보며 앉았다. 그 당시 유행하던 독감에 대해 십여 분 동안 말한 뒤에 남자가 말했다. "의사 선생, 당신 문제에 대해 숙고해 보았습니다. 당신만 관련된 일이라면 문제는 간단해요. 하지만 우리는 여론도 고려해야 합니다. 당신이 원했건 원하지 않았건 간에 당신 기사가 반공주의 히스테리를 조장하는 데 일조했어요. 당신 기사를 빌미로 당신을 재판에 회부하는 것까지 고려해 보았다는 것을 숨기지 않겠습니다. 거기에 해당하는 법령도 있어요. 공개 폭력 선동죄죠."

내무부 남자는 잠시 말을 멈추고 나서 토마시의 눈을 똑바로 바라보았다. 토마시는 어깨를 으쓱했다. 남자는 다정한 말투로 말했다. "그런 방안은 배제했어요. 당신 책임이 어떠했던 간에 당신 능력이 최대로 발휘되는 곳에서 당신이 일하는 것이 사회 이익에 부합되는 것입니다. 당신 예전 상관이 당신을 높게 평가해요. 그리고 우리도 당신 환자들을 탐문해 보았습니다. 의사 선생, 당신은 위대한 전문의입니다! 누구도 의사에게 정치에 대해 뭔가를 깨달으라고 강요할 순 없죠. 당신은 속은 거예요. 이것을 해결해야만 합니다. 그 때문에 우리는 철회서를 쓰라고 제안하는 것이고 우리 생각에는 이를 언론에 제공해야만 하는 거죠. 그다음에는 그 철회서가 적절한 시기에 발표될 수 있도록 우리가 조처할 거예요."라고 말하며 그는 토마시에게 종이 한 장을 내밀었다.

토마시는 거기에 쓴 것을 읽고 충격을 받았다. 그것은 외과 과장이 이 년 전 그에게 요구했던 것보다 한결 심했다. 이젠 오이디푸스에 관련된 기사를 단순하게 철회하는 것이 아니었다. 거기에는 소련 연방에 대한 사랑과 공산당에 대한 충성 관련 문구가 있었고 나아가 나라를 내란으로 몰고 가려는 지식인에 대한 고발이 있었다. 그뿐 아니라 반동적 선동을 위해 그가 쓴 기사의 의미를 왜곡하면서 의도적으로 그를 이용한 키가 크고 구부정한 기자의 이름(토마시는 그 이름과 사진만 알아보았을 뿐 한 번도 그를 만난 적이 없었다.)과 더불어 작가 동맹 주간지 편집부에 대한 고발도 포함돼 있었다. 거기엔 그들이 스스로 그런 기사를 쓰기에는 너무 비겁했기에 순진한 의사 뒤에 숨었다고 씌어 있었다.

내무부 남자는 토마시의 눈에서 경악을 읽었다. 그는 몸을 앞으로 숙이며 책상 아래로 토마시의 무릎을 다정하게 쓰다듬었다. "의사 선생, 이건 초안에 불과해요! 잘 생각해 보시고, 혹시 이런저런 표현을 바꾸고 싶다면 틀림없이 합의할 수 있을 거예요. 따지고 보면 이것은 당신의 글입니다!"

토마시는 단 일 초라도 수중에 간직하기가 두려운 듯

종이를 경찰에게 되돌려주었다. 그는 여차하면 종이에서 자신의 지문을 채취할 것이라고 상상했다.

내무부 남자는 종이를 받아 들지 않고 두 팔을 벌리며 짐짓 놀란 몸짓을 했다. (높은 발코니에서 군중에게 축복을 내리는 교황의 몸짓이었다.) "헌데 선생, 왜 이걸 내게 돌려줍니까? 가지고 계셔야죠. 집에 가서 천천히 생각해 보시죠."

토마시는 고개를 가로저으며 끈질기게 종이를 내밀었다. 내무부 남자는 군중에게 축복을 내리는 교황 시늉을 멈추고 마지못해 종이를 받아 들었다.

토마시는 어떤 것도 쓰지 않고 서명도 하지 않겠다고 딱 부러지게 말하고 싶었다. 그러나 그는 마지막 순간 말투를 바꾸었다. 그는 차분하게 말했다. "나는 문맹이 아닙니다. 내가 왜 직접 쓰지 않은 것에 서명을 해야 합니까?"

"좋습니다. 일을 거꾸로 해 볼 수도 있지요. 우선 당신이 먼저 뭔가를 쓴 후 함께 보죠. 아무튼 방금 읽어 본 것이 예가 될 수 있을 겁니다."

토마시는 왜 경찰의 제안을 그 자리에서 단호하게 거절하지 못했을까?

그는 아주 재빨리 이런 추론을 해 보았다. 이런 종류의 선언을 통해 나라 전체의 사기를 꺾는다는 목적 (소련의 전략이 이런 방향으로 가고 있었다.) 외에도 필경 경찰은 그의 경우를 이용해 그보다 더욱 구체적인 목표를 추구할 것이다. 혹시 토마시가 기사를 보냈던 주간지 기자에 대해 기소를 준비하는 것은 아닐까? 이 경우 토마시의 선언은 물증으로 쓰일 것이며, 저들은 그것을 기자들에게 가할 언론 공작에 사용할 것이다. 토마시가 그 자리에서 가차 없이 단호하게 거절한다면, 저들이 미리 준비한 서류에 서명을 위조한 다음 공개할 위험도 있다. 어떤 신문도 그의 해명 기사를 실어 주지 않을 것이다! 이 세상 누구도 그가 그 기사를 쓰지도, 서명하지도 않았다고 믿어 주지 않을 것이다! 사람들은 타인의 도덕적 모욕을 너무 즐기는 나머지, 해명서로 인해 그 즐거움을 망치려 들지 않으리란 것을 그는 이미 깨달은 터였다.

그는 경찰에게 그가 직접 기사를 쓸 수도 있다는 희망을 주면서 시간을 벌었다. 다음 날이 되기 무섭게 그는 사직서를 썼다. 그의 생각에는 (틀리지 않은 생각이었다.) 그가 제 발로 사회의 가장 밑바닥(다른 분야의 수천만 지식인이 내려가야만 했던 곳까지)까지 내려간다면, 경찰은 더 이상 그에게 손을 뻗지 못할 것이고 그에 대한 관심도 거둘 것이었다. 이 경우 소위 그가 직접 서명했다는 철회서는 신빙성을 절대적으로 상실할 테니까 그들은 그것을 공개하지 못할 것이다. 이 비열한 공개 철회서는 항상 서명자들의 몰락이 아니라 상승을 동반했더랬다.

그러나 보헤미아에서 의사는 공무원이기 때문에, 국가가 의사를 해임할 수 있는 것은 분명했지만 국가에 그럴 의무까지는 없었다. 토마시는 동료와 함께 자신의 사임에 대해 토론했는데, 그는 토마시의 명성을 익히 알고 있었으며 그를 존경했다. 그는 토마시에게 직장을 떠나지 말라고 설득하려고 했다. 토마시는 문득 자신의 선택이 올바른지 전혀 확신하지 못한다는 것을 깨달았다. 그러나 그는 일종의 충성 서약 같은 것에 의해 이 결심과 자신이 이미 결부되었다고 느껴 사임을 고집했다. 그래서 그는 유리창 닦는 노동자가 되었다.

7

몇 년 전 취리히에서 프라하로 돌아가는 차 안에서 토마시는 테레자에 대한 사랑을 생각하며 혼잣말로 "es muss sein!"이라고 나지막하게 되뇌었다. 일단 국경을 넘어서자 그는 과연 진정 그럴 수밖에 없었는지 의심하기 시작했다. 그가 테레자에게로 떠밀려간 것은 그저 칠 년 전 발생했던 하찮은 우연의 연속 때문일 뿐이고 (외과 과장의 좌골신경통에서 비롯되었다.) 그 우연은 더 이상 빠져나갈 길이 없는 새장 속으로 그를 몰고 갔다.

그렇다고 그의 인생에서 'es muss sein!'이라는 것, 혹은 위대한 필연성은 없는 것이라고 결론 내려야만 할까? 내 생각에는 한 가지 필연이 있었다. 사랑이 아니라 직업이었다. 그가 의학을 택한 것은 우연이나 합리적 계산이 아니라 깊은 내면의 욕구에 따른 것이었다.

인간을 여러 범주로 나누는 방법이 있다면, 그것은 틀림없이 인간이 일생 동안 종사하는 이런저런 직업으로 그들을 인도한 이러한 깊은 욕구에 입각한 것이리라. 프랑스인 하나하나가 다르다. 그러나 전 세계 모든 배우들은, 그들이 파리, 프라하, 그리고 시골 가장 후미진 극장 배우라 할지라도 서로 닮았다. 배우란 어렸을 적부터 익명의 군중에게 자기 모습이 노출되는 것을 받아들인 사람이다. 천부적 재능과는 아무 상관 없는, 그렇지만 재능보다 훨씬 심오한 그 무엇인 이 근본적 동의가 없다면 누구도 배우가 될 수 없다. 이와 마찬가지로 의사란 일생 동안 인간의 육체를 다루며 그에 따르는 모든 결과를 받아들이겠다는 사람이다. 그를 의대 일 년차에 해부학 교실에 들어가도록 하고 육 년 후 의사가 될 수 있게 하는 것은 바로 이 근본적인 동의(절대로 천부적 재능이나 재주는 아니다.)다.

외과 수술은 의사라는 직업에 요구되는 근본 수준을 인간적인 것과 신적인 것이 맞닿는 한계까지 고양했다. 누군가 사람의 두개골을 강력하게 내리친다면, 그 사람은 바닥에 쓰러져 숨쉬기를 영원히 멈출 것이다. 그러나 언젠가 인간은 어떤 식으로든 간에 숨쉬기를 멈출 것이다. 이 살인은 조금 나중에 신이 손수 해결할 일을 앞당겼을 따름이다. 신이 살인은 예측했을 테지만 아마도 외과 수술은 예측하지 못했을 거라고 추정할 수도 있다. 신은 자신이 발명해서 조심스레 피부로 감싸 인간의 눈에 보이지 않도록 은폐하고 봉합한 체제 내부에 인간이 감히 손을 집어넣으리라곤 꿈도 꾸지 못했다. 토마시는 처음으로 마취 상태에서 축 늘어진 환자의 피부에 메스를 대고 확고한 힘을 가해 그 피부를 찢고 다시 정확한 솜씨로 봉합하면서 (마치 외투 자락이나 치마, 커튼 자락처럼 영혼 없는 헝겊 조각을 대하듯) 아주 순간적이지만 강렬하게 신성모독을 느꼈다. 그러나 그가 의학에 이끌린 것은 필경 이런 점 때문이었다! 이 필연, 그의 가슴속 깊이 뿌리 내린 이 'es muss sein!'이었으며 그를 이 필연으로 내몬 것은 우연도, 외과 과장의 관절염도 아니며 외부에서 유래한 그 어떤 것도 아니었다.

그런데 이처럼 심오한 그 어떤 것으로부터 그가 어떻게 그리 단호하고 쉽사리 빠져나올 수 있었던가?

그는 경찰이 자신을 이용해 먹는 것을 막으려고 그렇게 처신했노라고 대답할 것이다. 그러나 터놓고 말하자면 그런 것이 이론적으로는 가능할지 몰라도, 경찰이 그의 서명이 딸린 위조 성명서를 공개한다는 것은 거의 개연성 없는 일이었다.

물론 누구에게나 전혀 개연성 없는 위험을 두려워할 권리가 있다. 그렇다고 치자. 그가 자기 자신과 자기의 서툰 처신에 화가 났으며 결국 자신의 무력감만 자극할 게 뻔한 경찰과의 접촉을 피하고 싶었다는 것도 그럴 수 있다고 치자. 또한 아스피린이나 처방하는 의원의 기계적 일이 그가 꿈꾸었던 의사라는 직업과는 동떨어진 것이니 실질적으로 이미 직업을 잃은 것이나 진배없다는 것도 그렇다고 치자. 그러나 이런 모든 것을 감안해도 그가 한 결심의 돌발성은 아무래도 내게는 이상하게 보인

다. 혹시 그 결정 뒤에는 보다 심오한 무엇, 자기 자신의
이성적 사고로도 포착되지 않는 그 무엇이 숨어 있던 것
이 아니었을까?

8

토마시는 테레자를 즐겁게 해 주기 위해 다시 베토벤을 좋아하기 시작했지만 음악에 그리 푹 빠진 애호가도 아니었고, 과연 베토벤의 그 유명한 'muss es sein? es muss sein!'이라는 테마에 얽힌 진짜 이야기를 아는지는 의심스럽다.

그 이야기의 진상은 이렇다. 뎀브셔라는 사람이 베토벤에게 50프로링을 빚지고 있었는데, 언제나 땡전 한 푼 없는 이 작곡가는 그에게 빚을 갚아 달라고 요구했다. "Muss es sein? 그래야만 하는가?"라고 불쌍한 뎀브셔는 한숨을 지었다. 베토벤은 경쾌하게 웃으며 대꾸했다. "Es muss sein! 그래야만 한다!" 그러면서 그는 수첩에 멜로디까지 곁들여 이 단어를 적어 넣었고 이 사실적인 테마를 중심으로 4중창을 위한 소품을 작곡했다. 세 명이 "es muss sein, ja, ja, ja. 그래야만 한다, 네, 네, 네."라고 노래하고, 네 번째 사람이 "heraus mit dem Beutel! 네 지갑을 꺼내!"라고 덧붙였다.

일 년 후 이 테마가 작품번호 135 마지막 4중주 4악장의 핵심이 되었다. 베토벤은 뎀브셔의 지갑은 더 이상 염두에 두지 않았다. "es muss sein!"이라는 말이 그에게는 운명의 신이 몸소 발설한 것처럼 점차 장엄한 톤을 띤 듯 느껴진 것이다. 칸트의 언어로는 '안녕!'이라는 말도 그럴듯하게 발음하면 형이상학적 주제와 흡사하게 될 수 있다. 독일어는 무거운 단어로 이뤄진 언어다. 이제 "es muss sein!"은 더 이상 농담이 아니라 'der schwer gefasste Entschluss', 즉 신중하게 저울질한 결정이 된 것이다.

이렇듯 베토벤은 희극적 영감을 진지한 4중주로, 농담을 형이상학적 진리로 환골탈태시킨 것이다. 이것은 가벼운 것에서 무거운 것으로의 전이(파르메니데스에 따르자면 긍정적인 것이 부정적으로 변화한 것)라는 흥미로운 예다. 이상한 노릇은 이 환골탈태가 우리를 놀라게 하지 않는다는 점이다. 역으로 베토벤이 4중주의 진지함으로부터 뎀브셔의 지갑에 대한 4중창에서 보여 준 가벼운 농담으로 변했다면 우리는 분개했을 것이다. 하지만 그랬다면 그것은 완전히 파르메니데스의 정신에 부합한 행동이 되었을 것이다. 무거운 것을 가벼운 것으로, 그러니까 부정적인 것을 긍정적인 것으로 바꿀 수도 있었다! 처음에는 (불완전한 초고 형태로서) 형이상학적 진리였지만 끝에 가서 (완성된 작품으로서) 더할 나위 없이 가벼운 농담이었을 수도 있었다! 다만 우리는 더 이상 파르메니데스처럼 사고할 수는 없다.

내 생각에 토마시는 이미 오래전부터 이 공격적이고 장중하고 엄격한 "es muss sein!"에 짜증이 났고, 그의 가슴속에는 파르메니데스의 정신에 따라 무거운 것을 가벼운 것으로 바꾸고 싶다는 깊은 욕망이 있었다. 그가 단숨에 첫 번째 부인과 그의 아들을 더 이상 보지 않기로 작정하는 데에는 일 초도 걸리지 않았고, 아버지와 어머니가 그와 인연을 끊겠다는 것을 알고는 안도의 숨을 내쉬었다는 점을 상기하도록 하자. 이런 것이 그에게 무거운 의무처럼 "es muss sein!"으로 고착되고자 하는 것을 밀쳐 버렸던 급작스럽고 비이성적 태도와 뭐가 다를 게 있겠는가?

물론 의학에 대한 그의 애정에서 비롯된 "es muss sein!"은 내면적 필연성이었던 반면, 그때 그것은 사회적 관습이 개입한 외부적 "es muss sein!"과 관련 있다. 바로 그렇기 때문에 한결 어려웠다. 내면의 명령은 더욱 강렬하고 그래서 더욱 강하게 반항을 불러일으키기 때문이다.

외과의사는 사물의 표면을 열고 그 안에 숨은 것을 들여다본다. 토마시에게 "es muss sein!"의 너머에 무엇이 있는지 보러 가고 싶은 생각을 불러일으킨 것은 아마도 이런 욕망일 것이다. 달리 말하자면 그때까지 자신의 소명이라 믿었던 모든 것을 털어 버렸을 때 삶에서 무엇이 남는지 보고 싶은 욕망.

하지만 프라하의 유리창과 진열장 청소 회사의 싹싹한 여자 사장을 만나자 자신이 내린 결심의 결과가 불현듯 적나라한 실체를 드러냈고, 그래서 그는 거의 공포심을 느꼈다. 그는 이 공포 속에서 새로운 직장의 첫 며칠을 보냈다. 그러나 일단 새로운 삶의 경악스러운 이질감을 극복하자 (일주일쯤 지난 뒤) 그는 자신이 길고 긴 휴가를 보내고 있다는 것을 문득 깨달았다.

그는 자신이 어떤 중요성도 부여하지 않는 일을 했고 그것이 아름답다 생각했다. 그는 내면적 "es muss sein!" 에 의해 인도되지 않은 직업에 종사하며 일단 일을 끝내면 모든 것을 잊을 수 있는 사람들(그때까지 항상 동정했던 사람들)의 행복을 이해했다. 그는 한 번도 이런 행복한 무관심을 체험하지 못했다. 예전에 그는 그가 원한 대로 수술을 성공하지 못하면 절망에 빠져 잠을 이루지 못했다. 심지어는 여자에 대한 입맛을 잃기까지 했다. 그의 직업이 지닌 "es muss sein!"은 그의 피를 빨아먹는 흡혈귀와도 같았다.

이제 그는 유리창을 닦는 긴 막대기를 들고 프라하를 누비고 다녔으며 십 년은 젊게 느껴지는 자신을 발견하고 놀랐다. 백화점 여자 점원들은 그를 "의사 선생님."이라 불렀고 (프라하의 소문 체계는 완벽하게 작동했다.) 그에게 감기나 복통 혹은 월경이 늦어지는 것에 대해 자문을 구하기도 했다. 유리창에 물을 뿌리고 긴 막대 끝에 솔을 달아 유리를 닦기 시작하는 그의 모습을 보면 그녀들은 거의 수치심을 느끼기까지 했다. 손님들을 가게 안에서 기다리게 할 수만 있었다면 그들은 틀림없이 그의 손에서 청소 막대를 빼앗아 대신 유리창을 닦았을 것이다.

토마시는 주로 백화점에서 일을 했으나, 회사는 그를 개인 집에 보내기도 했다. 그 시절 사람들은 체코 지식인에 대한 박해를 일종의 행복한 연대감을 가지고 받아들였다. 그의 과거 환자들이 토마시가 유리 닦는 노동자인 것을 알고는 회사에 전화를 걸어 그를 보내 달라고 요구하기도 했다. 그들은 샴페인이나 코냑 병을 들고 그를 맞이하여 서류에는 유리창 열세 개를 닦았다고 써넣고 두 시간 동안 그와 수다를 떨고 술을 마시곤 했다. 다른 집이나 다른 가게로 가기 위해 문 밖을 나설 때면 그는 매우 흡족했다. 소련군 장교 가족들은 체코에 살림을 차리러 왔고, 라디오는 해고당한 기자 자리를 대신해 내무부 공무원의 협박조 연설을 방송했으며, 토마시는 가는 곳마다 술을 마셔서 이 잔치에서 저 잔치로 불려 다니는 사람의 기분이 되어 프라하 거리를 비틀거리고 다녔다. 그것은 그의 멋진 휴가였다.

그는 독신 시대로 되돌아간 것이다. 왜냐하면 그 삶에서 갑자기 테레자가 없어졌기 때문이다. 그녀가 바에서 돌아온 한밤중에나 그는 그녀를 보았는데 선잠에 빠져 한쪽 눈으로만 보았고, 아침이 되면 이번에는 그녀가 잠에 취한 터라 그는 서둘러 일터로 가야 했다. 그에게는 혼자서 보내는 열여섯 시간이 주어졌고 그것은 불시에 그에게 제공된 자유의 공간이었다. 그에게 자유의 공간은 아주 어렸을 적부터 여자들을 의미했다.

9

친구들이 그에게 몇 명의 여자를 가져 봤느냐고 묻자, 그는 대답을 얼버무렸다. 그래도 계속 캐묻자 그는 "대충 이백 명쯤 될 거야."라고 했다. 이를 부러워한 몇몇 친구가 허풍이라고 잘라 말하자 그는 아니라고 했다. "그렇게 많은 건 아니지. 내가 여자와 관계를 맺은 지 이제 거의 이십오 년이 넘었어. 200을 25로 나눠 봐. 매년 새 여자가 여덟 명쯤 있었던 셈이지. 그리 많은 건 아니잖아."

그러나 테레자와 함께 살면서부터 그의 에로틱한 행동은 시간 배정의 어려움에 부딪혔다. 그는 (수술대와 집을 오가며) 아주 협소한 시간대만 자신에게 할애할 수 있었고, 물론 그 시간대를 집중적으로 활용했으나 (고산지대 농부가 자투리땅을 갈듯 정열적으로) 갑자기 횡재처럼 하늘에서 떨어진 열여섯 시간과는 비교될 수 없었다.(내가 열여섯 시간이라고 셈한 까닭은 그가 유리창을 닦는 여덟 시간 동안 여자 점원, 회사원, 가정주부를 만나고 약속을 정할 기회가 지천에 널려 있기 때문이다.)

그는 그 무수한 여자에게서 무엇을 추구했던 것일까? 여자들의 무엇이 그토록 그를 끌어당겼을까? 육체적 사랑이란 똑같은 것의 영원한 반복이 아닐까?

천만에. 거기에는 상상하지 못하는 몇 퍼센트의 부분이 항상 남게 마련이다. 잘 차려입은 여자를 보면 그는 저 여자가 다 벗으면 어떤 모습일까 상상할 수 있지만 (이 대목에서 그의 의사 체험이 연인 체험을 보완하였다.) 개념의 근사치와 현실의 정확성 사이에는 상상하지 못했던 조그만 격차가 잔존하며, 바로 이런 격차가 그를 편히 쉬지 못하게 하는 것이다. 그리고 상상할 수 없는 부분을 추구하는 것은 나체의 발견에 멈추지 않고 그 이상까지 진행된다. 저 여자는 옷을 벗으면서 어떤 표정을 지을까? 성 행위를 하면서 어떤 말을 할까? 신음 소리는 어떤 음정일까? 쾌락의 순간에 그녀의 얼굴에는 어떤 주름살이 새겨질까?

'자아'의 유일성은 다름 아닌 인간 존재가 상상하지 못하는 부분에 숨어 있다. 인간은 모든 존재에 있어서 동일한 것, 자신에게 공통적인 것만 상상할 수 있을 따름이다. 개별적 '자아'란 보편적인 것으로부터 구별되고 따라서 미리 짐작도 계산도 할 수 없으며 그래서 무엇보다도 먼저 베일을 벗기고 발견하고 타인으로부터 쟁취해야만 하는 것이다.

토마시는 의료 활동을 시작한 후 처음 십 년 동안 오로지 인간의 뇌만 집중적으로 다루면서, '자아'를 포착하는

것이 가장 어렵다는 것을 알았다. 히틀러와 아인슈타인
사이나, 브레즈네프와 솔제니친 사이에는 차이점보다는
유사성이 훨씬 많았다. 이를 수학적으로 표현한다면 그
들 간에는 100만 분의 1의 상이한 점과 99만 9999의 유
사한 점이 있다.

토마시는 이 100만 분의 1을 발견하고 소유하고자 하
는 욕구에 사로잡혔으며, 그의 눈엔 이것이 바로 그의 여
자 집착증이 지닌 의미였다. 그는 여자에 사로잡힌 것이
아니라, 그들 각자가 지닌 상상 못 하는 부분, 달리 말해
서 한 여자를 다른 여자와 구분 짓는 이 100만 분의 1의
상이성에 사로잡힌 것이다.

(외과의사로서의 열정도 그의 바람둥이 기질과 일맥상통할
지도 모른다. 그는 정부들과 함께 있는 순간에도 결코 상상의
메스를 놓지 않았다. 그는 그들의 내면에 깊이 파묻힌 그 무엇,
그래서 그 표피적인 껍질을 찢어 내야만 볼 수 있는 그것을 차
지하고자 갈망했던 것이다.)

그가 왜 100만 분의 1의 상이성을 섹스에서만 찾으려
고 했는지에 대한 물음도 당연히 제기될 수 있다. 예컨대
그들의 행동, 입맛 혹은 아름다움의 선호도에서 찾을 수
있지 않았을까?

물론 100만 분의 1의 상이성은 인간 삶의 모든 분야에
존재하지만, 다만 그것은 어딜 가나 대중 앞에 드러나서
발견할 필요도 없고 메스도 필요 없는 셈이다. 어떤 여자
가 과자보다 치즈를 좋아하고 또 다른 여자가 꽃양배추

를 도저히 먹지 못한다면 이것도 독창성의 한 징후지만, 이런 독창성은 철저히 무의미하고 공허해서 그런 것에 관심을 갖고 거기에서 어떤 가치를 추구한다는 것이 시간 낭비라는 것을 곧 깨닫게 된다.

100만 분의 1의 상이성이 구체적으로 드러나는 대목은 오로지 섹스에서뿐이다. 왜냐하면 섹스란 공개적으로 접근할 수 있는 것이 아니라 정복해야만 하는 것이기 때문이다. 반세기 전만해도 이런 유의 정복에는 많은 시간(수주일 심지어는 몇 달까지!)이 요구되었고, 정복된 것의 가치는 정복하기 위해 쏟아 부은 시간으로 가늠되었다. 심지어 정복하는 데 걸리는 시간이 엄청나게 짧아진 오늘날에도 섹스는 여전히 여성적 자아의 신비가 숨어 있는 금고처럼 보인다.

따라서 그를 여자 사냥에 내모는 것은 관능의 욕구(관능은 말하자면 덤으로 따라오는 것이다.)가 아니라 세계를 정복(지상에 머무는 육체를 메스로 개봉하고자 하는)하려는 욕망이었다.

10

수많은 여자를 추구하는 남자는 두 범주로 쉽게 나뉠
수 있다. 한쪽은 모든 여자에게서 자기 고유의 꿈, 여자
에 대한 자신의 주관적인 생각을 찾는다. 다른 쪽은 객관
적인 여성 세계가 지닌 무한한 다양성을 수중에 넣고자
하는 욕망에 따라 움직인다.

첫 번째 부류의 집착은 낭만적 집착이고, 그들이 여자
에게서 찾는 것은 그들 자신, 그들의 이상이며 그들은 항
상 끊임없이 실망한다. 왜냐하면 이상이란 우리가 알다
시피 결코 발견할 수 없는 그 무엇이기 때문이다. 이 여
자에게서 저 여자로 옮겨 다니게 만드는 실망은 그들의
바람기에 일종의 멜로드라마 같은 변명거리를 제공하기
때문에 수많은 감상적인 부인네들은 그들이 지닌 불치
의 일부다처주의를 감동적이라 생각한다.

또 다른 집착은 바람둥이형 집착이며 여인들은 여기에
는 감동적인 것이라곤 전혀 없다고 생각한다. 남자는 여
자들에게 주관적 이상을 투사하지 않기 때문에 모든 것

에 관심을 갖고 그 어느 것에서도 실망할 수 없다. 그리고 바로 이 실망하지 못하는 태도 그 자체는 뭔가 추태의 요소를 포함한다. 세상 사람들의 눈에 바람둥이의 집착은 용서받을 수 없는 것이다.(왜냐하면 이 집착은 실망을 통한 죄의 사함을 받지 못했기 때문이다.)

낭만적 호색한은 항상 같은 유형의 여자를 쫓아다니기 때문에 애인을 갈아 치워도 사람들은 눈치조차 챌 수 없다. 친구들은 그의 애인들 간의 차이점을 보지 못하기 때문에 항상 똑같은 이름으로 여자를 불러 대며 그에게 항상 골치 아픈 문제를 만들어 준다.

바람둥이형 호색한(물론 토마시는 이 부류로 분류되어야만 한다.)은 여자를 사냥하면서 점차 관습적인 여성미(금세 싫증을 느낀다.)를 멀리하고 십중팔구 기이한 것을 수집하는 수집가가 된다. 그들 자신도 이를 알고 조금은 부끄러운지라 친구들을 어색하게 만들지 않으려고 좀처럼 애인을 동반하여 공개석상에 모습을 드러내지 않는다.

유리창 닦는 노동자가 된 지 이 년 가까이 되었을 무렵, 토마시는 한 여자 고객의 주문을 받았다. 아파트 문앞에 선 그녀를 처음 본 순간 그는 대번에 그녀의 기이함에 매료되었다. 불쾌하지 않을 정도의 평범함(기이함에 대한 토마시의 취향은 괴물을 애호하는 펠리니 감독의 취향과는 아무런 공통점도 없었다.)의 경계선에 걸린 은근하고 수줍은 듯한 기이함이었다. 그녀는 비정상적으로 키가 커서 토마시보다도 장신이었고, 코가 섬세하고 아주 긴 얼

331

5부 가벼움과 무거움

굴에는 예쁜 구석이 전혀 없지는 않았지만 (적어도 토마
시가 보기엔) 너무 기이하게 생겨서 아름답다고 할 수도
없었다.(그랬다간 세상사람 모두가 아니라고 반박했을 것이
다!) 바지에 하얀 블라우스 차림인 그녀는 호리호리한
소년, 기린, 황새를 한데 모아 놓은 이상한 잡종 같았다.

그녀는 뭔가 캐내려는 듯한 시선으로 집중해서 그를
오랫동안 바라보았는데, 그 시선 속에는 지적 아이러니
의 섬광도 없지 않았다.

"들어오세요, 의사 선생님."

그는 여자가 자신의 신분을 알고 있다고 생각했다. 아
무런 기색도 내비치지 않으려고 그는 "어디에서 물을 뜰
수 있을까요?" 하고 물었다.

그녀는 욕실 문을 열어 주었다. 세면대, 욕조, 변기가
보였고, 빨갛고 조그만 양탄자가 바닥에 깔려 있었다.

기린과 황새를 닮은 여자는 눈을 깜박이며 미소를 지
었고 그녀가 내뱉는 한 마디 한 마디가 어떤 의미나 아이
러니를 숨기고 있는 듯한 착각을 불러일으켰다.

"욕실을 마음대로 쓰세요, 의사 선생님. 선생님 좋으
실 대로 쓰세요."

"그럼 아예 목욕을 해도 될까요?"

"목욕하는 걸 좋아하시나 보죠?"

그는 양동이에 더운 물을 채우고 거실로 돌아왔다.
"어디부터 시작할까요?"

"선생님 마음대로 하세요." 하며 그녀는 어깨를 한 번

으쓱했다.

"다른 방 창문도 볼 수 있을까요?"

"제 집을 구경하실래요?" 그녀는 유리창 청소를 할지 안 할지 여부는 전적으로 토마시의 기분에 따른 것이며 그 기분에는 조금도 관심이 없다는 듯 웃어 보였다.

그는 옆방으로 들어갔다. 커다란 창문이 하나 있고, 침대 두 개가 서로 바짝 붙어 있었으며, 석양에 물든 자작나무를 그린 가을 풍경화가 걸려 있었다.

다시 거실로 오자 마개를 딴 포도주 한 병과 잔 두 개가 탁자 위에 있었다. "고된 일을 하시기 전에 힘을 좀 보강하시지요?"

"기꺼이 그러지요." 하며 토마시는 자리에 앉았다.

"이렇게 집집마다 돌아다니는 게 재미있을 테지요?"

"나쁘진 않지요."

"어딜 가나 남편을 직장에 보낸 여자들만 만나겠지요."

"할머니나 시어머니인 경우가 훨씬 많지요."

"예전 직업이 그립지 않나요?"

"그보다는 내 예전 직업을 어떻게 알게 되었는지 말해 주세요."

"선생님을 고용한 사람이 아주 자랑을 하더군요." 하고 황새 부인은 말했다.

"아직도 그러나요?" 토마시가 놀랐다.

"전화를 걸어 창문을 닦을 사람을 보내 달라고 했더

니 당신을 찾는 게 아니냐고 물었어요. 당신은 병원에서 내쫓긴 굉장한 외과의사더군요. 그게 내 관심을 끌었어요!"

"호기심이 많은 분이군요."

"그렇게 보이나요?"

"네, 당신이 바라보는 방식이 그래요."

"내가 어떻게 보는데요?"

"눈을 가늘게 뜨고 쉴 새 없이 질문을 하잖아요."

"대답하는 것을 좋아하지 않나요?"

그녀 덕분에 대화는 대번에 한가한 말장난으로 변했다. 그녀가 건네는 말은 그 어느 것도 외부 세계와 관련 없었다. 그녀의 말은 한결같이 오로지 그들 자신에 관한 이야기뿐이었다. 주된 대화 주제가 오로지 두 사람에 관한 것이었기 때문에, 언어에 신체 접촉을 더하는 것은 식은 죽 먹기였다. 토마시는 그녀의 가늘게 뜬 눈을 화제로 삼으며 그녀의 눈을 애무했다. 그녀는 즉각 반응하지는 않았지만 '네가 내게 해 주면 나도 네게 똑같이 해 주지' 게임을 하는 사람들처럼 의도적인 집요함을 보였다. 그들은 서로 상대편의 몸에 손을 얹고 마주 앉았다.

토마시가 허벅지 사이에 손을 넣자 마침내 그녀는 저항하기 시작했다. 그녀가 진정으로 저항하는지 아닌지를 도무지 분별할 수 없었지만, 이미 많은 시간이 흘러간 뒤였고, 십 분 후에는 다른 고객이 그를 기다릴 터였다.

그는 자리에서 일어나 이제 가야만 한다고 설명했다.

그녀의 뺨이 빨갛게 상기되어 있었다.

"당신 작업 일지에 내가 사인을 해 줘야지요."

"난 아무 일도 하지 않았는데요." 하고 그가 반문했다.

"모두 내 잘못이에요." 그녀는 느릿느릿 달콤하고 천연덕스러운 목소리로 한 마디 덧붙였다. "나 때문에 시작조차 하지 않은 일을 당신이 마무리할 수 있도록 당신을 다시 한 번 불러야겠네요."

토마시가 서명할 서류를 내놓지 않자, 그녀는 부탁할 때나 하는 어투로 이렇게 말했다. "제발 그걸 주세요." 하며 눈을 가늘게 뜨고 한 마디 덧붙였다. "내가 지불하는 것이 아니라 남편이 내는 거고, 돈을 받는 사람도 당신이 아니라 국영 기업입니다. 이 거래는 당신이나 나, 우리 누구하고도 상관없어요."

11

기린과 황새를 닮은 여자의 야릇한 비대칭성을 생각
만 해도 그는 흥분했다. 어색함과 결합한 교태. 냉소적
미소를 동반한 노골적 성적 욕망. 아파트의 천박한 평범
함과 안주인의 독특함. 그들이 성 행위를 했다면 그녀는
어떠했을까? 그는 상상해 보려고 애썼지만 쉽지 않았다.
그것이 며칠 동안 그의 유일한 관심거리였다.

그녀가 두 번째로 그를 초대했을 때 이미 테이블 위에
는 포도주 한 병과 잔 두 개가 있었다. 그러나 이번에는
모든 게 빨리 진행되었다. 그들은 금세 방 안에 마주 앉
았고 (하얀 자작나무 풍경 위로 해가 지고 있었다.) 키스를
했다. 그는 평소 하던 말을 그녀에게 했다. "벗어요!" 그
러나 그녀는 복종하지 않고 "아니요, 당신 먼저요."라고
명령했다.

그는 이런 것에 익숙지 않아 잠깐 당황했다. 그녀는 그
의 바지 단추를 끄르기 시작했다. "벗어요!"라고 그는 몇
차례나 강조했지만 (그의 명령이 먹혀들지 않는 것이 희극

적이었다.) 그가 할 수 있는 것이라곤 타협안을 순순히 받아들이는 것뿐이었다. 지난번 이미 그녀가 강요한 게임의 법칙에 따라 (네가 내게 해 준다면 나도 네게 똑같이 해 주지) 그녀가 그의 바지를 벗겨 주면 그가 그녀의 치마를 벗기고, 그녀가 그의 와이셔츠를 벗겨 주면 그는 그녀의 블라우스를 벗겨서, 마침내 그들은 알몸으로 마주 앉게 되었다. 그는 그녀의 축축한 성기에 손을 얹었고 손가락을 항문 쪽으로 미끄러트렸다. 그 부위는 그가 모든 여자에게서 가장 사랑하는 부위였다. 그녀의 항문은 유난스레 튀어나와서, 긴 소화관이 여기서 슬그머니 돌출되며 끝나 버렸다는 느낌이 확연히 들었다. 단단하고 건강한 고리, 이 반지, 의학 용어로 괄약근이라 불리는 이 가장 아름다운 부위를 더듬을 때 그는 갑자기 여자의 손가락이 자기 엉덩이의 같은 부위에 닿는 것을 느꼈다. 그녀는 거울처럼 정확하게 그의 모든 행동을 따라 했다.

내가 이미 말했듯 그는 이백여 여자를 겪었지만 (그리고 유리창을 닦는 노동자가 된 이후 더욱 늘어났다.) 자기보다 큰 여자가 그의 앞에서 몸을 웅크리고 눈을 가늘게 뜬 채 그의 항문을 만졌던 적은 한 번도 없었다. 그는 어색함을 떨쳐 버리기 위해서 그녀를 침대 쪽으로 확 밀쳤다.

갑작스러운 행동에 그녀는 당황했다. 그녀의 커다란 육체는 벌렁 나가자빠졌고, 붉은 주근깨투성이 얼굴은 몸의 균형을 잃은 사람처럼 놀란 표정을 지었다. 그는 그녀 앞에 서 있었기 때문에 그녀의 무릎 아래를 잡고 약간 벌어진 그녀의 다리를 아주 높게 치켜들었다. 마치 누가 총구를 들이대는 바람에 공포에 질린 군인이 두 팔을 높게 들고 있는 모습 같았다.

격렬함에 곁든 어색함, 어색함에 곁든 격렬함에 토마시는 황홀하게 흥분했다. 그들은 아주 오랫동안 사랑을 했다. 그는 빨간 주근깨가 뒤덮인 그녀 얼굴을 관찰하며 누군가에게 발이 걸려 넘어진 여자의 놀란 표정, 방금 그에게 흥분의 물결을 머리끝까지 치솟게 했던 그 흉내 낼 수 없는 표정을 찾으려 했다.

정사가 끝나자 그는 욕실로 몸을 씻으러 갔다. 그녀가 그를 따라와 비누는 어디에 있고, 목욕용 스펀지 장갑이 어디 있으며 온수가 나오게 하려면 어떻게 해야 하는지 오랫동안 설명해 주었다. 이렇게 간단한 것을 상세하게 설명하는 것이 그에게는 이상해 보였다. 그는 다 알았으니 이제 욕실에 혼자 있고 싶다고 말했다.

"당신 씻는 모습을 보게 해 줄 수 없나요?" 하고 그녀는 애원조로 말했다.

그는 가까스로 그녀를 내쫓는 데 성공했다. 그는 몸을 씻고 세면대에 오줌을 누면서 (체코 의사 사이에서는 흔한 습관이다.) 그녀가 욕실 앞에서 안으로 들어올 구실을 찾으며 초조하게 서성이고 있다는 느낌을 받았다. 수도꼭지를 잠그자 아파트가 완전한 정적에 잠겨 있음을 깨닫고 그녀가 자기를 엿본다고 믿었다. 그는 문에 구멍이 있으며, 그녀가 가느다랗게 뜬 눈을 거기에 대고 있다고 거의 확신했다.

그녀 집을 나서며 그는 매우 기분이 좋았다. 그는 중요한 순간들을 회상하고 이 여자의 개별성(100만 분의 1의 상이한 부분)을 정의할 수 있는 화학적 공식으로 이 기억을 농축하려고 애썼다. 그는 마침내 세 가지 요소로 구성된 공식을 찾아냈다.

1. 격렬함을 곁들인 어색함.

2. 중심을 잃고 쓰러진 사람의 겁먹은 얼굴.

3. 총구 앞에 항복한 군인의 두 팔처럼 추켜올린 다리.

그는 이 공식을 되뇌며 다시 한 번 세계의 한 편린을 차지한 상쾌한 기분을 느꼈다. 상상의 메스로 우주의 무한한 화폭의 가느다란 천 조각을 절개했다는 느낌.

12

거의 같은 무렵 그에게는 이런 일이 있었다. 그의 오랜 친구가 매일 자정까지 그에게 빌려 준 아파트에서 그는 한 젊은 여자와 몇 차례 만났다. 한두 달이 지나자 그녀는 그들의 만남 중 한 번을 그에게 상기시켜 주었다. 그들은 창문 앞 양탄자에서 정사를 했고 밖에서는 천둥이 치고 번개가 번쩍였다고 그녀는 말했다. 그렇게 폭풍이 치는 동안 그들은 정사를 했고, 그것은 잊지 못할 아름다움이었다는 것이다!

그 말을 들으며 토마시는 놀랐다. 그렇다, 양탄자에서 정사를 한 것은 기억이 났지만 (친구의 스튜디오에는 좁은 소파만 있어서 매우 불편했다.) 폭우는 까맣게 잊고 있었다! 그녀와 만났던 몇몇 장면이 기억났고, 그들이 어떤 식으로 사랑을 했는지도 정확하게 기억났으며 (그녀는 뒤에서 성교하는 것을 거부했다.) 그녀가 정사 중 내뱉은 몇몇 문장도 기억이 났고 (그녀는 항상 엉덩이를 세게 조이라고 요구했으며, 그가 그녀를 바라보는 것을 거부했다.) 속옷

참을 수 없는 존재의 가벼움

재단선까지 기억났지만 폭풍은 전혀 기억나지 않았다.

그의 기억력은 여성 편력 중에서 오로지 성적 정복을 위해 감수했던 좁고 가파른 길만 기록하고 있었다. 최초의 언어적 공격, 최초의 접촉, 그가 말했거나 그녀가 말했던 최초의 음란한 표현, 그가 여자에게 서서히 강요했고 마침내 여자가 거부하기에 이른 모든 소소한 변태 행위. 나머지 모든 것은 (거의 현학적이라 할 만큼 세심하게) 그의 기억에서 배제되었다. 심지어 이런저런 여자를 처음 만났던 장소까지도 잊었는데, 그 순간은 엄밀한 의미에서 성적 정복이 있기 전에 일어났던 일이기 때문이다.

젊은 여자는 폭우에 대해 이야기하면서 거의 꿈꾸는 듯한 미소를 지었고, 그는 놀란 눈으로 그녀를 바라보며 거의 수치심에 가까운 감정을 느꼈다. 그녀는 뭔가 아름다운 것을 체험했는데, 자신은 그녀와 더불어 그것을 체험하지 못한 것이다. 한밤중의 폭우에 대한 그들 기억의 이분법적 반응은 사랑과 비(非)-사랑 사이에 있을 법한 차이점을 드러낸 것이다.

나는 비-사랑이라고 표현했지만, 토마시가 이 젊은 여자를 냉소적인 태도로 대했다거나 흔히 말하듯 그녀를 성적 대상으로만 보았다는 뜻은 아니다. 그는 오히려 그녀를 친구처럼 사랑했고 그녀의 성격과 지성을 존중했으며 어느 때라도 그녀가 필요로 한다면 기꺼이 그녀에게 도움을 주었을 것이다. 그녀에 대해 잘못된 행동을 한 것은 그가 아니었다. 사랑과는 아무 관계 없이 그녀를 사랑의 영역으로부터 배제한 것은 바로 그의 기억력이었다.

뇌 속에는 시적 기억이라 일컬을 수 있는 아주 특별한 지대가 존재해서 우리를 매료하고, 감동시키고, 우리의 삶에 아름다움을 주는 것이 기록되는 모양이다. 토마시가 테레자를 안 후부터 어떤 여자에게도 그의 뇌 속에 있는 이 지대에 아주 사소한 흔적조차도 남길 권리가 없었다.

테레자는 그의 시적 기억을 독재자처럼 점령하여 다른 여자들의 모든 흔적을 쓸어 내 버렸다. 그것은 정당하지 못한 일이다. 폭풍우가 치는 동안 그와 함께 양탄자 위에서 정사를 한 젊은 여자라고 해서 테레자보다 덜 시적이라고 할 수 없기 때문이다. 그녀는 토마시에게 "눈을 꼭 감고 내 엉덩이를 잡고 세게 조여 줘!"라고 소리쳤더랬다. 토마시가 정사 중에 눈을 크게 뜨고 세심하게 들여다보는 것이나 그녀의 몸 위로 약간 일으켜 세워진 그의 육체가 그녀의 피부에 달라붙지 않는 것을 그녀는 참을 수 없었다. 그녀는 토마시가 자기를 연구하길 원치 않았다. 그녀는 오로지 눈을 감아야만 들어갈 수 있는 도취의 물결 속으로 그를 끌어들이고 싶었다. 그녀는 바닥에 무릎을 꿇는 자세를 거부했는데, 이 자세에서는 그들의 몸이 거의 닿지 않고, 그가 50센티미터의 거리를 두고 그녀를 관찰할 수 있기 때문이었다. 그녀는 이러한 거리 두기를 혐오했다. 그녀는 그와 함께 혼연일체가 되기를 원했다. 그래서 그녀는 그의 눈을 집요하게 바라보면서, 양탄자가 그녀의 오르가슴 때문에 흠뻑 젖었는데도 자신은 쾌락을 느끼지 못했다고 단언했던 것이다. "나는 쾌락을 찾는 것이 아니라 행복을 찾아. 행복 없는 쾌락은 쾌락이 아니야." 달리 말하자면 그녀는 그의 시적 기억의 문을 노크했던 것이다. 그러나 문은 닫혀 있었다. 토마시의 시적 기억에는 그녀를 위한 자리가 없었다. 그녀를 위한 자리는 양탄자밖에 없었다.

토마시와 테레자의 사랑은 그와 다른 여자와의 사랑이 끝났던 시점에서 정확하게 시작되었다. 그 사랑은 그를 여자 사냥에 나서게 했던 필연성과는 다른 차원에서 이루어졌다. 그는 테레자의 그 어느 것도 들춰내려 하지 않았다. 그는 이미 완전히 드러난 상태인 그녀를 만난 것이다. 그는 세계의 육체를 열기 위해 사용하는, 그의 상상력의 메스를 채 손에 쥐기도 전에 그녀와 정사를 했던 것이다. 그녀가 정사 중에 어떠할 거라고 궁금해할 시간도 갖지 못한 채 이미 그녀를 사랑해 버린 것이다.

사랑의 역사는 그 후에나 시작되었다. 그녀의 몸에서 열이 나는 바람에, 그는 다른 여자들에게 그랬듯이 그녀를 돌려보낼 수 없었다. 그녀의 머리맡에 무릎을 꿇고 앉자 불현듯 그녀가 바구니에 넣어져 물에 떠내려 와 그에게 보내진 것이라는 생각을 했다. 이 은유가 위험하다는 것을 나는 이미 말한 적이 있다. 사랑은 은유로 시작된다. 달리 말하자면, 한 여자가 언어를 통해 우리의 시적 기억에 아로새겨지는 순간, 사랑은 시작되는 것이다.

13

그녀가 자신의 흔적을 그의 머릿속에 새롭게 각인하는 데엔 오랜 시간이 걸리지 않았다. 그녀는 매일 아침마다 그랬듯이 우유를 사러 갔는데, 그가 문을 열어 줬더니 빨간 스카프로 감싼 까마귀를 가슴에 꼭 안고 있었다. 집시들이 아기를 품에 안는 식이었다. 그는 코앞에서 자신을 비난하는 듯한 까마귀의 커다란 부리를 결코 잊지 못할 것이다.

그녀는 땅에 반쯤 묻힌 까마귀를 발견했던 것이다. 예전에 코사크 족은 포로로 잡은 적군을 그런 식으로 처리했다. "아이들이 이렇게 했어."라고 그녀는 말했고, 그 말에는 단순한 사실 확인을 넘어서는 뭔가가 있었다. 그것은 인간에 대한 갑작스러운 혐오감의 표현이었다. 그는 최근 그녀가 한 말이 기억났다. "당신이 아이를 결코 원하지 않는다는 것에 고마움을 느끼기 시작해."

전날 그녀는 일하던 바에서 한 남자에게 모욕을 당했다고 하소연했다. 그자가 목걸이를 낚아채며 몸을 팔아

번 것일 거라고 했다는 것이다. 그녀는 대단히 충격을 받았지만 토마시 생각에는 그럴 것까지는 없을 것 같았다. 그 순간 그는 이 년 전부터 그녀를 보는 시간이 너무 없었고 심지어 분노로 몸을 떠는 그녀의 손을 오랫동안 잡아 줄 기회도 없었다는 생각이 들자 문득 기분이 언짢아졌다.

그는 아침에 사무실로 나가며 줄곧 이 생각에 잠겨 있었다. 사무실에서는 여자 직원이 유리창 청소부에게 하루치 일거리를 주었다. 어떤 사람이 굳이 토마시의 이름을 거론하면서 유리창을 닦을 테니 그를 보내 달라고 요구했다. 그는 이번에도 여자가 불러 대는 것이 아닐까 염려하며 불편한 심기로 가르쳐 준 주소로 찾아갔다. 그는 테레자에 대한 생각에 몰두해 있었고 연애 행각에는 마음이 끌리지 않았다.

문이 열리자 그는 안도의 숨을 내쉬었다. 눈앞에는 조금 구부정하고 키가 큰 남자가 서 있었다. 남자는 주걱턱이었는데 그 모습이 누군가를 떠오르게 했다.

그는 미소를 지었다. "들어오시죠, 의사 선생."이라고 하며 그는 토마시를 거실로 안내했다.

젊은 남자 하나가 그를 기다리고 있었다. 그는 상기된 얼굴로 서 있다가 토마시를 보자 억지웃음을 지었다.

"두 분을 서로 소개해 드릴 필요는 없을 것 같네요." 하고 남자가 말했다.

"네." 토마시는 웃지 않고 말하며 젊은 남자에게 손을 내밀었다. 그는 토마시의 아들이었다.

마침내 주걱턱 남자가 자기소개를 했다.

"어디서 본 적이 있다고 생각했지요! 이럴 수가! 맞아
요, 누군지 알겠어요. 이름만 알지만."

그들은 낮은 탁자를 사이에 두고 자리에 앉았다. 토마
시는, 그가 원했던 것은 아니지만, 마주 앉아 있는 두 남
자가 자신이 만들어 낸 피조물이라고 생각했다. 그는 아
내의 강요에 못 이겨 아들을 만들었고 자기를 심문하던
경찰의 강요에 못 이겨 이 구부정한 키 큰 남자의 몽타주
를 그렸던 것이다.

그는 이런 생각을 떨쳐 버리기 위해 "자, 그러면 어느
창문부터 닦을까요?"라고 했다.

마주 앉은 두 남자가 활짝 웃어 보였다.

그렇다, 분명했다. 문제는 결코 창문이 아니었다. 그는
유리창을 닦으라고 초대된 것이 아니라 함정에 초대된
것이다. 그는 아들에게 한 번도 말을 건넨 적이 없었다.
악수를 한 것도 이번이 처음이었다. 그의 얼굴만 알았고
달리 더 이상 알고 싶지도 않았다. 그에 대해 알고 싶은
것도 없었고 아들도 자기에 대해 그래 주길 바랐다.

"멋진 포스터지요, 그렇지요?" 하고 토마시 앞쪽 벽에
걸린 커다란 액자 그림을 가리키며 기자가 말했다.

안으로 들어와서 처음으로 토마시는 눈을 들어 보았
다. 벽에는 흥미로운 그림들이 걸려 있었고, 적지 않은
포스터와 사진도 있었다. 기자가 가리킨 그림은 1969년

소련이 발행 금지를 시키기 전에 마지막으로 나왔던 주간지 중 하나에 실렸던 것이었다. 붉은 군대에 입대하라고 인민을 선동하는 1918년도 러시아 혁명의 유명한 포스터 모조품이었다. 붉은 별이 장식된 모자를 쓴, 눈빛이 기막히게 근엄한 군인이 당신의 눈을 똑바로 바라보며 당신에게 검지를 겨누고 있었다. 러시아어로 쓴 원래 글귀는 "시민이여, 당신은 아직도 붉은 군대에 입대하지 않았는가?"였고, 그것은 다음과 같은 체코어로 대체되었다. "시민이여, 당신도 2000자 선언에 서명했는가?"

뛰어난 농담이었다! 2000자 선언은 1968년 봄에 있었던 첫 번째 대규모 선언이며 공산 체제의 극단적 민주화를 요구한 것이었다. 그것에 수많은 지식인이 서명했고, 나중에는 일반인까지 차례로 서명해서 그 수가 너무도 많아 한 번도 세어 본 적은 없었다. 붉은 군대가 보헤미아를 침략해 정치 숙청이 시작되었을 때 시민들에게 제기된 질문 중 하나가 "당신도 2000자 선언에 서명했는가?"였다. 서명했다고 시인한 자는 즉석에서 해고되었다.

"멋진 그림입니다. 기억 나는데요." 하고 토마시가 말했다.

기자가 미소를 지었다. "붉은 군대의 군인이 우리가 한 말을 듣지 않았으면 좋겠네요."

기자는 심각한 어투로 덧붙였다. "의사 선생, 분명히 해 두건대 여기는 내 집이 아닙니다. 친구의 아파트죠. 따라서 이 순간 경찰이 우리를 도청한다고 확신할 수는 없지요. 가능성만 있을 뿐입니다. 제 집에 선생을 모셨다면 도청은 백발백중이었을 겁니다." 그러더니 그는 다시 가벼운 말투로 계속했다. "그러나 나는 우리가 아무것도 감출 것이 없다는 원칙에서 출발한 겁니다. 하긴 미래의 체코 역사가가 누릴 이점을 상상해 보세요. 그들은 경찰 자료에서 녹음테이프에 기록된 모든 지식인의 생활을 발견할 테지요! 문학사가들이 볼테르나 발자크, 혹은 톨스토이의 성 생활을 재구성하는 데 얼마나 노력을 기울여야 하는지 아세요? 체코 작가의 경우에는 한 치의 의혹도 없을 겁니다. 모든 게 녹음되었으니까요. 신음 소리조차도."

그러곤 벽 속에 숨은 상상의 마이크로 몸을 돌려 목소리를 높여 이야기했다. "여보시오, 이런 경우에 항상 그랬듯 나는 당신들의 노고에 격려를 보내며 나 자신과 미래 사가들의 이름을 빌려 당신들에게 감사를 표하는 바입니다."

세 사람 모두 웃음을 터뜨렸고, 기자는 주간지 폐간을 둘러싸고 일어났던 모든 상황에 대해 오랫동안 설명하기 시작했다. 이 희화를 고안했던 화가나 다른 화가, 철학자, 체코 작가들이 했던 모든 일을 설명해 주었다. 소련 침공 이후 그들은 모두 직업을 잃고 유리창 닦는 노동자, 주차장 관리인, 야간 수위, 공공건물의 보일러공, 그리고 뒤를 봐주는 힘이 있을 경우 기껏해야 택시 운전사가 되었다.

기자가 하는 말이 재미없었던 것은 아니지만 토마시
는 도무지 그의 말에 집중할 수 없었다. 그는 아들 생각
을 했다. 몇 달 전부터 거리에서 그와 마주쳤던 일이 떠
올랐던 것이다. 물론 우연이 아니었다. 그가 놀란 것은 지
금 아들이 박해받는 기자와 함께였기 때문이다. 토마시
의 첫 번째 부인은 건전한 공산주의자였고, 따라서 토마
시는 당연히 아들이 그녀의 영향을 받았을 거라고 생각
했다. 그는 아들에 대해 아무것도 모른다. 물론 그에게 어
머니와는 어떤 관계를 유지하고 있느냐고 물어볼 수도
있지만 남의 면전에서 할 만한 질문은 아니라고 느꼈다.

기자는 마침내 문제의 핵심에 도달했다. 자신의 의사
를 견지했다는 이유 하나만으로 점점 많은 사람들이 체
포된다며 그는 이렇게 말을 끝맺었다. "그리고 드디어 우
리는 뭔가를 해야만 한다고 생각했습니다."

"무엇을 하고 싶습니까?" 하고 토마시가 말했다.

그 순간 그의 아들이 끼어들었다. 그는 처음으로 아들
이 말하는 소리를 들었다. 놀랍게도 그는 말을 더듬었다.

"우리가 아는 바로는 정치범들이 학대받고 있어요. 그
중 몇 명은 매우 심각한 처지에 빠졌고요. 그래서 탄원서
를 작성하여 아직도 조금은 영향력 있는 유명한 지식인
들의 서명을 받는 것도 괜찮을 것이란 생각을 했죠."

아니다, 그것은 말더듬증이 아니라 말을 늦추는 어떤
딸꾹질 같은 것이었고 그래서 본인의 의사와 무관하게
그가 발언하는 단어 하나하나가 망치로 때리는 듯 강조

되었다. 본인도 이를 알아차렸는지 겨우 원래 안색을 되찾았던 그의 뺨이 다시 상기되었다.

"선생이 서명을 부탁할 만한 사람들을 알려 드릴까요?" 하고 토마시가 물었다.

"아니오." 하고 기자가 웃었다. "우리가 원하는 것은 자문이 아닙니다. 당신의 서명입니다!"

그는 다시 우쭐해졌다! 누군가가 아직도 자신이 외과 의사라는 사실을 잊지 않았다는 것에 다시 한 번 행복해졌다. 그는 오로지 겸양의 뜻에서 거절했다. "이봐요! 내가 파면되었다고 해서 위대한 의사인 건 아닙니다!"

"당신이 우리 잡지에 쓴 글을 우리는 잊지 않았습니다." 하며 기자는 토마시에게 웃어 보였다.

토마시에게는 아마도 느껴지지 않았겠지만 그의 아들은 어떤 정열을 가지고 말했다. "맞아요!"

"탄원서에 내 이름이 있다고 해서 그것이 어떻게 정치범들을 도울 수 있는지 모르겠군요. 서명을 해야 할 사람은 아직 권좌에서 밀려나지 않아 권력층에게 최소한의 영향력이나마 지닌 사람들이어야 합니다. 그렇게 생각하지 않으세요?"

"물론 그들도 서명해야 합니다!" 라며 기자는 웃었다.

토마시의 아들도 이미 꽤 많은 것을 깨달은 남자의 웃음 같은 것을 흘렸다. "단, 그런 사람들은 결코 서명하지 않을걸요!"

기자가 말을 이었다. "그렇다고 해서 그런 사람들을

찾아가지 않겠다는 뜻은 아닙니다. 그들에게 양심의 가책을 면제해 줄 만큼 우리도 관대하지 않으니까요. 그들의 변명을 한번 들어 보세요. 기가 막힙니다!"

아들도 동조의 웃음을 지었다.

기자가 말했다. "물론 그들도 우리 의견에 전적으로 동의한다고 말하지요. 그런데 그들 말을 들어 보면 이에 다른 식으로 접근해야 한다고 하더군요. 보다 합리적이고 보다 은근하게 전략적으로 해야 한다는 거죠. 그들은 서명하는 것을 두려워하면서도 동시에 서명을 하지 않으면 우리에게 비난을 받을까 두려워합니다." 아들과 기자는 함께 웃었다. 기자는 토마시에게 종이 한 장을 내밀었다. 거기에는 비교적 예의 바른 어투로 대통령에게 정치범 사면을 요구하는 짧은 글이 씌어 있었다.

토마시는 재빨리 따져 보려고 애썼다. 정치범을 사면하라고? 좋은 일이다. 그러나 체제에 숙청당한 사람들이 (따라서 그들 자신도 잠재적인 정치범인데) 대통령에게 이를 요구한다고 과연 사면해 줄 것인가? 이런 유의 탄원서가 가져올 수 있는 유일한 결과란, 대통령이 어쩌다가 우연히 정치범들을 사면해 줄 마음을 먹었다가도 결코 사면하지 않을 것이란 점이다!

아들이 그의 생각을 끊었다. "핵심은 이 나라에 아직도 두려움이 없는 소수의 남자와 여자 들이 있다는 것을 알려주는 거예요. 누가 누구 편인지 보여 주는 것이죠. 알곡과 독보리를 분리해 내는 일이지요."

토마시는 생각에 잠겼다. 그래, 맞는 말이다. 그러나 그것이 정치범과 무슨 상관이 있담! 사면을 얻어 내는 것과, 알곡과 독보리를 구별하는 것은 별개의 문제다. 같은 문제가 아니다.

"망설이고 계신가요, 선생?" 하고 기자가 물었다.

그렇다. 그는 망설였다. 그러나 그렇다고 말하기가 꺼려졌다. 눈앞 벽면에는 "아직도 붉은 군대에 입대하는 것을 망설이는가?" 혹은 "아직도 2000자 선언에 서명하지 않았는가?" 아니면 "당신도 2000자 선언에 서명했는가?" 혹은 "사면을 위한 탄원서에 서명하기 싫은가?"라며 손가락질로 위협하는 군인의 포스터가 있었다. 그게 무슨 말이건 그 군인은 협박을 하고 있었다.

어떤 이들은 정치범을 사면해야 한다고 생각하면서도 탄원서에 서명하지 않으려고 수만 가지 이유를 둘러댔다. 기자는 그런 사람들에 대해 어떻게 생각하는지 조금 전에 말했다. 기자 말에 따르자면 그러한 사고방식은 뒤에 비열함을 감춘 변명에 불과한 것이다. 그렇다면 토마시는 무슨 말을 할 수 있을까?

침묵의 시간이 길어졌고, 이번에는 토마시가 웃음을 지으며 그 침묵을 깼다. 벽의 그림을 가리키며 그가 말했다. "서명을 할지 안 할지 물어보며 나를 협박하는 저 작자를 보세요. 저자의 시선을 받으며 생각한다는 게 어렵습니다!"

세 사람 모두 잠깐 웃었다.

이어 토마시가 말했다. "좋아요. 생각해 보겠어요. 언젠가 다시 만날 수 있겠죠?"

"선생을 만나는 것은 언제라도 대환영인데 이 탄원서를 처리할 시간이 별로 남지 않았어요. 내일 대통령에게 제출하고자 합니다."

"내일이요?" 토마시는 바로 이 주걱턱 남자를 고발해야만 하는 내용이 적힌 서류를 내밀었던 뚱뚱한 경찰을 떠올렸다. 모두가 토마시에게 그가 쓰지도 않은 글에 서명을 하라고 강요를 하는 것이다.

그의 아들이 말했다. "이 경우에는 생각하고 말고 할 필요조차 없어요!" 말의 내용은 공격적이었지만 어투는 거의 하소연조였다. 두 사람은 서로 눈을 마주 보았고, 토마시가 찬찬히 뜯어보니 아들의 윗입술 왼쪽이 약간 올라간 것이 눈에 띄었다. 그는 이 비웃음을 잘 안다. 면도가 잘 되었는지 확인할 때 거울에 비친 자신의 얼굴에서 본 적 있었던 그런 비웃음이었다. 그것을 다른 사람의 얼굴에서 발견한 토마시는 불편한 감정을 억누를 수 없었다.

자기 자식과 언제나 함께 살아온 사람이라면 그런 유사성에 익숙해지고 그것을 당연하다고 생각할 테며 가끔은 그 발견을 즐거워할 수도 있다. 그런데 토마시가 아들과 이야기한 것은 이번이 난생 처음이었다! 자기 자신의 비웃음과 마주하는 것에 익숙지 못한 것이다!

당신의 한쪽 손을 잘라 다른 사람에게 접합했다고 가

정해 보라. 그리고 어느 날 누군가 당신 앞에 마주 앉아 당신 코앞에서 그 손을 움직이고 있다. 당신은 그 손을 공포로 받아들일 것이다. 그 손을 아무리 잘 알고 그것이 당신 자신의 손이라 해도 당신 몸에 닿는 것이 두려울 것이다! 아들이 말을 이었다. "아빠가 박해받는 사람 편이길 바랍니다!"

대화하는 동안 토마시는 아들이 그를 어떻게 부를지 궁금했다. 지금까지 아들은 어느 쪽이든 선택하지 않고 말을 돌려 표현했다. 이번에는 마침내 그가 선택한 것이다. 그는 아버지가 아닌 아빠란 말을 택했고, 그제야 토마시는 그때까지 문제였던 것은 정치범 사면이 아니라 바로 자신의 아들이었음을 확신했다. 서명을 하면 그들 두 사람의 운명은 다시 만날 테고, 토마시는 어쨌거나 그와 가깝게 지낼 수밖에 없을 것이다. 서명하지 않는다면 지금까지 그래 왔던 것처럼 그들 관계는 여전히 소원할 것이다. 그러나 이번에는 토마시의 뜻이 아니라 아들의 뜻일 것이다. 아들은 아버지가 비굴하다는 이유로 그를 거부할 것이기 때문이다.

그는 무슨 수를 두더라도 패배에서 벗어날 수 없어서 게임을 포기해야만 하는 체스 선수의 처지에 빠져 있었다. 따지고 보면 그가 서명을 하든 하지 않든 간에 결과는 마찬가지다. 그것이 그의 운명이나 정치범의 운명을 조금도 바꾸지 못할 터이다.

"그거 이리 주십시오." 그는 종이를 받아 들었다.

14

기자는 그의 결심에 대해 보상이라도 하려는 듯 이렇게 말했다. "선생이 오이디푸스에 대해 쓴 글은 기막히게 좋았어요."

그의 아들은 볼펜을 건네주며 덧붙였다. "거기에는 테러와 같은 생각이 들어 있었어요."

기자의 칭찬은 마음에 들었지만 아들의 은유는 뭔가 과장되고 적절치 않은 것처럼 보였다. 그래서 그는 말했다. "불행히도 오로지 한 명의 희생자만 낳은 테러였지. 그게 바로 나야. 그 기사 때문에 나는 더 이상 환자들을 수술할 수 없게 되었어."

이 말은 차갑게, 그리고 거의 적대적으로 울려 퍼졌다.

이 조그만 불협화음을 지워 버리기 위해 기자는 (용서를 구하는 사람의 표정으로) 이렇게 지적했다. "그러나 당신의 기사는 많은 사람들에게 도움이 되었습니다."

토마시에게 "사람들에게 도움이 되다."라는 말은 어렸을 적부터 의학이라는 단 하나의 행위와 동일시되었다.

신문 기사 하나가 누군가에게 도움이 되었던 적이 있었던가? 이 두 사람은 그에게 무엇을 믿게 하고 싶은 걸까? 그들은 그의 일생을 오이디푸스에 대한 한심한 생각에 한정했을 뿐 아니라, 심지어 그가 체제의 면전에 대고 발언한 단순한 아니요라는 한 마디로 축소해 버렸다.

그는 (자신은 느끼지 못했겠지만 여전히 냉랭한 어투로) 말했다. "내 기사가 어떤 누구에게 도움이 되었는지는 모릅니다. 그러나 나는 외과의사 일을 하면서 적지 않은 사람의 생명을 구했지요."

다시 대화가 끊겼다. 이때 아들이 끼어들었다. "사상 역시 생명을 구할 수 있어요."

토마시는 아들의 얼굴에서 자기 자신의 입을 보았고 자기 입이 말을 더듬는 모습을 보는 것은 이상한 느낌이라고 생각했다.

아들은 눈에 띄게 힘들어 하며 말을 이었다. "아버지 기사에는 뭔가 대단한 것이 있었는데, 그건 타협 거부였어요. 지금 우리가 잃어 가는 능력, 선악을 명백히 구별하는 능력 같은 거죠. 사람들은 이젠 죄책감을 느끼는 것이 무엇인지조차 몰라요. 공산주의자들은 변명거리를 하나 찾았지요. 스탈린이 그들을 속였다는 겁니다. 살인자가 그의 어머니는 자기를 사랑하지 않았고 그래서 욕구불만에 빠졌다고 변명하는 꼴이지요. 그리고 아버지는 불쑥 이렇게 말했지요. '거기에는 어떤 해명도 없었다.'라고. 그 누구의 영혼과 양심도 오이디푸스보다 결백하지 않았어요. 하지만 오이디푸스는 자기가 한 일을 보고는 스스로를 벌했어요."

토마시는 아들의 얼굴을 보다가 그의 입술에서 시선을 떼기 위해 애를 쓰며 기자에게 신경을 집중하려고 했다. 그는 화가 났고 그들의 말에 반박하고 싶었다. "모든 일이 오해에 불과하다는 것을 아셔야 합니다. 선악의 경계는 끔찍할 정도로 모호하지요. 나는 누구의 징계도 요구하지 않았으며, 그런 것은 전혀 내 목적이 아니었습니다. 자신이 한 일이 무엇인지도 모르는 사람을 징계하는 것은 야만입니다. 오이디푸스의 신화는 아름다운 신화죠. 그러나 그것을 이런 방식으로 이용한다는 것은……." 그는 뭔가 덧붙이려다가 그가 말하는 것이 어쩌면 녹음될지도 모른다는 데 문득 생각이 미쳤다. 그는 몇 세기 후 미래 역사가들이 자신을 인용하길 원하는 것 같은 야심은 털끝만치도 없었다. 그보다는 경찰이 인용하는 것이 더 두려웠다. 경찰이 그에게 요구했던 것은 다름 아니라 이러한 자기 기사에 대한 부인이었기 때문이었다. 경찰이 이것을 자기 입을 통해 듣는 것이 그는 불쾌했다. 이 나라에서 내뱉는 말 하나하나가 어느 날 라디오로 방송될 수 있다는 것도 그는 알고 있었다. 그는 입을 다물었다.

"무엇 때문에 생각을 바꾸셨나요?" 하고 기자가 물었다.

"그보다도 나는 무엇 때문에 내가 이 기사를 썼는지 자문하고 있어요." 토마시는 문득 그것이 생각났다. 그녀는 바구니에 담겨 강물에 버려진 아기처럼 그의 침대 언덕에 좌초했더랬다. 그렇다, 그래서 그는 이 책을 찾으러 갔던 것이다. 그는 로물루스, 모세, 오이디푸스 이야기를 떠올렸다. 그 순간 불쑥 그녀가 보였고, 빨간 스카프로 감싼 까마귀를 가슴에 끌어안고 그의 앞에 서 있는 그녀의 모습이 눈앞에 떠올랐다. 이 이미지가 마음을 한결 푸근하게 해 주었다. 마치 테레자는 살아 있고 이 순간 그와 같은 도시에 살고 있으며 그 밖에 다른 것은 전혀 중요치 않다고 그 이미지가 그에게 속삭이는 듯했다.

기자가 침묵을 깨고 말했다. "당신을 이해하겠습니다, 의사 선생. 나 역시 누군가를 징계하는 것을 좋아하지 않아요. 하지만 우리는 지금 징계를 요구하는 것이 아니에요. 우리는 징계 철회를 요구하는 것입니다."

"알아요." 하고 토마시가 말했다. 그는 앞으로 몇 초 후에 아마도 뭔가 관대한 일을 할 것이지만 그것이 십중팔구 불필요하며 (왜냐하면 그것이 정치범에게 도움이 될 리 없으니까.) 그에게도 불쾌한 (그것이 그에게 강요된 상황에서 이뤄지는 것이기에.) 일이라는 생각을 받아들였다.

다시 아들이 (거의 애원조로) 말했다. "서명하는 것은 아버지 의무예요!"

의무? 아들은 지금 그에게 의무가 무엇인지를 환기해 주려고 한다. 그에게 할 수 있는 최악의 말이었다! 까마귀를 품에 안고 있는 테레자의 이미지가 다시 눈앞에 떠올랐다. 그녀는 전날 경찰이 바에 와서 그녀를 괴롭혔다는 말을 했다. 그녀의 손이 다시 떨리기 시작한 것이다.

참을 수 없는 존재의 가벼움

그녀는 늙었다. 그에게 중요한 것은 아무것도 없다. 오로지 그녀만이 중요했다. 여섯 우연의 소산인 그녀, 외과 과장의 좌골신경통에서 태어난 꽃 한 송이, 모든 "es muss sein!"의 피안(彼岸)에 있던 그녀, 유일하게 그가 진정으로 애착을 갖는 그녀.

서명을 해야 할지 말아야 할지를 아직까지도 고민하는 이유가 뭘까? 그의 모든 결심 기준은 하나뿐이다. 테레자에게 해를 끼치는 일은 절대 하지 말 것. 토마시는 정치범은 구할 수 없었지만 테레자는 행복하게 해 줄 수 있었다. 아니다, 그것조차도 그는 할 수 없었다. 그러나 탄원서에 서명한다면 경찰이 더욱 자주 그녀를 괴롭히러 올 것이며 그녀의 손은 더욱 심하게 떨릴 것이라는 것은 거의 확신할 수 있었다.

"대통령에게 탄원서를 보내는 것보다 생매장당한 까마귀를 꺼내 주는 것이 훨씬 중요하지요."

그는 이 말이 이해되지 못할 것임을 알면서도 더할 나위 없이 흡족해졌다. 예기치 못한 돌연한 도취감이 느껴졌다. 아내에게 그녀와 아들을 더 이상 보고 싶지 않다고 선언했던 그날 느꼈던 것과 똑같은 검은 도취감. 의사 직업을 영원히 포기하겠다고 쓴 편지를 우체통에 던져 넣었던 그날 느꼈던 것과 똑같은 검은 도취감. 그가 올바른 행동을 하는 것인지는 확신할 수 없었으나 그가 원하는 바대로 행동한다는 것은 확신할 수 있었다.

"미안합니다. 서명하지 않겠습니다."

며칠 후 모든 신문이 탄원서에 대해 떠들어 댔다.

물론 그것이 정치범 석방을 요구하는 소박한 청원에 불과하다는 것은 어디에서도 언급되지 않았다. 어느 신문도 이 짧은 문건의 한 구절도 인용하지 않았다. 그러나 사회주의에 대항하는 새로운 전투의 발판으로 사용될 것이라며 이 체제 전복적 탄원을 막연하고 위협적인 어조로 장황하게 문제 삼았다. 서명한 인사들의 이름이 공개되었고, 등골을 오싹하게 하는 중상모략이 뒤따랐다.

물론 예상했던 일이었다. 공산당이 주최하지 않은 모든 공개 행동(집회, 탄원, 가두 행렬)은 불법으로 간주되었고 이에 가담한 자들은 위험에 처했다. 누구나 아는 사실이었다. 아마 그렇기에 토마시는 탄원서에 서명하지 않은 것에 대해 한층 자책했을 것이다. 도대체 왜 서명하지 않았을까? 스스로도 그런 결심을 한 동기를 더 이상 이해할 수 없었다.

그리고 나는 다시 한 번 이 소설 첫머리에서 내게 드

러났던 그의 모습을 본다. 그는 창가에 서서 건너편 건물 벽을 바라보고 있다.

그는 이 이미지에서 탄생했다. 이미 말했듯 소설 인물들은 살아 있는 사람들처럼 어머니의 육체에서 태어나는 것이 아니다. 그들은 하나의 상황, 하나의 문장, 그리고 아직까지 발견되지 않았거나, 본질적인 것은 여전히 언급되지 않았지만 근본적이며 인간적 가능성의 씨앗을 품고 있는 은유에서 태어난다.

그러나 작가란 자기 자신 이외의 것은 말할 수 없다고들 하지 않는가?

마당에서 무기력하게 바라보며 아무런 결정도 내리지 못하는 것. 사랑이 고조된 순간 자기 배 속에서 끈질기게 꾸르륵거리는 소리를 듣는 것. 배신하고 또한 이토록 아름다운 배신의 길 중간에서 멈출 수 없는 것. 대장정 행렬 속에서 주먹을 치켜드는 것. 경찰이 숨겨 둔 도청 마이크 앞에서 유머 감각을 과시하는 것 등. 나도 직접 이런 상황을 겪어 보았다. 그러나 내 이력서 속 자아로부터 그 어떤 인물도 도출되지 않았다. 내 소설의 인물들은 실현되지 않은 나 자신의 가능성들이다. 그런 까닭에 나는 그들 모두를 사랑하며 동시에 그 모두가 한결같이 나를 두렵게 한다. 그들은 하나같이 내가 우회하기만 했던 경계선을 뛰어넘었다. 나는 바로 이 경계선(그 경계선을 넘어가면 나의 자아가 끝난다.)에 매혹을 느낀다. 그리고 오로지 경계선 저편에서만 소설이 의문을 제기하는 신비가 시작된다. 소설은 작가의 고백이 아니라 함정으로 변한 이 세계에서 인간 삶을 찾아 탐사하는 것이다. 자, 이제 그만 하자. 토마시의 이야기로 돌아가자.

그는 창가에 서서 마당 건너편에 있는 건물의 더러운 벽을 바라보고 있다. 그는 주걱턱 남자와, 자기가 알지 못하고 그들 편에 속하지도 않은 주걱턱 남자의 친구들에 대해 일종의 향수를 느낀다. 마치 역 플랫폼에서 마주친 아름다운 미지의 여자가 미처 말을 걸어 보기도 전에 리스본이나 이스탄불행 침대 열차에 올라탄 것과 비슷한 것이다.

그는 다시 생각에 잠겼다. 무엇을 해야만 했을까? 감정에 속하는 모든 것(기자에 대한 존경심, 아들이 그에게 불러일으킨 불편함)을 배제한다 해도 그에게 내민 문서에 서명을 해야 했는지 아닌지를 그는 여전히 알 수 없었다.

한 사람을 침묵으로 몰아넣으려 할 때 목청을 높이는 것이 정당한 일인가? 그렇다.

그러나 다른 한편으로, 무슨 이유로 신문들이 이 탄원서에 많은 지면을 할애해야 할까? 언론은 (모두 국가에 의해 조작되니) 이 사건에 대해 함구할 수도 있으며 아무도 모르게 지나칠 수도 있는 노릇이었다. 언론이 떠드는 것은 그것이 이 나라의 주인들에게 유리하기 때문이다! 그들에게 이것은 하늘이 준 선물이고, 그들은 이것을 새로운 탄압의 물꼬를 트고 정당화하는 데 써먹었다.

그렇다면 그는 무엇을 해야만 했을까? 서명해야 했는

가 말아야 했는가?

이 문제를 다른 식으로 표현할 수 있을 것이다. 목청 높여 자신의 종말을 재촉하는 것이 나았을까? 혹은 침묵해서 그 대가로 좀 더 느린 종말을 사야 했을까?

이런 질문들에 한 가지 해답만이 존재할까?

그리고 다시 한 번 우리가 이미 알고 있는 생각이 그의 머리에 떠올랐다. 인간의 삶이란 오직 한 번뿐이며, 모든 상황에서 우리는 딱 한 번만 결정을 내릴 수 있기 때문에 과연 어떤 것이 좋은 결정이고 어떤 것이 나쁜 결정인지 결코 확인할 수 없을 것이다. 여러 가지 결정을 비교할 수 있도록 두 번째, 세 번째, 혹은 네 번째 인생이 우리에게 주어지진 않는다.

역사도 개인의 삶과 마찬가지다. 체코인들에게 역사는 하나뿐이다. 토마시의 인생처럼 그 역시 두 번째 수정 기회 없이 어느 날 완료될 것이다.

1618년 오스트리아 황제에게 분개한 보헤미아 귀족은 종교의 자유를 지키기 위해 대담하게도 그의 전권 대사 중 두 명을 흐라친 성 창밖으로 내던져 버렸다. 이렇게 해서 체코 국민 거의 전부를 몰살로 이끈 삼십·년 전쟁이 시작된 것이다. 당시 체코인들에게는 용기보다 신중함이 필요했던가?

대답은 간단한 것처럼 보이지만 실은 그렇지 않다.

삼백이십 년 후인 1938년, 뮌헨 회의에 따라 세계는 그들의 나라를 히틀러에게 희생시킬 것을 결정했다. 그들은 숫자 면에서 그들보다 여덟 배 우세한 적군에 대항하여 싸움을 시도해야 했을까? 1618년과는 반대로 그들은 용기보다는 신중함을 보여 주었다. 그들의 타협은 결과적으로 수십 년, 혹은 수세기 동안 국가로서의 그들 자유가 결정적으로 상실되는 것으로 결판난 2차 세계 대전의 시작을 초래했다. 그들에게 신중함보다 용기가 필요했을까? 그들이 무엇을 해야만 했을까?

체코 역사가 반복될 수만 있다면, 매번 다른 가능성을 시도하여 두 결과를 비교해 보는 것은 필경 흥미로운 일일 것이다. 이런 실험이 없었기 때문에 모든 추론은 그저 일련의 가설에 불과하다.

Einmal ist keinmal. 한 번은 중요하지 않다. 한 번이면 그것으로 영원히 끝이다. 유럽 역사와 마찬가지로 보헤미아 역사도 두 번 다시 반복되지 않을 것이다. 보헤미아 역사와 유럽 역사는 인류의 치명적 체험 부재가 그려 낸 두 밑그림이다. 역사란 개인의 삶만큼이나 가벼운, 참을 수 없을 정도로 가벼운, 깃털처럼 가벼운, 바람에 날리는 먼지처럼 가벼운, 내일이면 사라질 그 무엇처럼 가벼운 것이다.

토마시는 다시 한 번 일종의 향수, 거의 사랑에 가까운 감정을 느끼며 구부정한 키 큰 기자에 대해 생각했다. 이 남자는 역사가 밑그림이 아니라 완성된 그림인 것처럼 행동했다. 그는 자신이 하는 일이 영원회귀 속에서 셀 수 없을 정도로 무한히 반복되어야만 한다는 듯 행동했으며 자신의 행위에 대해 한 번도 의심해 본 적이 없는 것이 틀림없다. 그는 자기가 옳다고 확신했고 그것이 편협한 정신의 징후가 아니라 미덕의 표식이라고 생각했다. 그는 토마시와는 다른 역사 속에서 살고 있었다. 밑그림이 아닌 (혹은 그런 의식이 없는) 역사 속에서.

16

얼마 후 그는 다시 이런 생각을 했고, 나는 앞 장의 뜻을 밝히기 위해 이를 언급하고자 한다. 우주 어디엔가 우리가 두 번째 태어나는 행성이 있다고 가정해 보자. 또한 지구에서 보낸 전생과 거기에서 익힌 경험을 완벽하게 기억한다고 해 보자.

그리고 이미 두 번의 전생 체험을 가지고 세 번째로 태어나는 또 다른 행성이 존재할 수도 있다.

그리고 인류가 매번 더욱 성숙하면서 다시 태어나는 다른 행성들이 있을지도 모른다.

이것이 영원회귀에 대한 토마시의 생각이다.

지구(1번 행성, 미체험 행성)에 사는 우리는 당연히 다른 행성에서 인간에게 무슨 일이 벌어질지에 대해서는 막연한 개념밖에 지닐 수 없다. 인간이 더 현명해질까? 인간이 완숙한 경지에 도달할 수 있을까? 반복함으로써 이에 도달할 수 있을까?

비관주의와 낙관주의가 의미를 갖는 것은 바로 이런

유토피아에 대한 전망 속에서만 가능하다. 낙관주의자란 5번 행성에서는 인간 역사가 피를 덜 흘릴 것이라고 생각하는 사람이다. 비관주의자란 그런 것을 믿지 않는 자이다.

17

토마시는 어릴 적에 쥘 베른의 유명한 소설 『이 년간
의 휴가』를 무척이나 좋아했는데, 사실 이 년이라는 세
월은 휴가로서 최대한의 기간이다. 토마시가 유리창 닦
는 노동자가 된 지도 머지않아 삼 년에 접어든다.

최근 몇 주 동안 그는 육체적으로 피곤함(그는 슬프기
도 했지만 혼자 웃기도 했다.)을 느끼기 시작했고 욕망은
전혀 상실하지 않았지만 (그는 매일 한 번, 심지어 두 번까
지 사랑의 전투를 치러 냈다.) 여자들을 소유하는 대가로
극단적인 힘의 긴장(부연하자면 성적 힘이 아니라 육체적
힘을 뜻한다. 그는 성에는 아무 문제가 없었으나 호흡이 어려
웠고 바로 그것이 그가 보기에는 조금 희극적이었던 것이다.)
을 치러야만 하는 것을 깨달았다.

어느 날 그는 오후에 약속을 잡으려고 시도했으나 가
끔 그렇듯 그의 여자 친구 중 누구도 전화를 받지 않아
서 자칫하면 오후 시간이 비어 버릴 위험에 처했다. 그는
절망에 빠졌다. 그는 한 젊은 여자에게 십여 차례 전화를

걸었다. 그 여자는 유고슬라비아의 어느 해변 나체촌에서 몸이 그은 아주 매력적인 연극학과 학생이었다. 그녀는 고른 구릿빛으로 그은 몸매를 자랑했는데, 마치 놀랄 만큼 정확하게 장치된 꼬치구이 막대에 끼워져 천천히 돌아 가며 굽힌 것 같았다.

그는 유리창을 닦던 가게에서 여러 번 그녀에게 전화를 걸었지만 헛수고였다. 일을 끝내고 4시쯤 서명을 받은 작업 일지를 제출하기 위해 사무실로 돌아가려는데, 프라하 중심의 어느 거리에서 낯모르는 여자가 그를 불러 세우더니 미소를 지었다. "의사 선생님, 어디에 숨어 계셨어요? 감쪽같이 자취를 감추다니!"

토마시는 어디에서 그녀를 알았는지 기억하려고 애썼다. 예전 환자 중 하나일까? 그녀는 마치 친한 친구처럼 행동했다. 그는 그녀를 알아보지 못한 것을 드러내지 않으려고 대답을 얼버무렸다. 벌써부터 호주머니 속에 열쇠가 있는 친구의 아파트에 이 여자를 어떻게 설득해서 끌고 갈지 궁리하고 있었는데 무심결에 튀어나온 그녀의 말 한 마디로 그녀가 누구인지 알게 되었다. 그녀는 그가 하루 종일 줄곧 전화를 걸었던, 멋지게 몸이 그은 연극학과 여학생이었다.

그는 이 실수가 재미있고 동시에 두려웠다. 그의 육체뿐 아니라 정신까지 지쳤던 것이다. 이 년간의 휴가를 한없이 연장할 수는 없었다.

18

수술대 없는 휴가는 테레자 없는 휴가이기도 했다. 그
들은 주중에는 거의 얼굴을 보지 못했고 일요일이 되어
야 함께 있을 수 있었다. 그러면 그들은 욕망으로 가득
차지만 토마시가 취리히로부터 돌아온 그날 밤처럼 줄
곧 떨어져 있었기 때문에 서로를 만지고 키스하기 위해
서는 꽤나 긴 거리를 좁혀야만 했다. 육체적 사랑은 그들
에게 쾌락을 주었지만 어떤 위안도 되지 못했다. 그녀는
예전처럼 소리를 지르지도 않았고, 절정의 순간 일그러
진 그녀의 얼굴은 고통과 묘한 의식의 부재를 드러내는
것 같았다. 부드럽게 하나가 되는 순간은 잠이 든 뒤 한
밤중에야 가능했다. 그들은 항상 손을 잡고 잤고, 그녀는
두 사람을 갈라놓는 심연(태양의 밝은 빛이 만드는 심연)을
잊었다. 그러나 이런 밤은 토마시에게 그녀를 보호하고
돌봐줄 만한 시간과 수단을 제공하지 못했다. 아침에 그
녀를 볼 때마다 토마시는 그녀 때문에 가슴 조이며 몸을
떨곤 했다. 그녀가 슬프고 병들어 보였기 때문이다.

어느 일요일 그녀는 차를 타고 시골 어디엔가 가자고 제안했다. 그들은 온천 도시에 갔고, 그곳 거리 이름이 모두 러시아 이름으로 바뀐 것을 확인했다. 거기에서 토마시의 예전 환자와 마주쳤다. 그 만남에 그는 큰 충격을 받았다. 갑자기 그를 의사로 대하면서 말을 건네는 사람을 만나자 토마시는 예전 생활, 그 편안한 규칙성, 그 진료 시간을 다시 되찾은 듯한 착각에 빠졌다. 당시에는 미처 느끼지 못했지만 그에게 필요한 것은 신뢰감에 가득 찬 환자들의 눈길이었다.

그들은 집으로 돌아왔다. 토마시는 운전을 하면서 내내 취리히에서 프라하로 돌아온 것은 재난에 가까운 실수라고 되뇌었다. 그는 테레자를 보지 않기 위해 발작적으로 시선을 도로에 고정했다. 그는 그녀를 원망했던 것이다. 그의 곁에 있는 그녀의 존재가 참을 수 없는 우연으로 비쳤던 것이다. 도대체 그녀는 왜 그의 곁에 있는 것일까? 누가 그녀를 바구니에 넣어 물에 띄워 보낸 것일까? 그리고 왜 그녀는 토마시의 침대라는 강변에 접안했던 것일까? 왜 하필이면 다른 여자가 아닌 그녀였을까?

차를 타고 오는 내내 두 사람 중 누구도 꽉 다문 입을 열지 않았다.

집에 돌아온 뒤에도 그들은 침묵 속에서 식사를 했다.

그들 사이에 가로놓인 침묵이 마치 불운 같았다. 그 침묵은 시간이 갈수록 묵직해져 갔다. 그것을 떨쳐 버리기 위해 두 사람은 잠자리에 들었다. 한밤중에 그는 흐느끼고 있는 그녀를 깨웠다.

"내가 땅에 묻혀 있었어. 오래전부터 당신은 일주일에 한 번만 나를 보러 왔어. 당신이 지하 무덤의 문을 두드리면 내가 나갔지. 내 눈 속에는 흙이 가득했어.

당신이 말했어. '당신은 아무것도 볼 수 없군.' 그러더니 내 눈에서 흙을 없애 줬어.

그래서 내가 대답했지. '어쨌거나 나는 아무것도 보지 못해. 눈 대신 그 자리에 구멍만 있어.'

그러고 나서 당신은 오랫동안 떠나 있었는데, 나는 당신이 다른 여자와 함께 있다는 것을 알았어. 몇 주가 흘러도 당신은 여전히 돌아오지 않았지. 나는 내게 돌아오는 당신을 맞이하지 못할까 두려워 더 이상 잠을 자지 못했어. 어느 날 드디어 당신은 돌아와서 지하실 문을 두드렸는데, 나는 한 달 내내 잠을 자지 못해 너무 탈진해서 겨우 계단을 올라갈 힘만 남아 있었지. 드디어 문을 열자 당신은 실망한 표정을 지었어. 내 안색이 나쁘다고 했어. 내가 당신 마음에 들지 않는다는 것을 느꼈지. 뺨은 움푹 패고 두서없이 허둥거리기만 했으니.

나는 당신에게 사과하기 위해서 말했지. '용서해 줘. 요새 나는 전혀 잠을 자지 못했어.'

그랬더니 당신은 위로하는 듯하지만 공허하게 들리는 말을 했어. '그것 봐, 당신은 좀 쉬어야 해. 한 달 동안 휴가를 가져야만 해.'

나는 당신이 휴가라는 말로 무슨 이야기를 하고 싶었

는지 잘 알아! 당신이 한 달 동안 날 보지 않고 싶어 한다는 것을 눈치챘지. 다른 여자와 함께 지낼 것이기 때문이야. 당신은 떠났고, 나는 다시 무덤 속으로 내려왔어. 나는 또다시 당신을 마중 나가기 위해 한 달 동안 잠을 이루지 못할 거고, 한 달 후 당신이 돌아올 때면 몰골은 더 흉할 테고, 그러면 당신이 더 실망할 거라는 것을 잘 알고 있었지."

그는 이보다 더 처절한 이야기를 들어 본 적이 없었다. 그는 테레자를 품에 꼭 껴안았고 그녀의 몸이 떨리는 것을 느끼면서 그녀를 향한 자신의 사랑을 감당할 힘이 이제 그녀에게 없다고 생각했다.

지구가 폭탄을 맞아 뒤흔들릴 수도 있고, 조국이 매일 새로운 침략자에게 약탈당하고, 그가 사는 거리의 모든 주민이 사형장으로 끌려간다 해도 차마 내놓고 고백할 순 없겠지만 이보다는 훨씬 쉽게 견뎌 낼 수 있을 것 같았다. 그러나 테레자의 단 하나의 꿈이 불러일으킨 슬픔은 견딜 수 없었다.

그는 방금 그녀가 이야기한 꿈속으로 되돌아갔다. 그녀를 마주 보고 있는 자신의 모습이 떠올랐다. 그는 그녀의 뺨을 쓰다듬었고 그녀가 눈치 채지 못할 정도로 슬그머니 그녀 동공에서 흙을 빼 주었다. 그리고 그는 그 어떤 날보다도 처절한 말을 들었다. "어쨌거나 나는 아무것도 보지 못해. 눈이 있던 자리엔 구멍만 있어."

그의 가슴이 찢어졌다. 심장마비가 오는 것 같았다.

테레자는 다시 잠들었지만, 그는 잠을 이룰 수 없었다. 그는 죽은 그녀 모습을 상상했다. 그녀는 죽었고 끔찍한 꿈을 꾸고 있었다. 그러나 그녀는 죽었기 때문에 그녀를 깨울 수 없었다. 그렇다, 죽음이란 이런 것이다. 자고 있는 테레자가 끔찍한 가위에 눌렸는데, 그는 그녀를 깨울 수 없는 것이다.

19

러시아 군대가 토마시의 나라를 침공한 이래 오 년 동안 프라하는 무척 변했다. 토마시가 길에서 마주치는 사람들은 예전과 같은 사람들이 아니었다. 친구들 중 반은 이민을 갔고, 남았던 반은 죽었다. 그것은 어느 역사가도 기록하지 않을 사실이다. 소련 침공 이후의 세월은 매장의 시기였다. 사망률이 이렇게 높았던 적이 없었다. 얀 프로하즈카처럼 죽음으로 내몰린 사람들의 경우(따지고 보면 아주 드문)만을 이야기하는 것은 아니다. 라디오가 그의 사적인 대화를 녹음하여 매일 방송하기 시작한 지 보름 후 그는 병원에 입원했다. 꽤 오래전부터 그의 몸속에서 소리 내지 않고 잠들어 있던 암이 장미꽃처럼 활짝 피었던 것이다. 수술은 경찰 입회하에 이루어졌고, 이 소설가가 살 길이 없다는 것을 확인하자 경찰은 더 이상 그에게 관심을 기울이지 않고 그가 아내의 품에서 죽도록 내버려두었다. 하지만 죽음은 직접적으로 박해받지 않았던 사람에게도 찾아왔다. 나라 전체를 사로잡은 절망이 영혼으로 스며들어 육체를 장악하여 쓰러뜨린 것이다. 온갖 명예를 주면서, 새로운 지도자 곁에 공개적으로 나서라고 강요했던 정부의 호의를 필사적으로 뿌리쳤던 사람도 몇몇 있었다. 공산당의 사랑을 뿌리치고 죽었던 시인 프란티쉐크 흐루빈이다. 문화부 장관으로부터 사력을 다해 도망치려 했지만 장관은 그의 관까지 따라왔다. 그는 무덤 앞에서 소련연방공화국에 대한 시인의 사랑에 대해 일장 연설을 했다. 어쩌면 그는 이런 황당무계한 말을 퍼부어 시인을 벌떡 일어나게 해 주고 싶었는지도 모른다. 그러나 이 세계는 너무 추해서 누구도 죽은 자 사이에서 부활하기를 원치 않았다.

토마시는 대학과 학술원에서 쫓겨난 저명한 생물학자의 장례식에 참여하기 위해 화장터에 갔다. 장례식이 데모로 변하는 것을 막기 위해 부고장에 장례 시각을 쓰는 것이 금지되었고, 친지들은 고인이 새벽 6시 30분에 화장된다는 것을 마지막 순간에야 알았다.

화장터에 들어가면서 토마시는 어리둥절했다. 방은 영화 스튜디오처럼 환하게 조명이 켜져 있었다. 그는 놀라 주위를 두리번거리다가 방 안 세 모퉁이에 장치된 카메라를 발견했다. 아니다, 그것은 텔레비전 방송국이 아니라 장례식에 참가하는 사람의 신원을 확인하기 위해 매장을 촬영하던 경찰의 카메라였다. 죽은 학자의 옛 동료이자 그때까지도 학술원 회원인 사람이 용기를 내어 관 앞에서 몇 마디 연설을 했다. 그는 그렇게 함으로써 영화의 스타가 되리란 생각은 못 했다.

장례식이 끝나고, 모든 사람들이 고인의 가족에게 악수를 할 때, 토마시는 한구석에 모여 있던 작은 무리에서 키가 크고 구부정한 기자를 보았다. 그는 다시 한 번 아무런 두려움도 없고 필경 서로 각별한 우정으로 얽혀 있을 사람들에 대해 일종의 향수를 느꼈다. 그는 기자에게 다가가 미소를 지으며 인사를 하려 했지만, 구부정한 거구 사내는 그에게 말했다. "조심하시오, 의사 선생. 다가오지 않는 편이 낫습니다."

참으로 묘한 말이었다. 진지하고 우애에 찬 경고로 볼 수도 있지만 ("주의하시오, 촬영 중이니 우리에게 말을 걸면 당신은 새로운 취조거리가 될 것이오.") 냉소적인 의도도 배제되지 않았다.("당신에게는 탄원서에 서명할 용기가 없었으니 일관성을 갖고 우리 같은 사람과 접촉하지 마시오!") 어떤 것이 맞는 해석일지 모르나, 토마시는 그의 말에 따라 슬그머니 자리를 떴다. 마치 플랫폼에서 마주친 미지의 아름다운 여인이 급행열차 침대칸에 올라탈 때, 그가 '당신을 사랑한다.'라고 말하려는 순간, 그녀가 그의 입술 위에 손가락을 대며 말을 막는 것 같다는 느낌을 받았다.

20

오후에 그는 또 다른 흥미로운 만남을 가졌다. 신발 가게 진열장을 닦고 있었는데, 젊은 축에 끼는 남자 하나가 두어 발자국 밖에서 멈춰 섰다. 남자는 정가표를 보려고 진열장 앞으로 몸을 숙였다.

"모든 게 올랐어요." 토마시는 물방울이 떨어지는 유리를 스펀지로 닦아 내는 동작을 멈추지 않으며 말했다.

남자는 고개를 돌렸다. 그는 내가 S라고 지칭했던 병원 동료 의사, 그러니까 토마시가 자아 비판서를 작성했다고 생각하고 내심 웃으면서도 분개했던 바로 그자였다. 토마시는 이 만남이 기뻤으나 (예기치 않은 사건이 우리에게 불러일으키는 유치한 즐거움에 불과했지만) 동료의 시선 속에서 (S가 미처 자신의 반응을 자제할 만한 여유를 갖지 못했던 처음 몇 초 동안) 불쾌한 놀라움의 기색을 포착했다.

"어떻게 지내?" 하고 S가 물었다.

미처 대답을 하기도 전에 토마시는 S가 자신이 던진

질문에 부끄러워한다는 것을 눈치챘다. 의사 일을 변함 없이 하고 있는 사람이 진열장을 닦고 있는 의사에게 "어떻게 지내?"라고 묻는 것은 분명히 엉뚱했다.

"이보다 더 좋을 수 없어." 토마시는 그의 불편한 심정을 덜어 주기 위해 더없이 유쾌하게 대답했는데 곧이어 "이보다 더 좋을 수 없어."는 본의 아니게 (그리고 바로 그가 억지로 꾸민 쾌활한 어투 때문에) 신랄한 냉소로 해석될 수 있다고 느꼈다.

그런 까닭에 그는 서둘러 한 마디 덧붙였다. "병원에는 별 일 없어?"

"전혀, 모든 게 정상이야."라고 S는 대답했다. 무덤덤하기 그지없는 이 대답조차도 격에 벗어난 말이었고, 두 사람 모두 이를 알고 있었으며 또한 상대편이 알고 있음을 짐작했다. 두 의사 중 하나가 유리창을 닦고 있는데, 어떻게 모든 게 정상일 수 있을까?

"외과 과장은 어때?"

"만나지 않아?"

"응."

정확한 대답이었다. 예전에는 각별한 동료 관계를 유지했고 서로를 친구라고까지 생각했는데 그가 병원을 떠난 뒤 외과 과장을 두 번 다시 만나지 못했다. 아무튼 그가 방금 대답한 "응."이란 말은 뭔가 슬픈 기색을 띠고 있었으며, 그래서 토마시는 S가 이 질문을 해 놓고는 자책하고 있다고 짐작했다. 왜냐하면 S조차도 외과 과장처럼 한 번도 토마시의 근황을 알려 들지 않았고 그가 무엇을 필요로 하는지 묻지 않았기 때문이다.

예전 동료였던 두 사람 모두, 특히 토마시 쪽에서 아쉬움이 더 했지만 그들과의 대화는 불가능해졌다. 그는 자기를 잊은 동료들을 크게 원망하고 싶지 않았다. 그는 이 젊은 의사에게 당장 자기 심정을 설명할 수도 있었다. 그는 이렇게 말하고 싶었다. "그렇게 어색한 표정 짓지 말게. 굳이 날 만나려고 하지 않는 것이 세상 물정으로 보아 너무도 당연하지! 콤플렉스를 갖지 마! 자네를 만난 게 기뻐!" 그러나 이조차도 그는 말하기가 두려웠다. 이제껏 그가 한 어떤 말이라도 의도된 의미를 전달하지 못했고, 옛 동료는 진지한 말 뒤에 조롱이 숨어 있다고 의심할 수도 있었기 때문이다.

"미안하네. 내가 좀 바빠서."라고 S가 말하며 그에게 손을 내밀었다. "전화할게."

예전에 동료들이 그가 비겁하다고 생각하고 그를 경멸했을 때, 그들은 모두 그에게 웃어 보였다. 그를 더 이상 경멸할 수 없고 심지어 존경할 수밖에 없는 입장이 된 지금, 그들은 토마시를 피하는 것이다.

하긴 그의 옛 환자들도 더 이상 샴페인을 마시자고 초대하지 않았다. 몰락한 지식인들이 처한 상황은 이제 더 이상 예외적인 것이 아니었다. 지속적인 상태인 동시에 보기에도 거북살스러운 것이었다.

21

그는 집으로 돌아가 자리에 누워 평소보다 빨리 잠들었다. 한 시간쯤 후 그는 위통을 느껴 잠에서 깨어났다. 스트레스를 받는 순간에 항상 나타나는 그의 오랜 병이었다. 그는 약장을 열어 보고 욕설을 내뱉었다. 약이 없었다. 약을 구입하는 것을 잊었던 것이다. 그는 의지력으로 위통을 이겨 보려고 애썼고 어느 정도 성공도 했으나 다시 잠을 이룰 수는 없었다. 새벽 1시 30분쯤에 테레자가 돌아오자 그는 그녀와 함께 대화를 나누고 싶었다. 그는 장례식이며 그에게 말 걸기를 거부한 신문기자며 그의 동료였던 S를 만났던 일을 이야기했다.

"프라하가 추해졌어." 하고 테레자가 말했다.

"맞아."

잠시 후 테레자가 낮은 목소리로 말했다. "최선의 길은 여길 떠나는 걸 거야."

"그래. 하지만 어디에도 갈 곳은 없어."

그는 잠옷 바람으로 침대 위에 앉았다. 그녀는 곁에 앉아 그의 허리를 한쪽 팔로 감싸 안았다.

"시골로." 하고 테레자가 말했다.

"시골?" 하고 놀라 그가 물었다.

"거기 가면 우리들뿐일 거야. 기자도, 옛 동료도 마주치지 않을 거고. 거기에는 다른 사람들이 있고 예전과 변함없는 자연도 있을 거야."

그 순간 토마시는 어렴풋하게 위에 통증을 느꼈다. 그는 자신이 늙었다고 생각했고 오로지 약간의 안정과 평화만을 바란다고 느꼈다.

"당신 말이 맞을지도 몰라." 그는 아플 때는 호흡이 곤란해져서 겨우 말을 할 수 있었다.

테레자가 말을 이었다. "조그만 오두막에 손바닥만 한 정원도 가질 테고 카레닌도 좋아할 거야."

"그래." 토마시는 진짜 시골에 가서 살면 어떨지를 상상해 보려고 애썼다. 시골 마을에서는 일주일마다 새로운 여자를 만나는 것은 어려울 것이다. 그의 에로틱한 모험의 종말일 것이다.

"다만 당신은 시골에서 나하고만 지낼 테니 괴롭겠지." 테레자는 그의 생각을 꿰뚫어보며 말했다.

위통이 심해졌다. 그는 말을 할 수가 없었다. 그의 여자 사냥도 일종의 "es muss sein!"이라는, 그를 노예 상태로 이끈 명령이라고 생각했다. 그는 휴가를 가고 싶었다. 모든 명령, 모든 "es muss sein!"과 결별하는 완벽한 휴가를. 병원 수술대와 영원히 결별할 수 있었는데 하찮은

100만 분의 1의 차이점을 찾기 위해 여성적 자아의 보석함을 상상의 메스로 여는 수술대와 결별하지 못할 까닭이 있을까?

"배 아파?" 테레자가 마침내 눈치를 챘다.

그가 고개를 끄덕였다.

"주사 맞았어?" 그는 고개를 가로저었다. "약 사는 것을 잊었어."

그녀는 그의 게으름을 나무라고 땀에 젖은 이마를 쓰다듬어 주었다.

"이제 괜찮아."

"누워." 하며 그녀는 그에게 담요를 덮어 주었다. 그녀는 욕실로 가더니 잠시 후 돌아와 그의 곁에 누웠다.

그는 베개를 벤 고개를 돌려 그녀를 보다가 깜짝 놀랐다. 테레자의 눈이 발산하는 슬픔을 견딜 수 없었다.

"테레자, 말해 봐! 무슨 일이야? 얼마 전부터 당신이 이상해. 나는 느낄 수 있어. 난 알아."

그녀가 고개를 가로저었다. "아니야. 아무 일도 없어."

"부정하지 마!"

"항상 같은 문제지."

"항상 같은 문제." 그것은 그가 여전히 바람을 피우고 그녀가 질투심을 느낀다는 것을 의미했다.

그러나 토마시는 계속 캐물었다. "아니야, 테레자. 이번에는 다른 거야. 당신이 이러는 모습을 본 적이 없어."

테레자가 반박했다. "좋아. 굳이 말하라니 하겠어. 머리를 감고 와!"

그는 이해하지 못했다.

그녀는 공격적이지도 않고 쓸쓸하게, 거의 부드럽다고 할 정도로 조용히 말했다. "당신 머리카락에서 몇 달 전부터 심하게 냄새가 나. 성기 냄새가. 말하고 싶지 않았어. 그런데 당신 정부의 성기 냄새를 들이마신 지가 몇 날 밤인지 모르겠어."

이 말에 위경련이 다시 시작되었다. 절망적이었다. 얼마나 몸을 잘 닦았는데! 그는 낯선 여자의 어떤 체취도 남기지 않으려고 손과 얼굴 그리고 온몸을 세심하게 문질러 댔더랬다. 다른 여자의 욕실에서도 향기 나는 비누는 피했다. 그는 항상 자기 비누를 가지고 다녔다. 그러나 머리카락은 잊었다. 그렇다, 머리카락, 그것에는 생각이 미치지 못했다.

그리고 그의 얼굴 위에 걸터앉아 그의 얼굴과 머리 끝으로 정사를 하라고 요구했던 여자를 떠올렸다. 그 순간 그녀가 얼마나 미웠는지! 그 멍청한 발상이란! 그는 부정할 길이 없어 바보처럼 웃으며 욕실로 가서 머리를 감는 수밖에 없다고 생각했다.

그녀는 다시 이마를 쓰다듬어 주기 시작했다. "그냥 누워 있어. 이젠 그럴 필요 없어. 지금은 익숙해졌으니까."

그는 위가 아팠고 오로지 정적과 평화만을 바랄 뿐이었다.

"온천 도시에서 만났던 예전 환자에게 편지를 써야겠

어. 그의 마을이 있던 지방을 알지?"

"아니."

토마시는 말하는 것이 무척 고통스러웠다. 그는 겨우 몇 마디 더듬거릴 수만 있었다. "숲…… 언덕……."

"그래, 거기. 거기로 가자. 하지만 지금은 더 이상 아무 말도 하지 마." 하며 그녀는 계속해서 그의 이마를 쓰다듬었다. 그들은 나란히 누워 아무 말도 하지 않았다. 고통은 서서히 가라앉았다. 그들 두 사람 모두 잠들었다.

22

그는 한밤중에 잠에서 깨어나 에로틱한 꿈을 꾼 것을 확인하고 놀랐다. 그는 마지막 꿈만 정확하게 기억했다. 몸집이 큰 여자가 나체로 수영장에서 헤엄을 쳤는데, 그녀는 그보다 다섯 배는 넉넉하게 컸고 다리 안쪽에서 배꼽까지 촘촘하게 음모로 덮여 있었다. 그는 수영장 모서리에서 그녀를 바라보았고 엄청나게 흥분했다.

그의 육체가 위경련으로 쇠약해졌는데도 어떻게 그리 흥분할 수 있었을까? 그리고 깨어 있었더라면 혐오감만 불러일으켰을 여자의 모습에 어떻게 흥분할 수 있었을까?

그는 생각했다. 두뇌 속 시계 장치에는 반대 방향으로 도는 톱니바퀴가 두 개 있다. 하나에는 눈이 있고, 다른 쪽에는 육체 반응이 있다. 나체 여자를 보는 시각이 새겨진 톱니는 발기 명령이 새겨진 반대편 톱니와 맞물려 있다. 이런저런 이유로 한쪽 톱니바퀴가 한 칸 헛도는 바람에, 비상하는 제비 이미지를 새긴 톱니와 흥분 톱니가 맞물리면, 우리 성기는 제비만 보아도 우뚝 선다.

더구나 수면 전문의인 그의 동료 중 하나가 꿈꾸는 남자는 "어떤 꿈을 꾸든" 항상 발기 상태라고 확언한 논문을 그는 안다. 따라서 나체 여자와 발기의 조합도 인간 머릿속에 있는 시계 장치를 조절하기 위해 창조주가 수천 가지 가능성 중에서 택한 조절 방법 중 하나에 불과할 따름이다.

그러면 이런 모든 것과 사랑에는 어떤 공통점이 있는가? 아무것도 없다.

토마시 머릿속 톱니가 한 칸 헛돌아 제비만 보아도 흥분한다 해도, 테레자를 향한 그의 사랑은 조금도 달라지지 않을 것이다.

만약 흥분이 창조주가 재미 삼아 즐기는 기계 장치라면, 사랑이란 오로지 우리의 권능에만 속한 것이며, 이를 통해 우리는 창조주로부터 벗어나는 것이다. 사랑, 그것은 우리의 자유다. 사랑은 "es muss sein!"을 초월하는 것이다.

그러나 이조차도 진실의 전부는 아니다. 사랑이 창조주가 심심풀이 삼아 상상해 낸 섹스의 시계 장치와는 다른 것일지라도, 어쨌거나 사랑은 아름다운 여자의 나체에 반응하듯 거대한 시계추와 연결되어 있다.

토마시는 생각했다. 사랑과 섹스를 연관한 것은 창조주의 가장 괴상한 발상 중 하나다.

또 이런 생각도 했다. 멍청한 섹스로부터 사랑을 구해

내는 유일한 방법은 우리 머릿속 시계를 다른 식으로 조절하여 제비를 보고 흥분하는 수밖에 없다고.

그는 이런 나른한 생각에 빠져 들어갔다. 어지럽고 환상적인 공간인 잠의 문턱에서 그는 문득 모든 수수께끼의 해답, 신비의 열쇠, 새로운 이상향, 파라다이스를 발견했다고 확신했다. 제비를 보고 발기하고, 공격적이고 우매한 섹스의 방해를 받지 않으면서도 테레자를 사랑할 수 있는 세계.

23

그는 그를 둘러싸고 빙빙 도는 반나체 여자들 한가운데 있었고 싫증을 느꼈다. 그 여자들로부터 벗어나기 위해 옆방으로 통하는 문을 열었다. 정면에서 소파 위에 누워 있는 젊은 여자의 모습이 눈에 들어왔다. 그녀도 팬티하나만 걸친 반나체였다. 그녀는 비스듬히 누워 팔꿈치를 괴고 있었다. 그녀는 그가 올 줄 알았다는 듯 그를 보며 웃었다.

그는 다가갔다. 마침내 그녀를 찾았고 그녀와 함께 있을 수 있어 무한한 행복이 그의 가슴속에서 퍼져 나갔다. 그는 그녀 곁에 앉아 몇 마디 말을 건넸고 그녀도 몇 마디 대꾸를 했다. 그녀는 평안함을 발산했다. 그녀 손의 움직임은 느리고 유연했다. 그는 일생 동안 이런 평화로운 몸짓을 간절히 원했다. 일생 동안 그가 그리워했던 것은 바로 이런 여성적 평안함이었다.

그러나 그 순간 그는 잠에서 반의식 상태로 미끄러졌다. 그는 더 이상 자는 것도 아니고, 아직 깬 상태도 아닌 무인 지대에 있었다. 그는 이 여자가 사라지는 것을 보며 절망에 빠져서 "하느님 맙소사!"라고 중얼거렸다. 이 여자를 놓칠 수 없어! 그는 온 힘을 다해 그녀를 만난 곳과 그녀와 더불어 체험했던 것을 기억해 내려고 애썼다. 그녀를 그토록 잘 아는데 어떻게 기억하지 못할 수 있을까? 그는 잠에서 깨자마자 그녀에게 전화를 걸리라 다짐했다. 하지만 곧이어 그녀의 이름이 기억나지 않으니 전화할 수 없으리란 생각에 소스라쳤다. 그토록 잘 아는 누군가의 이름을 어떻게 잊을 수 있을까? 그런 다음 거의 완전히 잠에서 깨어 눈을 커다랗게 뜨고 그는 중얼거렸다. 내가 어디에 있는 것일까? 맞아, 나는 프라하에 있어. 그런데 그 여자도 프라하에 있을까? 다른 곳에서 만났던 것은 아닐까? 스위스에서 알았던 여자일까? 그 여자는 알지 못하는 여자고, 취리히나 프라하의 여자도 아니며, 다른 어떤 곳도 아닌 꿈속 여자임을 깨달은 것은 한참이 지난 뒤였다.

그는 너무도 혼란스러워 침대에 걸터앉았다. 테레자는 곁에서 깊은 숨을 내쉬고 있었다. 꿈속 젊은 여자는 그가 실제로 사귀었던 어떤 여자와도 닮지 않았다고 생각했다. 그에게 그토록 낯익어 보였던 그 젊은 여자는 사실은 완전히 모르는 여자였다. 그러나 그가 항상 바라던 여자는 바로 그녀였다. 어느 날 그만의 파라다이스를 발견한다면 그는 필경 그 여자 곁에서 살아야만 할 것이다. 꿈속의 젊은 여자는 그의 사랑의 "es muss sein!"이었다.

그는 플라톤의 『향연』의 유명한 신화를 떠올렸다. 옛날에 인간은 양성을 동시에 지녔고, 신이 이를 반쪽으로 분리해서 그때부터 서로 반쪽을 찾으려고 헤맸다는 것이다. 사랑이란, 우리 자신의 잃어버린 반쪽에 대한 욕망이다.

그렇다고 가정해 보자. 우리들 각자에겐 과거에 한 몸을 이루었던 반려자가 이 세상 어디엔가 있다고. 토마시의 다른 반쪽은 그가 꿈에서 보았던 그 젊은 여자다. 그러나 누구도 자신의 다른 반쪽은 찾을 수 없을 것이다. 그 대신 테레자 같은 여자를 바구니에 넣어 그에게 흘려보낼 것이다. 그런데 훗날 그에게 숙명적인 여자, 자신의 또 다른 반쪽을 진짜 만난다면 무슨 일이 벌어질까? 누구에게 호감을 주어야 할 것인가? 바구니 속에서 발견한 여자인가? 아니면 플라톤 신화의 여자인가?

그는 꿈속 여자와 함께 이데아 세계에서 사는 자신의 모습을 상상했다. 그런데 그들 별장의 열린 창문 아래로 테레자가 지나간다. 그녀는 혼자이고 인도에 우뚝 서서 멀리서 그에게 한없이 슬픈 시선을 보낸다. 그리고 그는 그 시선을 견딜 수 없었다. 그는 다시 한 번 가슴속에서 테레자의 고통을 느꼈다! 그는 다시 한 번 동정의 포로가 되어 테레자의 영혼 속으로 함몰한다. 그는 창밖으로 뛰어내렸다. 그러나 그녀는 그가 행복을 느끼는 곳에 있다면 그걸로 족하다고 쌀쌀맞게 말하며 그가 항상 불쾌하게 생각했고 짜증스럽게 여겼던 격렬하고 두서없는 태도를 보였다. 그는 신경질적인 그녀의 손을 잡고 그 손을 안정시키기 위해 자기 손 안에 넣어 꼭 쥐었다. 그리고 그는 자신이 언제라도 행복의 집을 떠날 마음의 준비가 되었고 언제라도 꿈속 젊은 여자와 함께 사는 자신의 파라다이스를 떠나 테레자, 그로테스크한 여섯 우연에서 태어난 그 여자와 함께 떠나기 위해 자기 사랑의 "es muss sein!"을 배신할 것을 알았다.

그는 침대에 앉아 잠결에도 자기 손을 잡고 곁에 누워 있는 여자를 보았다. 그는 그녀에게 어떻게도 표현할 수 없는 사랑을 느꼈다. 그녀는 아마도 아주 얕게 잠들어 있었던지 그 순간 눈을 뜨고 당황한 눈길을 보냈다.

"뭘 봐?" 그는 그녀를 깨우지 말고 다시 재워야 한다는 것을 알았다. 그는 그녀의 생각 속에 새로운 꿈의 씨앗을 낳게 할 만한 단어로 대답하려고 애썼다.

"별을 보고 있어."

"거짓말하지 마. 당신은 별을 보고 있지 않아. 당신은 땅바닥을 보고 있어."

"비행기에 타고 있으니 별이 우리 아래에 있지."

"아, 그런가?" 테레자는 토마시의 손을 더욱 힘껏 쥐고는 다시 잠들었다. 토마시는 지금 테레자가 아주 높게 별 위로 나는 비행기의 창밖을 내다보고 있다는 것을 알았다.

6부   대장정

1

1980년 《선데이 타임스》에 실린 기사를 읽고서야 사람들은 스탈린의 아들 야코프가 어떻게 죽었는지 알게 되었다. 2차 세계 대전 중 전쟁 포로가 된 그는 영국군 장교와 같은 감옥에 수용되었다. 그들은 공동변소를 사용했다. 스탈린의 아들은 변소를 항상 더러운 채로 내버려 두었다. 영국인들은 당시 우주에서 가장 권세 있는 남자의 똥일지라도 그들의 변소를 똥투성이로 만드는 것은 용납할 수 없었다. 그들은 스탈린의 아들을 비난했고, 스탈린의 아들은 모욕을 당했다. 그들은 그에게 훈계를 하며 변소 청소를 강요했다. 그는 화를 내며 그들과 언쟁하다가 주먹다짐까지 했고 끝내는 수용소 소장의 접견을 요청했다. 그는 소장이 그들의 분쟁을 조정하길 바랐던 것이다. 하지만 똥을 두고 입씨름하기에는 독일인 수용소 소장이 너무도 자만심에 도취되어 있었다. 스탈린의 아들은 모욕을 참을 수 없었다. 그는 러시아 말로 끔찍한 저주를 하늘에 퍼부으며 수용소를 둘러싼 고압 철조망

으로 달려갔다. 그는 철조망에서 숨을 거두었다. 거기에
매달려 있는 그의 육체는 다시는 영국인의 변소를 더럽
히지 않을 것이다.

2

스탈린의 아들은 편안하게 살지 못했다. 모든 단서로 추정하건대 그를 낳은 여자를 결국은 그의 아버지가 총살했기 때문이다. 그래서 어린 스탈린은 신의 아들이자 (왜냐하면 그의 아버지는 신으로 추앙받았기 때문에.) 동시에 신의 저주를 받았던 것이다. 사람들은 그것 때문에 이중으로 그 아들을 두려워했다. 그는 그가 지닌 권력으로 (어쨌거나 그는 스탈린의 아들이었으니까.) 인해, 그리고 그의 우정으로 (아버지는 그가 탄압하던 아들 대신 아들의 친구를 징계할 수도 있으니까.) 인해 사람들에게 해를 끼칠 수 있었기 때문이다.

저주와 특권, 행운과 불운, 사람들은 이런 대립이 얼마나 서로 교체 가능한지를, 인간 존재에 있어서 양극단 간의 폭이 얼마나 좁은지를 이보다 더 구체적으로 느낄 수는 없었다.

전쟁이 발발하자마자 그는 독일군에게 생포되었다. 그의 이해할 수 없는 처신 때문에 예전부터 그에게 철두

철미한 반감을 가졌던 다른 포로들은 그를 더럽다고 비난했다. 인간이 상상할 수 있는 가장 고상한 비극을 어깨에 걸머졌던 그가 (그는 신의 아들이자 추락한 천사였다.) 왜 이제는 고상한 것(신과 천사들)이 아니라 똥 때문에 심판받아야만 했을까? 가장 고상한 비극과 가장 일상적 사건이 이토록 현기증 날 정도로 근접한 것일까?

현기증 날 정도로 근접하다? 근접성이 현기증을 불러일으킬 수 있다는 말일까?

그렇고 말고. 북극이 남극에 거의 닿을 정도로 근접한다면 지구는 사라질 것이고, 인간은 현기증 나는 진공 속에 놓여 추락의 유혹에 빠질 것이다.

저주와 특권이 더도 덜도 아닌 같은 것이라면 고상한 것과 천한 것 사이의 차이점은 없어질 테고, 신의 아들이 똥 때문에 심판받는다면 인간 존재는 그 의미를 잃고 참을 수 없는 가벼움 그 자체가 될 것이다. 스탈린의 아들이 고압 전류가 흐르는 철조망에 몸을 던진 것은 의미가 사라진 세계의 무한한 가벼움 때문에 한심하게 치솟은 천칭 접시 위에 자기 몸을 올려놓기 위해서였다.

스탈린의 아들은 똥을 위해 목숨을 내놓았다. 그러나 똥을 위해 죽는 것이 의미 없는 것은 아니다. 제국 영토를 보다 동쪽으로 넓히기 위해 생명을 바친 독일인들이나 조국 세력을 보다 먼 서쪽까지 뻗어 나가게 하기 위해 죽은 러시아인들. 그렇다, 이들은 멍청한 짓을 위해 죽었고, 그들의 죽음은 의미도 없고 보편적 결과도 낳지 못했다. 반면 스탈린 아들의 죽음은 전쟁의 광범위한 바보짓 중 유일한 형이상학적 죽음이었다.

3

나는 어릴 적 귀스타브 도레의 판화가 삽화로 실린 어린이 구약성서를 읽으면서, 거기에서 구름을 타고 있는 선한 신을 보았다. 늙은 아저씨 모습에다가 눈과 코가 있었고 수염이 길었으며, 입도 있으니 나는 그가 먹기도 할 거라고 생각했다. 그리고 먹는다면 창자도 있어야만 한다고 생각했다. 그러나 나는 이 생각에 곧 질겁을 했다. 나는 무신론자에 가까운 집안에서 자랐지만 신의 창자에 대해 생각하는 것이 신성 모독이라고 느꼈기 때문이다.

신학적 예비지식은 조금도 없었지만, 어린 나는 순간적으로 똥과 신은 양립할 수 없으며 또한 인간이 신의 모습을 본 따 창조되었다는 기독교의 인류학적 근본 명제가 지닌 허약성을 일찌감치 깨달았던 것이다. 둘 중 하나다. 인간은 신의 모습에 따라 창조되었고 따라서 신도 창자를 지녔거나, 아니면 신은 창자를 지니지 않았고 인간도 신을 닮지 않았거나.

고대 그노시스파 사람들도 다섯 살 적의 나처럼 이를 분명하게 느꼈다. 이 저주받은 문제를 단칼에 해결하기 위해 2세기 그노시스파의 대스승 발랑텡은 예수는 "먹고 마시지만 절대 똥은 싸지 않는다."라고 단언했다는 것이다.

똥은 악의 문제보다 더욱 골치 아픈 신학 문제다. 신은 인간에게 자유를 주었으며 따라서 인류 범죄에 대해 책임이 없다는 점은 수긍할 수 있다. 그러나 똥에 대한 책임은 전적으로 인간을 창조한 신, 오직 신에게만 돌아간다.

4

4세기에 성 제롬은 아담과 이브가 낙원에서 성 행위를 했다는 생각을 단호하게 거부했다. 반면 9세기의 유명한 신학자 장 스코트 에리젠은 이 생각을 받아들였다. 그러나 그에 따르면 아담은 사람들이 팔이나 다리를 들어 올리듯, 그러니까 언제 어디서라도 원하기만 한다면 성기를 일으켜 세울 수 있었다고 한다. 이 생각의 이면에서 발기부전 위협에 시달리는 남자의 영원한 꿈을 찾지는 말자. 스코트 에리젠의 생각에는 다른 의미가 있다. 남자 성기가 간단한 뇌의 명령에 따라 설 수만 있다면 굳이 흥분하지 않아도 된다는 결론이 나온다. 성기가 서는 것은 흥분했기 때문이 아니라 그러라고 명령을 받았기 때문이다. 위대한 신학자는 성교나 성교와 연관된 관능성이 천국과 양립할 수 없다고 판단하진 않았다. 천국과 양립할 수 없는 것은 흥분이다. 이 점을 분명히 해 두자. 천국에 관능성은 존재하지만, 흥분은 존재하지 않는다.

스코트 에리젠의 추론에서 우리는 똥의 신학적 정당

화(달리 말해 신의학(神義學))의 열쇠를 찾을 수 있다. 인
간이 천국에 머무는 것이 허락된다면 인간은 똥을 싸지
않거나 (발랑텡의 이론에 따른다면 예수와 마찬가지로) 혹은
이보다 더욱 개연성 있는 견해로서 똥은 뭔가 혐오스러
운 것으로 간주되지 않는다는 것이다. 인간을 천국에서
추방하면서 신은 인간에게 그의 추한 본모습과 혐오감
을 보여 주었다. 인간은 자기에게 수치심을 일으키는 것
을 감추기 시작했고 자신의 베일을 벗자마자 그 찬란한
광명에 눈이 멀었던 것이다. 따라서 추한 것을 발견하자
마자 인간은 흥분도 발견한 것이다. 똥(말 그대로의 의미
나 추상적 의미에서)이 없다면 성적 사랑은 심장의 격렬한
박동과 감각의 맹목성이 동반되는 것과 같은, 우리가 아
는 사랑과는 다른 모습이 되었을 것이다.

이 소설 3부에서 나는 옷을 다 입고 있는 토마시 곁에
서 반나체에 중산모자를 쓰고 서 있었던 사비나에 대해
이야기한 적이 있다. 그런데 내가 감춘 것이 하나 있다.
그들이 거울 속에서 자신들의 모습을 보는 동안, 사비나
는 자신의 우스꽝스러운 모습에 흥분했다. 그녀는 토마
시가 중산모자를 쓴 그녀를 화장실 변기에 앉히고 자기
앞에서 창자 속을 비우라고 명령할 거라고 상상했다. 그
녀의 가슴이 미친 듯 쿵쾅거리고 생각도 희미해져서 그
녀는 토마시를 양탄자 위에 쓰러뜨렸다. 잠시 후 그녀는
쾌락의 비명을 질러 댔다.

5

우주가 신에 의해 창조되었다고 주장하는 사람과 저절로 나타났다고 생각하는 사람들 간의 논쟁은 우리의 직관과 체험을 넘어서는 무엇인가와 관련 있다. 인간에게 주어진 존재 그 자체(어떻게 누구에 의해 주어졌는지는 별로 중요하지 않다.)를 의심하는 사람과 주어진 존재에 아무런 조건 없이 동의하는 사람들 간의 견해차도 이와 마찬가지로 엄존한다.

그것이 종교적 믿음이건 정치적 믿음이건 간에 모든 유럽인들의 믿음 이면에는 창세기의 첫 번째 장이 존재하며, 이 세계는 마땅히 그래야만 한다는 모양으로 창조되었고, 존재는 선한 것이며 따라서 아이를 가지는 것이 좋은 것이라는 생각이 거기에서 유래했다. 이러한 근본적 믿음을 존재에 대한 확고부동한 동의라고 부르도록 하자.

최근에도 책 속에서 똥이라는 단어가 점선으로 대체된 적이 있는데 그것은 윤리적 이유 때문만은 아니었다. 똥이 비윤리적이라고 주장할 수는 없는 노릇이 아닌가!

똥과의 불화는 형이상학적인 것이다. 똥을 누는 행위는 창조의 받아들이기 어려운 성질을 일상적으로 증명하는 것이다. 둘 중 하나를 택해야만 한다. 똥은 수락할 만한 것이라거나 (그렇다면 화장실 문을 잠그고 들어앉지 말아야 한다!) 또는 우리가 창조된 방식은 받아들여질 수 없는 것이라는 것 중에서.

그러므로 존재에 대한 확고부동한 동의가 미학적 이상으로 삼는 세계는, 똥이 부정되고 마치 존재하지 않는 것처럼 각자가 처신하는 세계라는 결론이 도출된다. 이러한 미학적 이상은 키치라고 불린다.

이것은 감상적이었던 19세기 중엽에 생겨나 그 이후 다른 모든 언어에 퍼졌던 독일어 단어다. 그러나 그 단어를 자주 사용함에 따라 그것이 지닌 원래의 형이상학적 가치가 지워졌는데, 말하자면 키치란 본질적으로 똥에 대한 절대적 부정이다. 문자적 의미나 상징적 의미에서 그렇다. 키치는 자신의 시야에서 인간 존재가 지닌 것 중 본질적으로 수락할 수 없는 모든 것을 배제한다.

6

공산주의에 대한 사비나의 첫 번째 내면적 저항은 윤리적인 것이 아니라 미학적인 성격을 지녔다. 그녀에게 혐오감을 일으켰던 것은 공산주의 세계의 추함(마구간으로 개조한 성들)보다는 공산주의가 뒤집어쓰고 있는 아름다움의 가면, 달리 말하자면 공산주의라는 키치였다. 이러한 키치의 모델은 소위 5월 1일 축제였다.

그녀가 5월 1일의 행진을 보았던 것은 사람들이 그때만 해도 광신적이었거나 또는 그렇게 보이려고 애쓰던 시절이었다. 여자들은 붉은색, 흰색, 또는 파란색 블라우스를 입었고 발코니나 창가에서는 가지가 다섯 개인 별이나 심장, 글자 같은 무늬처럼 보였다. 여러 행렬 사이사이에 행진의 리듬을 맞춰 주는 소규모 악단이 있었다. 행진 대열이 연단에 가까이 가면 가장 우울한 표정을 짓던 얼굴조차도 미소로 환해졌는데, 마치 자신들이 즐기는 것이 당연하다는 것을 증명하기 위해, 또는 보다 정확히 말하자면 자신들이 당연히 그래야 하는 것에 동의하고 있다는 것을 증명이라도 하고 싶은 사람들처럼 보였다. 공산주의에 대한 단순한 정치적 동의가 아니라 현실 속 존재에 대한 동의에 관련되는 것이다. 5월 1일 축제는 존재에 대한 확고부동한 동의라는 깊은 원천에서 그것의 자양분을 끌어내고 있었다. 행진 대열이 내건 묵시적 슬로건은 "공산주의 만세!"가 아니라 "인생 만세!"였다. 공산주의 정치의 힘과 모략은 이 슬로건을 독점하는 데 있었다. 공산주의 사상에 철저히 무관심한 사람들조차도 공산주의 행렬로 내모는 것은 바로 이 멍청한 동어반복("인생 만세!")이었다.

7

십여 년 후 (그녀는 이미 미국에 살고 있었다.) 그녀의 친
구의 친구인 미국 상원의원이 커다란 자동차로 그녀에
게 관광을 시켜 주었다. 아이들 넷이 뒷자리에 끼여 앉아
있었다. 상원의원이 차를 세우자, 아이들은 차에서 내려
커다란 잔디밭을 내달려 체육관 건물 쪽으로 갔다. 거기
에는 인공 스케이트장이 있었다. 상원의원은 운전석에
앉아 꿈꾸는 듯한 표정을 지으며, 뛰어가는 네 아이들의
모습을 바라보았다. 그는 사비나 쪽으로 고개를 돌렸다.
"저 애들을 봐요." 그가 손으로 둥그렇게 그리는 원 안에
는 체육관, 잔디밭, 그리고 어린아이들이 들어 있었다.
"내가 행복이라 부르는 것이 바로 저런 것입니다."

이 말은 달리는 어린아이, 부쩍부쩍 자라는 잔디밭을
보며 내뱉는 기쁨의 표현만이 아니라, 풀도 자라지 않고
아이들도 뛰지 않는다고 상원의원이 확신하는 공산주의
국가에서 온 여자에 대한 동정심의 표현이기도 했다.

그러나 그 순간 사비나는 프라하 광장의 연단에 서 있

는 이 상원의원의 모습을 상상했다. 그의 얼굴은 공산주의 국가 사람들이 높은 연단에서, 그들의 발 아래로 행진하며 판에 박힌 듯한 미소를 짓는 시민들에게 보내는 것과 똑같은 미소를 짓고 있었다.

8

어떻게 이 상원의원은 어린아이들이 행복을 의미한다
는 것을 알 수 있었을까? 그들의 영혼을 읽었을까? 만약
그의 시야에서 벗어나자마자 그들 중 세 명이 한 아이에
게 달려들어 마구 때리기 시작했다면?

상원의원이 자신의 주장을 옹호하기 위한 논거는 하
나밖에 없다. 그의 감수성. 가슴이 말할 때 이성이 반박
의 목청을 높이는 것은 예의에 벗어난 짓이다. 키치의 왕
국에서는 가슴이 독재를 행사한다.

물론 키치가 유발한 느낌은 가장 많은 사람들이 공감
할 수 있어야만 한다. 그래서 키치는 유별난 짓을 할 수
밖에 없다. 키치는 인간들의 기억 속에 깊이 뿌리내린 핵
심 이미지에 호소한다. 배은망덕한 딸, 버림받은 아버지,
잔디밭 위를 뛰어가는 어린아이, 배신당한 조국, 첫사랑
의 추억.

키치는 백발백중 감동의 눈물 두 방울을 흐르게 한다.
첫 번째 눈물은 이렇게 말한다. 잔디밭을 뛰어가는 어린

아이, 저들이 얼마나 아름다운지!

두 번째 눈물은 이렇게 말한다. 잔디밭을 뛰어가는 어린아이를 보고 모든 인류와 더불어 감동하는 것이 얼마나 아름다운가! 키치가 키치다워지는 것은 오로지 이 두 번째 눈물에 의해서다.

모든 인간 사이의 유대감은 오로지 이 키치 위에 근거할 수밖에 없다.

9

이런 것을 정치인보다 더 잘 아는 사람은 없다. 근처에 카메라가 있으면 그들은 눈에 띄는 첫 번째 아이에게 달려가 그 아이를 번쩍 들어 올려 뺨에 키스한다. 키치는 모든 정치인, 모든 정치 행위의 미학적 이상이다.

여러 사조가 공존하고 그들의 영향력이 서로를 제한하고 무화하는 사회에서는 키치의 독재로부터 어느 정도 빠져나올 수 있다. 개인은 자신의 독창성을 보호할 수 있으며, 예술가는 예기치 않은 작품을 창조할 수 있다. 그러나 정치 흐름 하나가 모든 권력을 쥐는 곳에서 사람들은 대번에 전체주의의 키치 왕국에 빠지게 된다.

내가 전체주의라고 표현한 까닭은 키치를 훼손하는 모든 것은 삶으로부터 추방당하기 때문이다. 모든 개인주의의 발현,(모든 부조화는 미소 짓는 연대감의 얼굴에 내뱉은 가래침이기 때문이다.) 모든 회의주의,(사소한 세목에 대해 의심하기 시작하는 자는 마침내 있는 그대로의 삶, 그 자체를 의심하기 마련이다.) 아이러니,(키치의 왕국에서는 모든 것이 진지하게 간주되어야 하기 때문에.) 뿐만 아니라 가족을 버린 어머니나 여자보다 남자를 좋아해서 "교미하여 번식하여라."라는 신성불가침한 슬로건을 위협하는 남자.

이런 관점에서 보면 소위 강제수용소는 전체주의적인 키치가 자신의 오물을 버리는 정화조라고 할 수 있다.

10

2차 대전이 끝난 뒤 십 년 동안은 스탈린의 공포정치가 가장 끔찍했던 시대였다. 테레자의 아버지가 사소한 일로 구속되고, 당시 열 살짜리 소녀가 집에서 쫓겨난 것도 그 시기였다. 그때 사비나는 스무 살이었고 미술대학에 다녔다. 마르크스주의를 가르치던 교수는 그녀와 그녀 동료들에게 사회주의 예술의 가설을 이렇게 설명했다. 소련 사회는 이미 너무 발전하여 근본적인 갈등은 선과 악 간의 갈등이 아니라 선과 최선 간의 갈등이다. 따라서 똥(그러니까 본질적으로 받아들여질 수 없는 것)은 '저쪽 편'(예를 들면 미국)에만 존재할 수 있으며 '선들과 최선들'만 있는 세계에 마치 이물질처럼 (예를 들면 간첩의 모습을 띠고) 외부로부터 침투할 수 있는 것이다.

사실 어느 때보다도 잔혹했던 이 시절, 공산주의 국가의 극장에 넘쳐흐르던 소련 영화는 믿지 못할 정도로 천진성에 물들어 있었다. 두 소련 사람 사이에서 일어날 수 있는 가장 심각한 갈등은 연인 간의 오해였다. 남자는 여자가 자기를 더 이상 사랑하지 않는다고 상상하고, 여자는 남자에 대해 똑같은 생각을 한다. 끝에 가서 두 사람은 상대편의 품에 안기고, 행복의 눈물이 눈에서 그렁그렁 흘러내린다.

이런 영화의 틀에 박힌 해설은 오늘날에는 이런 것이다. 공산주의의 현실은 이보다 훨씬 암울했지만 이런 영화는 공산주의 이상을 그린 것이다.

이러한 해석이 사비나의 분노를 일으켰다. 소련의 키치 세계가 현실화될 수 있고 그곳에서 살 것을 강요받을 수도 있다는 생각만 해도 그녀는 등골이 오싹해졌다. 단일 초의 망설임도 없이 그녀는 정육점 문 앞에 늘어선 줄과 박해들과 함께 공산주의 체제의 현실적 삶을 택했다. 현실의 공산주의 세계에서 사는 것은 가능했다. 공산주의 이상이 실현된 세계, 그녀가 단 한 마디도 건넬 수 없는, 멍청한 미소만 짓는 세계에서는 아마 일주일 만에 혐오감으로 죽었을 것이다.

내 생각에 소련의 키치가 사비나에게 불러일으킨 느낌은, 테레자가 나체 여자들과 함께 수영장 주위를 행진하며 경쾌한 노래를 불러야만 했던 꿈에서 느꼈던 공포와 유사하다. 시체들이 물 위를 둥둥 떠다녔다. 테레자가 한 마디라도 말을 걸거나 질문을 할 수 있는 여자는 하나도 없었다. 그녀가 들을 수 있는 대답이라고는 노래 뒤에 나오는 후렴구가 전부였을 것이다. 그녀가 속마음을 담은 눈길을 던질 수 있는 여자는 한 명도 없었다. 그랬다면 여자들은 수영장 위 바구니 속에 서 있는 남자에게 일러바쳐서, 그 남자가 테레자에게 총을 쏘도록 했을 것이다.

테레자의 꿈은 키치의 진정한 기능을 고발한다. 키치는 죽음을 은폐하는 병풍이다.

11

전체주의적인 키치 왕국에서 대답은 미리 주어져 있
으며, 모든 새로운 질문은 배제된다. 따라서 전체주의 키
치의 진정한 적대자는 질문을 던지는 사람인 셈이다. 질
문이란 이면에 숨은 것을 볼 수 있도록 무대장치의 화폭
을 찢는 칼과 같은 것이다. 사비나가 테레자에게 자기 그
림의 의미를 이런 식으로 설명했다. 앞은 이해 가능한 거
짓말이고 그 뒤로 가야 이해 불가능한 진실이 투명하게
드러난다.

그러나 소위 전체주의 체제에 대항하는 사람은 질문
과 의심을 가지고 투쟁할 수 없다. 가장 많은 사람들에게
이해되어야만 하고 집단적인 눈물샘을 자극해야만 하는
확신과 단순화된 진리가 그들에게도 필요한 것이다.

어느 날 한 정치 단체가 독일에서 사비나 작품의 전시
회를 개최했다. 사비나는 안내 책자를 보았다. 그녀의 사
진 앞에 철조망이 그려져 있었다. 책자 안에는 순교자나
성인의 전기와 흡사한 그녀의 약력이 적혀 있었다. 그녀

는 고통 받았고 불의에 대항해서 싸웠으며 고문받는 조국을 버려야만 했으나 투쟁을 계속한다고 했다. 마지막에는 "그녀는 자유를 위해 그림으로 싸운다."라고 씌어 있었다.

그녀는 항의했으나, 사람들은 그녀를 이해하지 못했다. 뭐라고요? 공산주의가 현대 예술을 박해하는 것이 사실 아닌가요?

그녀는 격분해서 대답했다. "나의 적은 공산주의가 아니라 키치예요!"

그 후 그녀는 자기 약력을 애매모호한 문구로 감쌌고 미국에 와서는 드디어 자기가 체코인이라는 사실조차 감추는 데 성공했다. 사람들이 그녀의 삶을 가지고 만들어 내려고 했던 키치로부터 벗어나기 위해 그녀는 처절히 노력해야만 했다.

12

아직 미완성인 그림이 걸린 이젤 앞에 그녀가 서 있었다. 그녀 뒤 소파에 늙은 남자가 앉아 붓질 하나하나를 관찰했다.

그리고 그는 손목시계를 보았다. "식사하러 갈 시간이에요." 하고 남자가 말했다.

그녀는 팔레트를 내려놓고 욕실로 가서 화장을 고쳤다. 남자는 의자에서 일어나 허리를 굽혀 테이블에 기대 있던 지팡이를 들었다. 아틀리에 문은 곧장 잔디밭으로 통했다. 어둠이 깔려 있었다. 20여 미터 건너편에는 일층 창문을 환히 밝힌 하얀 목재 집이 한 채 있었다. 사비나는 석양 속에서 반짝이는 두 창문을 보고 가슴이 뭉클해졌다.

그녀는 일생 동안 자신의 적은 키치라고 단언했더랬다. 그러나 그녀조차도 자신의 존재 깊숙한 곳에 키치를 품고 살았던 것은 아닐까? 그녀의 키치, 그것은 사랑하는 어머니와 지혜로운 아버지가 군림하는 평화롭고 부

드럽고 조화로운 가정의 모습이다. 이 이미지는 그녀의
부모가 죽은 후에 가슴속에서 배태되었다. 그녀의 삶이
이 아름다운 꿈과는 아주 달랐기 때문에 이것이 지닌 매
력에 더욱 민감할 수밖에 없었다. 텔레비전의 멜로드라
마 속에서 배은망덕한 딸이 버림받은 아버지를 품에 껴
안는 모습이나 행복한 가족이 살고 있는 집의 창문이 황
혼 속에서 반짝이는 것을 보면, 그녀는 두 눈이 축축해지
는 것을 느꼈다.

그녀는 뉴욕에서 이 늙은 남자를 알게 되었다. 그는 부
자이며 그림을 사랑했다. 그는 동갑인 부인과 함께 시골
별장에서 살았다. 별장 정면에는 오래된 마구간이 있었
다. 그는 그것을 아틀리에로 개조하여 사비나를 초청한
뒤 하루 종일 그녀 붓의 움직임을 구경했다.

지금 그들 셋은 식사 중이다. 늙은 부인은 사비나를
"내 귀여운 딸!"이라고 불렀으나 어느 모로 보나 그것은
오히려 반대였다. 여기서 사비나는 그녀 치마 끝에 매달
린 두 아이를 데리고 있는 엄마 같았고, 그들은 그녀를
존경한 나머지 그녀가 어떤 명령이라도 내리면 즉시 복
종할 태세인 아이 같았다.

그녀는 어릴 적에 빼앗긴 부모를 노년의 문턱에서 되
찾은 것일까? 아니면 한 번도 가져 본 적 없는 아기를 마
침내 가진 것일까?

그녀는 이것이 환상임을 잘 알았다. 이 매력적인 노인
네들 집에서 체류하는 것은 잠정적으로 간이역에 머무

르는 것에 불과했다. 늙은 신사는 중태이고 그의 부인은 홀몸이 되면 캐나다에 사는 아들 집에 갈 것이다. 사비나는 다시금 배신의 길로 들어설 것이며 이따금 그녀 가슴 깊은 데에서 행복한 가족이 살고 있는 환한 두 창문에 대해 이야기하는 우스꽝스럽고 감상적인 노래가 존재의 참을 수 없는 가벼움 속에서 울려 퍼질 것이다.

그녀는 이 노래에 감동하지만 자신의 감동을 진지하게 받아들이지 않는다. 그녀는 이 노래가 아름다운 거짓말에 불과하다는 것을 너무도 잘 안다. 키치는 거짓말로 인식되는 순간, 비-키치의 맥락에 자리 잡는다. 권위를 상실한 키치는 모든 인간의 약점처럼 감동적인 것이 된다. 왜냐하면 우리 중 그 누구도 초인이 아니며 키치로부터 완전하게 벗어날 수 없기 때문이다. 우리가 아무리 키치를 경멸해도 키치는 인간 조건의 한 부분이다.

13

키치의 원천은 존재에 대한 확고부동한 동의다.

하지만 존재의 근거는 어떤 것일까? 신? 인류? 투쟁? 사랑? 남자? 여자?

여기에 대해선 각양각색의 의견이 있으며 또한 각양각색의 키치도 있게 마련이다. 가톨릭 키치, 개신교 키치, 유대인 키치, 공산주의 키치, 파시스트 키치, 민주주의 키치, 페미니스트 키치, 유럽 키치, 미국 키치, 민족주의 키치, 국제주의 키치.

프랑스 혁명 이후 유럽의 반쪽엔 좌익이라는 딱지가 붙었고 나머지 반쪽엔 우익이라는 명칭이 붙었다. 실제로 이 개념이 근거한 어떤 이론 원리에 따라 이 개념의 어느 한쪽을 정의하는 것은 불가능하다. 하나도 놀랄 만한 일이 아니다. 정치 운동은 합리적 태도에 근거하지 않고 표상, 이미지, 단어, 원형 들에 근거하며 이런 것들이 모여서 이런저런 정치적 키치를 형성한다.

프란츠가 미치도록 좋아했던 대장정이라는 개념은 모

든 시대와 모든 성향의 좌익 인사들을 하나로 묶어 주었던 정치적 키치였다. 대장정이란 멋진 전진, 장정이 대장정이기 위해서 필요했던 모든 장애물을 뛰어넘어 우정, 평등, 정의, 행복을 향해 멀리 나아가는 노정이었다.

프롤레타리아 독재인가 아니면 민주주의인가? 소비 사회 거부인가 생산 증대인가? 단두대인가 사형제도 폐지인가? 이런 것은 전혀 중요하지 않다. 좌익 인사를 좌익 인사답게 만드는 것은 이런저런 이론이 아니라 어떤 이론이라도 대장정이라 불리는 키치 속에 통합하는 능력인 것이다.

14

그렇다고 해서 프란츠가 키치의 인간이라고 말하려는
것은 아니다. 그의 삶에서 대장정이라는 개념은 불 밝힌
두 창문에 대해 이야기하는 감상적 노래가 사비나의 삶
에 작용했던 것과 대충 비슷한 역할을 했다. 프란츠는 어
떤 정당에 표를 줬던가? 그가 투표를 하지 않고 선거일
에 등산이나 가지 않았을까 나는 염려한다. 그것은 그가
더 이상 대장정에 감동하지 않는다는 것을 의미하진 않
는다. 세기를 통과해 나아가는, 행진 중인 대중의 일부가
되는 꿈을 꾸는 것은 멋진 일이고, 프란츠는 이 멋진 꿈
을 한 번도 잊은 적이 없었다.

어느 날 친구들이 파리에서 그에게 전화를 걸었다. 그
들은 캄보디아에서 행진을 주최했고 그도 여기에 합류
하라고 권했다.

당시 캄보디아는 내란, 미국의 폭격, 이 조그만 나라
의 인구를 5분의 1로 축소한 지역 공산주의자들이 자행
한 끔찍한 만행을 겪은 뒤, 끝내는 소련의 도구에 불과한

참을 수 없는 존재의 가벼움

424

이웃 베트남에게 점령당한 터였다. 캄보디아에는 기근이 돌았고, 사람들은 치료도 받지 못하고 죽어 갔다. 국제 의사 조직은 이미 여러 차례 입국을 요청했으나, 베트남인들이 이를 거절했다. 그래서 저명한 서방 지식인들이 캄보디아 국경에서 행진을 개최하기로 결정했다. 그들은 전 세계인의 눈앞에서 장관을 연출해, 점령당한 이 나라에 의사의 입국을 강요하고자 했던 것이다.

프란츠에게 전화를 했던 친구는 한때 파리 거리에서 프란츠와 함께 행진했던 사람들 중 하나였다. 프란츠는 처음에는 이 제안에 열광했으나, 곧 그의 눈길이 여학생에게 미쳤다. 그녀는 그의 정면 소파에 앉아 있었다. 당시 유행하던 안경을 낀 그녀의 눈은 한층 더 커 보였다. 프란츠는 그녀의 눈이 그에게 떠나지 말라고 애원하는 것처럼 느꼈다. 그는 사과의 말과 함께 거절했다.

전화를 끊자마자 그는 후회했다. 그는 지상 여인의 소원은 들어 주었지만 천상 여인을 무시했던 것이다. 캄보디아는 또 하나의 변형된 사비나의 조국이 아닐까? 이웃 나라 공산주의 군대에 점령당한 나라! 소련의 주먹이 내리친 나라! 그는 거의 잊고 지냈던 친구가 전화했던 것이 사비나의 은밀한 신호에 따른 것은 아닐까 하는 생각이 문득 들었다.

천상의 피조물들은 모든 것을 알고 모든 것을 본다. 만약 그가 이 행진에 참가했다면 사비나가 그를 보고 행복해했을 것이다. 그가 그녀에게 여전히 충실하다고 그녀는 생각했을 것이다.

"만약에 내가 거기 간다면 나를 원망할 거야?" 하고 안경 낀 여자 친구에게 물었다. 그녀는 하루라도 그가 없으면 불평을 했지만 어느 것도 그에게 거절할 줄을 모르는 여자였다. 며칠 뒤 그는 파리 공항의 커다란 비행기 안에 있었다. 거기에는 지성인 (교수, 작가, 의원, 가수, 배우, 시장) 쉰여 명, 의사 스무여 명, 그리고 이들과 동행하는 기자와 사진기자가 사백여 명 있었다.

15

비행기가 방콕에 착륙했다. 의사, 지식인, 기자 사백
일흔 명이 국제 규모 호텔의 큰 홀로 들어갔다. 거기에서
다른 의사, 배우, 가수, 철학자 들이 수첩과 녹음기, 사진
기, 촬영기를 갖춘 또 다른 기자 백여 명을 대동하고 그
들을 기다리고 있었다. 홀 끝에는 긴 탁자가 설치된 연단
이 있었고, 거기에서 미국인 스무여 명이 이미 회합을 주
도하기 시작하고 있었다.

프란츠가 끼여 있던 프랑스 지식인들은 따돌림을 당
해 모욕감을 느꼈다. 캄보디아 대장정은 그들의 발상이
었는데, 감탄스러울 정도로 자연스럽게 미국인들이 주
도권을 잡았을 뿐 아니라 한술 더 떠서 영어를 이해하지
못하는 프랑스인이나 덴마크인이 있는지 생각조차 해
보지 않고 영어로 말하고 있었다. 물론 덴마크인들은 오
래전부터 자기들이 하나의 나라를 이루고 있다는 것을
잊고 사는 사람들이라, 유럽인 중에서 프랑스 사람들만
이 이에 항의할 생각을 했다. 원칙주의자인 프랑스인들

은 영어로 말하기를 거부하고 연단을 차지한 미국인들에게 모국어로 말했다. 이들이 하는 말을 한 마디도 알아듣지 못하는 미국인들은 이들의 말에 수긍하는 듯한 친절한 미소로 답했다. 결국 프랑스인들이 항의를 표현할 수 있는 길이라곤 영어밖에 없는 셈이었다. "왜 이 회의에서 영어를 사용하는가? 여기에는 프랑스인도 있다!"

미국인들은 이처럼 희한한 항의에 대단히 놀란 표정을 짓더니 웃음을 거두고 모든 연설이 통역되는 것을 받아들였다. 사람들은 회의를 진행하기 위해 오랫동안 통역관을 찾아 헤맸다. 그런 뒤 한 마디 한 마디를 영어, 그리고 불어로 들어야만 했기에 회의 시간은 두 배나, 아니 실은 그보다 더 길어졌다. 왜냐하면 프랑스인들도 영어를 이해해서 통역관의 말을 가로막아 고쳐 주고 단어 하나하나에 시비를 걸었기 때문이었다.

연단 위에 미국 여배우가 등장하면서 회의는 절정에 이르렀다. 이 배우를 위해 다른 사진기자와 카메라맨이 홀에 불쑥 나타났고 여배우의 한 마디 한 마디가 찰칵찰칵 하는 셔터 소리의 환영을 받았다. 여배우는 야만적 공산 독재로 고통 받는 아이들, 인간의 안전권, 문명사회의 전통 가치를 억누르는 온갖 위협, 개인의 자유, 그리고 캄보디아에서 벌어지는 사건에 대해 유감을 표한 대통령 카터에 대해 이야기했다. 그녀는 마지막 대목에서 눈물을 흘렸다.

그 순간 붉은 콧수염을 기른 젊은 프랑스 의사가 벌떡

일어나 소리치기 시작했다. "우리는 죽어 가는 사람을 구하기 위해 여기 모인 것입니다! 카터 대통령의 영광을 위해 이 자리에 온 것은 아니란 말이에요! 이 행사가 미국의 선전장으로 타락할 순 없습니다. 우리는 공산주의에 항의하러 온 것이 아니라 치료하러 온 것입니다!"

다른 프랑스인들도 콧수염 의사에게 동조했다. 겁에 질린 통역관은 그들이 하는 말을 차마 옮기지 못했다. 조금 전과 마찬가지로 연단 위에 있는 미국인 스무여 명은 공감하는 미소를 지으며 그들을 바라보았고 그들 중 몇 명은 고개를 끄덕이며 수긍했다. 심지어 그들 중 한 명은 주먹을 치켜들 생각까지 했는데, 집단적으로 환호하는 순간에 유럽인들이 무의식적으로 이런 행동을 한다는 것을 알기 때문이었다.

16

그때까지 공산주의는 좌익에 속했는데도 어떻게 해서 좌익 지식인들이 (콧수염 의사는 그들 중 하나였다.) 공산주의 국가의 이익에 반하는 행진을 수락했을까?

소련 연방국이라고 불리는 나라가 자행한 범죄가 너무도 추악해졌을 때, 좌익 인사는 선택의 기로에 서게 되었다. 자신의 지나간 삶에 침을 뱉고 행진을 포기하거나 혹은 (어느 정도 불편을 감수하며) 소련 연방공화국을 대장정의 장애물로 간주하고 대열에 껴서 자기 길을 계속 가는 것.

좌익을 좌익답게 하는 것은 대장정의 키치라고 나는 이미 말했다. 키치의 정체는 정치 전략이 아니라 이미지, 은유, 용어로 결정된다. 따라서 관습을 깨고 공산주의 국가의 이익에 반하는 행진을 하는 것도 가능하다. 그러나 어떤 단어를 다른 단어로 대체하는 것은 가능하지 않다. 베트남 군대를 주먹으로 위협할 수는 있다. 그러나 그들에게 '타도하자, 공산주의!'라고 외칠 수는 없다. '타도하자, 공산주의!'는 대장정의 적들이 내건 슬로건이며, 체면을 잃고 싶지 않은 사람은 자기 자신의 키치가 지닌 순수성에 충실해야만 한다.

내가 이 말을 하는 것은 단지 자기중심주의에 빠져 자신을 질투심이나 여성 혐오증의 희생자라 믿는 미국 여배우와 프랑스 의사 사이에 가로놓인 오해를 설명하기 위해서일 뿐이다. 사실 프랑스 의사는 대단한 미적 감각을 과시했다. "카터 대통령", "우리들의 전통 가치", "야만적 공산주의" 같은 단어는 미국적 키치의 용어에 해당하며 대장정의 키치와는 아무 상관도 없기 때문이다.

17

이튿날 아침 그들은 모두 버스를 타고 태국 전 지역을 횡단하여 캄보디아 국경으로 갔다. 저녁 무렵 그들은 조그만 마을에 도착했다. 기둥 위에 세워진 조그만 가옥 몇 채가 그들을 위해 준비되어 있었다. 위협적으로 불어난 강물 때문에 그들은 위쪽에 머물러야만 했고, 아래쪽 기둥 발치에는 새끼 돼지들이 우글거렸다. 프란츠는 교수 네 명과 함께 한방에서 잤다. 잠결에 아래쪽에서 돼지들이 꿀꿀거리는 소리와 곁에서 저명한 수학자가 코 고는 소리가 들렸다.

아침에 모든 사람들이 다시 버스를 탔다. 국경에서 2킬로미터 떨어진 지점에 이르자 통행이 금지되었다. 군대가 지키는 국경 초소로 이어지는 좁은 길만 있었다. 버스들은 멈춰 섰다. 버스에서 내리며 프랑스인들은 이번에도 미국인들이 한 발 앞질러 벌써부터 대열 선두에서 그들을 기다리는 것을 보았다. 다시 통역관이 개입해야만 했고 논쟁이 불붙었다. 결국 타협점을 찾았다. 미국인

한 명, 프랑스인 한 명, 그리고 캄보디아 여자 통역관이 선두에 섰다. 바로 뒤에 의사, 그리고 그 뒤에 나머지가 섰다. 미국 여배우는 맨 끝에 붙었다.

길은 좁았고 지뢰투성이였다. 그들은 이 분마다 군사용 장애물에 부딪혔다. 철조망을 친 콘크리트 더미가 두 개 있었고 그 사이로 좁은 통로가 나 있었다. 그들은 일렬로 전진해야만 했다.

반전, 평화를 위한 노래를 구백서른 곡이나 작곡한 독일의 유명한 시인이자 대중 가수가 프란츠보다 5미터 앞에서 걷고 있었다. 그는 텁수룩한 검은 수염과 잘 어울리는 하얀 깃발이 걸린 긴 장대를 들고 가서 다른 사람들과 구별되었다.

사진기자와 카메라맨은 긴 행렬 주위를 줄달음치며 오고갔다. 그들은 찰칵찰칵, 차르르르 하는 소리를 내며 그들의 장비로 촬영을 했고 앞으로 뛰어갔다가 멈추고, 뒷걸음질쳐 무릎을 꿇었다가 다시 앞으로 뛰어가곤 했다. 이따금 그들은 유명한 남자나 여자 이름을 소리쳐 불렀다. 호명된 사람은 시큰둥하게 그들 쪽으로 고개를 돌렸고, 그 순간 그들은 셔터를 눌러 댔다.

18

무슨 일이 벌어지고 있다는 기미가 감돌았다. 사람들은 발걸음을 늦추고 뒤를 돌아보았다.

대열 끝에 있던 미국 여배우가 더 이상 이런 굴욕을 참는 것을 거부하고 공세를 취하기로 결정했던 것이다. 그녀는 뛰기 시작했다. 마치 5000미터 경주에서 힘을 아끼며 대열 끝에 있던 주자가 앞으로 질주하며 모든 경쟁자를 추월하는 것 같은 형국이었다.

남자들은 거북한 미소를 지으며 유명한 여자 선수의 승리를 위해 길을 내주었지만, 여자들은 "그대로 대열에 있어요! 이것은 은막의 스타를 위한 행진이 아니에요!"라고 외쳤다.

여배우는 위축되지 않고 계속 앞으로 달려갔고, 다섯 사진기자와 두 카메라맨이 그 뒤를 따랐다.

언어학 교수인 프랑스 여자가 여배우의 손목을 잡고 (한심한 영어로) 이렇게 말했다. "이것은 치명적인 병에 걸린 캄보디아 사람을 구하기 위한 의사들의 행진이에요. 배우를 위해 쇼를 하는 것이 아니란 말이에요."

여배우의 손목은 족쇄에 차인 듯 언어학 교수의 손에 잡혔고, 그녀에겐 빠져나갈 힘이 없었다.

그녀는 (유창한 영어로) 말했다. "저리 꺼져! 나는 이미 수백 번이나 행진에 참가했단 말이야. 이딜 가나 사람들에게 스타의 얼굴을 보여야만 해! 그게 우리들의 일이야! 그게 우리들의 도덕적 의무란 말이야!"

"쌍." 하고 언어학 여교수가 (유창한 불어로) 말했다.

미국 여배우가 말뜻을 알아듣고 눈물을 흘렸다.

"그대로 있어요." 하며 카메라맨 하나가 그녀 앞에 무릎을 꿇으며 소리쳤다.

여배우는 오랫동안 카메라 렌즈를 바라보았다. 눈물이 그녀의 뺨 위로 줄줄 흘러내렸다.

19

언어학 여교수는 결국 미국 여배우의 손목을 놓아 버리고 말았다. 하얀 깃발을 들고 있던 검은 턱수염 독일 가수는 여배우 이름을 소리쳐 불렀다.

여배우는 남들이 자기에 대해 하는 말에 귀 기울이지 않았지만 막상 모욕을 당한 그 순간에는 평소보다 남들의 호감 표시에 한결 민감해져서 그쪽으로 달려갔다. 시인이자 가수는 깃대를 왼손에 들고 오른팔로 여배우의 어깨를 감싸 안았다.

사진기자와 카메라맨은 여배우와 가수를 둘러싸고 깡충거리며 뛰어다녔다. 유명한 미국 사진작가는 그들 두 사람의 얼굴과 깃발을 한꺼번에 앵글에 잡으려 했지만 깃대가 높아 쉽지 않았다. 그는 논 쪽으로 뒷걸음질쳐 달리기 시작했다. 그렇게 해서 그가 지뢰를 밟은 것이다. 폭발이 있었고, 국제적 지성인 집단에게 피의 소나기를 흩뿌리며 그의 몸뚱이는 갈기갈기 조각나 날아가 버렸다.

가수와 여배우는 경악하여 그 자리에 말뚝처럼 서 있었다. 두 사람은 깃발 쪽으로 눈길을 돌렸다. 깃발은 피범벅이 되어 있었다. 처음에 이 광경은 그들의 공포를 증폭할 따름이었다. 그런 다음 그들은 몇 차례 머뭇머뭇 눈길을 들어 바라보다가 빙그레 웃기 시작했다. 그들은 그들이 들고 있던 깃발이 피의 세례를 받아 성스러워졌다는 생각에 지금까지 미처 몰랐던 묘한 자부심을 느꼈던 것이다. 그들은 다시 걷기 시작했다.

20

국경선은 작은 강으로 이루어졌지만 그 강은 보이지 않았다. 태국 저격수들을 대비해 모래주머니를 올려 놓은 1미터 50센티미터 높이 담장이 쳐져 있었기 때문이다. 담장은 한 군데에서만 끊어져 있었다. 거기에는 강을 건널 수 있는 아치형 다리가 있었다. 누구도 그곳까지 진입할 수는 없었다. 강 건너편에 베트남 점령군이 지키고 있었지만 그들 역시 보이지 않았다. 그들의 위치는 완벽하게 위장되어 있었다. 하지만 누군가 다리를 건너려고 시도한다면 대번에 눈에 보이지 않는 베트남 군인이 총격을 가할 것이다.

행진 대원들은 담장으로 가까이 가서 까치발을 하고 섰다. 프란츠도 모래주머니 사이에 기대어 내다보려고 시도했다. 하지만 자기가 그 자리를 차지할 권리가 있다고 생각한 사진기자가 밀치는 바람에 그는 아무것도 보지 못했다.

그는 돌아섰다. 나뭇가지 하나에 앉은 살찐 까마귀 떼

처럼 일곱 사진작가가 강 건너편에 시선을 고정한 채 앉아 있었다.

그 순간 대열 선두에서 걷던 통역관이 입에 커다란 확성기를 대고 강 건너편을 향해 크메르어로 소리치기 시작했다. 여기에 의사들이 있으며 의료 봉사를 위해 캄보디아 영토 내로 들어가고 싶다고 했다. 그들의 행위는 내정 간섭과는 아무 상관도 없으며, 그들의 유일한 동기는 생명에 대한 배려라고 했다. 강 건너편의 대답은 믿을 수 없을 정도의 침묵이었다. 너무도 완벽해서 모든 사람을 불안감으로 사로잡을 만한 침묵. 유일하게 사진기들이 찰칵거리는 소리만 이국 벌레들의 노래처럼 그 침묵 속에서 울렸을 뿐이다.

프란츠는 갑자기 이 대장정이 끝에 다다랐다는 인상을 받았다. 침묵의 국경들은 유럽으로 좁아졌고, 대장정이 완수된 공간은 지구 한복판의 조그만 연단에 불과해졌다. 한때 연단 밑에 몰려들던 군중은 이미 오래전부터 이 대장정을 외면했고, 대장정은 관중 없는 고독 속에서 계속되었던 것이다. 프란츠는 생각했다. 그렇다, 세상의 무관심에도 계속되었지만 대장정은 신경질적이고 과민해졌다. 어제는 미국의 베트남 점령에 반대하며, 오늘은 베트남의 캄보디아 점령에 반대하며, 어제는 이스라엘을 위해, 오늘은 팔레스타인을 위해, 어제는 쿠바를 위해, 내일은 쿠바에 반대하며, 항상 미국에 대항하며, 매번 학살에 반대하며, 또한 매번 다른 학살을 지지하면서 유럽은 행진을 계속했다. 하나의 사건도 빠뜨리지 않고 리듬을 맞추기 위해 발걸음은 더욱 빨라졌고, 그래서 대장정은 빠른 발걸음으로 행진하는 바쁜 사람들의 행렬이 되었다. 마침내 무대는 더욱더 좁아져 어느 날 면적 없는 한 점에 불과하게 된 것이다.

21

통역관은 두 번째로 확성기를 잡고 소리쳤다. 첫 번째처럼 묵묵부답이었고 무관심한 커다란 침묵뿐이었다.

프란츠는 둘러보았다. 강 건너편 침묵은 모든 사람의 얼굴을 따귀 치듯 후려친 것이다. 흰 깃발 가수와 미국여배우조차도 어색해서 머뭇거렸다.

프란츠는 문득 이들, 자신과 다른 사람들이 얼마나 우스팡스러운지 깨달았다. 하지만 이러한 깨달음이 그를 다른 사람들로부터 떼어 놓지는 않았다. 그는 빈정거리고 싶은 마음도 들지 않았으며 오히려 사형선고를 받은 죄수에게 느끼는 것 같은 무한한 사랑을 느꼈다. 그렇다, 대장정은 그 끝에 다다랐다. 그렇다고 해서 그것이 프란츠가 배신할 수 있는 이유가 될까? 자기 자신의 생명도 이와 마찬가지로 그 끝에 다가가고 있는 것은 아닐까? 용기 있는 의사들을 국경까지 동반한 사람들의 과시욕을 조롱해야만 하는가? 여기 있는 모든 사람들이 이런 구경거리를 제공하는 것 외에 다른 일도 할 수 있지 않은

가? 이보다 좋은 다른 뭔가가 그들에게 남아 있을까?

프란츠의 생각이 옳다. 프라하에서 정치범 사면을 위한 서명 캠페인을 벌였던 기자에 대해 나는 생각해 보았다. 그 사람은 그 캠페인이 정치범을 돕지 못하리라는 것을 잘 알았다. 진정한 목표는 정치범의 석방이 아니라 아직도 두려움을 모르는 사람들이 있다는 것을 보여 주는데 있다. 그가 했던 것도 구경거리의 성격을 띠고 있었다. 하지만 그에게는 다른 가능성이 없었다. 그에게는 행동과 구경거리 사이에서 선택할 권리가 없었다. 그에게는 한 가지 선택밖에 없었다. 구경거리를 제공하거나 아무 일도 하지 않는 것. 인간이 구경거리를 제공할 수밖에 없게 선고된 상황이 있게 마련이다. 침묵하는 권력(강 건너의 침묵하는 권력, 벽 속에 숨긴 조용한 도청 장치로 변신한 경찰)에 대항하는 그의 전투란 군대를 공격하는 연극 단원의 전투인 것이다.

프란츠의 눈에 소르본 대학 친구가 주먹을 치켜들고 강 건너의 침묵을 위협하는 모습이 들어왔다.

22

통역관은 세 번째로 확성기에 대고 소리쳤다.

그에 대한 대답은 역시 침묵뿐이었고, 그 때문에 갑자기 프란츠의 고뇌는 광적인 분노로 바뀌었다. 그는 태국과 캄보디아 사이의 다리로부터 몇 발짝 떨어진 곳에 있었는데, 다리로 뛰어가 하늘을 향해 끔찍한 욕설을 퍼붓고는 요란한 총성 속에서 죽고 싶다는 엄청난 욕망에 사로잡혔다.

프란츠의 이러한 돌연한 욕망에 우리는 뭔가 떠오른다. 그렇다, 인간 존재의 극과 극이 거의 닿을 정도로 서로 가까워져 고상한 것과 천한 것, 천사와 파리, 신과 똥 사이에 더 이상 아무런 차이점이 없게 되는 꼴을 차마 보지 못하여 고압 전류가 흐르는 철조망에 달려가 매달린 스탈린의 아들이 떠오르는 것이다.

대장정의 영광이 행진하는 사람들의 코믹한 허영심으로 축소되고, 유럽 역사의 장대한 소란이 무한한 침묵 속으로 실종되어 역사와 침묵 간에 더 이상 아무런 차이점도 없게 되는 것을 프란츠는 받아들일 수 없었다. 그는 대장정이 똥보다 더 무겁다는 것을 증명하기 위해 천칭에 자기 목숨까지도 기꺼이 올려놓았을 것이다.

그러나 그러한 일이 벌어질 거라는 것을 전혀 증명할 수 없다. 천칭의 한쪽 접시에는 똥이 있었고, 스탈린의 아들은 몸뚱이 전부를 다른 접시 위에 올려놓았지만 천칭은 끄떡도 하지 않았다.

총을 맞고 죽는 대신 프란츠는 고개를 숙이고 다른 사람들과 함께 일렬로 서서 버스로 돌아갔다.

23

우리 모두는 우리 자신을 도와주는 누군가를 필요로 한다. 우리가 어떤 시선을 받으며 살고 싶어 하는지에 따라 네 범주로 나눌 수 있을 것이다.

첫 번째는 익명의 무수한 시선, 달리 말하자면 대중의 시선을 추구한다. 독일 가수와 미국 여배우가 이런 경우에 속하며 주걱턱 신문기자 역시 이런 경우에 속한다. 독자들에게 인기가 높아진 그의 주간지를 소련인이 정간하자, 그는 산소가 백배나 희박해진 공기 속에 있는 것 같았다. 그에게는 그 누구도 수많은 미지의 시선을 대신할 수 없었다. 그는 질식할 것만 같았다. 그러던 어느 날 그는 가는 곳마다 경찰의 미행을 받고, 전화를 걸 때마다 도청당하고, 심지어는 거리에서 은밀하게 사진까지 찍힌다는 사실을 알았다. 갑자기 익명의 시선이 도처에서 그를 따라다녔으며, 그러자 그는 숨을 쉴 수 있었다! 그는 행복했다! 그는 연극배우 같은 목소리로 벽에 숨겨진 소형 마이크에 대고 소리치곤 했다. 그는 잃어버린 관객을 경찰에게서 되찾은 것이다.

두 번째 범주에는 다수의 친한 사람들의 시선 없이는 살 수 없는 사람들이 속한다. 이들은 지칠 줄 모르고 칵테일 파티나 만찬의 기회를 만들어 내는 사람들이다. 이들은 대중을 잃으면 그들 인생의 무대에 불이 꺼졌다고 상상하는 첫 번째 범주의 사람들보다는 행복하다. 반면 두 번째 범주의 사람들은 언제나 어떤 시선을 획득하는데, 마리클로드와 그녀의 딸이 이에 속한다.

그리고 세 번째 범주가 있는데, 사랑하는 사람의 시선 속에서 사는 것을 필요로 하는 사람들이 이 범주에 속한다. 이들의 조건은 첫 번째 그룹에 속한 사람들의 조건만큼이나 위험천만하다. 사랑하는 사람의 눈이 감기면 무대는 칠흑에 빠질 것이다. 테레자와 토마시를 이런 사람들 속에 분류해야만 한다.

끝으로 아주 드문 네 번째 범주가 있는데, 부재하는 사람들의 상상적 시선 속에서 사는 사람들이 이에 속한다. 이들은 몽상가이다. 예를 들면 프란츠가 그렇다. 그가 캄보디아 국경까지 간 것은 오로지 사비나 때문이다. 버스가 태국의 도로에서 덜컹거릴 때, 그는 그녀의 시선이 오랫동안 그에게 고정되었다고 느낀다.

토마시의 아들도 같은 범주에 속한다. 나는 그의 이름을 시몽이라 부르겠다.(그는 아버지처럼 성서 속 인물의 이름에 기뻐할 것이다.) 그가 희구하는 시선은 토마시의 시선이다. 서명 캠페인에 연루되는 바람에 그는 대학에서

내쫓겼다. 그가 교제하던 젊은 여자는 시골 신부의 조카
딸이었다. 그는 그녀와 결혼하여 집단 농장의 트랙터 운
전사, 독실한 가톨릭 신자이자 한 가정의 아버지가 되었
다. 그는 토마시도 시골에 사는 것을 알자 기뻐했다. 운
명이 그들의 삶을 대칭적으로 만들었다고! 그것 때문에
그는 토마시에게 편지를 썼던 것이다. 그는 답장을 요구
하지 않았다. 그가 바라는 것은 한 가지뿐이었다. 토마시
가 그의 삶에 시선을 보내는 것.

24

이 소설에서 프란츠와 시몽은 몽상가들이다. 프란츠와는 달리, 시몽은 어머니를 사랑하지 않았다. 어릴 적부터 그는 아버지를 찾았다. 시몽은 아버지가 자기에게 못 할 짓을 한 것은 먼저 못 할 짓을 당했기 때문이라고 해석하고 그렇게 믿고 싶었다. 그는 아버지를 한 번도 원망하지 않았고 토마시를 비난하는 그의 어머니와 한편이 되는 것을 한사코 거부했다.

그는 열여덟 살 때까지 어머니와 함께 살았고 대학 입학 시험을 마치고 학업을 위해 프라하로 왔다. 그때 이미 토마시는 유리창 닦는 노동자가 되어 있었다. 시몽은 우연히 거리에서 만난 것처럼 가장하려고 수없이 그를 기다렸다. 그러나 그의 아버지는 한 번도 걸음을 멈춘 적이 없었다.

시몽이 주걱턱 기자에게 애착을 갖는 것은 오로지 그가 아버지의 운명을 생각나게 하기 때문이었다. 기자는 토마시의 이름도 몰랐다. 오이디푸스에 대한 기사는 잊했고, 토마시에게 서명을 제안하자고 요청했던 시몽을 통해 그는 기사의 존재를 알았다. 기자는 자기가 좋아하는 청년을 기쁘게 해 주기 위해서 그의 제안을 받아들였을 뿐이다.

시몽은 아버지와의 만남을 떠올리면서 자신이 그토록 떨었다는 것을 부끄러워했다. 그는 필경 아버지의 마음에 들지 않았을 것이다. 반면 아버지는 그의 마음에 들었다. 그는 아버지의 말 한 마디 한 마디를 기억했고 시간이 갈수록 더욱 그의 말이 맞다고 생각했다. 특히 한 문장이 그의 기억 속에 각인되었다. "자신이 한 일이 무엇인지 모르는 사람들을 벌주는 것은 야만적인 짓이다." 여자 친구의 삼촌이 그의 손에 쥐어 준 성경에서는 예수의 이 말이 인상적이었다. "저들을 용서해 주십시오. 저들은 자기들이 하는 짓을 알지 못합니다." 그는 아버지가 무신론자인 것을 알지만, 두 문장의 유사성은 그에게 은밀한 징조였다. 아버지는 그가 선택한 길을 인정하는 것이라고.

자신을 집으로 초대한다는 토마시의 편지를 받은 것은 시몽이 시골에 산 지 이 년도 넘었을 때였다. 만남은 화기애애했으며 시몽은 편안하게 느껴서 더 이상 말을 더듬지 않았다. 아마도 그는 두 사람이 서로를 그다지 이해하지 못한다는 것을 눈치채지 못했을 것이다. 넉 달이 지났을 무렵 그는 전보를 받았다. 토마시와 그의 부인이 트럭에 깔려 죽었다는 것이다.

한때 아버지의 정부였으며 프랑스에 살고 있다는 여자에 대한 소문을 들은 것도 그 무렵이었다. 그는 그녀의 주소를 알아냈다. 그는 계속해서 자기 삶을 관찰하는 상상의 눈을 처절히 필요로 했기에 이따금 그녀에게 긴 안부 편지를 쓰곤 했다.

25

사비나는 시골에 사는 슬픈 발신자의 편지를 죽는 날까지 끊임없이 받았다. 그녀는 자기가 떠나온 나라에 대해 점점 관심을 두지 않았기 때문에 그가 보낸 편지 중많은 것을 뜯어 보지도 않았다.

늙은 신사는 죽었고, 사비나는 캘리포니아로 가서 정착했다. 항상 서쪽으로, 언제나 보헤미아에서 더욱 먼 곳으로.

그녀의 그림은 잘 팔렸고, 그녀는 미국을 아주 좋아했다. 그러나 단지 껍질만을 좋아했다. 껍질 안에는 그녀에게 낯선 세계가 있었다. 땅 아래에는 그녀의 어떤 할아버지나 아저씨도 없었다. 그녀는 관 속에 갇혀 미국의 땅속으로 내려가는 것이 두려웠다.

그래서 그녀는 시신을 화장하고 재를 뿌려 달라고 명시한 유언장을 작성했다. 테레자와 토마시는 무거움의 분위기 속에서 죽었다. 그녀는 가벼움의 분위기에서 죽고 싶었다. 그 가벼움은 공기보다도 가벼울 것이다. 파

르메니데스에 따른다면 부정적인 것이 긍정적인 것으로
변모하는 것이다.

26

버스가 방콕의 한 호텔 앞에 섰다. 누구도 모임을 갖고 싶어하지 않았다. 사람들은 작은 그룹으로 뿔뿔이 흩어져 시내로 갔다. 어떤 이들은 사원을 방문하고 또 다른 어떤 이들은 사창가로 갔다.

소르본 대학 친구는 프란츠에게 함께 저녁 시간을 보내자고 했으나, 그는 혼자 있고 싶었다.

어두워지자 그는 밖으로 나갔다. 그는 끊임없이 사비나를 생각했고 그녀의 긴 시선을 느꼈다. 그 시선 속에서 그는 사비나가 진정으로 어떤 생각을 하는지 몰라 항상 자기 자신을 의심하곤 했다. 이번에도 이 시선이 그를 혼란에 빠뜨렸다. 그녀가 비웃지 않을까? 그녀는 그녀에게 바치는 그의 숭배를 유치하다고 생각하지는 않을까? 혹시 이제는 어른답게 행동하고, 그녀 자신이 직접 보내 준 여자 친구에게 전적으로 헌신해야 한다고 말하고 싶어하지 않을까?

그는 동그랗고 커다란 안경을 낀 얼굴을 떠올려 보려

고 애썼다. 그는 그 여학생과의 생활이 얼마나 행복했는지 깨달았다. 문득 캄보디아 여행이 우스꽝스럽고 무의미하게 보였다. 도대체 왜 이곳까지 왔을까? 이제 와서야 그는 이유를 알 수 있었다. 그가 이 여행을 한 것은 자신의 진정한 삶, 유일한 실제 삶은 행진도 사비나도 아니며 안경 낀 여학생이라는 것을 깨닫기 위해서였다! 현실이란 꿈을 뛰어넘는 것, 꿈을 훨씬 뛰어넘는 것이란 확신을 갖기 위해 그는 여행을 했던 것이다!

어둠 속에서 그림자 하나가 솟아나 알 수 없는 언어로 그에게 몇 마디를 건넸다. 그는 동정심이 섞인 놀란 눈으로 그를 바라보았다. 낯선 자는 고개를 숙이고 미소를 짓더니 집요하게 무슨 말인가를 떠들어 댔다. 무슨 말을 하는 것일까? 자기를 따라오라는 뜻인 것 같았다. 남자는 그의 손목을 잡고 끌어당겼다. 프란츠는 도움이 필요한가 보다고 생각했다. 이곳에 공연히 온 것은 아니지 않은가? 누군가를 구해 주라고 부름을 받은 것인지도 모르지 않는가?

다른 두 남자가 횡설수설하는 남자 옆에서 불쑥 튀어나오더니, 그중 하나가 프란츠에게 돈을 달라고 영어로 말했다.

그 순간 안경 낀 젊은 여자의 모습이 그의 의식의 장에서 사라졌다. 그를 바라보는 사람은 다름 아닌 새로운 사비나, 거창한 운명을 타고난 비현실적인 사비나, 그 앞에 서면 자신이 항상 작게만 느껴지던 사비나였다. 그를 바라보는 눈에는 분노와 불만이 서려 있었다. 이번에도 속은 것일까? 이번에도 그의 멍청한 선의가 이용당한 것일까?

그는 소매를 잡고 있던 남자를 격렬하게 뿌리쳤다. 사비나가 항상 그의 힘을 사랑했다는 것을 그는 안다. 프란츠는 두 번째 남자가 그에게 휘두르는 팔을 낚아챘다. 그는 그 남자를 꽉 잡고 완벽한 유도 자세로 머리 위로 들어올려 한 바퀴 돌렸다.

지금 그는 자기 자신에 흡족했다. 사비나의 눈길이 그를 떠나지 않았다! 그녀는 모욕당하는 그의 모습을 더 이상은 보지 않을 것이다. 뒷걸음질치는 모습은 결코 보지 못할 것이다! 프란츠는 더 이상 허약하고 감상적이지 않을 것이다.

그는 순진한 자신을 속이려 했던 이 남자들에 대해 거의 희열에 가까운 증오심을 느꼈다. 그는 조금 구부정하게 서서 이들로부터 눈을 떼지 않았다. 그런데 갑자기 뭔가 묵직한 것이 그의 머리를 때렸다. 그는 쓰러졌다. 어렴풋이 사람들이 그를 어디론가 싣고 가는 것이 느껴졌다. 그리고 허공 속으로 빠져 들어갔다. 그는 격렬한 충격을 느끼고 의식을 잃었다.

그는 한참 후 제네바의 한 병원에서 깨어났다. 마리클로드가 그의 침대를 내려다보고 있었다. 그는 그녀를 원하지 않는다고 말하고 싶었다. 당장 안경 낀 여학생에게 연락하라고 말하고 싶었다. 그는 다른 누구도 아닌 그녀만을 생각했다. 그녀 아닌 다른 누구도 머리맡에 있는 것을 참지 못하겠다고 소리치고 싶었다. 그러나 말을 할 수 없는 것을 확인하고 경악했다. 그는 무한한 증오심에 찬 눈길로 마리클로드를 바라보며 그녀를 외면하기 위해 벽 쪽으로 돌아누우려고 했다. 그러나 몸을 움직일 수 없었다. 그는 적어도 머리만이라도 움직여 보려고 했다. 그러나 머리조차 조금도 움직일 수 없었다. 그래서 그는 그녀를 보지 않기 위해 눈을 감았다.

27

죽은 프란츠는 이전에는 한 번도 그런 적이 없었지만 마침내 법적 부인의 손 안에 들어갔다. 마리클로드는 장례식을 준비하고 부고장을 발송하고 화환을 주문하고 따지고 보면 웨딩드레스 격인 검은 드레스를 해 입는 등 모든 것을 결정했다. 그렇다, 부인에게는 남편의 장례식이 결국 그녀의 진정한 결혼식이었다. 자기 삶의 끝매듭. 모든 고통의 보상.

하긴 묘지에서 목사도 이를 잘 꿰뚫어보았다. 그는 수많은 시련을 거쳤지만 죽은 자에게는 마지막 날까지 최후의 순간에 돌아갈 수 있는 안전한 기항지인 변함없는 부부애에 대해 이야기했다. 심지어 마리클로드가 관 앞에서 몇 마디 조사(弔詞)를 해 달라고 부탁했던 프란츠의 동료까지도 죽은 사람의 의연한 배우자에게 각별한 경의를 표했다.

뒤편 어느 곳에선가 커다란 안경을 낀 젊은 여자가 친구의 부축을 받으며 쪼그린 채 앉아 있었다. 그녀는 너무

도 눈물을 참으며 많은 진정제를 먹었던 탓에 장례식이
끝나기 전에 경련을 일으켰다. 그녀는 몸을 꺾으며 배를
움켜쥐고 나뒹굴어 친구의 도움을 받아 묘지를 나서야
만 했다.

28

그는 협동 농장 조합장으로부터 전보를 받자마자 오토바이에 올라타고 길을 나섰다. 그가 장례식을 책임졌다. 그는 묘비의 아버지 이름 아래 이런 비문을 새기도록 했다. "그는 지상에서 하느님의 왕국을 원했다."

그는 아버지라면 결코 이런 말을 쓰지 않았으리란 것을 잘 알고 있었다. 하지만 비문이 아버지가 원하는 바를 정확하게 표현한다고 확신했다. 하느님의 왕국이란 정의를 뜻한다. 토마시는 정의가 군림하는 세계를 갈구했다. 아버지의 삶을 자신의 말로 표현할 권리가 시몽에게 없는 것일까? 그것은 까마득한 옛날부터 모든 상속자의 권리가 아닐까?

프란츠의 비석에서는 "오랜 방황 끝의 귀환"이라는 표현을 읽을 수 있다. 이 비문은 종교적 상징처럼 해석될 수 있다. 지상의 삶에서의 방황, 신의 품으로의 귀환. 그러나 이 문장이 철저하게 세속적 의미를 지닌다는 것을 알만한 사람은 다 안다. 하긴 마리클로드는 허구한 날 이렇게 말했다. 프란츠, 사랑하는 프란츠는 오십 대의 위기를 견디지 못했어요. 그는 한심한 계집애의 손아귀에 빠진 거예요! 예쁘지조차 않은 여자였어요. (얼굴이 보이지 않을 정도로 커다란 안경 보셨지요?) 그러나 오십 대 남자는 누구라도 젊은 살덩어리를 위해 영혼까지도 팔죠. (우리 모두 다 알듯이!) 오로지 부인만이 그가 얼마나 괴로워했는지 알 수 있지요! 그것은 그에게 진정한 도덕적 고문이었어요! 프란츠의 본색은 정직하고 선했으니까요. 아시아의 외딴 구석까지 절망적이고 엉뚱한 여행을 했던 것을 달리 어떻게 설명할 수 있겠어요? 그는 거기에 죽음을 찾아갔던 거예요. 그렇다, 마리클로드는 이렇게 확신했다. 프란츠는 의도적으로 죽음을 추구했던 것이다. 죽기 전 고통에 빠져 있던 마지막 나날 동안 더 이상 거짓말할 필요가 없었던 그는 오직 그녀만을 보고자 했다. 그는 말은 할 수 없었지만 시선만으로도 그녀에게 고마움을 표시했다. 그의 눈은 마리클로드에게 용서해 달라고 했다. 그리고 그녀는 그를 용서했다.

29

캄보디아에서 죽어 가는 사람들에게 남은 것은 무엇일까?

품에 노란 아기를 안은 미국 여배우의 커다란 사진 한 장.

토마시에게 무엇이 남았을까?

비문(碑文) 하나. 그는 지상에서 하느님의 왕국을 원했다.

베토벤에게 무엇이 남았을까? 우울한 목소리로 "Es muss sein!"이라고 말하는, 믿기지 않을 정도로 헝클어진 머리에 침울한 표정을 한 남자.

프란츠에게는 무엇이 남았을까?

비문 하나. 오랜 방황 끝의 귀환.

그리고 그다음도 또 계속될 것이다. 잊히기 전에 우리는 키치로 변할 것이다. 키치란 존재와 망각 사이에 있는 환승역이다.

7부 **카레닌의 미소**

1

창밖으로 둥치가 비틀어진 사과나무가 듬성듬성 심긴 산비탈이 보였다. 산비탈 너머로 숲이 지평선을 감싸고 있었고, 구릉이 멀리까지 펼쳐져 있었다. 저녁이면 하얀 달이 창백한 하늘에 빠끔히 솟아올랐고, 테레자가 문밖으로 나서는 것은 그 무렵이었다. 아직 완전히 어두워지지 않은 하늘에 걸린 달은 아침에 꺼지지 못해 하루 종일 켜진 채 영안실을 밝히는 백열등 같았다.

언덕 위에서 자라는 둥치가 비틀린 사과나무 중 어느 것도 뿌리를 내린 장소에서 떠날 수 없는 것처럼, 테레자와 토마시도 결코 이 마을을 떠날 수 없을 것이다. 그들은 도시에 정착하려고 떠나는 한 농부에게서 정원이 딸린 작은 집을 사려고 자동차, 텔레비전, 라디오를 팔았다.

시골에 가서 사는 것은 그들에게 남은 유일한 도피 가능성이었다. 언제나 손이 부족했던 시골에는 빈집이 남아돌았다. 밭이나 숲에서 일하겠다고 온 사람의 정치 전력에 대해선 그 누구도 관심을 갖지 않았고 부러워하지도 않았다.

테레자는 술주정뱅이가 우글거리는 바와 토마시의 머리카락에 성기 냄새를 남기는 미지의 여인들이 있는 도시로부터 멀리 떠나게 되어 행복했다. 경찰도 그들을 감시하지 않았다. 그녀의 기억 속에서 기술자의 이야기와 바오로 산 장면이 혼돈되는 것처럼, 무엇이 꿈이었고 무엇이 현실이었는지 거의 구분되지 않았다.(과연 기술자는 정말 경찰의 끄나풀이었을까? 그럴 수도 있고 아닐 수도 있다. 은밀한 만남을 위해 아파트를 빌려 주는 사람이 있을 수도 있고, 같은 여자와는 두 번 다시 동침하지 않는 사람이 있을 수도 있다.)

따라서 테레자는 행복했고 이제 목적을 달성했다고 믿었다. 토마시와 그녀, 이들은 함께 있으며 홀로 있게 되었다. 홀로라고? 보다 정확하게 말해야 한다. 내가 고독이라 일컫는 것이란 그들이 예전 친구나 지인들과의 모든 접촉을 단절했음을 의미한다. 그들은 가위로 리본을 자르듯 과거 삶으로부터 현재 삶을 단절했다. 하지만 그들과 함께 시간을 보내면 행복했다. 그들과 함께 일하고, 가끔 찾아가기도 하고, 집으로 초대하는 농부들도 있었다.

거리 이름이 러시아식으로 바뀐 농촌 도시에서 협동 농장 조합장과 사귀게 되었을 때, 테레자는 문득 독서가 남긴 기억이나 그녀의 조상들이 남겨 준 기억 속 시골 이미지를 발견했다. 모두가 같은 관심과 같은 습관을 공유하는 대가족이 되는 조화로운 세계. 매주 일요일 교회 미사, 부인을 떼 놓고 남자들끼리 모이는 술집, 그리고 아마추어 악단의 연주에 맞춰서 마을 사람 모두가 춤을 추었던 술집 홀.

그러나 공산치하 마을에는 더 이상 이러한 세속적 이미지가 없었다. 가까운 이웃 마을에 있는 교회에는 아무도 가지 않았고 술집은 사무실로 개조되었으며 남자들은 어디에 모여 앉아 맥주를 마실 수 있는지 알지 못했다. 젊은이들 역시 어디로 가서 춤을 춰야 할지 몰랐다. 종교 축제는 벌일 수 없었으며 공식 축제에는 아무도 관심이 없었다. 가장 가까운 극장은 20킬로미터 떨어진 시내에 있었다. 쾌활하게 서로 이름을 부르고 잠깐 틈을 내어 잡담도 즐기던 하루 일과가 끝나면, 사람들은 저급한 취향의 현대식 가구가 들어선 조그만 집의 벽 사이에 틀어박혀 텔레비전 화면만 뚫어져라 보았다. 사람들은 서로의 집을 방문하지도 않았고 식사 전에 이웃과 몇 마디 나누는 게 고작이었다. 모든 사람들이 도시로 가서 터 잡기를 꿈꾸었다. 시골은 사는 재미를 조금도 제공하지 못했다.

국가가 시골에서 그 세력을 상실하는 것은 아무도 시골에 뿌리내리기를 원하지 않았기 때문일 것이다. 땅 주인이 아니라 밭에서 일하는 소작인으로 전락한 농부는 전원 풍경이나 농사일에 아무런 애착도 없었고 잃는 것을 두려워할 만한 것도 갖지 못했다. 이러한 무관심 덕분에 시골은 상당한 자율성과 자유를 누렸다. 협동 농장의 조합장은 (도시의 모든 책임자처럼) 외부에서 임명되는 것이 아니라 농부들에 의해 선출되었으며 농부들 편이었다.

모든 사람들이 떠나기를 원했기 때문에 테레자와 토마시는 예외적인 지위를 누렸다. 그들은 자의로 온 사람이었다. 다른 사람들은 틈만 나면 근처 마을에 가서 시간을 보냈지만, 테레자와 토마시는 그들이 있는 곳에서 그대로 살기만을 바랐고 자기들끼리도 서로 모르는 마을 사람들을 좀 더 잘 사귀어 보자고 어물거리지도 않았다.

조합장은 그들의 좋은 친구가 되었다. 그에게는 부인과 네 아이, 그리고 그가 강아지처럼 길들인 새끼 돼지 한 마리가 있었다. 메피스토라는 이름의 이 돼지는 마을의 영광이자 오락거리였다. 그 돼지는 사람 말에 복종했고 몸에는 아주 깨끗하고 붉은 빛이 감돌았으며 발목 굵은 여자가 하이힐을 신고 걷듯 작은 나막신 같은 발로 종종걸음을 쳤다.

카레닌은 처음 메피스토를 보자 당황하여 오랫동안 그 주위를 맴돌며 냄새를 맡았다. 그러나 곧 카레닌은 마을 개들보다 돼지를 더 좋아했다. 개들은 항상 개집에 묶여 있고 이유 없이 멍청하게 짖어 댔기 때문에 카레닌은 그 개들을 깔보았다. 카레닌은 희귀한 것의 가치를 제대로 평가했으며, 나는 그가 돼지와의 우정에 애착을 갖는다는 표현까지도 쓰고 싶은 심정이다.

조합장은 전직 외과 의사를 도울 수 있어 행복했고 뭔가를 더 해 주지 못해 안달했다. 토마시는 트럭 운전사라 농부를 농장에 데려다 주거나 물자를 운반했다.

조합에는 커다란 축사 네 채와 송아지가 마흔 마리 있는 조그만 우사가 있었다. 테레자가 송아지들을 맡아 하루에 두 번씩 풀밭으로 데리고 나갔다. 쉽게 갈 수 있는 인근 목초지는 건초 생산 부지라서 테레자는 인근 야산으로 송아지 떼를 끌고 가야 했다. 송아지들은 점점 멀리 가서 풀을 뜯어먹었고, 그래서 테레자는 소 떼를 따라 마을을 둘러싼 광활한 지역을 한 해 동안 돌아다녔다. 예전에 작은 도시에서 그랬듯 그녀의 손에서는 책이 떠나지 않았다. 풀밭에 도착하면 그녀는 책을 펴서 읽었다.

카레닌은 항상 그녀를 동반했다. 개는 어린 송아지가 너무 경중거리거나 다른 송아지로부터 멀어지려고 할 때면 짖어 대는 법을 배웠다. 셋 중에서 카레닌이 가장 행복했다. 즉흥적으로 무엇인가를 할 수 있는 여지라곤 조금도 없는 이곳에서처럼 '시계의 관리자'라는 그의 직분이 철저하게 증명된 적이 없었다. 여기에서는 테레자와 토마시가 살아가는 시간대가 카레닌의 규칙적인 시간대와 엇비슷해졌다.

두 사람은 어느 날 식사를 마치고 (두 사람 모두에게 주어진 한 시간의 자유시간이었다.) 집 너머 언덕으로 카레닌과 함께 산책을 갔다.

"카레닌이 뛰는 모습이 보기 싫어." 테레자가 말했다.

카레닌은 왼쪽 발을 절었다. 토마시는 몸을 숙이고 다리를 만져 보았다. 그는 카레닌의 허벅지에서 조그만 멍울을 발견했다.

이튿날 그는 카레닌을 트럭 옆 좌석에 태우고 수의사가 있는 마을로 갔다. 일주일 후 다시 수의사에게 다녀온 그는 카레닌이 암에 걸렸다는 소식을 전했다.

사흘 후 그는 수의사와 함께 직접 수술을 했다. 집으로 데려왔을 때까지도 카레닌은 마취에서 깨어나지 않았다. 개는 양탄자에 누워 눈을 뜬 채로 신음 소리를 냈다. 허벅지에는 털이 깎이고 여섯 바늘을 꿰맨 상처가 있었다.

얼마 후 개는 일어나려고 시도했다. 그러나 헛수고였다.

테레자는 더럭 겁이 났다. 혹시 다시는 걸을 수 없다면?

"걱정하지 마, 아직 마취가 안 풀려서 그래." 하고 토마시가 말했다.

그녀는 카레닌을 일으켜 세우려 했지만 개는 으르렁거렸다. 개가 그녀를 물려고 든 것은 이번이 처음이었다!

"당신이 누군지 모르는 거야. 당신을 알아보지 못하는 군." 그들은 침대 곁에 개를 눕혔고, 개는 금세 잠들어 버렸다. 그들도 따라 잠들었다.

새벽 3시경에 개가 다짜고짜 그들을 깨웠다. 개는 꼬리를 흔들며 테레자와 토마시를 밟고 다녔다. 그리고 지칠 줄 모르고 그들에게 거칠게 몸을 비벼 댔다. 개가 그들을 깨운 것도 이번이 처음이었다! 개는 언제나 침대 위로 뛰어오르기 위해 두 사람 중 하나가 깨어나기를 기다렸더랬다.

그러나 이번엔 한밤중에 갑자기 의식을 되찾자 스스로를 통제하지 못했던 것이다. 그가 얼마나 먼 곳에서 돌아왔는지 누가 알까! 어떤 유령을 만났는지 누가 알까! 그리고 지금 자기가 집에 있다는 것을 알고 가장 가까운 존재를 알아보고는 자기의 끔찍한 희열, 다시 돌아와서 새롭게 태어나며 느끼는 희열을 그들에게 전하고 싶은 마음을 억제하지 못했던 것이다.

2

　창세기 첫머리에 신은 인간을 창조하여 새와 물고기
와 짐승을 다스리게 했다고 씌어 있다. 물론 창세기는 말
[馬]이 아니라 인간이 쓴 것이다. 신이 정말로 인간이 다
른 피조물 위에 군림하길 바랐는지는 결코 확실하지 않
다. 인간이 암소와 말로부터 탈취한 권력을 신성화하기
위해 신을 발명했다고 하는 것이 더 개연성 있다. 그렇
다, 염소를 죽일 권리, 그것은 가장 피비린내 나는 전쟁
와중에도 전 인류가 동지인 양 뜻을 같이 한 유일한 권
리다.

　이 권리가 당연하게 보이는 것은 우리가 서열의 정점
에 있다는 사실을 발견한 것이 바로 우리이기 때문이다.
그러나 제3자가 이 게임에 끼어들기만 한다면 끝장이다.
신이 "너는 다른 모든 별들의 피조물 위에 군림하거라."
라고 말한 다른 행성에서 온 방문자가 있다면, 창세기의
자명함은 금세 의문시된다. 화성인에 의해 마차를 끌게
된 인간, 혹은 은하수에 사는 한 주민에 의해 꼬치구이로

구워지는 인간은 그때 가서야 평소 접시에서 잘라 먹었던 소갈비를 회상하며 송아지에게 사죄를 표할 것이다.

테레자는 소 떼를 끌고 나아갔다. 소를 뒤에서 몰고 가다 보면 경박한 어린 송아지는 길에서 벗어나 옆길로 뛰어다니기 때문에 항상 야단쳐야 하는 송아지가 한 마리쯤 있게 마련이었다. 카레닌은 테레자를 동반했다. 소몰이를 하는 날마다 그녀를 따라다닌 지도 벌써 두 해째다. 소 앞에서 위엄을 부리고 뒤에서 따라다니며 짖어 대고 욕설을 퍼붓는 것(그의 신은 그에게 소 위에 군림하라는 임무를 부여했으며, 그는 그것을 자랑스러워한다.)을 평소에는 재미있어 했다. 그러나 오늘은 힘겹게 세 다리로만 뒤뚱거리며 걸었다. 네 번째 다리의 상처에서는 피가 흘렀다. 테레자는 이 분마다 몸을 숙여 그의 등을 쓰다듬어 주었다. 수술한 지 보름이 지났는데 암은 완치되지 않았고, 카레닌의 병세가 점점 악화되는 것이 뻔히 보였다.

길에서 그들은 고무장화를 신고 축사로 가는 이웃 여자를 만났다. 그 여자는 걸음을 멈췄다. "개에게 무슨 일이 있었나요? 다리를 저는데요!" 테레자가 대답했다. "암에 걸렸어요. 시한부 생명이랍니다." 그녀는 목이 메어 말하기가 어려웠다. 이웃집 여자는 테레자의 눈물을 보고 화를 냈다. "맙소사, 설마 개 때문에 우는 건 아니겠지요." 심성 고운 그녀의 말은 악의가 아니라 테레자를 위로하기 위한 것이었다. 테레자도 이를 안다. 그녀가 카레닌을 좋아하듯 농부들도 그들의 토끼를 좋아해서, 그들이 동물과 함께 굶어 죽는 한이 있어도 결코 토끼는 한 마리도 죽이지 못하리라는 것을 알 정도로 그녀는 이 마을에서 오랫동안 살았던 터였다. 하지만 이웃집 여자의 말이 적대적으로 들렸다. 그녀는 아무런 반박도 하지 않고 "나도 알아요."라고 말하고 서둘러 등을 돌리고 계속 자기 길을 갔다. 개에 대한 그녀의 사랑 때문에 외톨이가 되었다는 느낌이 들었다. 그녀는 바람피운 것보다 개에 대한 사랑을 더욱 조심스럽게 감춰야 한다는 생각을 하고 쓸쓸하게 웃었다. 그녀가 토마시를 속이고 바람을 피운다는 사실을 이웃집 여자가 안다면 그녀는 공범자의 표정으로 그녀의 등을 쾌활하게 두드릴 것이다!

그녀는 소 떼를 끌고 가던 길을 계속 갔다. 서로 몸을 부비며 가는 소 떼를 보며 그녀는 소들이 참으로 정겨운 짐승이라고 생각했다. 평화롭고 악의도 없으며 가끔 어린 아이처럼 명랑한 동물. 열네 살 먹은 소녀를 흉내 내는 뚱뚱한 오십대 아줌마 같다는 생각이 들었다. 장난치는 소들처럼 감동적인 모습은 없다. 테레자는 애정 어린 눈길로 소들을 바라보았고 조충이 인간에 기생하듯 인류는 소에게 기생하며 산다는 생각을 했다.(이 생각은 이 년 전부터 억제할 수 없을 정도로 끈질기게 떠올랐다.) 인류는 거머리처럼 소 젖에 들러붙어 있다. 인간은 소의 기생충이며, 아마도 인간이 아닌 존재가 그의 동물학적 관점에서 인간을 이렇게 정의할 것이다.

이러한 정의를 단순한 농담으로 보고 너그럽게 웃어

넘길 수도 있다. 그러나 테레자는 이를 심각하게 고민하며 미끄러운 내리막길로 접어들었다. 이런 생각은 위험하며 그녀를 인류로부터 소원하게 한다. 창세기에서 이미 신은 인간에게 동물 위에 군림할 권한을 주었으나, 그권한이란 단지 빌려 준 것에 불과하다고 설명될 수도 있다. 인간은 이 행성의 주인이 아니라 단지 경영인에 불과하고 어느 날엔가 경영 결산을 해야만 할 것이다. 데카르트는 한술 더 떴다. 그는 인간을 '자연의 주인이자 소유자'로 만들었다. 그리고 다름 아닌 그가 동물에게도 영혼이 있다는 것을 부정했다는 사실에는 필경 심오한 물리적 일관성이 있다. 인간은 소유자이자 주인인 반면, 동물은 자동인형, 움직이는 기계, 즉 Machina Animata에 불과하다고 데카르트는 말한다. 동물이 신음 소리를 낸다면, 그것은 하소연이 아니라 작동 상태가 나쁜 장치의 삐걱거림에 불과한 것이다. 마차 바퀴가 삐걱거리는 소리를 낸다면, 그것은 마차가 아픈 것이 아니라 기름칠이 되지 않았다는 것을 의미한다. 동물의 신음 소리는 이런 식으로 해석되어야만 하고 실험실에서 산 채로 조각나는 개 때문에 눈물을 흘려서는 안 된다.

송아지들은 풀밭에서 풀을 뜯어먹고 있었고, 테레자는 나무둥치에 걸터앉아 있었다. 카레닌은 그녀 무릎을 베고 그녀 발치에 엎드려 있었다. 테레자는 십여 년 전에 신문에서 읽었던 두 줄짜리 기사를 떠올렸다. 소련의 한 도시에서 모든 개들이 도살되었다는 기사였다. 겉으로 보기엔 사소하고 무심결에 내보낸 듯한 이 기사는 처음으로 이 커다란 이웃 나라가 전달하는 공포를 느끼게 해주었다.

그것은 뒤이어 일어난 모든 일의 예고였다. 소련이 침공한 후 첫 두 해 동안은 공포를 거론할 정도는 아니었다. 거의 나라 전체가 점령 체제를 인정하지 않았기 때문에 소련은 체코인들 중에서 새로운 인물을 찾아 권좌에 앉혀야만 했다. 그러나 공산주의에 대한 신앙과 소련에 대한 사랑이 죽은 거나 마찬가지였던 때에 어디에서 새로운 인물을 찾을 것인가? 그들은 살아 있는 생명에 원한을 품고 복수의 정열을 불태우는 자들 중에서 찾아야만 했다. 그들의 공격성을 강화하고 관리하며 항상 깨어 있는 상태로 유지해야 했다. 우선 이 공격성을 일시적 목표물로 몰아가야 했다. 이 목표물이 바로 동물이었다.

그래서 신문은 일련의 기사를 싣고 독자 편지라는 형식으로 캠페인을 벌이기 시작했다. 예를 들면 도시의 비둘기를 멸종시키라고 요구했다. 비둘기들은 깨끗하게 멸종되었다. 그러나 캠페인은 특히 개를 목표로 삼았다. 사람들은 점령이라는 대재난의 충격에서 벗어나지 못했는데도 신문, 라디오, 텔레비전에서는 인도와 공원을 더럽히고, 그래서 아이들의 건강을 위협하는, 실은 아무 데도 쓸모가 없고 그럼에도 먹여 살려야 하는 개들만 문제삼았다. 이 때문에 정신적 불안이 조장되었고, 테레자는 사람들이 카레닌을 잡아가지 않을까 두려웠다. 일 년 후

축적된 원한(처음에는 동물을 대상으로 실험된)은 그 진정한 과녁을 겨냥했다. 인간이었다. 해고, 체포, 재판이 시작되었다. 그제야 짐승들은 한숨을 돌릴 수 있었다.

테레자는 태평하게 무릎을 베고 누운 카레닌의 머리를 쓰다듬었다. 그녀는 대충 이런 생각을 해 보았다. 자기와 비슷한 대상에게 잘 대해 준다는 것은 아무런 미덕도 아니다. 테레자는 다른 마을 사람들에게 정중하게 대할 수밖에 없었다. 그렇게 하지 않는다면 거기에서 살 수 없었을 것이다. 그리고 심지어 토마시에 대해서는 어쩔 수 없이 사랑받는 여인으로 처신해야만 했다. 왜냐하면 그녀는 토마시를 필요로 했기 때문이다. 우리와 타인의 관계가 어디까지 우리 감정, 우리 사랑이나 비-사랑, 우리 호의 혹은 증오의 결과인지 또는 어디까지가 개인 간 역학 관계에 의해 사전에 규정되었는지 정확하게 가늠할 수 없을 것이다.

인간의 참된 선의는 아무런 힘도 지니지 않은 사람들에 대해서만 순수하고 자유롭게 베풀어질 수 있다. 인류의 진정한 도덕적 실험, 가장 근본적 실험, (너무 심오한 차원에 자리 잡고 있어서 우리의 시선에서 벗어나는) 그것은 우리에게 운명을 통째로 내맡긴 대상과의 관계에 있다. 동물들이다. 바로 이 부분에서 인간의 근본적 실패가 발생하며, 이 실패는 너무도 근본적이라 다른 모든 실패도 이로부터 비롯된다.

송아지 한 마리가 테레자에게 다가와 걸음을 멈추고

커다란 갈색 눈으로 오랫동안 그녀를 바라보았다. 테레자는 그 송아지를 알아보았다. 그녀가 마르그리트라고 부르는 송아지였다. 다른 모든 송아지에게도 이름을 붙여 주고 싶었지만 너무 많아 그럴 수 없었다. 예전이라면, 그러니까 삼십 년 전쯤이라면 마을의 모든 송아지에게 이름이 있었을 것이다.(만약 이름이 영혼의 기호라면, 데카르트는 마음에 들어 하지 않겠지만, 송아지에게도 영혼이 있다고 말할 수 있다.) 그러나 그 후 마을은 커다란 협동 공장으로 변했고, 소들은 평생을 2제곱미터의 축사에서 지내게 되었다. 소들에겐 더 이상 이름이 없었고, 그들은 단지 'machinae animatae'에 불과했다. 세계는 데카르트가 옳다고 생각한 것이다.

내 눈앞에는 여전히 나무둥치에 앉아 카레닌의 머리를 쓰다듬으며 인류의 실패에 대해 생각하는 테레자가 있다. 이와 동시에 또 다른 이미지가 눈앞에 떠올랐다. 토리노의 한 호텔에서 나오는 니체. 그는 말과 그 말을 채찍으로 때리는 마부를 보았다. 니체는 말에게 다가가 마부가 보는 앞에서 말의 목을 껴안더니 울음을 터뜨렸다.

그 일은 1889년에 있었고, 니체도 이미 인간들로부터 멀어졌다. 달리 말해 그의 정신 질환이 발병한 것이 정확하게 그 순간이었다. 그런데 내 생각에는 바로 그 점이 그의 행동에 심오한 의미를 부여한다. 니체는 말에게 다가가 데카르트를 용서해 달라고 빌었던 것이다. 그의 광기(즉 인류와의 결별)는 그가 말을 위해 울었던 그 순간 시작되었다.

그리고 내가 사랑하는 니체가 바로 그런 니체이며, 마찬가지로 내가 사랑하는 테레자는 죽을병에 걸린 개의 머리를 무릎에 얹고 쓰다듬는 테레자다. 나는 나란히 선 두 사람의 모습을 본다. 이들 두 사람은 인류, '자연의 주인이자 소유자'가 행진을 계속하는 길로부터 벗어나 있다.

3

카레닌은 작은 크루아상 두 개와 벌 한 마리를 낳았다. 그는 놀란 눈으로 자기의 괴상한 자식을 바라보았다. 크루아상은 얌전히 있는데, 놀란 벌은 뒤뚱거렸다. 곧이어 벌은 날갯짓을 하며 사라져 버렸다.

방금 테레자가 꾼 꿈이었다. 잠에서 깨자 그녀는 토마시에게 꿈 이야기를 했고, 두 사람은 거기에서 위로를 받았다. 이 꿈에 따르면 카레닌의 병은 임신으로 변했고, 잉태의 드라마는 희극적이면서도 측은한 결과를 낳았다. 크루아상 두 개와 벌 한 마리.

그녀는 다시 엉뚱한 희망에 사로잡혔다. 그녀는 자리에서 일어나 옷을 입었다. 시골에 와서도 그녀의 하루는 장보기로 시작되었다. 식품점에 가서 우유와 빵과 크루아상을 샀다. 그날도 함께 가자고 카레닌을 불렀지만 개는 겨우 고개를 들 따름이었다. 항상 고집스럽게 자발적으로 요구했던 의식에 참여하기를 거부한 것은 이번이 처음이었다.

그래서 그녀는 혼자 갔다. 카레닌을 위한 크루아상 하나를 이미 준비해 두었던 빵집 여주인은 "카레닌은 어디 있어요?" 하고 물었다. 이번에는 테레자가 직접 장바구니에 크루아상을 넣어 들고 왔다. 집에 들어오자마자 그녀는 카레닌에게 보여 주기 위해 빵을 꺼냈다. 그녀는 카레닌이 빵을 먹으러 오길 바랐다. 그러나 개는 누운 채 움직이지 않았다.

토마시는 테레자가 얼마나 슬퍼하는지 알 수 있었다. 그는 직접 크루아상을 입에 물고 카레닌 앞으로 기어갔다. 그리고 천천히 접근했다.

카레닌이 그를 보았고 눈에서 언뜻 호기심이 스쳐 지나갔으나 일어나지 않았다. 토마시는 그의 주둥이 앞으로 얼굴을 들이밀었다. 개는 몸은 움직이지 않고 토마시의 입 밖으로 나온 크루아상 조각을 깨물었다. 그러자 토마시는 크루아상을 카레닌에게 넘겨주었다.

토마시는 여전히 엎드린 자세로 뒷걸음질쳐 몸을 웅크리고 으르렁거리는 소리를 내기 시작했다. 그는 크루아상을 빼앗아 먹으려는 흉내를 냈다. 개도 으르렁거리며 주인에게 반응을 보였다. 마침내. 그들은 바로 이것을 기다렸다. 카레닌은 장난을 치고 싶어 하는 것이다! 카레닌에게 여전히 삶의 의욕이 남아 있는 것이다.

이 으르렁거리는 소리는 카레닌의 미소였고, 그들은 최대한 오랫동안 그 미소를 지속하고 싶었다. 토마시는 다시 엎드린 자세로 개에게 다가가 개의 입 밖으로 나온 크루아상 끝을 깨물었다. 그들의 얼굴은 아주 가까워서 토마시는 개의 숨결을 느꼈고, 카레닌의 주둥이 주변에서 자라던 긴 털이 토마시의 얼굴을 간질였다. 개는 여전히 으르렁거리는 소리를 내다가 갑자기 주둥이를 흔들었다. 각자의 입에 각각 크루아상 반쪽이 남았다. 카레닌은 예전 실수를 다시 범했다. 그는 크루아상 끝을 놓고 주인 입에 들어 있던 조각까지 차지하려 들었다. 예전처럼 카레닌은, 토마시는 개가 아니고 그에게 손이 있다는 사실을 잊었던 것이다. 토마시는 입안에 있던 크루아상을 놓지 않고 바닥에 떨어진 반쪽을 주웠다.

"토마시, 카레닌에게서 크루아상을 빼앗지 마!" 테레자가 소리쳤다.

토마시는 빵 두 조각을 카레닌 앞에 떨어뜨렸고, 카레닌은 한 조각을 후다닥 먹어 치웠지만 자기가 게임에 이겼다는 것을 주인에게 의기양양하게 과시하기 위해 다른 한 조각은 오랫동안 거만하게 물고 있었다.

두 사람은 개를 바라보며 비록 시한부 생명이지만 카레닌이 웃는 동안에는 살아갈 이유가 있다고 중얼거렸다.

이튿날 그의 병세가 호전되는 것처럼 보였다. 그들은 식사를 했다. 두 사람 모두 한 시간의 자유를 누리면서 개를 산책시키는 것이 바로 이 순간이었다. 개도 이를 알고 있었으며 평소에는 미리부터 조바심을 내며 그들 주위를 껑충거리며 맴돌았는데, 이번에는 테레자가 개 줄과 목걸이를 들어도 움직이지 않고 두 사람을 오랫동안 바라보았다. 두 사람은 개 앞에 우뚝 서서 자신들의 유쾌한 기분을 개에게 전달하기 위해 명랑한 표정을 지어 보이려고 (개를 위해, 개 때문에) 애썼다. 잠시 후 그들이 안쓰럽게 보였는지 개는 세 발로 절룩거리며 다가와 개 목걸이를 매라는 시늉을 했다.

"테레자, 당신이 카메라를 싫어하는 것은 알지만 오늘만은 카메라를 가져가자!"

테레자는 그의 말에 따랐다. 그녀는 벽장을 열고 한 구석에 처박혀 잊힌 카메라를 찾았다. 토마시가 다시 말을 이었다. "나중에 이 사진을 보면 무척 기쁠 거야. 카레닌이 우리 삶의 한 부분이었으니까."

"뭐라고, 한부분이었다고?" 하고 테레자는 뱀에 물린 듯 화들짝 놀랐다. 카메라가 장롱 속에 있는데도 그녀는 꼼짝도 하지 않았다. "사진을 찍지 않을래. 나중에는 카레닌이 없을 거라는 사실을 믿고 싶지 않아. 벌써부터 옛날 일처럼 말하다니!"

"날 원망하지 마!"

"원망하지 않아." 하고 테레자가 부드럽게 말했다. "나 역시도 카레닌을 옛날 일처럼 생각하는 내 모습에 얼마나 많이 놀랐는지! 그리고 그런 나 자신을 얼마나 나무랐는지! 그 때문에 카메라를 가져가지 않겠다는 거야."

그들은 아무 말도 하지 않고 길을 걸었다. 침묵하는 것이 카레닌을 지난 일로 생각하지 않는 유일한 길이었다. 그들은 카레닌으로부터 눈을 떼지 않았고 항상 붙어 있었다. 그들은 카레닌이 미소 짓는 순간을 포착하려고 했다. 그러나 그는 미소 짓지 않았다. 그는 세 발로 걷기만 할 따름이었다.

"오로지 우리를 위해서 밖에 나온 거야. 카레닌은 산책할 생각이 없었던 거야. 단지 우리를 즐겁게 해 주려고 온 거야."

그녀가 한 말은 슬펐지만 그런데도 왠지 모르게 그들은 행복했다. 그들이 행복한 것은 슬픔을 무릅써서가 아니라 슬픔 덕분이었던 것이다. 두 사람은 손을 잡고 걸었고, 두 사람 눈앞에는 똑같은 이미지가 떠올랐다. 그들이 지나온 십 년의 삶을 몸으로 구현하는 절름발이 개.

그들은 그러고도 한동안 더 산책을 했다. 그러다가 카레닌이 걸음을 멈추고 발걸음을 돌려서 그들은 크게 실망했다. 돌아가야만 했던 것이다.

같은 날이었는지 혹은 이튿날이었는지는 모르지만 테레자는 예고 없이 토마시 방에 들어갔다가 편지를 읽는 그의 모습을 발견했다. 문 여는 소리가 들리자 그는 편지를 다른 종이 사이에 밀쳐 버렸다. 그녀는 이를 눈치챘다. 그리고 방을 나오다가 그가 호주머니에 편지를 넣는 것을 보았다. 하지만 그는 봉투를 잊었다. 집 안에 혼자 남자 그녀는 봉투를 살펴보았다. 주소의 필체는 낯설었지만 아주 깔끔해서, 그녀는 여자가 쓴 편지라고 믿었다.

나중에 마주 앉자 그녀는 지나가는 말로 편지가 왔느냐고 물었다.

토마시는 "아니."라고 했고 테레자는 절망에 사로잡혔다. 절망의 습관을 잃어버렸던 터라 더욱 잔인한 절망이었다. 아니다, 그녀는 토마시가 이곳에 여자를 숨겨 두고 만난다는 것을 믿지 않았다. 그런 일은 실제로 불가능했다. 그녀는 그의 여가 시간을 샅샅이 꿰뚫고 있었다. 그러나 비록 그의 머리카락에서 성기 냄새가 날 순 없겠지만, 프라하에 두고 온 여자에 그가 여전히 집착할 수는 있다. 그녀는 토마시가 그 여자 때문에 자신을 떠날 수 있다고 믿지 않았지만 시골에서 보낸 이 년 동안의 행복이 또다시 예전과 같은 거짓말 때문에 천박해지는 느낌을 받았다.

오랫동안 생각해 왔던 것이 다시 떠올랐다. 그녀의 집은 토마시가 아니라 카레닌이었다. 카레닌이 더 이상 없다면 누가 그들 일상의 시계태엽을 감아 줄 것인가?

테레자는 미래, 카레닌이 없는 미래 속으로 들어가 생각해 보았고 버림받은 느낌을 받았다.

카레닌은 한구석에 누워 신음 소리를 냈다. 테레자는 정원으로 갔다. 두 그루 사과나무 사이로 난 풀을 보면서 여기에 카레닌을 묻어야겠다고 생각했다. 그녀는 발뒤꿈치로 풀밭에 사각형을 그렸다. 여기가 무덤 자리가 될 것이다.

"뭘 하는 거야?" 하고 토마시가 물었다. 몇 시간 전 편지를 읽던 그가 불시에 놀랐던 것처럼 토마시는 그녀를 놀라게 했다.

그녀는 대답하지 않았다. 그는 그녀가 손을 떠는 것을 보았다. 오랜만이었다. 그는 그녀 손을 잡았다. 그녀가 손을 뺐다.

"여기가 카레닌의 무덤이야?"

그녀는 대답하지 않았다.

그녀의 침묵에 토마시는 짜증이 났다. 그가 화를 냈다. "카레닌을 옛날 일로 생각한다고 나를 비난하더니 당신은 뭘 하는 거야? 벌써부터 파묻고 싶은 거야!"

그녀는 그에게 등을 돌리고 안으로 들어갔다.

토마시도 자기 방으로 들어가 문을 쾅 닫았다.

테레자는 다시 문을 열더니 말했다. "당신은 자기 생각만 해. 적어도 이 순간만이라도 카레닌을 생각해 줘. 당신이 자는 카레닌을 깨웠잖아. 카레닌이 다시 신음 소리를 낼 거야."

그녀는 자기 말이 틀렸다는 것을 알았고 (개는 자고 있지 않았다.) 자기가 남의 아픈 곳을 찌르고 싶어 하고 그러기 위해서 어떻게 해야 하는지 통달한 가장 천박한 여자처럼 행동하고 있음도 알았다.

토마시는 카레닌이 누워 있는 방으로 살금살금 들어갔다. 하지만 그녀는 그가 카레닌과 함께 있는 것을 원치 않았다. 두 사람은 각각 한쪽에서 개를 내려다보았다. 이 공통된 행동은 화해의 몸짓이 아니었다. 정반대였다. 각자 홀로 있는 셈이었다. 테레자가 자신의 개와 함께 있고, 토마시도 자기 개와 함께 있었던 것이다.

나는 이들이 마지막 순간까지 이렇게 각각 떨어져서
혼자 있지 않을까 무척 두려웠다.

4

전원시라는 단어가 테레자에게 왜 그리 중요했을까?

구약성서의 신화 속에서 성장한 우리에게 전원시란 여전히 낙원의 기억으로 남아 있는 이미지라고 할 수 있을 것이다. 천국의 삶은 우리를 미지로 끌고 가는 직선 경주와는 동떨어졌다. 그것은 모험이 아닌 셈이다. 이미 아는 것들 속에서 뱅뱅 도는 삶인 것이다. 그 단조로움은 권태가 아니라 행복이다.

시골에서 가축에 둘러싸이고 자연에 파묻혀 계절의 포옹과 그 반복 속에서 사는 삶이 비록 천국 같은 전원시의 재현에 불과할지라도 그 이미지는 인간에게 남기 마련이다. 그래서 온천 도시에서 협동 농장 조합장과 마주쳤던 그날, 테레자는 눈앞에서 전원의 이미지(한 번도 살아 본 적 없는 시골)가 솟아오르는 것을 보면서 황홀해했다. 천국을 향해 뒤돌아보는 것 같은 느낌이었다.

낙원에서 샘물을 들여다보던 아담은 자기 눈에 보이는 것이 무엇인지 아직은 몰랐다. 그것은 자기 자신의 모습이었다. 그는 거울 앞에 우뚝 서서 육체를 통해 영혼을 보려고 애썼던 어린 시절의 테레자를 이해하지 못했을 것이다. 아담은 카레닌과 같았다. 테레자는 장난 삼아 종종 개를 거울 앞으로 데려가곤 했다. 개는 자기 모습을 알아보지 못하고 놀랄 정도로 무심하게 멍한 표정을 지으며 거울을 바라보았다.

카레닌과 아담을 비교하다 보니 나는 낙원에서는 인간이 아직 인간이 아니었다는 생각에 이르렀다. 보다 정확히 말하자면 인간은 아직 인간의 노정에 던져지지 않았던 것이다. 우리들은 오래전부터 그 노정 속에 던져졌고 직선으로 완료되는 시간의 공백 속을 날아가고 있는 것이다. 그러나 우리를 까마득한 옛날의 안개 낀 낙원에 연결하는 가느다란 밧줄이 아직도 우리 마음속에 존재한다. 그 낙원의 아담은 샘물을 들여다보는데, 나르키소스와는 달리, 물 위에 나타난 창백하고 노란 흔적이 바로 자신이라는 것을 의심치 않는다. 낙원에 대한 향수, 그것은 인간이 인간이고 싶지 않은 욕망이다.

어렸을 적에 그녀는 월경혈로 얼룩진 어머니의 생리대를 보고는 구역질을 느꼈고 그것을 감추려는 수줍음조차 없었던 어머니를 혐오했다. 그러나 암캐였던 카레닌도 여섯 달에 한 번 보름 동안 월경을 했다. 테레자는 아파트를 더럽히지 않으려고 개의 다리 사이에 커다란 솜뭉치를 끼워 놓고 자신의 낡은 팬티를 긴 끈으로 개에게 묶어 주었다. 보름 동안 그녀는 자기 바느질 솜씨를 보고 흡족해했다. 암캐의 월경은 장난기 섞인 애정을 불러일으켰지만 자기 자신의 월경에 대해 혐오감을 갖는다는 사실을 어떻게 설명할 수 있을까? 내가 보기에 해답은 간단하다. 개는 결코 낙원에서 추방된 적이 없다. 카레닌은 영혼과 육체의 이원성에 대해 아무것도 모르고 혐오감이 무엇인지도 모른다. 그래서 테레자는 그의 곁에 있으면 기분이 좋고 편안했던 것이다.(그런 까닭에 동물을 생기 있는 기계로 바꾸고 암소를 우유를 생산하는 자동 인형으로 만드는 것이 그토록 위험한 것이다. 그렇게 하면 천국과 그들을 연결하는 끈을 인간이 끊는 셈이며, 그 어떤 것도 시간의 공허를 통해 비상하는 동물을 막거나 위로할 수 없기 때문이다.)

이러한 혼란스러운 생각 중 도무지 떨쳐 버릴 수 없는 신성모독적인 생각이 테레자의 영혼 속에서 싹텄다. 카레닌과 자신을 잇는 사랑은 자기와 토마시 사이에 존재하는 사랑보다 낫다. 더 크다는 것이 아니라 낫다는 것이다. 테레자는 자기 자신이나 토마시 그 누구도 비난하고 싶지 않았고 그들이 서로를 더 사랑할 수 있다고 단언하고 싶지도 않았다. 그녀에게 남자와 여자 사이의 사랑은 (적어도 여러 형태 중에서 최상의 경우라도) 본질적으로 개와 인간 사이의 사랑보다 열등하게 창조되었다는 생각이 들었고, 인간 역사의 이러한 기형태는 아마도 조물주가 계획한 것은 아닐 것이다.

그것은 이해관계가 없는 사랑이다. 테레자는 카레닌

에게 아무것도 원하지 않는다. 그녀는 사랑조차 강요하지 않는다. 그녀는 인간 한 쌍을 괴롭히는 질문을 한 번도 해 본 적이 없다. 그가 나를 사랑할까? 나보다 다른 누구를 사랑하는 것은 아닐까? 내가 그를 사랑하는 것보다 그가 나를 더 사랑할까? 사랑을 의심하고 저울질하고 탐색하고 검토하는 이런 모든 의문은 사랑을 그 싹부터 파괴할지도 모른다. 만약 우리가 사랑할 수 없다면, 그것은 아마도 우리가 사랑받기를 원하기 때문일 것이다. 다시 말해, 아무런 요구 없이 타인에게 다가가 단지 그의 존재만을 요구하는 것이 아니라 다른 무엇(사랑)을 원하기 때문일 것이다.

그리고 다른 것도 있다. 테레자는 카레닌을 있는 그대로 받아들였고 그를 자신의 모습에 따라 바꾸려 들지 않았다. 아예 처음부터 그가 지닌 개의 우주를 수락했고 그것을 압수하고 싶지 않았으며 그의 은밀한 성향에 대해 질투심을 느끼지도 않았다. 그녀가 개를 키운 것은 그를 바꾸기 위한 것이 아니라 (남편이 부인을, 그리고 여자가 남자를 바꾸고 싶어 하는 것처럼) 단지 서로 의사소통이 가능하고 함께 살 수 있도록 그에게 기본적인 언어를 가르치기 위해서였다.

그리고 이런 점도 있다. 개에 대한 그녀의 사랑은 누구도 강요하지 않은 자발적 사랑이다.(테레자는 다시 한 번 어머니에 대해 생각하며 깊은 회한을 느꼈다. 어머니가 모르는 마을 여자 중 하나였다면 아마도 그녀의 쾌활한 천박성이 테레자에게 호감을 불러일으켰을지도 모른다! 아! 어머니가 남이 었다면! 어머니가 자기 얼굴 윤곽을 그대로 지녔으며 그녀로 부터 자아를 탈취해 간 것에 대해 그녀는 어렸을 적부터 항상 수치심을 느꼈다. 그리고 가장 나쁜 것은 '너의 아버지와 너의 어머니를 사랑하라!'라는 천 년간의 명령이 그녀로 하여금 자기와 어머니의 닮은 점을 받아들이고 이러한 폭력을 사랑이라고 명명하도록 강요한다는 점이었다. 테레자가 어머니와 결별한 것은 어머니의 잘못 때문이 아니었다. 그녀가 어머니와 인연을 끊지 못한 것은 어머니의 모습을 있는 그대로 받아들인 것이 아니라, 그녀가 자기 어머니였기 때문이다.)

그러나 무엇보다도 어떤 인간 존재도 다른 사람에게 전원시를 선물할 수 없다. 오로지 동물만이 할 수 있는데, 동물만이 천국에서 추방되지 않았기 때문이다. 인간과 개 사이의 사랑은 전원적이다. 갈등이나 가슴이 메이는 장면, 진화 같은 것이 없는 사랑이다. 카레닌은 토마시와 테레자 주위로 반복에 근거한 삶의 원을 그렸고 두 사람도 그에게 같은 일을 해 주길 기대했다.

카레닌이 개가 아니라 인간이었다면 틀림없이 테레자에게 오래전에 이렇게 말했을 것이다. "이봐, 매일같이 입에 크루아상을 물고 다니는 게 이제 재미없어. 뭔가 다른 것을 찾아 줄 수 있겠어?" 이 말에는 인간에 대한 모든 심판이 담겨 있다. 인간의 시간은 원형으로 돌지 않고 직선으로 나아간다. 행복은 반복의 욕구이기에, 인간이 행복할 수 없는 것도 이런 이유 때문이다.

그렇다, 행복은 반복의 욕구라고 테레자는 생각한다.

조합장은 일과 후 메피스토를 산책시키다가 테레자를 만나면 항상 이렇게 말하는 것을 잊지 않았다. "테레자 부인! 진작부터 메피스토를 알았다면 얼마나 좋았을까! 함께 여자 꽁무니를 따라다녔을 텐데! 어떤 여자도 돼지 두 마리를 거부하지 못할 거예요!" 돼지라는 단어를 듣자 돼지는 꿀꿀거리는 소리를 냈다. 돼지는 그렇게 훈련되었기 때문이다. 테레자는 깔깔거리며 웃었지만 조합장이 그녀에게 무슨 말을 할 것인지 일 분 전에 미리 알고 있었다. 농담은 반복된다 해도 그 재미가 조금도 훼손되지 않는다. 그 반대다. 전원시의 맥락에서는 유머조차도 반복의 달콤한 법칙에 따른다.

5

인간에 비해 개에게는 특권이랄 것이 거의 없지만 부러워할 만한 것이 하나 있다. 개의 경우에는 안락사를 법으로 금지하지 않았다. 짐승은 자비로운 죽음에 대한 권리를 누린다. 카레닌은 세 다리로 걸었고 구석에 누워 있는 시간이 점점 많아졌다. 그리고 신음 소리를 냈다. 테레자와 토마시의 의견은 완전히 일치했다. 카레닌을 무익한 고통 속에 내버려둘 권리가 그들에겐 없는 것이다. 하지만 원칙상 합의를 보았다 해도 불안한 불확실성을 더는 것은 아니었다. 고통이 어느 순간부터 불필요한가를 어떻게 알 수 있을까? 더 이상 살 만한 가치가 없는 순간을 어떻게 확정할 수 있을까?

토마시가 의사만 아니었다면! 그랬다면 제3자의 뒷전으로 숨는 것이 가능했을 것이다. 수의사를 찾아가 개에게 주사를 놔 달라고 부탁할 수도 있었을 것이다.

죽음에 한 역할을 감당하는 것이 얼마나 힘든 일인가! 오래전부터 토마시는 자기는 절대로 주사를 놓지 않고 수의사를 부르겠다고 단호하게 선언했더랬다. 그러나 그는 어떤 인간의 영역에도 속하지 않는 특권을 카레닌에게 줄 수 있다는 것을 마침내 깨달았다. 죽음은 카레닌이 사랑하는 사람들의 겉모습을 띠고 그에게 다가갈 것이다.

카레닌은 밤새 신음 소리를 냈다. 아침에 진찰을 해 본 후 토마시는 "더 이상 기다릴 수 없어."라고 테레자에게 말했다.

두 사람은 곧 일터로 나가야만 했다. 테레자는 방으로 들어가 카레닌을 찾았다. 그때까지 개는 무심하게 누워 있었는데 (얼마 전에도 토마시가 진찰하는 동안 어떤 관심도 보이지 않았다.) 문이 열리는 소리를 듣자 고개를 들어 테레자를 바라보았다. 거의 공포심을 불러일으키는 그 시선을 그녀는 감당할 수 없었다. 카레닌은 토마시를 한 번도 이런 식으로 본 적이 없는데, 그녀만은 이렇게 바라보는 것이다. 하지만 오늘같이 강렬한 적은 없었다. 절망에 빠진 슬픈 눈빛이 아니었다. 겁에 질린 눈빛, 감당할 수 없는 신뢰의 눈빛이었다. 그 시선은 열광적인 질문이었다. 카레닌은 평생 동안 테레자의 대답을 기다렸고 지금 이 순간 (전보다 훨씬 집요하게) 그녀로부터 진실을 들을 자세가 되어 있음을 보여 주는 것이다.(테레자로부터 기인하는 모든 것은 그에게 진실이다. "앉아!" 혹은 "엎드려!"라고 그녀가 하는 말은 카레닌이 혼연일체가 되어 따르던 진실, 그의 삶에 의미를 부여하던 진실이다.)

공포스러운 신뢰의 시선은 짧았다. 그는 곧 머리를 다리 위에 떨어뜨렸다. 테레자는 누구도 자기를 그런 식으로 보지 않으리라는 것을 알았다.

그들은 카레닌에게 한 번도 단 것을 주지 않았는데, 며칠 전 그녀는 초콜릿을 샀다. 그녀는 은박지를 벗겨 작은 조각으로 잘라 카레닌 주위에 모아 두었다. 그녀는 거기에 물그릇도 곁들여 주면서 카레닌이 집에 홀로 남아 있는 동안 부족한 것이 없도록 해 주었다. 그러나 그녀에게 던졌던 시선 때문에 카레닌은 피곤해 보였다. 주위에 초콜릿 조각이 있는데도 그는 고개를 들지 않았다.

그녀는 바닥에 엎드려 카레닌을 품에 껴안았다. 카레닌은 아주 천천히 그녀의 냄새를 맡더니 한두 번 힘없이 그녀를 핥았다. 그녀는 이 애무를 영원히 기억 속에 각인하려는 듯 눈을 감고 애무를 받아들였다. 그녀는 고개를 돌려 다른 쪽 뺨도 핥도록 해 주었다.

이제 소 떼를 돌보러 가야만 했다. 저녁식사 때나 되어야 돌아올 수 있었다. 토마시는 아직 귀가하지 않았다. 카레닌은 초콜릿 조각에 둘러싸여 누워 있었고 테레자가 다가가는 소리를 듣고도 머리를 들지 않았다. 카레닌의 병든 다리는 퉁퉁 부어 있었고 다른 부위에도 종기가 나 있었다. 연붉은 색 (피의 색깔과 같지 않은) 멍울이 털 사이로 드러났다.

그녀는 아침처럼 카레닌 곁에 누웠다. 한쪽 팔로 카레닌의 몸을 껴안고 눈을 감았다. 그때 문을 두드리는 소리가 들렸다. "의사 선생님, 의사 선생님! 돼지와 조합장이 왔습니다!" 그녀는 누구에게도 말을 할 수 없었다. 그녀는 꼼짝도 하지 않고 눈을 감고 있었다. 다시 한 번 소리가 들렸다. "의사 선생님, 돼지들이 선생님을 보러 왔습니다."라는 소리가 나더니 다시 조용해졌다.

토마시는 삼십 분 후 돌아왔다. 그는 아무 말도 하지 않고 부엌으로 가 주사 놓을 준비를 했다. 그가 방으로 돌아왔을 때 테레자는 서 있었고, 카레닌은 몸을 일으키려고 애썼다. 토마시를 보자 그는 힘없이 꼬리를 흔들었다.

"저걸 봐! 아직도 웃고 있네." 하고 테레자가 말했다.

그녀는 짧은 유예를 바라는 듯 애원조로 말했으나 고집을 부리진 않았다.

그녀는 침대 위에 시트를 펼쳤다. 작은 자주색 꽃무늬가 여기저기 수놓인 하얀 시트였다. 하긴 그녀는 수일 전부터 미리 카레닌의 죽음을 상상한 사람처럼 이미 모든 것을 준비하고 생각해 둔 터였다.(아! 얼마나 끔찍한가! 우리는 우리가 사랑하는 자들의 죽음을 미리 꿈꾼다!)

카레닌에게는 침대 위로 뛰어오를 힘이 더 이상 없었다. 그들은 카레닌을 품에 안고서 함께 들어올렸다. 테레자가 허리를 끌어안고, 토마시는 다리를 살펴보았다. 그는 정맥이 솟아올라 잘 보이는 부위를 찾았다. 그는 그 부위 털을 가위로 잘랐다.

테레자는 침대 발치에 무릎을 꿇고 앉아 카레닌의 머리를 자기 얼굴에 대고 있었다.

정맥이 가늘어 바늘을 찌르기 힘들었기 때문에 토마시는 정맥 바로 윗부분의 뒷다리를 그녀에게 꼭 쥐라고 했다. 그녀는 카레닌의 다리를 잡았지만 머리에서 얼굴을 떼지 않았다. 그녀는 카레닌에게 부드러운 목소리로 쉴 새 없이 이야기를 했고, 카레닌도 그녀 생각만 했다. 카레닌은 두려워하지 않았다. 카레닌은 또다시 그녀 얼굴을 두 번 핥았다. 그러자 테레자는 속삭였다. "두려워하지 마, 두려워하지 마. 거기에서는 아프지 않을 거야, 그곳에서는 다람쥐와 산토끼 꿈을 꿀 테고, 암소들도 있고, 메피스토도 있을 거야. 두려워하지 마……."

토마시는 정맥에 바늘을 찌르고 피스톤을 눌렀다. 가벼운 경련이 카레닌의 다리를 스치고 지나갔고, 그의 호흡이 가빠지더니 뚝 멈췄다. 테레자는 침대 발치에 무릎을 꿇고 얼굴을 그의 머리에 꼭 밀착했다.

그들은 다시 일터로 가야만 했고, 개는 자주색 꽃으로 장식된 하얀 시트가 깔린 침대에 누운 채 남아 있었다.

그들은 저녁에 돌아왔다. 토마시는 정원으로 갔다. 그는 며칠 전 테레자가 발꿈치로 표시해 놓은 사각형을 사과나무 사이에서 찾았다. 그는 땅을 파기 시작했다. 그는 정확하게 표시된 넓이만큼 땅을 팠다. 그는 모든 것이 테레자가 바라는 대로 되기를 원했다.

그녀는 카레닌과 함께 집 안에 있었다. 그녀는 개가 살아 있는데도 묻어 버리지 않을까 두려웠던 것이다. 그녀가 개의 주둥이에 귀를 대자 가느다란 숨소리가 들리는 듯했다. 조금 떨어져 바라보니 개의 가슴이 조금씩 움직이는 것이 보였다.

(아니다, 그녀는 자신의 숨소리만 들었을 뿐이고, 호흡 때문에 자기 몸이 미세하게 움직였는데, 그것 때문에 개의 가슴이 움직였다고 믿었던 것이다!)

그녀는 핸드백에서 거울을 꺼내 개의 코에 갖다 댔다. 그녀는 더러운 거울에 묻어 있던 얼룩을 보고 그것이 카레닌의 입김이 서린 것이라고 믿었다.

"토마시, 아직 살아 있어!" 토마시가 진흙투성이 신을 신고 정원에서 돌아왔을 때, 그녀가 소리쳤다. 그는 몸을 숙여 들여다보고 고개를 가로저었다.

그들은 카레닌이 누워 있는 시트의 양끝을 각각 잡았다. 테레자는 다리 쪽, 토마시는 머리 쪽을. 그들은 시트를 들고 정원으로 옮겼다.

테레자는 시트가 젖어 있는 것을 손으로 느꼈다. 카레닌은 오면서 우리에게 조그만 늪을 가져왔고 떠나면서 또 하나를 남겼구나 하고 그녀는 생각했다. 그녀는 개의 마지막 작별인사인 이 습기를 손가락으로 느끼며 행복해했다.

그들은 사과나무 사이로 개를 옮겨 구덩이 바닥에 놓았다. 그녀는 몸을 숙여 시트로 몸 전체를 덮어 주었다. 그녀는 그들이 덮어 줄 흙이 그의 벗은 육체 위로 떨어질 거라는 생각을 견딜 수 없었다.

그리고 집으로 돌아가 목걸이, 줄, 아침부터 바닥에 그대로 남아 있던 초콜릿 한 움큼을 가지고 왔다. 그녀는 그것을 모두 무덤 속으로 던졌다.

구덩이 옆에는 방금 파낸 흙더미가 있었다. 토마시는 삽을 들었다.

테레자는 자기 꿈을 떠올렸다. 카레닌은 작은 크루아상 두 개와 벌 한 마리를 낳았다. 이 문장이 돌연 비문처럼 보였다. 그녀는 사과나무 사이에 이런 비문이 새겨진 묘비를 상상했다. '여기 카레닌이 쉬고 있다. 그는 작은 크루아상 두 개와 벌 한 마리를 낳았다.'

정원의 어둠이 짙어 갔다. 밤도, 낮도 아니었고, 하늘에는 죽은 자의 방에 켜진 채 잊힌 램프 같은 창백한 달이 떠 있었다.

두 사람의 신발에는 흙이 가득히 찼고, 그들은 갈퀴, 곡괭이, 물뿌리개 같은 연장이 보관된 광에 삽과 괭이를 가져다 두었다.

6

그는 자기 방 탁자에 앉았다. 그는 항상 거기에 앉아 책을 읽었다. 그때 테레자가 따라 들어와 그를 내려다보며 뒤에서 그의 얼굴에 자기 얼굴을 비볐다. 그날 이런 행동을 하던 그녀는 토마시가 책을 읽고 있지 않다는 것을 알았다. 그의 앞에는 편지 한 통이 놓여 있었다. 기껏해야 다섯 줄 정도밖에 안 되는 편지였는데, 토마시는 오랫동안 시선을 고정한 채 들여다보고 있었다.

"그게 뭐야?" 하고 테레자는 불안에 빠져 물었다.

토마시는 돌아보지도 않고 편지를 들어 그녀에게 보였다. 편지에는 그날 인근 도시에 있는 공항으로 출두해야 한다고 씌어 있었다.

그가 테레자에게 고개를 돌리자, 그녀는 그의 눈에서 그녀가 방금 느꼈던 것과 똑같은 공포심을 읽었다.

"내가 함께 가 줄게."

그는 고개를 가로저었다. "이 출두는 나하고만 관련된 거야."

그녀가 되풀이해서 말했다. "아니야, 함께 가 줄게." 그리고 그들은 토마시의 트럭에 올랐다.

잠시 후 그들은 공항에 도착했다. 안개가 끼어 있었다. 그들 앞으로 아주 어렴풋하게 비행기 윤곽이 드러났다. 그들은 그 중 한 비행기 쪽으로 갔으나 비행기의 모든 문이 닫혀 있어서 들어갈 방법이 없었다. 그들은 마침내 앞쪽 문이 열려 있고 탑승 계단이 걸쳐 있는 비행기를 찾았다. 그들은 계단에 올랐고, 남자 승무원이 나타나 계속 올라오라는 신호를 보냈다. 좌석이 서른 개 정도 남짓한 작은 비행기였고 완전히 비어 있었다. 그들은 주변에서 일어나는 일에는 별로 신경을 쓰지 않고 서로를 의지한 채 좌석 사이의 통로로 나아갔다. 두 사람은 나란히 앉았고, 테레자는 토마시의 어깨에 머리를 기대었다. 최초의 공포는 사라져 슬픔으로 변했다.

공포는 하나의 충격, 완벽한 맹목의 순간이다. 공포에는 모든 아름다움의 흔적이 결핍되어 있다. 오로지 우리가 기대하는 미지의 사건이 내뿜는 광폭한 빛만 보일 뿐이다. 이와는 반대로 슬픔이란 우리가 무엇인가를 안다는 것을 상정한다. 토마시와 테레자는 그들을 기다리던 것이 무엇인지 알고 있었다. 공포의 광채는 휘장에 가리고, 우리는 전보다 세상을 훨씬 아름답게 만드는 푸르스름하고 부드러운 빛 속에서 세상을 발견한다.

그녀가 편지를 읽었던 순간, 테레자는 토마시에게 사랑을 느끼지 않았고 오로지 그를 단 한 순간도 떠나지 말아야 한다는 생각만을 했다. 공포는 다른 모든 감정, 다른 모든 감흥을 억눌러 버린다. 그의 품에 안겨 있는 지금 (비행기는 구름 속에 떠 있다.) 공포는 사라지고 그녀는 사랑을 느끼며 이것이 한계도 절제도 없는 사랑임을 알았다.

드디어 비행기가 착륙했다. 그들은 자리에서 일어나 남자 승무원이 열어 놓은 문 쪽으로 나아갔다. 그들은 여전히 서로의 허리를 안고 탑승 계단 꼭대기에 우뚝 서 있었다. 아래쪽에서 얼굴에 가면을 쓰고 총을 든 세 남자가 보였다. 빠져나갈 길이 없으니 망설일 필요가 없었다. 그들은 천천히 내려갔고 발을 활주로에 내딛자 세 남자 중 하나가 총을 들어 겨냥했다. 총소리는 나지 않았지만, 테레자는 방금 전까지만 해도 그녀 곁에 붙어 허리를 안고 있던 토마시가 바닥에 주저앉는 것을 느꼈다.

그녀는 그를 끌어안으려 했지만 붙잡을 수 없었다. 그는 활주로 콘크리트 바닥에 쓰러졌다. 그녀는 몸을 숙였다. 몸을 던져 그의 몸을 감싸고 싶었지만 그 순간 이상한 일이 벌어졌다. 그의 몸이 그녀 눈앞에서 아주 빨리 작아지기 시작한 것이다. 너무도 기상천외한 일이라 그녀는 경악하여 얼어붙은 듯 서 있었다. 토마시의 몸은 점점 작아져 이제는 더 이상 토마시 같지 않았고, 아주 미세한 무엇인가만 남았는데 그 조그마한 것이 움직이기 시작하더니 내달려 비행장으로 도망쳤다.

총을 쏜 남자가 가면을 벗더니 다정하게 테레자에게

7부 카레닌의 미소

미소를 지었다. 그러더니 그는 돌아서서 마치 누군가를 피해 처절하게 숨을 곳을 찾는 것처럼 여기저기 지그재그로 뛰어다니는 이 미세한 것을 추격하기 시작했다. 추격은 얼마 동안 지속되었고 남자가 갑자기 땅바닥에 몸을 던지면서 끝을 맺었다.

그는 다시 일어나 테레자 쪽으로 왔다. 그는 그녀에게 그 조그만 것을 손에 쥐여 주었다. 그것은 공포에 사로잡혀 몸을 떨었다. 토끼였다. 그는 토끼를 테레자에게 건네주었다. 그러자 공포와 슬픔은 사라졌고 그녀에게 속했던 이 작은 동물, 그녀가 품에 껴안을 수 있는 이 작은 동물을 손 안에 든 그녀는 행복했다. 너무 행복해서 눈물을 흘렸다. 그녀는 울었고 울음을 멈추지 않았으며 눈물 너머로 아무것도 보지 않았다. 그녀는 마침내 목표를 달성해 그녀가 가고자 했던 곳, 더 이상 도망칠 이유라곤 없는 그런 곳에 있다고 생각하며 토끼를 집으로 데려왔다.

그녀는 프라하의 거리로 돌아와 쉽게 집을 찾았다. 그녀가 어렸을 적에 부모와 함께 살던 곳이었다. 어머니나 아버지 그 누구도 더 이상 그곳에 살지 않았다. 그녀가 한 번도 본 적 없는 두 노인이 그녀를 맞이했고, 그녀는 그 사람들이 자신의 증조부와 증조모인 것을 알았다. 두 사람의 얼굴은 나무껍질처럼 주름져 있었다. 테레자는 그들과 함께 살게 된 것이 기뻤다. 그러나 잠깐 그 조그만 동물과 단둘이 있고 싶어졌다. 그녀는 부모가 그녀도 독방을 쓸 나이가 되었다고 판단했던 다섯 살 적부터 살

왔던 방을 쉽사리 찾았다.

　방에는 소파, 작은 탁자, 그리고 의자가 있었다. 탁자 위에는 예전부터 그녀를 기다리던 램프가 켜져 있었다. 그리고 램프 위에는 커다란 두 눈이 장식된, 날개를 활짝 편 나비 한 마리가 앉아 있었다. 테레자는 자기가 목표를 달성했음을 알았다. 그녀는 소파에 누워 토끼에 얼굴을 비볐다.

7

그는 항상 책을 읽을 때면 찾아가던 책상 앞에 앉았다.
그의 앞에는 열린 봉투 하나와 편지가 있었다. 그는 테레
자에게 말했다. "가끔 편지를 받았는데 당신에게는 말하
고 싶지 않았어. 아들이 보낸 편지야. 내 삶과 그의 삶이
만나는 것을 피하려고 노력했지. 그랬더니 이렇듯 운명
이 내게 복수하는군. 그는 벌써 몇 년 전에 대학에서 내
쫓겼어. 지금은 시골 마을의 트랙터 운전사래. 내 삶과
그 아이의 삶이 만나는 점이 없었지만 마치 평행한 두 선
처럼 나란히 같은 방향으로 가고 있네."

"그렇다면 왜 내게 그 편지 이야기를 하고 싶지 않았
던 거야?" 크게 한숨을 돌린 테레자가 말했다.

"모르겠어. 불쾌하게 느껴졌어."

"당신에게 자주 편지를 보냈어?"

"가끔씩."

"무슨 얘기를 했어?"

"자기 자신에 대해."

"그게 흥미로웠어?"

"응. 당신도 알다시피 그 애 어머니는 적극적인 공산주의자였어. 아들은 오래전부터 어머니와 인연을 끊고 살았지. 그는 우리와 같은 처지에 빠진 사람들과 연루되었어. 그런 사람들은 정치 활동을 시도했고, 그들 중 몇 명은 지금 형무소에 있지. 그런데 그런 사람들과도 사이가 나빠졌어. 그가 거리감을 가진 거지. 그는 그들을 '영원한 혁명가들'이라고 하더군."

"그는 이 정치 체제와 화해를 한 셈이야?"

"아니, 전혀. 그 애에겐 신앙이 있고 그것이 모든 것의 열쇠라고 생각해. 아들 생각에는 우리 각자가 체제는 고려하지 말고 종교가 부과한 기준에 따라 하루하루를 살아가야만 한다는 거지. 정치 체제는 무시해야만 한다는 거야. 그 애의 말에 따르면, 신을 믿으면 어떤 상황에서도 행동을 통해 소위 '지상 위의 신의 왕국'을 건설할 수 있다는 거야. 그 애는 내게 우리 나라에서 교회만이 국가 통제에서 벗어난 유일한 자발적 조직이라고 설명하더군. 정치 체제에 저항하기 위해 종교 생활을 하는 건지 아니면 진짜 믿음이 있는 건지 궁금해."

"그렇다면 직접 물어보지!"

토마시가 말을 이었다. "나는 항상 신앙인을 존경했어. 그들에겐 나에게는 없는 특별한 초감각 재능이 있다고 생각했지. 점쟁이들처럼 말이야. 그런데 내 아들의 경우를 보니 신앙인이 되는 것은 사실 아주 쉽다는 걸 깨달

앉어. 그가 곤경에 처했을 때 가톨릭 신자들이 그를 돌봐
주었고 그때 갑자기 신앙심을 발견한 거야. 어쩌면 감사
의 뜻으로 그런 결심을 했을 거야. 인간적인 결심이란 끔
찍할 정도로 쉬운 거지."

"한 번도 그의 편지에 답장을 쓰지 않았어?"

"내게 주소를 알려 주지 않았어."

그리고 다시 그가 덧붙였다. "물론 우체국 소인에 마
을 이름이 찍혀 있었지. 지역 협동조합으로 편지를 보냈
으면 되었을 거야."

테레자는 토마시를 의심한 것이 부끄러웠고 그래서
자신의 잘못을 그의 아들에 대한 갑작스러운 관대함으
로 속죄하고자 했다. "그렇다면 왜 편지를 쓰지 않았어?
왜 집으로 초대하지 않았어?"

"그가 나를 빼닮았어. 말을 할 때면 윗입술에 나와 똑
같은 비웃음이 감도는 거야. 신의 왕국에 대해 이야기하
는 나 자신의 입을 본다는 것이 너무 이상하게 느껴졌지."

테레자가 웃음을 터뜨렸다.

토마시는 함께 웃었다.

"토마시, 유치하게 굴지 마! 그건 아주 오래된 이야기
일 뿐이야. 당신과 당신 첫 번째 부인 사이에 있었던 일
이지. 그게 어떻게 아들과 관련되는 거지? 그녀와 아들
사이에 어떤 공통점이 있어? 젊은 시절 당신 취향이 나
빴다고 해서 누군가에게 함부로 대해도 되는 거야?"

"솔직히 말해서 아들과의 만남이 두려워. 바로 그래서

참을 수 없는 존재의 가벼움

508

나는 그를 보고 싶지 않았던 거야. 내가 왜 이리 고집불통인지 나도 모르겠어. 어느 날 어떤 결심을 하면 왜 그런 결심을 했는지조차 모르면서 그 결심에는 자기 고유의 관성이 생기는 거야. 세월이 흐를수록 그것을 바꾸는 게 더 힘들어."

"그를 초대해!" 그날 오후 외양간에서 돌아오며 그녀는 길 쪽에서 나는 목소리를 들었다. 가까이 가자 토마시의 트럭이 보였다. 토마시는 쭈그리고 앉아 바퀴를 분해하고 있었다. 주위에는 토마시가 수리를 끝내기를 기다리며 구경하는 사람들이 몇몇 있었다.

그녀는 꼼짝도 않고 서서 그로부터 눈길을 돌릴 수 없었다. 토마시가 늙어 보였다. 머리카락에 회색이 감돌았고 어색하게 일하는 그 서툰 모습이란 트럭 운전사가 된 의사의 어색함이 아니라 이제는 더 이상 젊지 않은 한 남자의 서투름이었다.

그녀는 최근 조합장과 나눈 대화를 떠올렸다. 그는 토마시의 트럭이 한심한 상태라고 말했다. 그는 농담 삼아 말했고 불평을 한 것은 아니었으나 어쨌든 걱정스러워했다. "토마시는 엔진 속에 있는 것보다는 사람 몸속에 있는 것을 더 잘 알지." 하고 그는 웃으며 말했다. 그러더니 그는 토마시가 이 지역에서 의사 일을 할 수 있도록 여러 차례 관공서에 드나들었다고 그녀에게 털어놓았다. 그는 경찰이 이를 결코 허용하지 않으리라는 것을 알았다.

그녀는 트럭 주위에 있는 사람들에게 들키지 않으려고 나무 뒤로 몸을 숨겼지만 그에게서 눈을 뗄 수 없었다. 그녀의 가슴이 회한으로 묵직해졌다. 그가 취리히를 떠나 프라하로 돌아온 것은 그녀 때문이었다. 그가 프라하를 떠난 것도 그녀 때문이다. 여기에서도 그녀는 계속해서 그를 괴롭혔고 죽어 가는 카레닌 앞에서도 차마 털어놓을 수 없는 의심을 하며 그를 괴롭힌 것이다.

그녀는 그가 자기를 충분히 사랑하지 않는다고 속으로 항상 그를 비난했다. 그녀에 대한 그의 사랑에는 조금도 흠잡을 데가 없지만, 그에 대한 그녀의 사랑은 단순한 자만심이라고 그녀는 생각했다.

이제 그녀는 자기가 얼마나 부당했는지 깨달았다. 그녀가 진정으로 토마시를 많이 사랑했다면 그와 함께 외국에 남아야 했다! 거기에서라면 토마시는 행복했을 테고 새로운 인생이 열렸을 것이다. 그런데 그녀는 그를 떠났고 그곳을 떠났던 것이다! 물론 그녀는 그에게 짐이 되지 않기 위해 사랑의 감정으로 그렇게 행동했다고 확신했더랬다. 그러나 이 사랑이 계략과는 다른 어떤 것이었을까? 사실 그녀는 그가 귀국해서 자기에게 오리라는 것을 알았다! 요정이 농부를 소용돌이 속에 끌어들여 빠뜨려 죽이듯 그녀는 그를 불러들여 더욱 낮은 곳으로 끌고 갔다. 그녀는 그가 위경련을 앓는 틈을 타 시골에 가서 정착하자는 약속을 받아 냈다! 그녀는 얼마나 교활했던가! 그녀는 그를 시련에 빠뜨렸다. 그녀는 그가 자신을 사랑하는가를 확인하기 위해 자기를 따라오라고 불렀고 결국 그를 이곳까지 불러들인 셈이다. 머리가 세고, 지치고, 외과의사의 메스를 다시는 쥘 수 없을 정도로 손가락이 굳어 버린 토마시.

그들은 막다른 곳에 다다랐다. 이곳에서 어디로 또 갈 수 있겠는가? 그들은 결코 외국으로 떠나는 것을 허락받지 못할 것이다. 프라하로도 결코 돌아갈 수 없으며 누구도 그곳에서는 일자리를 주지 않을 것이다. 다른 마을로 간다 한들 무슨 소용이 있을까!

하느님 맙소사, 그가 자신을 사랑한다는 확신을 갖기 위해 정말 여기까지 와야만 했을까!

그가 드디어 트럭 바퀴를 갈아 끼웠다. 사람들은 트럭 짐칸으로 뛰어올랐고 엔진이 부르릉거리는 소리를 냈다.

그녀는 목욕물을 받았다. 그녀는 뜨거운 물속에 누워 자신이 일생 동안 자신의 허약함을 빌미로 토마시를 이용해 먹었다고 생각했다. 사람들에게는 힘 있는 자들 중에서 범인을 찾고 약한 사람들 속에서 무고한 희생자를 찾는 경향이 있다. 그러나 지금 테레자는 자신들의 경우는 정반대라는 것을 깨달았다! 심지어 꿈조차 이 강한 남자의 약점을 찾아내 그를 뒷걸음질치게 만들려고 테레자의 고통을 과시한 것이다. 테레자의 약함은 그가 더 이상 강하지 않아 그녀 품에서 토끼로 변할 때까지 매번 그에게 타협을 강요했던 공격적인 약함이었다. 그녀는 쉴새없이 그 꿈에 대해 생각했다.

그녀는 욕조에서 나와 옷을 찾아 입었다. 그녀는 그의 마음에 들기 위해, 그를 즐겁게 해 주기 위해 가장 예쁘게 꾸미고 싶었다.

그녀가 마지막 단추를 끼우자마자, 조합장과 눈에 띄게 창백한 젊은 농부를 데리고 토마시가 집에 불쑥 나타났다.

"빨리! 코냑 같은 아주 독한 술!"

테레자는 자두 술을 찾으러 뛰어갔다. 그녀가 술을 한 잔 따르자 젊은 남자는 단숨에 비웠다.

그녀는 그 사이에 무슨 일이 있었는지 들었다. 젊은 남자는 일을 하다가 팔이 빠져서 고통에 찬 비명을 질렀다. 아무도 어찌할 바를 몰라 토마시를 불렀고, 그는 단숨에 팔을 제자리에 맞춰 주었다.

젊은 남자는 두 번째 잔을 비우고 토마시에게 말했다.

"당신 부인이 오늘따라 무진장 예쁘네!"

"멍청한 양반, 테레자 부인은 항상 예쁘다네." 하고 조합장이 말했다.

"언제나 예쁜 건 나도 알아. 그런데 오늘은 예쁜 옷을 입었잖아. 그 옷을 입은 걸 본 적이 없는데. 어디에 초청을 받았습니까?"

"아니요, 토마시를 위해 입었어요."

"의사 선생, 선생은 행운아요. 내 마누라라면 나를 즐겁게 해 주기 위해 예쁜 옷을 차려입지는 않을 거요."

"그래서 부인이 아닌 돼지를 데리고 다니는군." 하더

니 젊은 남자는 오랫동안 웃었다.

"메피스토는 어디 있어요?" 하고 토마시가 말했다. 못 본 지가 적어도…… (잠시 생각하는 것처럼 보이더니) 한 시간이 되었네!"

"나하고 놀면 심심한가 봐." 하고 조합장이 말했다.

"그렇게 예쁜 옷을 입은 모습을 보니 부인과 함께 춤을 추고 싶어지네요. 의사 선생, 부인과 춤을 추는 것을 허락하시겠어요?"

"우리 모두 춤추러 가요." 하고 테레자가 말했다.

"선생도 가실 거죠?" 하고 젊은 남자가 토마시에게 말했다.

"그런데 어디로 가지?" 하고 토마시가 물었다.

젊은 남자는 인근 마을에 바와 스테이지를 갖춘 호텔이 있다고 말했다.

"당신도 우리와 함께 가요." 하고 젊은이는 조합장에게 대답할 틈도 주지 않고 말하더니 자두 술을 세 잔째 마신 터라 한 마디 덧붙였다. "메피스토가 우울증에 빠졌다면 그놈도 데려갑시다! 그러면 돼지가 두 마리 되는 셈이네! 돼지가 두 마리씩이나 있는 것을 보면 모든 계집애들이 나가 떨어질 거야!" 그러더니 그는 다시 한참 동안 웃었다.

"메피스토가 거추장스럽지 않다면 나도 함께 가겠소." 하고 조합장이 말했고, 모든 사람은 토마시의 트럭에 올라탔다.

토마시가 핸들을 잡고 테레자가 그의 곁에 앉았으며 두 남자는 반쯤 비운 술병을 들고 뒷좌석에 앉았다. 조합장이 메피스토를 집에 두고 왔다는 것을 기억해 냈을 때는 이미 마을 밖으로 나온 뒤였다. 그는 토마시에게 돌아가자고 소리쳤다.

"그럴 필요는 없지. 돼지는 한 마리로 족해." 하고 젊은 남자가 말하자 조합장은 입을 다물었다.

해가 기울었다. 길은 꼬불거리며 가팔라졌다.

그들은 시내에 도착해 호텔 앞에 차를 세웠다. 테레자와 토마시는 그곳에 가 본 적이 없었다. 계단을 통해 지하로 내려가니 바와 스테이지, 그리고 테이블 몇 개가 있었다. 육십대쯤 되어 보이는 남자가 피아노를 연주했고, 같은 또래 부인이 바이올린을 켰다. 그들은 사십 년 전 음악을 연주했다. 네댓 쌍이 스테이지에서 춤을 췄다.

젊은 남자가 홀 안을 한번 둘러보았다. "내게 맞는 여자는 하나도 없네!" 그는 대번에 테레자에게 춤을 추자고 청했다.

조합장은 토마시와 함께 빈 테이블에 앉더니 포도주 한 병을 시켰다.

"난 마실 수 없어요. 운전을 해야 되잖아요!" 하고 토마시가 거절했다.

"그런 소리 말아요. 여기서 밤을 새울 건데. 내가 방을 두 개 예약해 둘게요." 하고 조합장이 말했다.

테레자가 스테이지에서 젊은 남자와 함께 돌아오자

이번에는 조합장이 춤을 추자고 했다. 그러고 나서야 그녀는 토마시와 춤을 추었다.

춤을 추면서 그녀는 토마시에게 말했다. "토마시, 당신 인생에서 내가 모든 악의 원인이야. 당신이 여기까지 온 것은 나 때문이야. 더 이상 내려갈 곳도 없을 정도로 밑바닥까지 당신을 끌어내린 것이 바로 나야."

"무슨 소릴 하는 거야." 하고 토마시가 반박했다. "밑바닥이라니, 그게 무슨 말이야?"

"취리히에 있었다면 당신은 환자들을 수술했겠지."

"당신도 사진 일을 했겠지."

"비교할 수 없어. 당신에게 의사 일은 이 세상 무엇보다도 중요했지만 나는 어떤 일을 하거나 상관없어. 나는 잃은 것이 아무것도 없어. 당신은 모든 것을 잃었는데."

"테레자, 내가 이곳에서 얼마나 행복한지 당신은 모르겠어?"

"당신의 임무는 수술하는 거야!"

"임무라니, 테레자, 그건 다 헛소리야. 내게 임무란 없어. 누구에게도 임무란 없어. 임무도 없고 자유롭다는 것을 깨닫고 나니 얼마나 홀가분한데."

그의 목소리로 미뤄 보아 그 말의 진실성을 의심할 수는 없었다. 그녀는 그날 오후의 장면을 다시 떠올렸다. 그는 트럭을 고치고 있었고, 그녀는 그가 늙어 보인다고 생각했다. 그녀는 그녀가 도달하고 싶은 곳에 이르렀다. 그녀는 항상 그가 늙기를 바랐다. 그녀는 다시 한 번 어린 시절 그녀가 쓰던 방에서 뺨에 대고 비비던 토끼에 대해 생각했다.

토끼로 변했다는 것이 무엇을 의미할까? 그가 힘을 잃었다는 것을 의미한다. 이제부터 두 사람 모두에게 더 이상 힘이 없다는 것을 의미한다.

그들은 피아노와 바이올린 소리에 맞춰 스텝을 밟으며 오고 갔다. 테레자는 그의 어깨에 머리를 기댔다. 안개 속을 헤치고 두 사람을 싣고 갔던 비행기 속에서처럼 그녀는 지금 그때와 똑같은 이상한 행복, 이상한 슬픔을 느꼈다. 이 슬픔은 우리가 종착역에 있다는 것을 의미했다. 이 행복은 우리가 함께 있다는 것을 의미했다. 슬픔은 형식이었고, 행복이 내용이었다. 행복은 슬픔의 공간을 채웠다.

그들은 테이블로 돌아왔다. 그녀는 그러고도 조합장과 두 번, 젊은 남자와 한 번 춤을 췄다. 젊은 남자는 너무 취해서 그녀와 함께 스테이지에 쓰러졌다.

그런 뒤 네 사람 모두 위층으로 올라와 방으로 들어갔다.

토마시가 문을 열고 불을 켰다. 그녀는 나란히 붙어 있는 침대 두 개와, 머리맡 램프가 달린 탁자를 보았다. 불빛에 놀란 커다란 나방이 전등갓에서 빠져나와 방 안을 맴돌기 시작했다. 아래에서 희미하게 피아노와 바이올린 소리가 들려왔다.

옮긴이 이재룡

성균관대학교 불어불문학과를 졸업하고 프랑스 브장송 대학교에서 박사 학위를 받았다. 현재 숭실대학교 불어불문학과 명예교수이다. 지은 책으로 『소설, 때때로 맑음 1, 2, 3』, 『꿀벌의 언어』, 옮긴 책으로 『정체성』, 『도살장 사람들』, 『도망치기』, 『장엄호텔』, 『일 년』, 『포옹』, 『장의사 강그리옹』, 『해를 본 사람들』, 『이별 연습』, 『가을 기다림』, 『거대한 고독』, 『로즈의 편지』, 『사랑하기』, 『코르다의 쿠바, 그리고 체』, 『고야의 유령』 등이 있다.

참을 수 없는 존재의 가벼움

1판 1쇄 펴냄 1999년 1월 20일

1판 32쇄 펴냄 2009년 9월 16일

2판 1쇄 펴냄 2009년 12월 24일

2판 67쇄 펴냄 2024년 10월 25일

3판 1쇄 펴냄 2011년 11월 25일

3판 31쇄 펴냄 2023년 8월 23일

4판 1쇄 펴냄 2018년 6월 20일

4판 39쇄 펴냄 2024년 11월 8일

지은이 밀란 쿤데라

옮긴이 이재룡

발행인 박근섭·박상준

펴낸곳 **(주)민음사**

출판등록 1966. 5. 19. 제16-490호

주소   서울특별시 강남구 도산대로1길 62(신사동)

          강남출판문화센터 5층 (우편번호 06027)

대표전화 02-515-2000 | 팩시밀리 02-515-2007

홈페이지 www.minumsa.com

한국어 판 ⓒ **(주)민음사**, 1999, 2009, 2011, 2018. Printed in Seoul, Korea

ISBN 978-89-374-3756-4 (03860)

* 잘못 만들어진 책은 구입처에서 교환해 드립니다.